Zum Buch:

»Wir haben etwas Unglaubliches gefunden!« Thomas leitete die Ausgrabungen des römischen Kastells Matilo, an der Grenze von Leiden und Zoeterwoude. Aber Peter hatte Thomas noch nie zuvor so aufgeregt erlebt.
»Eine Maske! Bronze, eine Visiermaske, und in sehr gutem Zustand, wahrscheinlich die schönste, die je in diesem Teil des Römischen Reiches, in Germania Inferior, gefunden wurde. Es ist verblüffend – als ob ein römischer Soldat aus dieser Zeit einen direkt anschaut. Von Angesicht zu Angesicht mit der Geschichte. Du solltest sie dir unbedingt ansehen. Und es gibt noch mehr, Peter! Deswegen rufe ich dich an. Ich habe es gefunden, und du bist der Erste, der es erfährt!«
»Was soll das heißen? Was hast du sonst noch gefunden? Doch nicht etwa …« Aber Thomas hatte schon wieder aufgelegt …

Zum Autor:

Der Anthropologe Jeroen Windmeijer schreibt Thriller, in denen römische und biblische Geschichte mit der Historie seiner Heimatstadt Leiden verwoben sind. Sein erstes Buch wurde von der Presse und dem Buchhandel in den Niederlanden mit offenen Armen empfangen. Mit »Das Paulus-Labyrinth« etabliert er sich endgültig als großer Geschichtenerzähler. Seine Thriller sind handlungsreich, klug und unglaublich originell.

Lieferbare Titel:

Das Paulus-Labyrinth (Ein Peter-de-Haan-Thriller 2)
Die Spur der Pilgerväter (Ein Peter-de-Haan-Thriller 3)

JEROEN WINDMEIJER

DIE PETRUS-VERSCHWÖRUNG

THRILLER

Aus dem Niederländischen
von Stefanie Schäfer

HarperCollins

Die Originalausgabe erschien 2015 unter dem Titel
De bekentenissen van Petrus bei Primavera Pers, Leiden.

1. Auflage 2023

Ungekürzte Ausgabe im HarperCollins Taschenbuch

Published by arrangement with HarperCollins
an Imprint of Uitgeverij HarperCollins Holland, Amsterdam
Umschlaggestaltung von Bianca Gelbach /
PPP Pre Print Partner GmbH & Co. KG
nach einem Originalentwurf von
Hauptmann & Kompanie Werbeagentur, Zürich
Umschlagabbildung von Slava Gerj, Melkor3D / Shutterstock
Gesetzt aus der Stempel Garamond
von GGP Media GmbH, Pößneck
Druck und Bindung von CPI books GmbH, Leck
Printed in Germany
ISBN 978-3-365-00080-9
www.harpercollins.de

Klimaneutral
Druckprodukt
ClimatePartner.com/15109-2009-1001

MIX
Papier
FSC FSC® C083411

Die Handlung und alle handelnden Personen sind frei erfunden. Jegliche Ähnlichkeit mit lebenden oder realen Personen ist rein zufällig.

Für Dünya

Er rief dann seine zwölf Jünger herbei und verlieh ihnen
Macht über die unreinen Geister,
sodass sie diese auszutreiben und alle Krankheiten und
jedes Gebrechen zu heilen vermochten. [...]
Diese Zwölf sandte Jesus aus, nachdem er ihnen
folgende Weisungen gegeben hatte: »Den Weg zu den
Heidenvölkern schlagt nicht ein und tretet auch in keine
Samariterstadt ein, geht vielmehr nur zu den verlorenen
Schafen des Hauses Israel.«

– MATTHÄUS 10,1;5-6

PROLOG

Lugdunum, 72 n. Chr.

Der alte Mann starrte in die Ferne, über die endlose Weite des Wassers vor ihm, während der Wind mit seinem Bart spielte. In ruhigen Wellen schwappte das Wasser über seine nackten Füße und benetzte den Saum seines wollenen Gewandes. Er stand da, als erwarte er, dass sich das Meer vor ihm auftun würde, so wie der Ewige einst das Schilfmeer vor Mose geteilt hatte, als er vom Pharao und seinen Männern verfolgt wurde.

Niemand verfolgte ihn jetzt; sie hatten noch rechtzeitig vor der schrecklichen Zerstörung aus der Stadt des Herrn fliehen können. Jeschua hatte es vorausgesehen. Hatte Er nicht prophezeit, dass kein Stein auf dem anderen bleiben und alles niedergerissen werden würde? Wer hätte gedacht, dass sich Seine Prophezeiungen so bald erfüllen würden? Doch wo blieb Er nun? Sollte nicht auch noch diese Generation Seine glorreiche Rückkehr erleben?

»Oh Herr, hilf mir in meinem Unglauben«, murmelte er vor sich hin.

Sollte Judas am Ende doch recht gehabt haben?

An seine Brust gepresst hielt er das Elfenbeinkästchen; er hatte es nicht übers Herz gebracht, es wegzuwerfen.

Das Ende war nahe. Hatten sie nicht von einem Hügel aus den Tempel in Flammen gesehen, nachdem sie mit knapper

Not dem Massaker in der Stadt entronnen waren? Hatte es nicht Berichte über Kriege und Kriegsdrohungen gegeben, ein Volk gegen das andere, ein Königreich gegen das andere? Es gab Erdbeben, Hungersnöte – der Beginn des Unheils, wie vorhergesagt. Waren nicht zahlreiche Anhänger des Weges vor die Gerichte gezerrt und in den Synagogen gegeißelt worden und vor Statthaltern und Königen erschienen, um von Ihm zu zeugen?

Er hörte, wie sein Pferd hinter ihm schnaubte. Er blickte sich um und sah Dampfwolken aus seinen Nüstern steigen. Archippus, sein Begleiter, hielt die Zügel in der Hand – als ob es dem Tier jemals eingefallen wäre, seinem Herrn davonzulaufen. Nein, dieses Ross war ihm immer treu gewesen und würde ihm immer treu bleiben. Ein Tier wird einen niemals verraten …

Archippus winkte ihm zu. Er hatte recht, es war geschafft.

Nach der Katastrophe galt es, so weit wie möglich vom Ort des Geschehens zu fliehen. Taddäus und Bartholomäus nach Armenien, Matthäus nach Äthiopien, Lazarus, Martha und Maria mit Jeschuas Kindern nach Gallien, Josef von Arimatea nach Britannien … Paulus war schon viele Jahre zuvor, nach seinem Freispruch im Prozess von Rom, nach Hispanien gegangen und dort gestorben.

Ein letztes Mal blickte er auf das Meer.

Vielleicht war das alles Teil eines göttlichen Plans, um die gute Nachricht bis in alle Ecken der Welt zu verbreiten. Dann endete seine und Archippus' Reise womöglich in Brittenburg, einem der hintersten Winkel des römischen Reiches. Welche Schrecken sie auf dem Weg erlebt hatten! Die Entbehrungen, die sie erlitten hatten, die Überquerung der Alpen, mehr zu Fuß als zu Pferd … Und immer die Angst vor Entdeckung.

Sie hatten zusammen gesungen, um den Mut nicht zu verlieren: »Die Bande des Todes umgaben mich, der tosende Abgrund erschreckte mich, die Fesseln des Totenreiches umfingen mich, auf meinem Weg lagen die Schlingen des Todes.«

Aber der Herr war gnädig und beschützte sie.

Auch hier hatte es Aufruhr gegeben: ein großer Aufstand der Bataver und Cananefaten gegen die römischen Unterdrücker. Ein erbitterter, aber zum Scheitern verurteilter Widerstand, ein Strohfeuer, das durch das Blut vieler junger Männer gelöscht worden war. Die Aufbauarbeiten waren in vollem Gange, und in kurzer Zeit würde alles wieder so sein wie vorher.

»Kephas!«

Jemand rief nach ihm. Noch immer reagierte er nicht immer sofort auf diesen Namen, obwohl er ihn vor mehr als vierzig Jahren vom Meister erhalten hatte. Er war jung gewesen, etwas über zwanzig, in der Blüte seiner Jahre. Seine Muskeln spannten sich wie Taue an seinen Armen, während er von früh bis spät mit seinen Netzen beschäftigt war.

Simon, so hatten ihn seine Eltern genannt; Kephas war ein schöner Name, ein Name mit einer Verheißung. »Auf dich will ich meine Kirche bauen«, hatte Er gesagt.

Doch was war daraus geworden?

An der Gezeitenlinie lagen, genau wie zu Hause, einige Boote, die auf einen neuen Morgen mit dem Versprechen eines guten Fangs warteten. Er schaute sich noch einmal um und gab mit einem Wink zu verstehen, dass er kommen würde.

Er ging zurück und sank dabei gelegentlich in den losen Sand ein. Mit einiger Mühe bestieg er das Pferd und klopfte dem Tier beruhigend auf den Hals. Wie vereinbart wollten sie zu der Siedlung bei Matilo zurückreiten und dort um Herberge bitten. Er spürte, dass sein Ende nahte und wusste nicht recht, was er davon halten sollte. Hatte er hoffnungslos versagt, oder hatte er einen wichtigen Schritt getan, um die Erinnerung an den Meister lebendig zu halten?

Er hatte seinem treuen Reisebegleiter genaue Anweisungen für den Fall seines Todes gegeben. Er sollte die Bestattungsriten einhalten, wie die Väter sie vorgeschrieben hatten. Aber es war nicht seine irdische Hülle, die ihn im Moment am meisten beunruhigte, und auch nicht so sehr sein Seelenheil, da er von Ihm persönlich die Schlüssel zum Himmelreich erhalten hatte; nein, was ihn beunruhigte, waren die Briefe, die er bei sich trug und die Archippus ins Reine geschrieben und ins Griechische übersetzt hatte.

Die ausgeklügelte Konstruktion des Elfenbeinkästchens würde sicherstellen, dass weder Wasser noch Wind, weder Erde noch Feuer seinem kostbaren Inhalt jemals etwas anhaben könnten. Seine andere Schrift, genannt die Quelle, hatte er in Jerusalem zurückgelassen, damit andere ihre Version der Frohen Botschaft darauf aufbauen konnten. Aber das hier war etwas anderes, nicht für die Allgemeinheit bestimmt. Er würde es dem Ewigen überlassen, ob es jemals gefunden werden würde. Dann sollten diese Menschen beurteilen, ob er die richtige Entscheidung getroffen hatte.

Während die Sonne hinter den Reisenden langsam im Meer versank, stapften die Pferde mühsam über den lockeren Sand zu den Dünen. Vor ihnen lag eine gelbgrüne Landschaft mit niedrigen Büschen, und in der Ferne sahen sie das Glitzern zahlreicher Seen.

Wie verabredet stimmten die Reisegefährten gleichzeitig dasselbe Lied an: »Dir, Herr, gilt meine Sehnsucht, mein Gott, auf dich vertraue ich, lass mich nicht versagen, lass meine Feinde nicht triumphieren. Mach mich, oh Herr, vertraut mit deinen Wegen, lehre mich, auf deinen Pfaden zu wandeln.«

1

Leiden, 1996

Dies war für ihn der schönste Moment des Tages. Peter de Haan saß auf dem Sofa in seinem Büro, legte die Füße auf den Couchtisch und zündete sich einen Zigarillo an. Er blickte auf das Wasser des Witte Singels, hinter dem sich die Universitätsbibliothek befand. Es war halb sechs und die archäologische Fakultät so gut wie verlassen.

Obwohl es nicht verboten war, im Büro zu rauchen, hatte er das Fenster gekippt, damit der Rauch abziehen konnte. Nicht jeder wusste den Duft eines Zigarillos zu schätzen, den er persönlich schon immer als beruhigend empfunden hatte. Um diese Uhrzeit konnte man das Fenster noch öffnen; ab sechs Uhr schaltete sich automatisch der Alarm ein.

Viele seiner Studenten und wahrscheinlich auch einige seiner Kollegen saßen gerade beim Essen an den langen Tischen der Mensa, die im LAK-Gebäude neben der Fakultät untergebracht war. Doch Peter schätzte Momente wie diese, in denen er den Tag ungestört Revue passieren lassen konnte, während er dem Rauch nachblickte, der sich zur Decke kräuselte und manchmal plötzlich von einem Luftzug auseinandergeweht wurde.

Es war ein ruhiger Tag gewesen. Zwei Vorlesungen, am Vormittag Einführung in die Archäologie für Studenten des ersten

Studienjahres und am späten Nachmittag die Arbeitsgruppe für Geschichtsstudenten über die Geschichte von Leiden.

Als Historiker war er so etwas wie ein Exot in der Fakultät, aber als Autor mehrerer Bücher über die Geschichte Leidens, der »Schlüsselstadt«, hatte er sich zunehmend mit den archäologischen Ausgrabungen beschäftigt, die in der Umgebung durchgeführt wurden. Als man ihm als Quereinsteiger die Stelle für Landesarchäologie angeboten hatte, hatte es innerhalb der Abteilung Neider gegeben, und mancher hatte seinen Widerstand immer noch nicht aufgegeben. Peter pendelte seitdem zwischen diesem Gebäude und dem Institut für Geschichte hin und her, zu dem er allerdings auch nicht ganz gehörte. Seit jeher konfliktscheu, fiel es ihm schwer, sich innerhalb der Universität mit all den verschiedenen Gruppen, Interessenskonflikten und Kollegen, die anderen ihren Erfolg neideten, zurechtzufinden.

Peter sah sich in seinem Zimmer um. Eine Wand war komplett mit Bücherregalen vollgestellt. Davor lagen Stapel ungelesener Fachliteratur und zahlreiche Arbeiten, die er noch korrigieren musste. An die Wand neben seinem Schreibtisch hatte er große Blätter gepinnt, auf denen er seine Ideen, Vorstellungen und Assoziationen festhielt. Viel Gekritzel, große Pfeile in verschiedenen Farben, Diagramme und Übersichten liefen kreuz und quer durcheinander. So brachte er Ordnung ins Chaos.

Über dem Sofa hingen drei gerahmte Poster. Auf der linken Seite befand sich eine gemalte Reproduktion von Gustaaf Wappers berühmtem Gemälde von Pieter van der Werff, dem Bürgermeister von Leiden, der während der spanischen Belagerung der Stadt wenige Wochen vor ihrer Befreiung seinen Körper der hungernden Bevölkerung zum Verzehr angeboten haben sollte. Peter hatte die Reproduktion von der Stadt Leiden als Dank für seine Dienste erhalten. Darunter standen die Worte, die alle echten Leidener kannten: »Essen habe ich nicht, aber ich weiß, dass ich dereinst sterben muss. Wenn euch also mein Tod hilft, dann legt Hand an diesen Körper, schneidet ihn in Stücke und verteilet ihn so weit wie möglich. Das wird mir ein Trost sein.«

In der Mitte hing *Das letzte Abendmahl* von Leonardo da Vinci, mit der dramatischen Szene, in der Jesus und Judas, Letzterer mit dem Geldbeutel in den Händen, gemeinsam das Brot halten. Peter hatte das Bild 1978 in Mailand gekauft, als er im Sommer nach seinem Abitur zum ersten Mal ohne seine Eltern verreist war, kurz bevor die Restaurierung des Freskos begann.

Rechts befand sich ein großes Schwarz-Weiß-Foto von Papst Johannes Paul II. bei seiner ersten Fahrt im Papamobil mit dem kugelsicheren Glas.

Im Korridor ertönten Schritte; dem Klappern nach zu urteilen waren es die Absätze von Damenschuhen. Sie hielten alle paar Sekunden inne, wahrscheinlich, weil die Frau vor jeder Tür stehen blieb, um das Namensschild zu lesen. Sie kannte sich hier offenbar nicht aus. Die Schritte kamen näher, und durch die milchige Glasscheibe der Tür konnte er sie sehen. Sie schien einen Moment zu zögern und klopfte dann an, leise, als rechne sie im Grunde nicht damit, um diese Uhrzeit noch jemanden anzutreffen.

»Herein!«, rief er.

Die Tür wurde geöffnet, und eine junge Frau trat ein. Sie hatte halblanges, dunkelblondes, gelocktes Haar, und ihre Wangen waren gerötet. Sie trug eine adrette Schluppenbluse, enge Jeans und Pumps mit – ja, tatsächlich – ziemlich hohen Absätzen und hielt eine große Umhängetasche in der Hand, die eher praktisch als elegant aussah.

Peter kannte sie: Sie war in seiner Arbeitsgruppe über die Geschichte von Leiden. Während der Treffen machte sie sich immer fleißig Notizen, sagte aber nicht viel. Das galt im Übrigen für die meisten Studierenden: Sie waren zu schüchtern, um etwas zu sagen, oder zu schlecht vorbereitet, um etwas Sinnvolles beizutragen.

Wie war noch mal ihr Name? Ach ja, Judith. Judith Cherev.

»Guten Abend, Judith«, sagte er. »Was kann ich für Sie tun?«

Er setzte sich aufrecht hin und fuchtelte ein wenig mit der Hand, um den Qualm zu vertreiben, wie ein Schuljunge, der im Fahrradschuppen beim Rauchen erwischt worden war.

»Entschuldigen Sie die Störung. Ich wollte Sie nach der Veranstaltung ansprechen, aber Sie waren so schnell weg. Ich habe Ihnen letzte Woche eine E-Mail geschickt. Erinnern Sie sich? Aber bestimmt bekommen Sie viele Mails. Es ging um meine Abschlussarbeit; ich hatte einen ersten Entwurf angehängt.« Sie war in der Tür stehen geblieben, bescheiden, aber gleichzeitig mit einer gewissen Entschlossenheit.

Seit Kurzem gab es an der Universität die Möglichkeit, Nachrichten über das Internet zu versenden und zu erhalten.

E-Mail nannte man das. Peter fand diese moderne Methode überflüssig, aber die Zeit würde erweisen, ob sich das durchsetzte.

»Ja, ich habe Ihre Nachricht gesehen«, log er. »Worum ging es noch einmal?«

Er forderte sie auf, sich zu setzen.

»Ich studiere Geschichte im letzten Jahr und möchte meine Abschlussarbeit über die Geschichte des Judentums in Leiden schreiben. Dabei wollte ich mich besonders auf einen bestimmten jüdischen Kaufmann konzentrieren, der in den Bann von Rabbi Tsvi geriet.«

»Aha, Shabtai Tsvi, der Messias.«

»Nein, das war er nicht!«, erwiderte sie, offensichtlich heftiger, als sie beabsichtigt hatte, denn sie entschuldigte sich sofort. »Obwohl viele ihn dafür hielten. Ich möchte ein Bild des frühen Judentums in den Niederlanden zeichnen, in dem ich mich auf Leiden und diesen Kaufmann konzentriere.«

»Sind Sie selbst jüdischen Glaubens?«

»Ja, das bin ich. Schon der Name Judith verrät es ja fast.« Sie lächelte kurz.

»Ein biblischer Name. Hat Judith nicht jemanden enthauptet? Gefährliche Frau. Wie hieß er gleich noch …«

Das Klingeln des Telefons unterbrach seine Überlegungen.

Peter signalisierte Judith, ruhig sitzen zu bleiben. Als er auf dem Weg zum Telefon an ihr vorbeiging, nahm er einen Hauch ihres Parfüms wahr, und für einen Moment stockte ihm der Atem. Der Duft war ihm vertraut, aber er konnte ihn nicht gleich zuordnen.

»Hi, Peter, du musst unbedingt herkommen, beeil dich!«, ertönte die aufgeregte Stimme von Thomas Konijnenberg. »Wir haben etwas Unglaubliches gefunden!«

Thomas leitete die Ausgrabungen des römischen Kastells Matilo, an der Grenze von Leiden und Zoeterwoude. Vor dem Bau des neuen Stadtteils Roomburg hatten die Leidener Stadtarchäologen Zeit, das Gebiet zu untersuchen. Da es an der Nordgrenze des Römischen Reiches lag, des Nordgermanischen Limes, hatte man in der Gegend schon häufig Überreste aus dieser Zeit gefunden. Die Überreste eines römischen *castellum* in Leiden, die mit den Ausgrabungen eines frührömischen Heerlagers in Nimwegen korrespondierten, waren jedoch einzigartig. Aber Peter hatte Thomas noch nie zuvor so aufgeregt erlebt.

»Ich bin schon unterwegs«, scherzte er. »Aber kannst du mir nicht wenigstens schon mal einen kleinen Hinweis auf euren Fund geben?«

»Eine Maske! Bronze, eine Visiermaske, und in sehr gutem Zustand, wahrscheinlich die schönste, die je in diesem Teil des Römischen Reiches, in Germania Inferior, gefunden wurde. Es ist verblüffend, als ob ein römischer Soldat aus dieser Zeit einen direkt anschaut. Von Angesicht zu Angesicht mit der Geschichte. Du solltest sie dir unbedingt ansehen. Da es ein Er ist, haben wir ihn Gordon getauft.« Er lachte.

»Gordon? Wie der Amsterdamer Schnulzensänger?« Peter begann, theatralisch zu singen: »Könnt' ich nur einen Moment bei diiiir sein …«

»Genau, der. Die Ähnlichkeit ist verblüffend. Ich sag auch Hoogers Bescheid, der wird sich freuen, so kurz vor der Rente. Aber komm jetzt, dann kannst du dich selbst davon überzeugen! Außer mir sind alle schon nach Hause gegangen. Morgen haben die Mitarbeiter frei, du weißt schon, dritter Oktober, verkaufsoffenes Wochenende, Jubel, Trubel, Heiterkeit. Wenn du dich beeilst, warte ich noch. Und es gibt noch mehr, Peter! Deswegen rufe ich dich an. Ich habe es gefunden, und du bist der Erste, der es erfährt!«

»Was soll das heißen? Was hast du sonst noch gefunden? Doch nicht etwa …« Aber Thomas hatte schon wieder aufgelegt.

Sekunden später hörte er das Telefon im Nebenzimmer klingeln. Thomas hatte keine Zeit verloren.

Peter blieb einen Augenblick lang mit dem Hörer in der Hand stehen und spürte einen Stich der Eifersucht. Aber er durfte sich nicht beklagen. Er stand nun mal nicht knietief im Lehm, deshalb würde er solche Funde nie machen. Für ihn haftete dem Beruf des Archäologen noch immer die Romantik an, die er als Jugendlicher hineininterpretiert hatte. Er hatte sich Abenteuer wie bei Indiana Jones vorgestellt, immer mit der Aussicht, jeden Moment über einen spektakulären Schatz aus der Vergangenheit zu stolpern, der jahrhundertelang versteckt gewesen war.

Judith räusperte sich.

Peter hatte ihre Anwesenheit völlig vergessen. Wie sie dort auf der Sofakante saß und das Licht ihr Haar zum Glänzen brachte …

Plötzlich wusste er, an wen sie ihn erinnerte. Israel, 1978; nach dem Abitur hatte er einige Monate in einem Kibbuz gearbeitet. Sabrina. Oh Gott, er war so verliebt gewesen!

»Magie Noire?«, fragte er.

Sie sah ihn fragend an.

»Magie Noire, Ihr Parfüm. Von Lancôme. Das tragen Sie doch, oder?«

Sie lachte; ein entzückendes Lachen. »Ja, das stimmt. Gratuliere, das wissen nicht viele Männer. Sie sind ein Kenner?«

»Es erinnert mich an jemanden, den ich vor langer Zeit gekannt habe. Aber wie dem auch sei, bei dem Anruf eben habe ich erfahren, dass bei den Ausgrabungen auf der Roomburg-Baustelle etwas Interessantes gefunden wurde. Ich soll kommen und es mir ansehen.«

Sie sah enttäuscht aus.

»Kommen Sie doch mit«, schlug er vor. »Dann können Sie mir unterwegs von Ihrer Arbeit erzählen. Bestimmt dauert es nicht lang, und anschließend kann ich Sie in der Stadt absetzen.«

Sie zögerte einen Moment und sah ihn an, als wollte sie seine Absichten einschätzen. »Einverstanden«, sagte sie schließlich. »Ich habe sowieso nichts anderes vor. Wenn Sie mir ein paar Tipps geben könnten, kann ich vielleicht heute Abend weiter an meinem Entwurf arbeiten.«

Peter nahm seinen Autoschlüssel und zog seine Jacke an. Den Computer fuhr er nicht herunter, weil er später noch weiterarbeiten wollte. Als sie den Flur entlanggingen, sah er, dass das Licht bei Pieter Hoogers, seinem ehemaligen Dozenten, noch brannte. Normalerweise war er um diese Zeit schon zu Hause, aber vielleicht feilte er noch an seiner Abschiedsrede. Übermorgen ging er in den Ruhestand.

Peter klopfte an die Tür und öffnete sie, ohne auf eine Antwort zu warten.

Hoogers blickte verstört auf und hielt den Hörer des Telefons an die Brust.

»Ich fahre raus nach Matilo«, sagte Peter. »Thomas Konijnenberg hat mich angerufen. Sie haben eine Visiermaske gefunden, in gutem Zustand.«

»Ja, ja, er hat mich auch angerufen … Alles klar, alles klar«, antwortete Pieter geistesabwesend. »Ich bin gespannt. Aber ich bin mitten in einem Telefonat. Du kannst gerne später wiederkommen und mir davon erzählen, nachdem du dort warst. Du kommst doch noch mal wieder, oder?«

Er schaute an Peter vorbei zu Judith und begrüßte sie mit einem kurzen Nicken. Dann drehte er sich um, um anzudeuten, dass ihr Gespräch beendet war.

»Er kam mir ein bisschen gereizt vor«, bemerkte Judith, nachdem Peter die Tür leise geschlossen hatte.

»Ich hätte vielleicht nicht einfach so reinplatzen sollen. Das war etwas unhöflich. Aber vielleicht ist es auch nur die Aufregung.«

Sie überquerten den Witte Singel hinüber zum Parkhaus unter dem Gebäude, in dem der Fachbereich Moderne

Fremdsprachen untergebracht war, direkt neben der Universitätsbibliothek.

»Ist dieser Thomas ein guter Freund von Ihnen?«

»Thomas? Nein, als Freund würde ich ihn nicht bezeichnen. Eher als Kollegen, obwohl er nicht an der Uni ist. Wir sind nur ein paarmal etwas zusammen trinken gegangen, aber wir verstehen uns gut. Ich hatte früher an der Uni ein paar Veranstaltungen mit ihm gemeinsam. Wir haben beide viele Kontakte und dadurch zahlreiche gemeinsame Bekannte.«

Sie stiegen die Treppe zum Parkhaus hinunter.

Im Auto war der Duft von Judiths Parfüm noch stärker. Peter schloss für einen Moment die Augen.

»Alles in Ordnung?«, fragte sie lächelnd.

»Ja, ja.« Er startete den Wagen. »Aber kommen wir noch einmal auf Ihre Examensarbeit zurück. Über das Judentum in Leiden gibt es noch nicht viel Literatur. Das könnte ein Problem sein.«

»Ich weiß, aber im Stadtarchiv bin ich auf einige Briefe und ein paar alte Rechnungen dieses Händlers gestoßen, auf den ich mich konzentrieren möchte. Sie wurden noch nie zuvor zitiert oder analysiert, also schien mir schon das an sich interessant.«

»Um welche Zeit war das?« Er bog auf den Witte Singel ab, die Straße entlang der gleichnamigen Gracht, die sich in zahlreichen Bögen um die Altstadt schlängelt. Schon passierten sie die Sternwarte mit ihrer charakteristischen Kuppel. Sie würden keine zehn Minuten brauchen.

»Ich habe ein paar Dokumente von diesem Kaufmann gefunden, er hieß Moshe Levi. Das älteste stammt aus dem Jahr 1660, das jüngste von 1666. Das ist an sich schon ungewöhnlich, denn ab dem sechzehnten Jahrhundert gibt es fast keine Erwähnung von Juden in Leidener Archiven. Erst zu Beginn des achtzehnten Jahrhunderts begann sich in Leiden so etwas wie eine jüdische Gemeinde zu entwickeln.«

»Und warum sind Sie so an diesem Mann interessiert? Es könnte etwas wenig Material für eine Abschlussarbeit sein, wenn Sie sich nur auf ein paar Dokumente verlassen müssen.«

»Ich möchte nicht nur über ihn schreiben. Aber wie Sie eben schon gesagt haben, gibt es bisher nur wenig Literatur über das Judentum in Leiden. Ich möchte in meiner Arbeit einen Überblick über die Entwicklung der jüdischen Gemeinde in Leiden von ihren Anfängen im 16. Jahrhundert bis zur Gegenwart geben.«

»Wohnen Sie eigentlich auch im jüdischen Studentenwohnheim am Levendaal?«

»Nein«, erwiderte sie. »Ich wohne im Groot-Sions-Hofje, wirklich wunderschön. Als mir ein Kommilitone erzählte, dass dort eine Wohnung frei sei, bin ich sofort hingegangen. Ich dachte, es wäre doch nett, ausgerechnet in einem Hofje zu wohnen, das Zion im Namen trägt. Und tatsächlich habe ich die Wohnung dann bekommen. Und es liegt so zentral.«

»Um noch einmal auf Ihre Arbeit zurückzukommen …«

»Genau, ›Die Geschichte des Judentums in Leiden – unter besonderer Berücksichtigung von Moshe Levi‹. Oder glauben Sie, ich habe mir da zu viel vorgenommen für eine Abschlussarbeit?«, fragte sie unsicher.

»Ich – wir können uns übrigens gerne duzen – befürchte tatsächlich, dass das Thema ein bisschen zu komplex ist. Du musst dir gut überlegen, was du willst. Eben sagtest du, dass dieser Moshe, dieser Kaufmann, in den Bann von Rabbi Tsvi geraten sei, stimmt's?«

»Ja. Und deshalb reißt wohl seine Korrespondenz nach 1666 ab. Ich glaube, er hat seinen ganzen Besitz verkauft und ist in die Türkei übergesiedelt, weil er davon überzeugt war, dass Tsvi der Messias war.«

»Dann würde ich mich darauf konzentrieren. Du beginnst deine Arbeit mit einem Abriss über die Ankunft der Juden in den Niederlanden und ihre Ansiedelung in Leiden. Dann rückst du den Kaufmann in den Mittelpunkt. Dadurch kannst du die Stellung der Juden damals in der Gesellschaft aufzeigen. Handel, Kontakte zu Nicht-Juden und so weiter. Dann widmest du ein Kapitel Rabbi Tsvi, und danach erzählst du von deinem Kaufmann, der Hab und Gut verkauft hat, um diesem Mann zu folgen, wie so viele europäische Juden in der damaligen Zeit. Ich finde, das wäre ein schönes, klar umrissenes Thema, originell und mit dem passenden Umfang für eine Abschlussarbeit. Wenn du Dokumente zitierst, über die bisher noch nichts erschienen ist, könntest du versuchen, ein oder zwei Artikel darüber zu veröffentlichen. Wenn du weiterforschen möchtest, wäre das auch ein Thema für eine Promotion.«

Peter sah Judith von der Seite an. Ihre Wangen schienen leicht gerötet zu sein, aber er konnte sich auch täuschen, schließlich wurde es allmählich dunkel.

Es war viel los auf den Straßen. Auf dem Levendaal und dem Hoge Rijndijk staute sich der Verkehr. Schon zu normalen Zeiten kam man abends kaum durch, aber gerade war auch noch die Innenstadt wegen *Leidens Ontzet*, der jährlichen Feier zur Befreiung von den Spaniern im Jahr 1574, gesperrt.

Nach etwa zwanzig Minuten Stau und Stop-and-Go kamen sie endlich bei der Baustelle an, wo das Roomburg-Viertel entstehen sollte. Es war bereits halb sieben, und alles sah verlassen aus. Nur in einem großen Zelt brannte noch Licht. Peter wusste, dass dort die Fundstücke des Tages gereinigt, sortiert und in Kisten verpackt wurden.

Da das Gelände sehr matschig zu sein schien, parkte er das Auto an der Seite. Gemeinsam gingen sie zum Zelt, wobei sie immer wieder im nassen Gras einsanken. Judiths Schuhe waren alles andere als ideal, aber sie achtete nicht auf den Schlamm, der ihre Pumps beschmutzte.

Eine der beiden vorderen Klappen des Zeltes wurde beiseitegeschlagen, und eine Gestalt kam heraus. Peter konnte den Mann im Gegenlicht nicht richtig erkennen. Er winkte und rief Thomas' Namen, in der Annahme, dass er es war. Der Mann erschrak und lief davon.

Peter lief ebenfalls los.

2

Peter erreichte das Zelt zuerst und schlug die Plane beiseite.

Thomas lag auf dem Boden; auf den ersten Blick schien er eine schwere Kopfwunde zu haben. Neben ihm hatte sich eine Blutlache gebildet. Auch das Feldtelefon war blutverschmiert; offenbar war es als Schlagwaffe benutzt worden. Das Kabel war herausgezogen worden, sodass man damit keine Hilfe rufen konnte.

Peter kniete sich neben Thomas auf die staubigen Holzdielen. Thomas atmete schwer und hatte offensichtlich starke Schmerzen.

»Was ist passiert? Thomas, kannst du sprechen?«

Judith war inzwischen auch hereingekommen und schlug vor Schreck eine Hand vor den Mund.

Thomas wollte etwas sagen, brachte aber nur ein undeutliches Stammeln hervor. Seine Wange war mit Blut und Speichel bedeckt, das Haar blutverklebt. Sie konnten ihn unmöglich transportieren, solange sie nicht wussten, ob er innere Verletzungen hatte.

»Judith, am besten nimmst du mein Auto, fährst zum nächstgelegenen Haus und sagst Bescheid, dass wir einen Krankenwagen brauchen. Und die Polizei!«

»Tut mir leid, aber ich habe keinen Führerschein.«

»Gut, dann bleibst du hier und passt auf Thomas auf. Ich bin gleich wieder da. Schaffst du das?«

»Aber was ist, wenn der Mann zurückkommt?«, fragte sie panisch. »Was soll ich denn dann machen? Du kannst mich hier nicht allein lassen!«

»Ich glaube nicht, dass er zurückkommt. Er wollte gerade flüchten, als wir ankamen. Ich bin nur für kurz weg. Wir haben keine Wahl!«

Judith nickte. Sie sah aschfahl aus.

»Na gut«, sagte sie schließlich, »aber bitte beeil dich!«

Auf dem Weg nach draußen sah Peter die Bronzemaske auf dem Boden liegen. Das musste die Visiermaske sein, deretwegen Thomas ihn angerufen hatte. Als er ihn auf dem Boden liegen sah, hatte er sofort vermutet, dass es sich um einen Raubüberfall im Zusammenhang mit dem spektakulären Fund handelte. Nun lag sie da, achtlos hingeworfen wie ein wertloses Ding, das man auf dem Jahrmarkt gewinnen konnte.

Peter hob die Maske auf; sie war überraschend schwer.

Das Licht verlieh ihr einen eigenartigen Glanz; zwei dunkle Löcher starrten ihn anstelle von Augen an.

Seltsam, sich vorzustellen, dass dieses Objekt vor zweitausend Jahren für einen Menschen maßangefertigt worden war. Dass ein Mann aus Fleisch und Blut es getragen hatte.

»Peter!«, rief Judith. »Was machst du denn da? Dieser Mann ist schwer verletzt, du musst dich beeilen! Los jetzt!«

Einen Moment lang starrte er Judith an, ohne sie wirklich zu sehen.

Dann legte er die Maske vorsichtig auf einen der Tische und ging nach draußen. Da er drinnen im vollen Licht gestanden hatte, wirkte die Dunkelheit draußen umso schwärzer, und einen Moment lang konnte er nichts sehen. Er blinzelte ein paarmal und machte sich auf den Weg durch das sumpfige Gras. Ab und zu trat er in eine Pfütze, und schlammiges Wasser drang in seine Schuhe ein.

Peter suchte in seinen Taschen nach dem Autoschlüssel, aber er musste ihn wohl stecken gelassen haben. An seinem Auto öffnete er die Tür und fluchte: Der Schlüssel war weg.

Was sollte er jetzt machen? In der Ferne sah er die Lichter der Häuser, die bisher noch den Stadtrand von Leiden bildeten.

Peter beschloss, geradewegs auf die Lichter zuzulaufen.

»Dein Wort ist meines Fußes Leuchte und ein Licht auf meinem Wege«, sagte er laut. Psalm 119, der längste Psalm von allen; er konnte alle 176 Verse auswendig. Er hatte sie schon ewig lange nicht mehr gesprochen, aber jetzt kamen sie ihm plötzlich in den Sinn.

Es war dunkel; er stolperte über den unebenen Boden. Sein Hemd klebte an seinem verschwitzten Rücken, und er versuchte, im Laufen seine Krawatte zu lösen. Sein offenes Jackett flatterte.

Als er die verlassene Straße mit den wenigen Häusern fast erreicht hatte, stellte er zu seinem Schrecken fest, dass ein kleiner Graben zwischen der Baustelle und der Straße lag. Zu breit, um darüberzuspringen, aber es würde zu lange dauern, ihn zu umgehen.

Peter nahm halbherzig Anlauf und wagte den Sprung. Er hätte es fast geschafft, doch dann verlor er das Gleichgewicht und landete bis zu den Hüften im Wasser. Er spürte, wie etwas in sein Schienbein schnitt.

Er kletterte ans Ufer, krempelte das Hosenbein hoch und sah eine große klaffende Wunde; das Blut vermischte sich mit dem wässrigen Schlamm und färbte seine Socke rötlich braun.

Im ersten Haus brannte Licht, aber auf sein Klingeln öffnete niemand. Am nächsten Haus schellte er nicht nur lange, sondern hämmerte auch an die Tür und, als es ihm zu lange dauerte, auch ans Fenster. Im Flur ging das Licht an, und eine Männerstimme fragte, wer da sei.

»Ich … wir müssen die Polizei rufen …«, brachte Peter keuchend und atemlos hervor. »Einen Krankenwagen … Es ist ein Unfall passiert … Jemand ist verletzt, schnell!«

Er lehnte sich nach vorne und stützte sich mit beiden Händen auf den Oberschenkeln ab.

Die Tür wurde einen Spalt geöffnet. Peter versuchte, sie weiter aufzudrücken, aber eine Kette hinderte ihn daran. Erschrocken schlug der Bewohner die Tür wieder zu.

Peter erkannte, dass er nicht gerade vertrauenerweckend aussah.

»Meneer«, wiederholte er fast schon verzweifelt, »es hat einen Unfall gegeben. Ich bin über das Feld gerannt und im Graben gelandet. Hinten auf der Baustelle ist jemand niedergeschlagen worden. Er braucht dringend medizinische Hilfe.«

Jetzt wurde die Tür wieder geöffnet, diesmal ganz. Der Mann, etwa Mitte fünfzig, Schnäuzer, trug ein Jackett und ein rot-weißes Halstuch der 3 October Vereeniging um den Hals. Er musterte Peter von Kopf bis Fuß und begriff, dass es ernst war.

»Kommen Sie rein. Sie können gerne das Telefon benutzen. Aber wie sehen Sie denn überhaupt aus!«

Der Mann zeigte auf das Telefon, das auf einem Beistelltisch im Flur stand.

Peter hinterließ schmutzige, nasse Spuren auf dem Holzfußboden.

Er wählte die Notrufnummer und wartete.

Thomas und er hatten sich kürzlich über Telefone unterhalten. Thomas hatte davon geschwärmt, wie praktisch das Feldtelefon war, das ihm auf der Ausgrabungsstätte zur Verfügung stand. Insgeheim nutzte er es auch, um gelegentlich zu Hause anzurufen, zum Beispiel, um Bescheid zu sagen, dass er etwas später nach Hause kam. Er war überzeugt, dass jeder innerhalb der nächsten zehn bis fünfzehn Jahre so ein Feldtelefon haben würde. Der große Akku in der Box, den man mit sich herumtragen musste, könnte wahrscheinlich verkleinert werden, und dann wäre er auch für die Allgemeinheit nutzbar.

Peter hatte ihn ausgelacht und gesagt, er könne sich nicht vorstellen, dass ein Gespräch so dringend sei, dass man es auf der Straße führen müsse, wo jeder mithören könne. Und überall auf der Straße gab es doch Telefonzellen, oder?

Aber jetzt musste er Thomas recht geben. Ein eigenes Telefon wäre in diesem Fall ein Geschenk des Himmels gewesen. Vielleicht sogar lebensrettend.

Eine Telefonistin fragte, ob er die Polizei, die Feuerwehr oder einen Krankenwagen benötige.

»Einen Krankenwagen«, rief Peter ins Telefon. »Und die Polizei. Jemand wurde niedergeschlagen, er stirbt vielleicht! Kommen Sie schnell, bitte!«

»Wie lautet die Adresse?«

»Die Adresse?« Peter dachte mit Schrecken, dass es natürlich überhaupt keine Adresse gab. »Es ist in Leiden, auf der Baustelle, wo der neue Stadtteil gebaut wird. Roomburg.«

»Können Sie genauere Angaben machen? Welche Baustelle ist es?«, fragte die Frau mit ruhiger Professionalität, als wäre es ein Rollenspiel, das sie bei einer Bewerbung spielen müsste.

»Sagen Sie Spaarnestraat«, riet der Mann Peter.

»Die Spaarnestraat in Leiden, in der Nähe des Hoge Rijndijk. Ich warte draußen auf der Straße und zeige den Weg.«

»Sehr gut, Meneer. Polizei und Krankenwagen wurden alarmiert. Sie sind auf dem Weg. Ist das Opfer schwer verletzt?«

»Ich weiß nicht, es sieht sehr ernst aus. Aber ich muss jetzt auflegen«, sagte Peter und warf den Hörer auf die Gabel.

Dort, wo er gestanden hatte, hatte sich eine Wasserpfütze gebildet. Der Bewohner starrte sie einen Moment lang an, dann schaute er wieder zu Peter.

»Ist schon gut. Gehen Sie ruhig raus, und warten Sie auf den Krankenwagen. Ich wollte gerade gehen, zur Kirmes.«

Peter sah ihn an und versuchte, freundlich zu lächeln.

»Tja, schade«, begann der Mann wieder.

»Wie bitte?«

»Dass da jetzt gebaut wird. Mir hat das freie Feld vor der Tür immer gefallen. Aber was soll man machen?«

»Ich muss jetzt gehen, danke für Ihre Hilfe.«

Der Mann nickte und ließ ihn raus.

Draußen war es kühl, zumal Peter bis zur Hüfte durchnässt und auch sein Hemd vom inzwischen kalten Schweiß durchfeuchtet war. Er zog seine Jacke enger um sich, aber das half kaum.

In der Ferne hörte er Sirenen. Das ging ja schnell! Die Dreifachsirene des Krankenwagens übertönte fast die Zweifachsirene der Polizei.

Erst jetzt fiel ihm ein, dass er keine Sekunde lang an Judith gedacht hatte.

Er musste sich zwingen, nicht noch einmal über den Graben zu springen und zu ihr zurückzulaufen. Was, wenn der Mann tatsächlich zurückgekommen war? Immerhin war er nicht sofort geflüchtet, sondern hatte sich die Zeit genommen, den Schlüssel aus seinem Auto zu entwenden. Seltsam, dass er es nicht gleich gestohlen hatte.

»Gib ihr Kraft, Gott Israels«, murmelte er.

Der Krankenwagen war inzwischen in die Straße eingebogen. Peter rannte auf die Fahrbahn und fuchtelte wild mit den Armen, bis das Auto direkt vor ihm anhielt. Zwei Streifenwagen waren ebenfalls eingetroffen.

Bevor ein Sanitäter die Tür hatte öffnen können, war Peter zur Seite des Beifahrers gelaufen, der gerade sein Fenster herunterließ.

»Es ist nicht hier!«, rief er. »Es ist auf der Baustelle, ich zeige Ihnen den Weg.«

Der Sanitäter sah ihn etwas irritiert an, stieg dann aber schnell aus. »Setzen Sie sich einfach auf meinen Platz und zeigen Sie meinem Kollegen, wie er fahren muss. Ich setze mich so lange hinten rein.«

Der Sanitäter zog die Seitentür des Krankenwagens auf und stieg ein, sodass Peter vorne seinen Platz einnehmen konnte. Der Fahrer schaltete das Blaulicht wieder ein.

Peter schilderte eilig die Situation.

Glücklicherweise kamen sie schnell voran. Am Rande der Baustelle hielt der Fahrer an, um zu prüfen, ob er über das Feld fahren konnte; er entschied schnell, dass dies offenbar möglich war. Die Streifenwagen folgten ihnen.

Noch bevor der Krankenwagen anhielt, hatte Peter schon die Tür aufgestoßen und war herausgesprungen. Ein stechender Schmerz schoss ihm vom verletzten Schienbein aus durch den ganzen Körper.

Er rannte zum Zelt und öffnete die vordere Klappe, auf das Schlimmste gefasst.

Zum Glück war Judith noch da und anscheinend unverletzt. Sie saß auf dem Boden und hatte die Beine vor sich ausgestreckt. Thomas' Kopf ruhte auf ihrem Schoß. Eine moderne Pietà. Ein Fotograf hätte die Beleuchtung nicht dramatischer hinbekommen. Mit einer Hand strich Judith Thomas sanft übers Haar. Kurz verspürte Peter Eifersucht. Er kam sich lächerlich vor.

Sie schaute zu ihm auf, hilflos und mit verweinten Augen. »Seine Atmung ist sehr schwach. Ich weiß nicht, ob er es schafft.«

Die Sanitäter kamen herein und übernahmen.

Vorsichtig hoben sie Thomas' Kopf an, damit Judith aufstehen konnte. Ein Sanitäter untersuchte den Verletzten, während sein Kollege eine Trage holte. Ganz vorsichtig hoben sie Thomas darauf. Er stöhnte leise.

Judith fiel Peter in die Arme, und er drückte sie fest an sich. So blieben sie einen Moment lang stehen. Er sog den Duft ihrer Haare ein und roch wieder das Parfüm, das ihn selbst in dieser Situation an Sabrina erinnerte. In der Abflughalle des Ben-Gurion-Flughafens hatten sie bestimmt eine Stunde lang eng umschlungen dagestanden, bis er wirklich gehen musste. Der letzte Aufruf zum Einsteigen war bereits erfolgt. Noch ein Kuss, der, wie sich im Nachhinein herausstellte, der allerletzte sein sollte.

Zwei Polizisten traten ein, begleitet von einem älteren Mann mit einem etwas müden Blick. Bemerkenswerterweise trug auch er das rot-weiße Halstuch der 3 October Vereeniging. Hinter ihnen folgte ein jüngerer Mann, der so gespannt um sich blickte, als stünde er auf einer Bühne.

Peter und Judith berichteten kurz, was vorgefallen war. Leider konnten sie den Mann nicht beschreiben, der vor ihren Augen geflüchtet war. Als der ältere Polizist immer wieder nachfragte, bezweifelten sie allmählich sogar, dass es sich tatsächlich um einen Mann gehandelt hatte.

Peter berichtete, dass sein Autoschlüssel gestohlen worden war, und Judith sah ihn erschrocken an.

»Und wie kommen wir dann nach Hause?«, fragte sie.

»Keine Sorge«, beruhigte sie der ältere Polizist. »Wir bringen Sie nach Hause. Aber erst müssen wir die Spurensicherung rufen, obwohl ich befürchte, dass sie nicht viel finden werden; wahrscheinlich sind hier heute zu viele Leute herumgetrampelt. Hoffentlich finden wir Fingerabdrücke auf dem Telefon.«

Er klappte sein Notizbuch zu und legte es beiseite. Sein Kollege war hinausgegangen.

Der Polizist wippte auf den Füßen auf und ab. Dann fiel sein Blick auf die Bronzemaske. Er nahm sie in die Hand, bedachte dann aber wohl, dass auch darauf Fingerabdrücke sein konnten, und legte sie schnell wieder hin. »Ein schönes Stück. Kaum zu glauben, dass der Eindringling es nicht mitgenommen hat!«

Sein Kollege kehrte zurück und sagte Bescheid, dass die SpuSi unterwegs sei. Peter und Judith baten die Kollegen im anderen Wagen, sie nach Hause zu bringen. Die Beamten würden hierbleiben und auf die Ankunft der Kollegen warten.

»Wohin können wir Sie denn bringen?«, fragte einer der Polizisten im Streifenwagen.

»Ich wohne im Groot Sions-Hofje«, sagte Judith, »aber dort kommt man gerade wegen des Stadtfests nicht mit dem Auto hin.« Sie dachte einen Moment nach und deutete auf Peter. »Ich fahre einfach mit zu ihm.« Leise, und nur für ihn hörbar, fügte sie hinzu: »Im Moment möchte ich auch lieber nicht allein sein.«

Er nickte.

»Ich wohne in der Boerhaavelaan«, sagte Peter, »in der Nähe des Leidse Hout. Ich glaube, da kommt man gut hin.«

Sie stiegen hinten in den Streifenwagen ein.

Als sie losfuhren, blickte sich Peter noch einmal um. Auf was für eine absurde Geschichte hatte er sich da eingelassen?

Sie holperten über das Gelände. Im Radio war ein Lokalsender eingestellt. Welche Station würde sonst den Song »3 October« von der Leidener Band Rubberen Robbie spielen?

Judith ließ sich tief in den Sitz sinken und lehnte sich an ihn. Peter dachte erst, es sei aus Müdigkeit, doch dann griff sie in ihre Tasche und holte etwas heraus.

»Außerdem will ich dir das hier zeigen«, flüsterte sie ihm zu. Die Röte war auf ihre Wangen zurückgekehrt.

Auf ihrem Schoß lag ein elfenbeinfarbenes Kästchen.

3

Fragmente aus dem Tagebuch von Thomas Konijnenberg

Montag, 1. Juli 1996

Es ist schön, wieder zurück zu sein an dem Ort, der mir so vertraut geworden ist. Ich wurde wie im letzten Jahr für drei Monate von jeglicher Bürokratie befreit, damit ich das tun kann, wofür ich Archäologe geworden bin: meine Füße in den feuchten Lehm stecken. Den Boden Schicht für Schicht abgraben ...

Einem Außenstehenden kann man das kaum erklären: die fast zenartige Konzentration, die sich einstellt, wenn man behutsam die Erde oder den Sand abträgt, stets begleitet von der stillen Hoffnung auf einen spektakulären Fund – und die reale Möglichkeit, dass sie sich erfüllt. Die Vorstellung, nach und nach mehr Einblick in das Leben echter Menschen zu bekommen, Menschen aus Fleisch und Blut, die längst zu Staub zerfallen sind, aber einst hier gelebt haben, mit ihren Hoffnungen und Wünschen, ihren Rückschlägen und Sorgen. Werden andere in zweitausend Jahren auf unser Leben schauen und sich fragen, wie es ausgesehen hat?

Für mich ist diese Romantik nie ganz verblasst, obwohl es natürlich nicht besonders aufregend ist, wenn man am Abend nach getaner Arbeit in einem zugigen Zelt steht und mit klammen Händen die Fundstücke des Tages sichtet und bestenfalls einige größere Teile einer Amphore oder eines Tellers gefunden hat.

Aber es geht natürlich nicht nur darum, sondern wir wollen auch die Ausmaße des Castellums bestimmen und die Funktionen der verschiedenen Räume entschlüsseln.

Bald wird sich das diesjährige Team zum ersten Mal vollständig versammeln. Einige Mitarbeiter vom letzten Jahr werden wieder dabei sein, aber auch ein paar neue, hauptsächlich Studierende der Archäologie, die Grabungserfahrung sammeln und sich etwas dazuverdienen wollen.

Wir haben bis zur ersten Oktoberwoche Zeit, genauer gesagt bis Freitag, den 4. Oktober. Obwohl ich glaube, dass ich in der letzten Woche nicht mit allzu vielen Leuten rechnen kann. Die Studierenden haben bis dahin wieder Vorlesungen, und viele von ihnen werden lieber in die Stadt gehen, um die Befreiung von Leiden zu feiern. (Angenommen, irgendwann in der Zukunft würden Teile des Riesenrads von unseren Nachfahren gefunden werden, die so etwas nicht kennen. Wofür würden sie es halten? Eine große Maschine, die für Rituale verwendet wurde, bei denen die Eingeweihten auf Stühlen saßen, um den Kreislauf des Lebens zu erfahren?)

Freitag, 5. Juli

Die erste Woche ist schon um. Natürlich habe ich im ganzen Körper Muskelkater. Das war zu erwarten. Bald fahre ich gemütlich mit dem Fahrrad nach Hause und dusche, obwohl ich es nie schaffe, den Staub vollständig aus den Poren zu waschen. Und Trauerränder unter den Fingernägeln werden in den nächsten Monaten unvermeidbar sein. Suus zieht mich damit immer auf.

Es ist wieder ein gutes Team, genau wie im letzten Jahr.

Diszipliniert, aber nicht zu ernst. Konzentriert und ehrgeizig. Sie kommen sicher gut miteinander aus. Das Paar, das sich hier letztes Jahr kennengelernt hat, feiert diesen Sommer seinen Jahrestag. Freut mich! Wir haben auch einen jungen Deutschen dabei, Hermann. Er wirkt wie ein Einzelgänger. Er beteiligt sich zwar an Gesprächen, scheint aber keinen richtigen Anschluss zu finden. Nach dem Sieg der deutschen Mannschaft im Europapokalfinale am vergangenen Sonntag hat er ein bisschen angegeben, aber auch das wirkte irgendwie aufgesetzt.

Freitag, 12. Juli

Ich habe gerade den Geschäftsbericht für diese Woche fertiggestellt; jetzt bleibt mir noch Zeit für ein paar persönliche Notizen, bevor wir unseren Freitagsumtrunk veranstalten und ich nach Hause fahre. Da wir uns dieses Jahr, wie auch schon im letzten, auf das Dorf neben dem Armeelager konzentrieren, finden wir auch Gebrauchsgegenstände von Nicht-Römern, die dort gelebt haben. Es muss eine bunte Mischung von Händlern und Handwerkern gewesen sein; wir finden auch Objekte, die eindeutig nicht aus dieser Gegend stammen, wie Glas, Haarnadeln und Perlen.

Donnerstag, 25. Juli

Heute war ein ganz besonderer Tag: Wir sind auf einen Friedhof gestoßen, direkt vor dem Gebiet, auf dem das Dorf gelegen haben muss. Offiziell befinden sich die letzten Ruhestätten außerhalb des Bereichs, für den wir eine Grabungserlaubnis haben, aber ich glaube, ich kann das vor dem Komitee rechtfertigen.

Alle Klischees über die Aufregung, die man bei der Vorstellung, etwas Großes zu finden, empfindet, treffen zu: der trockene Mund, der Ton, der einem im Hals stecken bleibt, der angenehme Druck auf der Brust …

Bestimmt haben alle mir meine Aufregung angesehen, und doch hat niemand den wahren Grund für meine Begeisterung erahnt.

Mit Peter habe ich schon mehrmals über meine Theorien gesprochen, die ihn stets amüsieren. Wie ein echter Wissenschaftler kommt er dann mit sämtlichen Einwänden, die man dagegen vorbringen kann, aber selbst er musste irgendwann zugeben, dass da vielleicht doch etwas dran ist.

Ich werde das Gelände außerhalb der offiziellen Zeiten allein erkunden. Suus ist es gewohnt, ich weiß schon, wie sie mich anschauen wird, wenn ich ihr erzähle, dass ich auch die Wochenenden auf der Ausgrabungsstelle verbringen möchte: den Kopf leicht zur Seite geneigt, die Augen ein wenig zusammengekniffen, lächelnd. Bis sie zwinkert, um mir zu bedeuten, dass sie einverstanden ist.

Sonntag, 25. August

Hermann, der Deutsche, fängt an, mich zu nerven. Er ist mir inzwischen mehr im Weg, als dass er mir nützt. Heute hat er sich schon wieder unaufgefordert zu mir gesellt, deshalb musste ich verheimlichen, wonach ich wirklich suchte. Gemeinsam haben wir einige Routinearbeiten erledigt, die am Freitag liegen geblieben waren, wie das Abspülen der Fundstücke der letzten Woche. Natürlich hätte ich das lieber morgen gemacht. Ich habe schon häufiger durch seine spontane Hilfe wertvolle Zeit verloren.

Montag, 2. September

Jetzt, wo die Studierenden alle in ihre Hörsäle zurückgekehrt sind, ist es viel ruhiger. Nur Jantien, Theo, Ronald und ich sind noch da – und Hermann, der offenbar keine anderen Verpflichtungen hat.

Nur noch ein Monat, dann ist Schluss für dieses Jahr. Nächstes Jahr bekommen wir noch einmal eine Grabungserlaubnis, aber ich habe das Gefühl, dass ich noch nie so nah dran war … Außerdem ist mir das Gerücht zu Ohren gekommen, dass unsere Arbeiten auf dem Friedhof dieses Jahr noch vom Komitee geduldet werden, nächstes Jahr aber nicht mehr. Also heißt es: Jetzt oder nie!

Angenommen, ich würde tatsächlich sein Grab finden! Ein Teil der biblischen Geschichte müsste neu geschrieben werden. Wie wird die katholische Kirche reagieren? Was bleibt vom Mandat des Papstes, das ihm der Überlieferung nach von Petrus erteilt wurde? Gilt nicht jeder Papst als direkter Nachfolger Petri, auf dessen Grab der Petersdom in Rom erbaut wurde?

Freitag, 27. September

Meine Frustration und Unruhe nehmen allmählich epische Ausmaße an.

Noch eine Woche, dann schließen wir die Grabungssaison ab. In den letzten Tagen haben wir schon mit dem Abbau begonnen.

Genau wie an den beiden letzten Wochenenden werde ich hier übernachten. Wenn es sein muss, mit einer Taschenlampe, bis zur letzten Minute. Ist nicht auch Carter auf das Grab des Tutanchamun gestoßen, kurz bevor er nach England zurückkehren sollte?

Sonntag, 29. September

Müdigkeit und Aufregung spielen meiner Fantasie manchmal Streiche, glaube ich. Ständig fühle ich mich beobachtet. Verliere ich etwa den Verstand? Letzte Nacht, als ich mich auf dem unbequemen Feldbett unruhig hin und her wälzte, träumte ich von einer christusähnlichen Gestalt, die zu mir sprach: »Thomas, Thomas, warum verfolgst du mich?«

Mittwoch, 2. Oktober

Große Aufregung, Theo hat eine Visiermaske gefunden, in sehr gutem Zustand! Wirklich ein großartiger Fund! Dennoch konnte ich meine Enttäuschung kaum verbergen.

Wir haben den Champagner aufgemacht, den wir eigentlich erst am Freitag trinken wollten. Aber abgesehen von meinem Frust ist dies wahrscheinlich der schönste Fund von allen, die hier bei den Ausgrabungen in Roomburg gemacht wurden. Ein echtes Prunkstück für das Rijksmuseum van Oudheden; ich sehe die Maske schon hübsch angestrahlt in einer Vitrine stehen.

Heute Nachmittag, wenn alle nach Hause gegangen sind, werde ich einen letzten Versuch unternehmen.

17:30 Uhr – Ich könnte fast religiös werden … Mir fehlen die Worte! Am letzten Tag, ich allein bei der Ausgrabung. Ich bin zum Friedhof gegangen, wo wir wahllos Löcher ausgehoben haben, in der Hoffnung, etwas zu finden. Viele menschliche Knochenstücke, Keramikscherben – wahrscheinlich Grabbeigaben –, aber keine spektakulären Entdeckungen wie ein Schwert oder ein Helm. Wahrscheinlich wurde hier das einfache Volk begraben.

Wider besseres Wissen bin ich mit einem langen, spitzen Stock zur Baustelle zurückgekehrt, mit dem ich in den Boden stieß, um zu testen, ob ich irgendwo Widerstand spürte. Eine primitive, aber nachweislich effektive Methode.

Ich habe den größten Teil des Morgens damit verbracht, erfolglos in den Erdwänden der von uns ausgehobenen Gruben herumzustochern. Und gerade als ich aufgeben wollte und die Spitze des Stocks in die Erde stieß, traf er auf etwas Hartes. Ich stocherte noch etwas weiter: gleiches Ergebnis. Nun tastete ich mich höher und tiefer und konnte bald das Ausmaß dessen abschätzen, was da verborgen war.

Es könnte sich natürlich um einen großen Stein handeln, war aber nicht sehr wahrscheinlich. Dafür schienen die Abmessungen zu regelmäßig zu sein.

Ich versuchte, die Erde mit den Händen wegzuscharren, aber in dem lehmigen Boden hatte es keinen Sinn. Ich lief zurück zum großen Zelt, um eine Schaufel, einen kleinen Spaten und den Feldwagen zu holen. Plötzlich überkam mich die Angst, jemand anderes könnte mir zuvorkommen – was natürlich Unsinn war, denn außer mir war niemand mehr auf dem Gelände.

Nachdem ich die Sachen zusammengepackt hatte, eilte ich zurück und fand die Stelle unverändert vor: den Stock neben der Grube und die Löcher in der Wand, die darauf hinwiesen, dass das, was dort versteckt war, etwa fünfzig bis sechzig Zentimeter lang und etwa vierzig Zentimeter hoch war.

Mit der Schaufel entfernte ich die oberste Erdschicht und fand tatsächlich ein rechteckiges Stück Stein, das wie ein Deckel aussah. Nachdem ich die genaue Größe bestimmt hatte, konnte ich mit einer kleinen Schaufel die Ränder freilegen. Schließlich hatte ich mich so weit vorgearbeitet, dass ich den Gegenstand als Ossuar erkannte, ein Knochenkasten; ein Steinsarg, in dem Angehörige ein Jahr nach der Bestattung die Knochen des Verstorbenen sammelten. Der hier Bestattete musste einen Begleiter gehabt haben, der sich darum gekümmert hatte.

Mit einiger Mühe gelang es mir, den Kasten aus der Erde zu ziehen, die ihn nicht freigeben wollte, nachdem sie ihn fast zweitausend Jahre lang bewahrt hatte. Ich konnte keine Inschriften entdecken, aber natürlich waren die Seiten noch schmutzig. Als ich meinen Fund auf den Feldwagen legte, bekam ich plötzlich einen Weinkrampf. Ob aus Erleichterung oder Nervosität, weiß ich nicht.

Es war ziemlich mühsam, den Wagen mit dem Kasten über das unebene Gelände zurück zum Zelt zu schieben. Es war helllichter Tag, jeder hätte mich sehen können! Ich betete und hoffte, dass niemand vorbeikam. Es kann nicht länger als zehn oder fünfzehn Minuten gedauert haben, bis ich den sicheren Schutz des Zeltes erreicht hatte, aber es fühlte sich an, als wäre ich stundenlang unterwegs gewesen. Mein Rücken war schweißnass, und ich keuchte vor Anstrengung.

Ich schnappte mir einen Eimer Wasser und begann, den Knochenkasten zu schrubben, erst mit einer harten, dann mit einer weicheren Bürste. Ich arbeitete langsam und versuchte, mich zu beruhigen und auf eine mögliche Enttäuschung vorzubereiten. Nachdem ich eine Längsseite des Kastens so gut wie möglich gereinigt hatte, begann ich auf der anderen Seite und entdeckte bald etwas, das wie eine Inschrift aussah. Nun ließ ich alle Vorsicht fahren und entfernte eiligst den Schmutz, der sich im Laufe der Jahrhunderte darauf festgesetzt hatte.

Ich glaube nicht, dass ich jemals meine Gefühle beschreiben kann, als ich die ersten Buchstaben der Inschrift sah, offenbar von einer ungeübten Hand gemeißelt. Plötzlich bedauerte ich, dass niemand sonst Zeuge dieses Moments wurde. *What do you see, Mr Konijnenberg?*, hätte diese Person gefragt, als sie mein erstauntes Gesicht sah. *Wonderful things*, hätte ich gestammelt – genau wie Carter damals.

Der Kasten stand vor mir, teils noch voller Erde, aber an der Stelle der Inschrift sauber geschrubbt, sodass der Effekt besonders dramatisch war. Es war, als ob dieser Teil besonders hervorgehoben würde. Sogar ein Griechisch-Schüler, der gerade das griechische Alphabet beherrschte, hätte die Buchstaben mit Leichtigkeit entziffern können:

ΠΕΤΡΟΣ ΚΕΦΑΣ
Petros Kephas!

Ich werde Peter anrufen. Und auch Hoogers. Ihm erzähle ich von der Visiermaske. Er wäre beleidigt, wenn er später erfahren würde, dass er nicht zu den Ersten gehörte, die informiert wurden, und ich möchte mein gutes Verhältnis zu ihm nicht gefährden.

4

Ungläubig starrte Peter das Kästchen und dann Judith an. Sie steckte es in ihre Tasche und schaute geradeaus, entweder vor Scham oder vor Aufregung, er konnte es nicht sagen.

Das Kästchen war etwa fünfundzwanzig mal zwanzig Zentimeter groß und ungefähr fünf Zentimeter hoch. Peter konnte nicht gleich ein Ober- oder Unterteil erkennen, und auf den ersten Blick fiel ihm auch keine Naht auf. Es schien hermetisch versiegelt zu sein und glich einer auf Hochglanz polierten, rechteckigen dicken Fliese.

Er unterdrückte einen plötzlichen Anflug von Ärger. Unmöglich, einfach ein Artefakt zu entwenden, das bei einer Ausgrabung gefunden worden war! Das verstieß gegen sämtliche Regeln der Archäologie und des Anstands. Wie viele wertvolle Funde waren bereits verloren gegangen, weil sie unterschlagen und auf dem Schwarzmarkt zum Kauf angeboten worden waren?

Sie sprachen kein Wort während der Fahrt. Sie kamen schnell voran, weil die Beamten auf einem großen Teil der Strecke die Busspur benutzten. So umgingen sie den langen Stau der Autos, die in die Stadt drängten, und erreichten nach kurzer Zeit die Boerhaavelaan. Der Streifenwagen hielt vor dem Haus, in dem sich Peters Wohnung befand, einem niedrigen, dreistöckigen Wohnhaus, das ein Viertel der Boerhaavelaan einnahm. Der gesamte Komplex gehörte der

Universität; von daher waren alle Bewohner auf die eine oder andere Weise mit der Universität verbunden.

Peter wollte aussteigen, aber die Tür ließ sich nicht öffnen. Einer der Beamten schaute nach hinten und sagte: »Kindersicherung.«

Der Beamte stieg aus und öffnete erst für Judith, dann für Peter die Tür. Peter entschuldigte sich für den nassen Fleck, den er auf dem Sitz hinterlassen hatte, doch der Beamte winkte ab.

»Mein Kollege hat Ihre Personalien bereits aufgenommen, oder?«

»Ja«, antwortete Peter. Er war plötzlich furchtbar müde. »Morgen muss ich sowieso aufs Revier, um den Diebstahl meines Autoschlüssels zu melden. Aber um ehrlich zu sein, habe ich dafür gerade keinen Kopf.«

»Das kann ich mir vorstellen. Heute Abend ist die Wache auch nur minimal besetzt, wir brauchen alle Einsatzkräfte in der Stadt. Am 2. Oktober geht's manchmal heiß her.« Es klang fast so, als freute er sich darauf. Dann stieg er wieder ins Auto, und sie fuhren los.

Man hörte den Lärm vom Festplatz aus bis hierher; sie waren nur drei- oder vierhundert Meter Luftlinie davon entfernt. Peter sah auf; in keiner der Wohnungen brannte Licht. Offenbar waren alle ausgegangen.

Etwas unbeholfen fischte Peter den Hausschlüssel aus seiner nassen Hose und schloss die Haustür auf. Im Flur sah er aus Gewohnheit in den Briefkasten und holte das *NRC Handelsblad* und die Post heraus. Kurz vor der Treppe blieb er abrupt stehen, sodass Judith fast gegen ihn stieß. Er drehte sich um.

»Du hättest das Kästchen nicht mitnehmen dürfen, Judith. Man darf sowieso keine Ausgrabungsgegenstände an sich nehmen, aber in diesem Fall wurde auch noch ein Verbrechen begangen, und es könnte ein Beweismittel sein. Ich wollte eben im Streifenwagen nicht mit dir diskutieren, aber gleich gehen wir zusammen zur Polizeiwache und bringen es zurück.«

Judith seufzte und versuchte ein Lächeln.

»Ich verstehe, dass du sauer bist, Peter, aber ich war nicht ganz ehrlich zu dir. Ich konnte es eben nur nicht sagen, weil ich Angst hatte, dass die Beamten es hören würden.«

»Was ist denn?«

»Kurz bevor du zurückgekehrt bist, ist Thomas für kurze Zeit zu sich gekommen. Er hat den Arm gehoben, obwohl es schrecklich anstrengend für ihn zu sein schien, und nach oben auf das Zeltdach gedeutet. Dabei hat er die ganze Zeit auf einen bestimmten Punkt gestarrt. Als ich auf einen Tisch geklettert bin, um nachzusehen, was dort sein könnte, hat er die Augen wieder zugemacht und den Arm abgelegt. Es sah ganz so aus, als hätte es ihn beruhigt, dass ich seine Zeichen richtig gedeutet hatte. Ich habe auf dem Zeltgestänge herumgetastet und dieses Kästchen gefunden, Peter. Es lag auf der Latte unter dem Zeltdach. Ich weiß nicht, warum, aber ich hatte sofort den Verdacht, dass es etwas mit dem Überfall zu tun haben könnte. Dass Thomas es gerade noch geschafft hatte, es vor dem Einbrecher zu verstecken. Als ich den Krankenwagen kommen hörte, habe ich mich erschrocken und das Kästchen ohne lange zu überlegen in meine Tasche gesteckt. Dann habe ich gehört, wie du mich gerufen hast, und war sehr erleichtert. Ich habe mich wieder auf den Boden gesetzt und Thomas' Kopf auf meinen Schoß gelegt. Dann bist du auch schon mit den Sanitätern und der Polizei hereingekommen. Ich fand es besser, dir erst später von dem Kästchen zu erzählen.«

»Trotzdem«, reagierte Peter gereizt. »Es rechtfertigt nicht, es einfach zu behalten. Jetzt bekommen wir bestimmt Ärger. Ich rufe gleich bei der Polizei an und kläre das auf.«

»Aber jetzt warte doch erst mal ...«, wandte Judith erneut ein, beendete ihren Satz aber nicht. Er drehte sich um, und sie gingen schweigend in den ersten Stock. Noch bevor er den Schlüssel in das Schloss seiner Wohnungstür steckte, hörte er seine Katze miauen.

»Oh, du hast eine Katze«, sagte Judith, froh, für einen Moment zu einem unverfänglicheren Thema wechseln zu können.

»Ja, einen Kater, er heißt Kater. Ich weiß, nicht besonders originell.« Sie traten ein, und Kater strich Peter um die Beine und schmiegte sein Köpfchen an ihn. Dann rannte er in die Küche zu seinem leeren Futternapf. Peter füllte den Napf mit Trockenfutter und wechselte das Wasser. Anschließend legte er wie immer die Kette vor die Tür und hängte seine Jacke auf.

»Ich gehe erst mal schnell unter die Dusche, wenn du nichts dagegen hast«, sagte er, »und ziehe mir etwas Trockenes an. Anschließend überlegen wir, wie es weitergeht. Du kannst dich so lange ins Wohnzimmer setzen, wenn du magst. Ich bin gleich wieder da.«

Der Fußboden von Peters Schlafzimmer war mit Kleidung bedeckt, überall dort, wo er sie beim Ausziehen fallen gelassen hatte. Die Einzelbettdecke lag aufgeschlagen auf dem großen Doppelbett, das den größten Teil des Raumes einnahm. Peter suchte sich aus den Sachen auf dem Boden etwas Passendes heraus und ging damit ins Bad. Durch die große Glasscheibe im Flur sah er Judith auf der Sofakante sitzen und an ihrer Tasche zupfen. Das Kästchen hatte sie mitten auf den Esstisch gestellt. Da die Lampe über dem

Tisch das einzige Licht war, sah es aus wie ein Museumsstück.

Im Badezimmer streifte Peter die nassen Klamotten ab. Das warme Wasser tat gut. Er hielt das Gesicht unter den Strahl. Die Wunde am Schienbein schien bei näherer Betrachtung nicht allzu schlimm zu sein. Es war ein hässlicher Kratzer, blutete aber schon nicht mehr.

Warum hat Judith bloß dieses Kästchen mitgenommen?, dachte er verärgert. Als ob die Situation nicht schon schlimm genug wäre. Sie hätte es einfach dort lassen oder der Polizei übergeben sollen. Andererseits hatte Thomas das offenbar nicht gewollt, sonst hätte er sie nicht unter Mühen darauf aufmerksam gemacht.

Er trocknete sich ab und zog sich an. Normalerweise wäre er nackt ins Schlafzimmer gegangen und hätte sich dort angezogen, aber mit Judith im Haus ging das natürlich nicht. Als Hanna noch hier gewohnt hatte, musste er sich darum keine Gedanken machen. Es war zwei Jahre her, dass sie gegangen war. Immer noch stand ein Plastiksack mit ihren Kleidern bei ihm, den er zum Secondhandladen bringen wollte.

Als er sich angezogen hatte und das Wohnzimmer betrat, sah er, dass Kater sich auf Judiths Schoß gelegt hatte. Sie streichelte ihn und kraulte ihn unter dem Kinn.

»Ich würde mich auch gerne ein bisschen frisch machen«, sagte sie.

Peter entschuldigte sich, dass er ihr das nicht angeboten hatte. Sie hatte Blut auf ihrer schlammverschmutzten Hose und sogar an den Händen und einen rötlich braunen Fleck auf ihrer Stirn.

»Entschuldige! Natürlich, bitte fühl dich wie zu Hause. Ich hole dir ein Handtuch. Ich habe sogar noch ein paar

Kleider hier, die ich dir geben könnte. Meine Ex hat sie dagelassen, als sie ausgezogen ist. Ich glaube, ihr habt ungefähr die gleiche Größe.«

Er holte den Sack hervor und kippte ihn mitten im Wohnzimmer aus. Falls er auf einen Hauch von Hannas Duft gehofft hatte, wurde er enttäuscht. Ein staubiger Geruch drang ihm in die Nase.

Das ist die Bluse, die sie so oft in Griechenland getragen hat, dachte er. *Die habe ich ihr damals geschenkt.*

Er reichte sie Judith, und dazu eine Jeans und Socken.

Judith ging ins Badezimmer.

Peter packte die Kleidung wieder ein und stellte die Tüte in eine Ecke. Dann nahm er das Kästchen in die Hand, das schwerer war, als man bei einem so kleinen Gegenstand vermuten würde. Er schüttelte es leicht und hielt es dicht ans Ohr, aber er hörte nichts. Jetzt sah er jedoch einen sehr dünnen Spalt, der über die Seite lief, aber er konnte das Kästchen nicht öffnen.

Peter stellte die Schatulle wieder auf den Tisch und stand einen Moment unschlüssig da. Er musste die Polizei anrufen, fiel ihm ein, wegen seines Autos. Aber wahrscheinlich würden sie es erst auf Spuren untersuchen wollen, da vermutlich der Angreifer den Zündschlüssel gestohlen hatte. Er wollte dennoch gerne wissen, wie es weiterging, denn der Wagen konnte ja nicht unbeaufsichtigt stehen bleiben, während jemand mit seinem Schlüssel herumlief.

Aus seinem ursprünglichen Plan, zurück ins Büro zu gehen, um noch etwas zu arbeiten, würde nichts mehr werden. Und morgen wollte er Thomas im Krankenhaus besuchen.

Peter hörte, wie Judith die Dusche aufdrehte. Er ging zur Badezimmertür. Er hörte das Wasser plätschern und Judith leise vor sich hin summen.

Brüsk wandte er sich ab und ging in die Küche, wo er sich einen Whiskey einschenkte. Er fügte ein paar Eiswürfel hinzu, die angenehm klirrten, als er das Getränk im Glas schwenkte. Er atmete das rauchige Aroma ein und trank einen Schluck.

Thomas musste einen Grund dafür gehabt haben, Judith auf das Kästchen aufmerksam zu machen. In seinem Zustand hätte man meinen sollen, dass er anderes im Kopf gehabt hätte, also musste es wirklich wichtig sein. Keinesfalls durfte es jemand anderem in die Hände fallen.

Sie konnten ja auch, überlegte Peter, das Kästchen öffnen und nachsehen, was drin war, und es dann erst übergeben. Das war vielleicht das Beste. Sie könnten Thomas über den Inhalt informieren und ihn der Polizei zur weiteren Untersuchung übergeben. Und nachdem sie es geöffnet hatten, würden sie es im Institut in dem sauerstoffarmen Kasten von Kollege Verbeek unterbringen, der speziell für die Arbeit mit alten Dokumenten konstruiert worden war. Was auch immer sich in diesem Kästchen befand, war seit zweitausend Jahren nicht mehr der Luft ausgesetzt gewesen, deshalb war Vorsicht geboten. Verbeeks Kasten sah ein bisschen aus wie ein Inkubator, mit zwei Öffnungen an der Seite, an denen innen lange Handschuhe befestigt waren. Über der Glasvitrine war eine Kamera montiert, um Dokumente fotografieren zu können.

Die Dusche wurde abgestellt.

Peter ging ins Wohnzimmer und warf auf dem Weg einen flüchtigen Blick auf die Badezimmertür. Durch die Milchglasscheibe sah er, dass Judith ihr Haar trocknete. Kurz darauf kam sie mit einem Turban um den Kopf aus dem Bad. Einen Moment lang war Peter irritiert. Hannas Bluse und ihre Jeans ... Es war, als wäre Hanna zu ihm zurückgekehrt.

Erst jetzt fiel ihm auf, wie schön Judiths Gesicht war. Die langen Haare hatten es teilweise verborgen, doch jetzt kam es richtig zur Geltung. Leichte Sommersprossen auf den Wangen, hellgrüne Augen, gezupfte Augenbrauen. Es war auch ein, er konnte es nicht anders beschreiben, unverwechselbar jüdisches Gesicht. Ihre hohen, ausgeprägten Wangenknochen verliehen ihr etwas Slawisches. Er nahm den letzten Schluck Whiskey und spürte, wie sein Ärger wieder aufflammte.

Judith kam ihm zuvor. »Also gut«, sagte sie. »Du hast recht, vielleicht hätte ich es nicht tun sollen.«

Peter lächelte und wiegte den Kopf hin und her.

»Aber da ist noch mehr. Und jetzt musst du mich ausreden lassen, denn unten hatte ich gerade keine Gelegenheit dazu.«

Sie ging an ihm vorbei und setzte sich auf die Couch. Peter nahm im Sessel ihr gegenüber Platz.

»Thomas hat mich also zu dem Kästchen gelotst, aber kurz bevor er wieder das Bewusstsein verloren hat, hat er noch etwas gesagt. Ich habe es nicht richtig verstanden, aber es schien, als würde er deinen Namen flüstern. Ich glaube, er meinte dich. Deshalb gehe ich davon aus, dass das Kästchen für dich bestimmt ist.«

»Dann ging es also gar nicht um die Maske? Dann hat er mich vielleicht gar nicht deswegen angerufen?«

»Der Eindringling scheint sich auch nicht dafür interessiert zu haben. Er hat sie einfach liegen gelassen.«

»Und er hat wirklich meinen Namen gesagt?«

»Ja, ich glaube schon, jedenfalls klang es so. Es fing mit einem P an, und ich habe ein T gehört.«

»Merkwürdig! Wie auch immer, ich wollte ihn sowieso morgen besuchen. Ich hoffe, er hat sich bis dahin ein bisschen erholt. Vielleicht rufe ich gleich noch im Krankenhaus an und frage, wie es ihm geht.«

»Ich glaube wirklich, dass er auf keinen Fall wollte, dass jemand anderes das Kästchen in die Hände bekommt. Warte doch lieber erst mal mit dem Anruf bei der Polizei, bis du mit ihm gesprochen hast. Morgen ist er bestimmt ansprechbar! Stell dir vor, du gibst es heute zurück und bringst damit alles durcheinander, was Thomas geplant hat.«

Peter dachte einen Moment lang nach. »Da ist tatsächlich etwas dran. Eben habe ich überlegt, es zu öffnen. Mein Kollege hat einen speziellen Behälter, in dem man alte Dokumente in einer sauerstoffarmen Umgebung untersuchen und fotografieren kann, aber ich glaube, du hast recht.«

Judith entspannte sich sichtlich, und auch Peter verspürte eine gewisse Erleichterung.

Er stand auf und ging zum Esstisch. Judith kam zu ihm.

Peter nahm das Kästchen in die Hand und bat sie, es sich mit ihm zusammen anzusehen. Ihr Gesicht war jetzt ganz nah an seinem. Sie schaute sich das kostbare Fundstück aufmerksam an und entdeckte ebenfalls den dünnen Spalt.

Judith richtete sich auf. »Am besten, ich fahre jetzt mal nach Hause. Wir können im Moment sowieso nichts unternehmen.«

»Nein, nein, bleib doch noch ein bisschen hier. Ich mache uns etwas zurecht, ein paar belegte Brote, dann können wir zusammen essen.«

Judith überlegte.

»Etwas essen musst du so oder so.«

Sie stimmte zu. Gemeinsam gingen sie in die Küche, wo vor dem Fenster ein kleiner Tisch mit zwei Stühlen stand. Daneben befand sich die Tür zum kleinen Balkon auf der Rückseite des Hauses, den Peter nur für Katers Katzenklo nutzte.

Judith zog ihre Strümpfe und ihre Pumps an, die sie im Bad gereinigt hatte.

Als sie sich wenig später zum Essen setzten, mit dampfendem Tee vor sich, entspannte sich Peter.

»Interessante Ausgrabung da drüben in Roomburg«, sagte er. »Vor zweitausend Jahren verlief hier die Nordgrenze des Römischen Reiches, entlang des Rheins, ungefähr vom heutigen Katwijk bis nach Deutschland. Hier, wo ich wohne, war eigentlich schon kein römisches Gebiet mehr. Wir befinden uns hier auf der Seite der Bataver, genauer gesagt der Cananefaten.«

»Ach, kommt daher der lateinische Name für Leiden? Lugdunum Batavorum, stimmt's?«

»Nein, obwohl die meisten das glauben, aber das echte Lugdunum war Katwijk. Leiden hat sich später den Namen Lugdunum angeeignet und in einer Art Küchenlatein ›Batavorum‹ hinzugefügt, aber historisch ergibt das keinen Sinn. Es gab übrigens noch andere Orte im Römischen Reich, die Lugdunum hießen, zum Beispiel Lyon.«

Er nahm seine Tasse Tee, umfasste sie mit beiden Händen, blies über den Rand und trank einen Schluck. »Aber dort, wo Thomas und sein Team graben, war ein römisches Castellum namens Matilo. Überall entlang des Rheins gab es solche Forts, die genau den richtigen Abstand zueinander hatten, um mit Lichtsignalen kommunizieren zu können. Inzwischen plant die Stadt Leiden, den ganzen Platz, den das ursprüngliche Castellum eingenommen hat, freizulassen. Das finde ich gut. Eventuell werden sogar Erdwälle aufgeschüttet, um das Gebiet abzugrenzen.«

»Und, wurde schon viel gefunden?«

»Ja, die üblichen Gegenstände. Töpfe, Pfannen, Scherben, Pfeilspitzen. Und diese Maske, deretwegen Thomas mich angerufen hat. Aber das war gar nicht das Wichtigste. Es ging hauptsächlich darum, Matilo genau zu lokalisieren, seine Größe und seinen Grundriss zu bestimmen und wie viele Menschen dort wahrscheinlich stationiert waren. Außerdem hoffte man, Spuren des Bataveraufstandes zu finden.«

»Das war im Jahr 70 nach Christus, oder?« Judith wirkte sehr interessiert. »Ansonsten weiß ich allerdings nicht viel darüber.«

»Ja, das stimmt. Es gab eine große Rebellion hier in der Gegend. In der Nähe des heutigen Valkenburg überquerten die Cananefaten den Rhein und griffen die Römer an, die davon völlig überrascht wurden. Es schien eine Art stillschweigende Übereinkunft gegeben zu haben, sich gegenseitig in Ruhe zu lassen. Man trieb bereits Handel miteinander, und manche jungen Cananefaten meldeten sich freiwillig zum Dienst in der römischen Armee. Jedenfalls hatten sie das Territorium des jeweils anderen respektiert – bis zu diesem Punkt. Die Cananefaten hinterließen eine Spur der Verwüstung und setzten viele der römischen Kastelle in Brand, darunter auch Matilo. Doch die Römer schlugen unbarmherzig zurück und unterdrückten schließlich die Rebellion. Die Forts wurden wieder aufgebaut, und für die nächsten zweihundert Jahre herrschte Ruhe.«

»Soll ich mir Notizen machen, Herr Professor?«

Peter lächelte. »Ich finde das eben alles wahnsinnig interessant, und vielleicht lasse ich mich manchmal zu sehr von meiner Begeisterung mitreißen. Aber worauf ich eigentlich hinauswollte: Ab 250 nach Christus verloren die Römer langsam, aber sicher ihre Macht, und germanische Stämme überquerten öfter die Grenze, um die reichen Villen auf dieser Seite zu plündern. Das Römische Reich selbst war natürlich auch durch innere Unruhen zerrissen. Das Gebiet, auf dem sich das heutige Leiden befindet, war lange Zeit im sogenannten Nebel der Geschichte verschwunden. Erst um 1100 entstand wieder eine Siedlung, ungefähr da, wo heute die Breestraat verläuft. Niederländische Grafen ließen sich dort nieder und errichteten eine Kirche, die Vorläuferin der heutigen Pieterskerk.«

»Die Geschichte von Leiden in Kurzform.«

»Ja, aber da ist noch etwas anderes. Thomas hat ein ziemliches Geheimnis daraus gemacht, aber ich hatte den Eindruck, dass er tatsächlich nach etwas anderem gesucht hat, als sein offizieller Auftrag vorsah.«

»Was denn?«

»Wie gesagt, er hat nicht offen darüber geredet, nur Anspielungen gemacht.«

Es klingelte, und bei dem lauten, schrillen Geräusch schreckten beide zusammen.

Peter ging zur Sprechanlage und fragte, wer da sei.

»Guten Abend. Meneer De Haan?«

»Ja.«

»Hier ist die Polizei«, ertönte eine blecherne Stimme. »Ihre Autoschlüssel wurden heute Abend gestohlen, ist das korrekt?«

Peter lachte kurz über die förmliche Ausdrucksweise des Beamten, als würde er ein Formular vorlesen. Ein leichter deutscher Akzent schwang in seiner Stimme mit.

»Richtig.«

»Dann habe ich gute Nachrichten für Sie: Sie wurden in unmittelbarer Nähe Ihres Wagens gefunden. Darf ich einen Moment hereinkommen? Dann kann ich die weiteren Schritte mit Ihnen besprechen.«

»Von mir aus.« Peter betätigte den Türöffner.

»Die Polizei«, sagte er zu Judith, die sich zu ihm gesellt hatte. »Sie haben meinen Schlüssel gefunden. So ein Glück. Ich ziehe mir schon mal die Schuhe an; vielleicht muss ich oder müssen wir beide das Auto abholen. Netter Service übrigens, extra bei mir zu Hause vorbeizukommen.«

Es klopfte an der Tür.

Als Peter öffnen wollte, rammte die Person auf der anderen Seite sofort die Schulter dagegen, als wolle sie Peter mit einem Schlag außer Gefecht setzen. Die Tür gab nicht nach, weil sie von der Kette gehalten wurde.

Kurz bevor es Peter gelang, die Tür wieder zu schließen, erhaschte Judith einen Blick auf den Mann.

»Das ist gar kein Polizist«, flüsterte sie. »Er ist in Zivil.«

»Was soll das?«, rief Peter durch die Tür.

»Meneer De Haan, bitte öffnen Sie die Tür«, sagte der Mann ruhig. »Lassen Sie uns in Ruhe miteinander reden. Ich kann Ihnen alles erklären. Machen Sie auf. Ich glaube, Sie haben etwas, das nicht Ihnen gehört.«

»Gehen Sie weg!«, rief Peter. »Gehen Sie, oder ich rufe die Polizei!«

»Sie haben keine Ahnung, worauf Sie sich da einlassen, Meneer. Keine Ahnung! Wenn Sie es mir einfach geben, vergessen wir dieses kleine Missverständnis.«

Peter schaute fragend zu Judith, die vehement den Kopf schüttelte. Sie ging zum Wohnzimmertisch hinüber und steckte das Kästchen wieder in ihre Tasche. Dann zog sie ihre Jacke an und reichte Peter seine.

Auf der anderen Seite der Tür war es still. Beide hielten den Atem an. Stand der Mann noch da, oder war er weg?

Dann krachte es zweimal laut, und das Türschloss flog unter Splittern heraus. Wieder warf sich der Mann mit seinem vollen Gewicht gegen die Tür, heftiger als zuvor. Die

Schraube, mit der die Kette im Türrahmen befestigt war, wurde ein Stück aus dem Holz gehebelt.

Judith sah Peter mit weit aufgerissenen Augen an und umklammerte mit einer Hand die Henkel ihrer Tasche.

Peter nahm sie an der Hand, führte sie auf den kleinen Balkon an der Rückseite, schloss die Tür hinter sich und blockierte sie mit einem Besen. Dann kletterte er über die Brüstung und hockte sich an den Rand, wobei er sich mit einer Hand an einem Geländer festhielt. Er sprang hinunter und landete zweieinhalb Meter tiefer im dichten Gebüsch. Die Wunde am Bein schmerzte heftig.

In was für eine verrückte Situation hatte er sich da gebracht?

Judith kletterte nun auch über das Geländer. Sie warf Peter ihre Tasche zu, bevor sie sich an das Balkongeländer hängte und sich fallen ließ. Sie landete sicher. Einen Moment lang verlor sie das Gleichgewicht, aber Peter fing sie auf. Er schaute hoch und sah, dass der Eindringling in der Küche stand.

Der Mann, der mit einer Kapuze über dem Kopf sein Gesicht verbarg, entdeckte Peter und Judith und versuchte mit aller Kraft, die Balkontür aufzustoßen.

»Komm!«, rief Peter, und sie rannten los.

Peter blickte sich noch einmal um. Der Mann hatte seine Versuche, die Balkontür zu öffnen, aufgegeben, und sie aufzuschießen fand er offenbar riskant. Er drehte sich um und verließ die Küche.

Judith und Peter wurden von der Dunkelheit verschluckt.

5

Sie liefen in Richtung des Leidse Hout. Garantiert würde ihr Angreifer außen um das Haus herumlaufen und ihnen bald auf den Fersen sein.

»Zur Polizei, Peter«, stieß Judith keuchend hervor. »Wir müssen Anzeige erstatten.«

»Nein«, rief Peter. »Nein, das können wir nicht!«

»Wieso nicht? Der Kerl ist in deine Wohnung eingebrochen!«

Peter blieb stehen.

»Und dann?« Er klang fast verzweifelt. »Was soll ich denn sagen? Dass wir eine antike Schatulle von einem Tatort entwendet haben, an dem jemand überfallen und schwer verletzt worden war? Weißt du, was das bedeutet, wenn das herauskommt? ›Archäologieprofessor stiehlt Roomburg-Fund.‹ Selbst wenn wir das erklären können, wird mich das verfolgen. Aber noch wichtiger ist, dass Thomas es nicht grundlos geheim gehalten hat. Er hat das Kästchen bewusst im Zelt versteckt. Wer weiß, was wir alles kaputt machen, wenn wir damit zur Polizei gehen. Ganz zu schweigen davon, was es für seinen Ruf bedeuten würde. Aber komm jetzt, wir müssen weiter.«

»Okay, dann eben nicht zur Polizei. Aber was sollen wir denn jetzt machen? Wohin sollen wir gehen? Ein Verrückter mit einer Waffe ist hinter uns her!«

»Mal überlegen«, sagte Peter nachdenklich. »Es gibt nur eine Person, die uns weiterhelfen kann. Wir müssen ins Krankenhaus. Hoffen wir, dass Thomas das Bewusstsein wiedererlangt hat. Vielleicht kann er uns verraten, worum es geht.«

Sie liefen wieder los, schweigend, vorbei am Diaconessenhuis und am Visser 't Hooft Lyceum in Richtung Rijnsburgerweg. Ab und zu schauten sie zurück, aber es schien sie niemand zu verfolgen.

Sie verlangsamten ihr Tempo und gingen weiter, anstatt zu rennen. Sie überquerten den Rijnsburgerweg und kamen an der Sozialwissenschaftlichen Fakultät vorbei, die von den Studierenden »Gebäude 5« genannt wurde; so hatte es geheißen, als es noch zum Krankenhaus gehört hatte.

»Wie spät ist es?«, fragte Peter.

»Kurz vor halb neun. Ob noch Besuchszeit ist?«

»Wenn wir Glück haben, ja. Meist ist sie zwischen sieben und neun, glaube ich. Wir sind gleich da: Schau mal, da vorne ist es schon.«

Das gut beleuchtete, gelb-weiße Gebäude lag hinter dem Leidener Hauptbahnhof, der seit einigen Jahren renoviert wurde. Vor dem Krankenhaus erstreckte sich eine ausgedehnte Rasenfläche.

Im Foyer des Krankenhauses war auf einer Anzeigetafel die Besuchszeit tatsächlich von sieben bis neun angegeben.

Peter ging zum Informationsschalter. »Entschuldigen Sie, können Sie mir helfen?«, fragte er.

Die Empfangsdame, eine ältere Frau, lächelte ihn freundlich an. »Ja, natürlich, was kann ich für Sie tun?«

»Ich möchte zu Meneer Thomas Konijnenberg. Er wurde heute Abend mit einer Kopfwunde eingeliefert.«

»Es tut mir leid, aber ich darf keine Informationen über Patienten herausgeben.« Das Lächeln war verschwunden.

Die Frau sah ihn mit einer Mischung aus Überraschung und leichter Irritation an, weil er das nicht zu wissen schien.

»Das verstehe ich, aber es ist ...«

»Es ist wirklich sehr wichtig«, mischte sich Judith ein. »Meneer Konijnenberg ist heute Abend Opfer eines Verbrechens geworden; wir haben ihn gefunden und machen uns schreckliche Sorgen um ihn.«

»Alles gut und schön, aber ich kann Ihnen trotzdem keine Auskunft geben. Es ist einfach nicht erlaubt.« Sie verschränkte die Arme, bereit, einen weiteren Angriff auf ihr Berufsethos abzuwehren.

»Könnten wir mit jemand anderem sprechen? Einem Arzt oder jemandem, der uns etwas sagen könnte?«, fragte Peter.

Die Frau schien ein wenig aufzutauen. »In welcher Beziehung stehen Sie zu dem Verletzten?«

»Er ist ein Kollege von mir.«

Sie runzelte theatralisch die Stirn und hob die Augenbrauen.

»Ich lehre an der Universität, und er leitet eine Ausgrabung in Roomburg. Wir arbeiten manchmal zusammen. Er hatte mich angerufen und mich gebeten zu kommen, und als wir ankamen, fanden wir ihn in einer Blutlache. Er wurde niedergeschlagen. Wir haben Polizei und Krankenwagen gerufen, und er wurde hierhergebracht. Wir wollen wirklich nur wissen, wie es ihm geht.«

Die Frau schüttelte den Kopf.

»Tut mir leid. Selbst wenn das alles stimmt, kann ich Ihnen keinerlei Auskunft geben, wenn Sie kein naher Verwandter sind. Ich darf Ihnen eigentlich nicht einmal sagen, ob er hier ist.«

Peter seufzte tief und wandte sich niedergeschlagen an Judith. In diesem Moment betrat der Kriminalkommissar das

Foyer, der auch im Zelt bei Thomas gewesen war. Er unterhielt sich mit einem Arzt. Judith witterte offenbar ihre Chance, denn ohne ein Wort zu sagen, ging sie auf den Kommissar zu. Peter folgte ihr.

Der Kommissar wirkte etwas irritiert, als Judith sich in sein Gespräch mit dem Arzt einmischte, erkannte sie aber wieder und wurde sofort freundlicher.

Peter gesellte sich zu ihnen. »Können Sie uns sagen, wie es Thomas Konijnenberg geht?«, fragte er.

»Wer sind Sie denn?«, fragte der Arzt.

»Diese beiden haben Meneer Konijnenberg heute Abend gefunden. Sie haben uns gerufen; ohne sie hätte die Sache viel schlimmer ausgehen können.«

Der Arzt überlegte einen Moment und sagte dann: »Ich kann Sie beruhigen, mehr darf ich nicht sagen. Sein Zustand ist stabil.«

»Könnten wir ihn kurz besuchen?«, fragte Judith.

»Das wird schwierig sein«, sagte der Arzt.

»Außerdem ist er kaum ansprechbar«, fügte der Kommissar hinzu. »Ich wollte nachsehen, ob er schon vernehmungsfähig ist, aber ich muss wohl morgen wiederkommen.«

»Und wenn wir nur mal kurz hineinschauen?«, fragte Judith beinahe flehentlich. »Es war wirklich sehr traumatisch, ihn so in diesem Zelt zu finden. Ich …« Sie brach ab.

Der Kommissar sah den Arzt fragend an, der lächelte und kniff die Augen ein wenig zusammen.

»Na schön, dann will ich mal eine Ausnahme machen, aber nur, weil er Ihnen wahrscheinlich sein Leben verdankt. Sie können kurz hineinschauen; ich werde jemanden schicken, der Sie begleitet. Meneer Konijnenberg liegt in einem separaten Raum und steht unter Bewachung.«

Judith und Peter schüttelten dem Kommissar erleichtert die Hand, der zum Abschied noch einmal scherzhaft salutierte. Sie folgten dem Arzt zur Rezeption, wo er ein kurzes Gespräch mit der Dame am Computer führte. Sie griff zum Hörer, und kurz darauf näherte sich mit energischen Schritten ein Sicherheitsbeamter.

Der Arzt gab ihm ein paar Anweisungen, und nachdem sie sich ausgewiesen hatten, verabschiedeten sie sich von dem Arzt und folgten der Security.

Judith sah Peter besorgt von der Seite an, und er legte ihr die Hand auf die Schulter. Er ließ sie dort, bis sie die Intensivstation erreichten. Der Mann meldete sich über eine Gegensprechanlage an und zog einen Ausweis durch einen Schlitz neben der Tür, woraufhin ein grünes Licht aufleuchtete.

Die Türen öffneten sich automatisch und lautlos, und vor ihnen lag ein breiter Korridor, der genauso aussah wie die anderen Korridore, durch die sie gegangen waren. Das glänzende Linoleum reflektierte das Licht der Leuchtstoffröhren, die an der Decke hingen.

Am Ende des Flures sahen sie einen Polizisten auf einem Stuhl vor einem Zimmer sitzen.

Als sie näher kamen, stand der Beamte auf. Das Holster seiner Waffe schlug gegen seinen Oberschenkel, und die Kette der Handschellen klirrte.

Der Mann, der sie begleitet hatte, erstattete kurz Bericht, tippte sich an die Mütze und verschwand.

»Sie sind also diejenigen, die Meneer Konijnenberg heute Abend am Tatort aufgefunden haben«, stellte der Beamte fest.

Peter musste trotz der ernsten Situation lachen. Bringt man euch auf der Polizeischule bei, so zu reden?, fragte er sich, riss sich aber zusammen.

»Ja, ganz recht«, antwortete er.

Der Mann nickte. »Meneer Konijnenberg wurde inzwischen untersucht«, fuhr er fort, »und außer der Kopfwunde wurden keine weiteren Verletzungen festgestellt. Er scheint eine schwere Gehirnerschütterung zu haben, aber aller Wahrscheinlichkeit nach wird er sich vollständig erholen.«

Peter und Judith nickten.

»Ich habe gehört, Sie dürfen das Krankenzimmer kurz betreten?«

Sie nickten wieder.

Er öffnete die Zimmertür und bedeutete ihnen einzutreten.

Sie gingen hinein und schlossen die Tür hinter sich. Im Zimmer herrschte gedämpftes Licht, wodurch die unregelmäßig blinkenden Leuchten der Geräte noch mehr auffielen. Thomas schien zu schlafen. Er lag auf dem Rücken und hatte die Augen geschlossen.

Peter musste schlucken. »Gott sei Dank«, begann er. Er schluckte noch einmal. »Gott sei Dank, dass ihm nichts Schlimmeres passiert ist.«

Sie stellten sich neben das Bett, und Peter legte seine Hand auf Thomas' Oberarm und drückte ihn leicht.

Mit einem Mal riss Thomas die Augen weit auf.

Erschrocken trat Peter einen Schritt zurück und Judith auf den Fuß, die direkt hinter ihm stand.

Thomas drehte langsam den Kopf zur Seite. Als er Judith und Peter sah, hob er die Augenbrauen. Es war, als wolle er sie auffordern, näher zu kommen. Er murmelte etwas, aber man konnte ihn kaum verstehen.

Peter beugte sich zu ihm hinunter. »Beruhige dich«, sagte er. »Alles wird gut, du wirst wieder ganz gesund. Mach dir keine Sorgen, ruh dich erst mal aus. Hier bist du sicher. Niemand kann dir etwas tun.«

Thomas verzog vor Anstrengung das Gesicht. Peter drehte seinen Kopf so, dass sein Ohr nahe an Thomas' Mund war.

»Das Ksst … t … Kästchen«, murmelte er. »Wo?«

»Wir haben es«, flüsterte Peter ihm ins Ohr. »Mach dir keine Gedanken. Wir bewahren es für dich auf.«

Das schien Thomas zu beruhigen. Er entspannte sich ein wenig, versuchte dann aber wieder, den Kopf zu heben. »Keine Po… nicht …« Er hatte nicht die Kraft, weiterzusprechen.

»Keine Polizei«, ergänzte Peter für ihn. »Nein, wir gehen damit nicht zur Polizei. Mach dir keine Sorgen. In ein paar Tagen bist du wieder draußen, und wir klären das gemeinsam.«

»Aufmachen«, sagte Thomas. Oder war es eine Frage?

»Nein, wir haben es nicht aufgemacht. Wir warten auf dich.«

Unerwartet kräftig packte Thomas Peter am Arm und drückte zu. »Aufmachen … du musst es … aufmachen.«

»Ich soll es öffnen?«

Thomas nickte.

Nun mischte sich auch Judith ein. »Sind Sie sicher?«

Thomas nickte wieder.

»Gut, dann nehme ich es mit ins Institut«, sagte Peter, um Thomas zu beruhigen. »Ich werde Verbeeks Kasten benutzen. Wird schon gut gehen. Es kann nichts passieren. Alles wird gut, mein Freund.«

Thomas ließ seinen Arm los.

»Petrus«, sagte er.

Peter war überrascht, dass Thomas ihn so nannte. Zwar war das tatsächlich sein richtiger Name, aber niemand – außer sein Vater manchmal im Scherz – hatte ihn je so genannt.

»Gefunden ... Wir haben ihn gefunden«, sagte Thomas schwer atmend. »Petrus.«

Seine Stimme wurde schwächer.

»Ja«, versuchte Peter ihn zu beruhigen. »Da hast du etwas ganz Besonderes entdeckt, Thomas. Den Fund deines Lebens. Wir kümmern uns gemeinsam darum. Noch heute Abend mache ich es auf. Morgen komme ich dich wieder besuchen, dann geht es dir bestimmt schon viel besser. Und dann überlegen wir, wie wir unbeschadet aus der Sache rauskommen.«

Die Tür öffnete sich, und ein Pfleger trat ein. Er schob einen hohen Tisch auf Rollen vor sich her.

»Guten Abend«, grüßte er freundlich. »Ich muss Meneer Konijnenberg jetzt für die Nacht fertig machen. Würden Sie sich bitte verabschieden?«

In Peters Hinterkopf schrillte eine Alarmglocke, aber er wusste nicht genau, warum. Er sah noch einmal Thomas an, der die Augen wieder geschlossen hatte. Seine Brust hob und senkte sich regelmäßig.

Der Pfleger nahm eine Spritze und hielt sie mit der Injektionsnadel nach oben. Er klopfte ein paarmal routiniert seitlich dagegen und lächelte ein wenig aufgesetzt.

Judith runzelte die Stirn und sah Peter fragend an.

Ohne irgendwelche Vorbereitungen stieß der Pfleger Thomas die Spritze in den Arm.

Plötzlich fiel Judiths Blick auf die schlammigen Schuhe, die unter der etwas zu kurzen, weißen Hose des Pflegers hervorlugten.

»So«, sagte der Pfleger. »Der sagt nichts mehr.« Er drehte sich um, und sein Lächeln war verschwunden.

Jetzt erkannte Judith den Mann wieder, der versucht hatte, die Tür von Peters Wohnung aufzubrechen.

Und Peter erkannte den deutschen Akzent, der auch das hyperkorrekte Niederländisch des falschen Polizisten eingefärbt hatte.

»Was haben Sie getan!«, rief Judith. »Peter, das ist gar kein Pfleger! Er hat ...«

Jetzt sah auch Peter die verschmutzten Schuhe. Es dämmerte ihm, dass der Mann die gleiche Idee gehabt hatte wie sie und ihnen ins Krankenhaus gefolgt war. Aber wie war er hineingekommen? Er sah einen Ausweis an seinem Kittel hängen, mit einem Foto, das ihm nicht einmal annähernd ähnelte. Der Mann musste jemanden überwältigt und dessen Kleidung über seine gezogen haben.

»Wenn Sie mir jetzt ruhig zuhören, muss es keine weiteren Opfer geben«, sagte der falsche Pfleger jetzt, derart beherrscht, dass es besonders bedrohlich wirkte.

»Keine weiteren Opfer? Was haben Sie mit ihm gemacht?«, rief Judith. Ihre Stimme überschlug sich.

»Sagen wir einfach, dass er jetzt seinem Schöpfer gegenübersteht, um ihm Rechenschaft über sein irdisches Leben abzulegen. Und Sie« – er schaute abwechselnd Judith und Peter an – »erwartet dasselbe, wenn Sie uns nicht geben, was uns gehört.«

»Uns? Was soll das heißen? Von wem reden Sie?«, fragte Peter wütend.

Judith wollte zur Tür rennen, um den Polizisten draußen zu alarmieren.

Der Mann stieß ein kurzes, freudloses Lachen aus. »Der wird Ihnen auch nicht mehr helfen. Sie sind auf sich allein gestellt. Also rücken Sie es raus! Dann vergessen wir diesen unglücklichen Vorfall.« Er griff in Richtung seiner Hüfte, als trüge er dort eine Waffe.

Judith öffnete ihre Tasche und fasste nach der Schatulle.

Die Augen des Mannes leuchteten auf, und ein Grinsen erschien auf seinem Gesicht. »Sehr gut«, sagte er. »Sehr vernünftig von Ihnen. Und jetzt geben Sie es mir, schön langsam.«

»Nein!«, rief Peter. »Judith, nicht!«

Doch Judith lief mit dem Kästchen auf den Mann zu, der ihr seine Hand hinhielt. Plötzlich schlug sie mit einer Heftigkeit zu, die ihren Angreifer überraschte. Die Schatulle traf ihn mit voller Wucht am Kinn, er fiel auf die Knie und fasste sich ins Gesicht. Judith und Peter rannten aus dem Zimmer, bevor der Angreifer wieder zu sich kam.

Der Polizist, mit dem sie eben gesprochen hatten, hing rücklings auf dem Stuhl, als schliefe er tief und fest.

Judith übernahm jetzt die Führung. »Komm mit«, sagte sie. Als sie vor den Türen waren, die glücklicherweise von dieser Seite aus automatisch aufglitten, hörten sie, wie sich die Tür von Thomas' Zimmer hinter ihnen öffnete. Der Mörder stürzte heraus, eine Hand am verletzten Kinn.

Die Türen schlossen sich, und sie rannten zum Treppenhaus.

»Wohin jetzt?«, flüsterte Peter.

Judith sah ein Schild, das zur Krankenhauskapelle eine Etage höher wies. Sie zog Peter mit sich die Treppe hinauf.

»Komm mit, wir gehen da rauf! Er wird glauben, dass wir das Krankenhaus verlassen. Los, wir verstecken uns! Und von da aus sehen wir dann weiter.«

Sie flüchteten in die Krankenhauskapelle, die um die Zeit menschenleer war. Ein schwacher Weihrauchgeruch lag in der Luft und verriet die katholischen Ursprünge des Andachtsraumes. Ein schön geschnitztes Kruzifix wurde von oben von zwei Spots beleuchtet, wodurch die Blicke automatisch auf den gekreuzigten Jesus fielen. Ein paar Holzbänke mit Kniebänken standen für die Besucher bereit.

»Meinst du, das ist eine gute Idee, Judith?«, flüsterte Peter. »Bis jetzt hat er jedes Mal geahnt, was wir vorhatten. Angenommen, er findet uns? Wir können uns hier nirgendwo verstecken.«

Judith ging zum Altar und winkte Peter zu sich. Hinter der Holzvertäfelung, die den Altar auf der Rückseite begrenzte, war ein Zwischenraum von etwa einem halben Meter.

»Schnell, hier rein!«, flüsterte sie.

Peter verzog gequält das Gesicht.

Plötzlich hörten sie Schritte im Flur, und ohne lange nachzudenken, duckten sie sich hinter die Holzverkleidung und setzten sich auf den Boden. Es war staubig, und Peters Nase begann sofort zu jucken.

Sie hörten, wie die Tür der Kapelle geöffnet wurde.

6

Die Tür fiel zu, und es war nicht sofort klar, ob jemand eingetreten war oder nicht. Dann hörten sie, wie jemand mit leisen Schritten auf den Altar zuging.

Peter und Judith hielten den Atem an.

Die Person nahm auf einer der Bänke Platz. Vorsichtig fasste Judith Peters Hand und drückte sie. Erleichtert atmeten beide durch den offenen Mund aus, als sie die Stimme einer älteren Dame hörten, die die ersten Zeilen des Vaterunsers betete. »Vater unser im Himmel, geheiligt werde dein Name …« Den Rest des Gebets sprach sie nicht mehr laut.

Doch ihre Erleichterung währte nicht lange, denn kurz darauf wurde die Tür erneut geöffnet. Wieder ertönten Schritte im Gang, als jemand zum Altar schritt.

»Gnädige Frau«, sagte eine Stimme, und sie erkannten den unverwechselbaren Akzent ihres Verfolgers. »Bitte entschuldigen Sie, dass ich Sie in diesem intimen Moment mit unserem Herrn störe, aber ich suche dringend zwei Personen. Wie lange sind Sie schon in der Kapelle?«

Die Antwort der Frau konnten sie nicht verstehen.

»Vielen Dank, und ich bitte Sie nochmals um Entschuldigung für die Störung. Aber es war wirklich dringend.«

Er blieb einen Moment lang stehen, dann hörten sie, wie sich seine Schritte vom Altar entfernten. Die Tür zur Kapelle öffnete sich und fiel wieder zu.

Gerade als Peter zurückrutschen wollte, um seine Beine ein wenig auszustrecken, hörte er wieder Schritte in ihre Richtung kommen.

»Ich dachte, Sie wären schon weg?«, sagte die Frau, diesmal laut und deutlich.

»Ich gehe gleich, keine Sorge.«

Kurze Zeit später ging der Mann tatsächlich. Sie hörten, wie die Tür geöffnet und geschlossen wurde.

»Endlich«, murrte die Frau leise. »Man kann nirgendwo mehr ein paar Minuten in Ruhe sitzen.«

Etwa zehn Minuten später stand auch sie auf und verließ den Raum. Peter und Judith lehnten sich beide zurück und streckten ihre eingeschlafenen Beine aus.

Es dauerte mindestens noch weitere zehn Minuten, bis Peter es wagte, vorsichtig hinter dem Holz hervorzuspähen. Der Andachtsraum lag nun verlassen da. Judith stand ebenfalls auf, und sie verließen ihr Versteck. Für den Augenblick fühlten sie sich in der alten Kapelle in Sicherheit.

»Was jetzt?«, flüsterte Judith.

»Lass uns noch eine Weile hierbleiben. Ich muss dir nämlich etwas sagen.«

»Was denn?«

»Ich habe dir noch nicht alles erzählt«, gestand Peter.

Judith sah ihn stirnrunzelnd an.

»Komm, setzen wir uns«, sagte Peter, ging zu einer Bank in einer etwas verborgenen Ecke des Raums und nahm Platz.

Judith setzte sich neben ihn. »Was meinst du damit, dass du mir nicht alles erzählt hast?«

»Das ist alles nicht so einfach, Judith.« Er sah sie etwas gequält an. »Weißt du noch, was ich dir bei mir zu Hause gesagt habe, kurz bevor dieser falsche Polizist geklingelt und meine Tür eingeschlagen hat?«

»Nein, tut mir leid. Ich kann im Moment keinen klaren Gedanken fassen.«

»Ich habe dir doch erzählt, dass Thomas so geheimnisvoll getan hat, was die Ausgrabung in Roomburg anging. Und dass er manchmal andeutete, dass er etwas anderes suchte, als in seinem offiziellen Auftrag vorgesehen.«

»Ah, ja, jetzt erinnere ich mich. Du weißt also mehr darüber?«

»Er hat mir das im Vertrauen erzählt. Es geht um …« Peter starrte einen Moment lang auf das Kruzifix; es war, als sammelte er dadurch den Mut weiterzusprechen. »Es geht um …«, fuhr er fort. »Was weißt du über Petrus?«

»Petrus?«, fragte sie. »Den Apostel Petrus meinst du?«

»Ja.«

»Petrus, der Erste unter den Jüngern Jesu, einer seiner Vertrauten«, begann Judith aufzuzählen. »Fischer, ein jähzorniger Mann. Er hat einem Römer das Ohr abgeschlagen, als Jesus verhaftet wurde. Kommt in vielen wichtigen Geschichten des Neuen Testaments vor. Jesus gab ihm den Namen Petrus, ›Fels‹, und sagte, er wolle die neue Gemeinde auf ihm aufbauen. Ähm …« Sie dachte kurz nach. »Hat Jesus nach seiner Verhaftung noch in derselben Nacht dreimal verleugnet, wie Jesus es prophezeit hatte. Dann, nach Jesu Tod und Auferstehung, wird er zum neuen Anführer der Christen. Er geht nach Rom, um das Evangelium zu predigen, und wird dort gekreuzigt, kopfüber, weil er dachte, es sei zu viel der Ehre, auf die gleiche Weise wie Jesus zu sterben. Das war's dann auch schon.«

Judith schwieg einen Moment lang. »Wenn ich es mir recht überlege, ist dein Name, Peter de Haan, wohl auch kein Zufall, oder?«

Peter lächelte.

»Im Grunde schon, weil ich ganz einfach nach meinem Großvater Petrus heiße. Aber so bin ich nie genannt worden; ich hieß immer Peter. Natürlich hat immer mal wieder ein besonders witziger Klassenkamerad wie ein Hahn gekräht, wenn im Religionsunterricht die Passionsgeschichte dran war, aber das hat mich kein bisschen gestört.«

Judith schmunzelte.

Peter seufzte tief und begann zu erzählen, schnell und so leise, dass sich Judith zu ihm beugen musste, um ihn zu verstehen.

»Alles, was du mir eben über Petrus erzählt hast, sind die Geschichten von ihm, die wir von Kind an über ihn gehört haben. Aber wenn man die Evangelien und ihre Entstehung genau studiert und sie miteinander vergleicht, erkennt man, dass die traditionelle Überlieferung, wie sie in Kirche und Schule gelehrt wird, eigentlich nicht haltbar ist. Schon die Evangelien selbst stecken so voller Widersprüche, dass man unmöglich nachvollziehen kann, was tatsächlich passiert ist.«

Judith nickte.

»Überleg mal, was waren die letzten Worte, die Jesus wirklich gesagt hat? Wie viele Menschen kamen am Ostersonntag zum Grab, und wer waren sie? Wem und wo ist Jesus als Nächstes erschienen? Es gibt keine Übereinstimmung zwischen den verschiedenen Berichten, und sie können nicht alle richtig sein. Ganz abgesehen davon, dass das älteste Evangelium, das des Markus, erst um 70 n. Chr. geschrieben wurde, also etwa vierzig Jahre nach dem Tod Jesu. Als historisches Material sind diese Geschichten völlig unbrauchbar. Und so sind sie auch überhaupt nicht gemeint; es sollten Glaubensgeschichten sein, um die Menschen davon zu überzeugen, dass Jesus der im Alten Testament angekündigte Messias war.«

»Ich weiß, was du meinst. Ich habe oft mit Mark, einem Kommilitonen von mir, darüber gesprochen.«

Peter ging nicht auf ihren Kommentar ein.

»Ist dir zum Beispiel nie aufgefallen, dass ...« Er nahm eine Bibel zur Hand, die auf der Bank lag, und begann, darin zu blättern.

»Kannst du eigentlich auch Griechisch?«, fragte er.

»Ja, ich hatte es in der Schule, und natürlich haben wir im ersten Studienjahr Auszüge aus den Evangelien gelesen. Aber danach habe ich mich mehr auf Hebräisch konzentriert, weil ich mich auf das Judentum spezialisiert habe.«

Peter schlug die Bibel beim fünfzehnten Kapitel der Apostelgeschichte auf. »Gut. Hier, schau mal«, sagte er. »Hast du dich nie darüber gewundert, dass etwa in der Mitte der Apostelgeschichte Petrus aus der Geschichte verschwindet? Und dass der Löwenanteil, der nach der Apostelgeschichte folgt, von Paulus stammt – oder ihm zugeschrieben wird?«

»Aber«, wandte Judith ein, »Petrus ist doch nach Rom gegangen, oder?«

»Wo steht, dass er nach Rom ging? Das ist alles nicht erwiesen, Judith. Es steht in der Apostelgeschichte, aber das ist eine Legende, die Beschreibung des Lebens eines Heiligen. Dieses Buch erzählt, wie Petrus nach Rom reist, um dem Bischof von Rom den Schlüssel zum Himmelstor zu geben. Eine buchstäblich fantastische Geschichte. Es kommen sogar sprechende Hunde darin vor.«

»Aber warum wird dann diese Geschichte von Petrus in Rom so erzählt, als wäre sie historisch belegt?«

»Die späteren Bischöfe von Rom wollten ihre Autorität damit legitimieren, dass ihnen ihre Macht von einem Apostel verliehen wurde, und zwar nicht von irgendeinem. Es musste Petrus sein, der Jünger, der Jesus in so vielen wichtigen Momenten nahegestanden hatte.«

»Aber was ist denn nun wirklich passiert? Oder was hat Thomas geglaubt, was passiert ist?«

»Das ist … Dazu komme ich später«, sagte Peter. »Du musst bedenken, Judith, dass die Historie von den Siegern geschrieben wird. Es ist immer ihre Geschichte, die wir lesen, wir hören ihre Version der Ereignisse, aus der sie immer als Sieger hervorgehen und ihre Gegner als Menschen dargestellt werden, die vergeblich versucht haben, den unvermeidlichen Lauf der Geschichte zu vereiteln. Genauso ist es mit dem Neuen Testament. Petrus verschwindet einfach aus den Berichten. Wenn man darüber nachdenkt, ist das wirklich sehr seltsam. Nach Kapitel 15 der Apostelgeschichte kommt er einfach nicht mehr vor.«

»Aber was ist mit den Briefen?«, wandte Judith ein. »Die sind doch von ihm, oder?«

»Ja, sie werden ihm zugeschrieben. Aber glaubst du wirklich, dass der einfache Fischer, der Petrus gewesen sein muss, ein so geschliffenes Griechisch schreiben konnte? Mit solch subtilen theologischen Ideen – Ideen, die sich im Übrigen erst im zweiten Jahrhundert entwickelten? Hätte er das Alte Testament aus der griechischen Übersetzung der Bibel, der Septuaginta, zitieren können? Nein, kein ernsthafter Bibelforscher würde diese Briefe heute noch Petrus zuschreiben. Aber in der Antike war es eine übliche Vorgehensweise. Auf diese Weise konnte man einem Brief mehr Gewicht verleihen.«

Peter tippte mit seinem Finger auf die Seite. »Noch ein einziges Mal erscheint Petrus … bei dem Treffen, das hier beschrieben wird. In Jerusalem findet eine Zusammenkunft zwischen Paulus und seinem Helfer Barnabas und den

Aposteln und anderen Führern statt. Einige Juden, die sich zu Jesus bekehrt haben, haben den Christen aus Antiochia gesagt, dass sie nur gerettet werden könnten, wenn sie zuerst beschnitten würden. Dies ist ein entscheidender Punkt, denn nach Meinung vieler blieb diese Beschneidungspflicht unter dem jüdischen Gesetz in vollem Umfang bestehen. Und das könnte natürlich die Ausbreitung des neuen Glaubens ernsthaft behindert haben. Paulus und Barnabas waren damit überhaupt nicht einverstanden und gingen nach Jerusalem, um mit den anderen darüber zu sprechen. Und bei diesem Treffen hält Petrus ein leidenschaftliches Plädoyer. Hier, schau mal, ab Vers sieben.«

Peter begann zu lesen, und Judith fiel auf, dass er sofort in den dozierenden Ton aus seinen Seminaren verfiel. »Nachdem nun eine lange, erregte Erörterung stattgefunden hatte, stand Petrus auf und sprach zu ihnen: ›Werte Brüder! Ihr wisst, dass Gott schon vor längerer Zeit mich in eurem Kreise auserwählt hat, dass die Heiden durch meinen Mund das Wort der Heilsbotschaft vernehmen und so zum Glauben kommen sollten. Und Gott, der Herzenskenner, hat selbst Zeugnis für sie dadurch abgelegt, dass er ihnen den heiligen Geist gerade so verliehen hat wie uns: Er hat keinen Unterschied zwischen uns und ihnen gemacht, indem er ihre Herzen durch den Glauben gereinigt hat. Warum versucht ihr also jetzt Gott dadurch, dass ihr den Jüngern ein Joch auf den Nacken legen wollt, das weder unsere Väter noch wir zu tragen vermocht haben? Nein, durch die Gnade des Herrn Jesus glauben wir auf dieselbe Weise das Heil zu erlangen wie jene auch.‹«

Peter schlug die Bibel zu, hielt aber einen Finger zwischen die Seiten.

»Du bist katholisch, oder?«, fragte Judith.

»Ja, ich bin katholisch, aber schon seit Jahren nicht mehr aktiv. Ich habe mich allerdings schon in meiner Jugend intensiv für die Person Jesu interessiert. Darüber habe ich mich manchmal mit Thomas unterhalten, und daraus hat sich eine, wie soll ich sagen, enge Bekanntschaft entwickelt, sodass wir mehr als nur Kollegen geworden sind. Der springende Punkt ist jedenfalls, dass es für die meisten Gläubigen, wie auch wahrscheinlich für die Frau, die eben hier gebetet hat, keine Rolle spielt, ob Petrus in Rom gepredigt hat oder nicht. Für ihren Glauben bedeutet es keinen Unterschied, sie spürt die Liebe Jesu in ihrem Herzen. Selbst wenn du ihr sagen würdest, dass diese Briefe nicht von Petrus stammen, die überlieferten Taten Petri auf Legenden beruhen und die Apostelgeschichte historisch dubios ist … würde das keinen Unterschied für ihren Glauben machen.«

»Und für Thomas?«

»Tja, er hat seinen Glauben schon auf der höheren Schule verloren, lange bevor er anfing, sich mit der Bibel zu beschäftigen. Er hat sogar eine Zeit lang überlegt, sich auf Biblische Archäologie zu spezialisieren, übrigens nur, um die Bibel zu widerlegen. Aber dann hat er sich dagegen entschieden. Letztendlich hatte er keine Lust, jahrelang in der Wüste zu graben und zu beweisen, dass er recht hat, indem er nichts findet. Er hat sich dann auf die Archäologie der Niederlande konzentriert, und daher hat man ihn zum Leiter der Ausgrabungen in Roomburg ernannt.«

»Warte mal … Petrus verschwindet also aus der Apostelgeschichte«, rekapitulierte Judith. »Das ist ja wirklich merkwürdig. Ich habe nie richtig darüber nachgedacht, aber die Tatsache, dass eine der Hauptfiguren des Evangeliums einfach so aus der Geschichte herausgeschrieben wird, ist doch bemerkenswert. Als würde man über das Römische Reich lesen und die Geschichte von Julius Cäsar risse einfach ab, bevor er getötet wurde.«

»Genau. Und so ist Thomas auf die Idee gekommen, dass mehr dahinterstecken müsse. Wie gesagt, die Historie wird von den Siegern geschrieben. Natürlich, die Verlierer sind nämlich entweder tot oder nicht mehr in der Lage, ihre Version zu erzählen.«

»Und der Sieger ist?«

»Der Sieger heißt natürlich Paulus. Das Christentum, wie wir es heute kennen, ist das Werk von Paulus. Übrigens taucht er nach dem Ende der Apostelgeschichte auch nicht wieder auf, aber das steht auf einem anderen Blatt. Thomas glaubt jedenfalls, dass Petrus aus der Geschichte herausgeschrieben wurde, weil seine Version des Christentums nicht zu den Plänen und Ambitionen von Paulus passte. Das, was Petrus bei der Versammlung sagt, also in der Passage, die ich dir gerade vorgelesen habe, stammt zum Beispiel laut Thomas gar nicht von ihm. Der Verfasser der Apostelgeschichte legt ihm die Ansichten des Paulus in den Mund, ebenso wie bei der Vision des Petrus in der Apostelgeschichte 10, in der Gott ihm angeblich mitteilte, dass er nun alles essen dürfe und es keine Speisegesetze mehr gäbe. Ein Hindernis weniger; ein weiteres Problem erledigt, das bei der Verkündigung des christlichen Glaubens anderen Völkern gegenüber störte. Dir brauche ich ja nicht zu erzählen, wie viele komplizierte Speisegesetze die Juden beachten müssen.«

Judith seufzte kurz und lächelte dann. Vielleicht denkt sie gerade an die koschere Hühnersuppe ihrer Mutter, sinnierte Peter.

»Thomas hat das also alles nicht geglaubt. Petrus, ein Jude, der sein ganzes Leben innerhalb der jüdischen Tradition verbracht hat und der einem Rabbi gefolgt ist, der mehr als einmal angedeutet hat, dass er kein Jota an den jüdischen Gesetzen ändern will, ausgerechnet so jemand würde zum Bruch mit jüdischen Bräuchen aufrufen? Nein, Thomas denkt, dass Petrus, genau wie Jesus, die Botschaft nur auf das jüdische Volk beschränken wollte. Im Neuen Testament finden sich genügend Belege dafür, und Thomas war nicht der Erste, dem das klar geworden ist.«

»Und welche Pläne hatte dagegen Paulus?«

»Paulus ist eine seltsame Gestalt. Er hat Jesus gar nicht gekannt, ja, er soll sogar die ersten Anhänger Jesu verfolgt haben. Auf dem Weg nach Damaskus soll er sich dann bekehrt haben. Dorthin war er unterwegs, um Christen zu verhaften, für die er aber wahrscheinlich nicht mal zuständig war. Diese Geschichte ist also auch nicht sehr plausibel. Ich bin mir nicht ganz sicher, was sich abgespielt hat.«

»Vielleicht war er ein Spion für die Römer. Und er sollte diesen neuen Kult in einer Art Undercover-Operation unterwandern. Anstatt einer revolutionären Bewegung sollten sie zu einer Gruppierung werden, deren Mitglieder der Regierung treu blieben und dafür im Jenseits ihre ewige Belohnung erhielten.«

»Ein Spion? Mit Decknamen Paulus?«, scherzte Peter. »Man kann ja nie wissen, aber so recht plausibel erscheint mir das nicht. Es wäre eher Stoff für einen Roman. Ich persönlich glaube, dass sich Paulus aufrichtig zum Glauben an Jesus bekannt hat und in seinem Enthusiasmus des Frischbekehrten die Botschaft Jesu so vielen Menschen wie möglich verkünden wollte. Dazu musste er jedoch einige Hindernisse aus dem Weg räumen, die einer weiteren Verbreitung im Weg standen.«

»Also, im Fall von Petrus hältst du es für unwahrscheinlich, dass er sich von den jüdischen Gesetzen distanzieren wollte, bei einem gelehrten, gesetzestreuen Juden wie Paulus dagegen glaubst du es schon?«

»Du musst bedenken«, sagte Peter mit erhobenem Zeigefinger, »dass Paulus Jesus nie begegnet ist. In dieser Hinsicht konnte er freier mit der guten Nachricht umgehen. Ich denke, es war Enthusiasmus und vielleicht auch die Eitelkeit eines Mannes, der eine wichtige Rolle in der neuen Bewegung spielen wollte. Auf diese Weise konnte er seinem Leben einen Sinn geben. Wer weiß, vielleicht war es auch nur reine Eitelkeit.«

»Und was hat Thomas geglaubt?«

»Es gibt da eine Überlieferung, die von einer Reise des Petrus nach Britannia, also England, erzählt.«

»Natürlich auch unbelegt?«, fragte Judith.

»Ja, und möglicherweise genauso glaubwürdig wie die Überlieferung, dass Petrus nach Rom gegangen ist. Jedenfalls war Thomas aber davon überzeugt, dass die Berichte über Petrus' Reise in unsere Regionen historisch korrekter wären. Seiner Theorie nach hatte der einfache Petrus gegen den gebildeten und eloquenteren Paulus den Kürzeren gezogen. Vielleicht lebte Petrus weiterhin in Jerusalem, während Paulus mit seiner Version des Evangeliums durch die römische Welt tourte. Aber es könnte durchaus sein, dass Petrus in den späten Sechzigerjahren hierherkam, kurz bevor Jerusalem im Jahr 70 von den Römern zerstört wurde.«

»Aber wie passt das alles zusammen?«

»Ein Gedanke ließ Thomas nicht los. Angenommen, Petrus wollte hier in Brittenburg, wo jetzt Katwijk liegt, mit einem Boot nach England übersetzen, hat es sich dann aber anders überlegt, oder es fuhren eine Zeit lang keine Boote. Oder aber sein hohes Alter und die Erschöpfung von der langen und gefährlichen Reise über den europäischen Kontinent haben ihn dazu bewogen, die unsichere Seereise nicht anzutreten. Wie Jesus wurde er wahrscheinlich um das Jahr null geboren und muss etwa siebzig Jahre alt gewesen sein.«

»Ja, aber dann …« Judith sah ihn verständnislos an.

»Dann … dann könnte es sein, so Thomas, dass Petrus gar nicht in Rom begraben wurde, sondern hier in der Nähe. Und da Matilo das größte römische Castellum in der Gegend war, hatte Thomas gehofft, seine Theorien bei der Ausgrabung bestätigt zu sehen.«

»Aber das … Das ist ja verrückt!« Judith schlug die Hand vor den Mund, weil sie lauter gesprochen hatte als beabsichtigt. »Das ist doch alles reine Spekulation, Peter«, sagte sie, diesmal leiser. »Das kann nicht dein Ernst sein. Du glaubst doch nicht daran, oder?«

»Ich weiß nicht mehr, was ich glauben soll, Judith. Thomas hat sich tief in die Materie eingearbeitet. Er hat mir Passagen aus alten Schriften zu lesen gegeben, rätselhafte Hinweise, die im Lichte seiner Theorie plötzlich an Bedeutung gewinnen. Aber vor allem …« Peter hielt einen Moment inne. »Nur noch dies«, sagte er, »dann müssen wir wirklich gehen. Es ist doch bemerkenswert, dass die erste Kapelle von Leiden, die im zwölften Jahrhundert erbaut wurde und an deren Stelle später die Pieterskerk entstand, Petrus geweiht war. Laut Thomas war dies ein Hinweis darauf, dass es für die Menschen damals irgendeine Beziehung zwischen Petrus und dieser Region gegeben haben muss. Petrus ist bis heute der Schutzpatron der Stadt. Nicht viele Leidener wissen es, aber Leiden gilt als die ›Schlüsselstadt‹, wegen der Schlüssel, die Petrus von Jesus erhalten haben soll. Trotz der Reformation und auch nach der Befreiung Leidens von den Spaniern, als es naheliegend gewesen wäre, jegliche Spur des Katholizismus in der Stadt zu tilgen, blieb die Kirche St. Pieter bedeutsam. Der Name wurde nicht geändert, gar nichts ist passiert. Thomas glaubte sogar, dass der wahre Grund für die Belagerung von Leiden durch die Spanier damit zu tun hatte, irgendetwas, das die Spanier haben wollten und von dem sie glaubten, dass es sich in Leiden befände.«

»Was sind das für Verschwörungstheorien, Peter?« Judith schüttelte skeptisch den Kopf. »Ich weiß nicht.«

»Was man davon halten soll? Ich weiß es auch nicht, Judith. Aber jetzt sieht es doch tatsächlich so aus, als wäre an diesen Theorien von Thomas etwas dran.«

»Aber wir finden es nur heraus, wenn ...« Sie zögerte.

»Wenn wir die Schatulle öffnen. Ich weiß nicht, ob du das sagen wolltest, aber das habe ich jedenfalls als Nächstes vor. Das sind wir Thomas schuldig. Er hat sein Leben dafür gegeben. Bevor ich zur Polizei gehe – und irgendwann müssen wir mit dieser Geschichte an die Öffentlichkeit gehen – möchte ich herausfinden, wofür Thomas gestorben ist.«

»Und wie willst du das anstellen?«

»Ich will diesen Kasten benutzen, von dem ich dir erzählt habe, die Erfindung meines Kollegen. Sie ist genial, man kann darin alte Papiere erforschen, ohne dass die saure Außenluft das brüchige Papier angreift. Und über dem Kasten ist eine Polaroidkamera angebracht, damit man Fotos machen kann und das Material nur kurz belichten muss.«

»Glaubst du, da sind Papiere drin?«

»Papiere, ein Brief ... Oder, wer weiß, vielleicht ein neues, noch unentdecktes Evangelium.«

»Oder das Testament eines römischen Soldaten«, erwiderte Judith. »Ich würde mich schon mal auf eine große Enttäuschung vorbereiten, Peter. Solche Entdeckungen gibt es nur in Filmen.«

»Wer weiß, wir werden ja sehen«, sagte er resigniert. »Aber komm, lass uns gehen. Wir sollten einen Hinterausgang nehmen.«

An der Tür des Andachtsraumes spähte Peter vorsichtig um die Ecke. Der Flur war leer. Judith hakte sich bei ihm unter, und leise machten sie sich auf den Weg. Sie sahen aus wie ein frommes Paar, das für die baldige Genesung eines Verwandten gebetet hatte, den sie im Krankenhaus besucht hatten.

Am Ende des Flures kam ihnen ein Arzt im weißen Kittel entgegen. Schnell bogen sie in einen Seitengang ein, der sich jedoch als Sackgasse erwies. Am Ende war ein Notausgang.

Judith drehte sich um und sah, dass der Arzt, der ihnen eben entgegengekommen war, ihnen gefolgt und nun stehen geblieben war.

»Hallo? Was machen Sie denn da?«, rief er. »Haben Sie die Durchsage nicht gehört? Alle Besucher sollen sich unverzüglich unten im Foyer versammeln.«

Der Arzt kam auf sie zu, erst zögernd, aber dann immer energischer. Der Abstand zwischen ihnen verringerte sich schnell.

»Kommen Sie bitte mit mir? Dann kann ich Ihnen …«, begann er.

»Komm, Judith!«, sagte Peter und öffnete den Notausgang.

Einen Moment lang schwankte Judith und sah den herannahenden Arzt an, der entschuldigend lächelte. Dann drehte auch sie sich um.

In dem Moment, in dem Peter den Hebel herunterdrückte und sich die Tür öffnete, wurde ein schriller Alarm ausgelöst.

7

Judith hörte, wie der Arzt hinter ihnen herrannte. Sie blickte zurück und sah den fassungslosen Ausdruck des Mannes, der in der Tür stehen geblieben war und sie anstarrte. In der Hand hielt er ein kleines Gerät, vermutlich einen Pager, mit dem er den Sicherheitsdienst des Krankenhauses alarmierte.

Peter drehte sich um. »Komm!«, flüsterte er.

An der Rückseite des Krankenhauses entlang liefen sie zu dem kleinen Fahrradtunnel, der die Plesmanlaan mit dem Bahnhofsvorplatz verband.

»Zum Glück ist in der Stadt so viel los«, sagte Peter und nahm Judith an die Hand. Zusammen liefen sie den Morsweg entlang in Richtung Morspoort.

Judiths Hand war etwas klamm. Nach einer Weile spürte Peter, wie sie sich in seinem Griff etwas entspannte. Für Außenstehende waren sie ein ganz normales Paar auf dem Weg zum Jahrmarkt im Stadtzentrum. Peter seufzte tief und blickte Judith von der Seite an, die ihn kurz anlächelte. Sie drückte seine Hand, und er spürte trotz der Situation ein angenehmes Prickeln.

Sie hatten sich der Brücke vor dem Morspoort genähert. Ein stetiger Strom von Menschen überquerte sie in Richtung Stadtmitte. Einen Moment lang blieben sie unschlüssig vor der großen Kanone am Tor stehen. Normalerweise war das Tor offen, doch heute wurde der Durchgang von einer

Bühne auf der anderen Seite versperrt, und die Menge strömte träge wie ein Fluss um das Tor herum. Peter und Judith waren die Einzigen, die stehen blieben.

Plötzlich hörten sie in der Ferne die Sirene eines Streifenwagens. Judith drehte sich erschrocken um und schaute in Richtung des Finanzamtes am Stationsplein. Nicht ein, sondern zwei Polizeiautos näherten sich mit eingeschaltetem Blaulicht.

»Wir gehen ins Institut!«, rief Peter in ihr Ohr. Die Band, die vor dem Café Het Huis De Bijlen spielte, machte einen solchen Krach, dass er sich kaum verständlich machen konnte. Er zog Judith aus der Menschenmenge, und sie gingen in Richtung der ruhigeren Straßen. Sie folgten dem Weg am Wasser entlang durch den De Put Park zu der kleinen Brücke, die über das Galgewater führte. Die Flügel der Windmühle De Put waren mit der rot-weißen Leidener Flagge geschmückt.

Sie liefen durch den Weddesteeg, vorbei an dem Neubau an der Stelle, wo Rembrandt angeblich gelebt hatte, bevor er nach Amsterdam zog.

Wie geschichtsträchtig dieser Ort ist, dachte Peter. *Vielleicht sogar mehr, als wir ahnen.*

Über die Rembrandtstraat liefen sie weiter zum Institut. Das gusseiserne Tor zum Garten stand wie immer offen. Neben der Eingangstür brannte Licht, und die Flure waren ebenfalls beleuchtet.

Peter zog seinen Ausweis durch den Schlitz eines kleinen Kästchens an der Wand, und mit einem leisen Klicken öffnete sich die Tür. Er schaute auf die Uhr. Punkt zehn.

Unglaublich, dass er vor weniger als fünf Stunden noch ruhig in seinem Büro gesessen und zufrieden seinen Zigarillo geraucht hatte!

Er hatte sein Zimmer nicht abgeschlossen; schließlich hatte er erwartet, in einer Stunde wieder zurück zu sein. Judith zog ihren Mantel aus, ließ sich auf das Sofa fallen und lehnte ihren Kopf an die Wand. Sie hatten seit dem Morspoort nicht mehr miteinander gesprochen.

»So«, sagte Peter. »Und jetzt machen wir Folgendes.«

Judith hatte die Augen geschlossen.

»Bist du noch da? Wir müssen noch ein bisschen durchhalten. Ich habe es Thomas versprochen.«

Judith nickte, ohne die Augen zu öffnen.

»Du kannst einfach hier sitzen, dann hole ich den Kasten für die sauerstoffarme Papieruntersuchung. Ich rolle ihn hier rüber, dann muss ich ein bisschen was vorbereiten, und in einer Viertelstunde können wir versuchen, die Schatulle zu öffnen.«

Peter verließ das Büro.

Draußen auf dem Gang herrschte tiefe Stille. Obwohl Peter öfter abends im Institut war und diese Ruhe normalerweise schätzte, wirkte sie heute fast bedrohlich. Er hoffte, ihr Verfolger würde nicht auf die Idee kommen, ins Institut einzudringen. Aber auch er wurde inzwischen möglicherweise von der Polizei gesucht, die nach den Ereignissen im Krankenhaus alarmiert worden war. Vielleicht war er bei seinen nächsten Schritten etwas vorsichtiger.

Das Büro von Verbeek war ebenfalls offen. In der Ecke stand der Apparat, den der Kollege selbst entwickelt und gebaut hatte und der in seiner Schlichtheit genial war. Durch eine ausgeklügelte Konstruktion wurde die Luft in dem Kasten abgesaugt, wodurch ein pH-neutrales Klima, das heißt eine säurefreie Umgebung geschaffen wurde. An der Oberseite waren zwei Strahler mit UV-Filtern angebracht. Dadurch war es möglich, alte und brüchige Dokumente zu betrachten, ohne befürchten zu müssen, dass sie beschädigt wurden, nachdem sie jahrhundertelang nicht dem Tageslicht ausgesetzt waren.

Zum Glück lag die Polaroidkamera im Kasten. Verbeek hatte sich für diese Kamera entschieden, weil sie nach der Aufnahme sofort ein Foto ausgab, sodass man sehen konnte, ob der Text lesbar war. Mit einer normalen Kamera musste man den Film entwickeln lassen und sah erst nach dem Abzug, ob die Aufnahmen gelungen waren. Für Verbeek überwogen die Vorteile des sofortigen Ergebnisses und der kürzestmöglichen Einwirkung von Licht und Luft den Nachteil, dass man keine Negative der Fotos bekam. Er hatte sich angewöhnt, von den Polaroids sofort anschließend vergrößerte Fotokopien anzufertigen und diese zum Studium des Materials zu verwenden.

Vorsichtig rollte Peter den Kasten in sein Büro.

Judith schien inzwischen aus ihrer Lethargie erwacht zu sein. Sie war aufgestanden und betrachtete die Reproduktion des Gemäldes von Gustaaf Wappers.

»Das muss die Hölle gewesen sein«, sagte Judith, ohne sich umzudrehen.

»Ach weißt du, auch an dieser Geschichte ist nichts Wahres dran. Alles sehr zweifelhaft. Außerdem, was hätten diese hungernden Menschen mit dem ausgemergelten Körper des Bürgermeisters anfangen sollen?«

»Du hast recht.« Judith drehte sich um.

»Ja, damals sind Tausende von Menschen umgekommen. Es muss in der Tat die Hölle auf Erden gewesen sein. Mehr als sechstausend der achtzehntausend Einwohner von Leiden sind an Hunger oder der Pest gestorben. Die meisten wissen gar nicht, dass es zwei Belagerungen gegeben hat. Die erste dauerte fünf Monate, und nach einer Unterbrechung von ungefähr zwei Monaten kamen die Spanier zurück. Beim ersten Mal hatten die Stadthonoratioren noch Lebensmittelspeicher angelegt, aber auf die zweite waren sie trotz der Warnungen des Prinzen von Oranje absolut nicht vorbereitet. Und diese Belagerung hat dann so viele Menschenleben gekostet.«

»Und der Bürgermeister van der Werff?«, fragte Judith.

»Um den Bürgern Mut zu machen, soll van der Werff seinen Körper wie eine Art moderner Christus geopfert haben, er wollte ihnen durch seinen Tod das Leben schenken. Aber wenn du mal genau hinschaust ...« Er stellte sich neben Judith. »Laut Thomas, aber das war ein Scherz von ihm«, fuhr Peter fort, »bietet van der Werff auf diesem Gemälde nicht seinen eigenen Körper an, sondern schlägt vor, dieses Kind im Vordergrund zu essen. Man sieht, wie die entsetzte Mutter ihre Arme schützend um ihr Kleines schlingt.« Er lächelte.

»Aber Thomas hatte noch einen anderen Ansatz, und der war durchaus ernst gemeint«, erzählte er weiter, »und zwar, dass die Spanier Leiden aus ganz anderen Gründen belagerten als allgemein von den Historikern angenommen. Ihm zufolge muss es etwas gegeben haben, was es den Spaniern wert war, das damals kleine und relativ unbedeutende Leiden ein Jahr lang zu belagern. Thomas war davon überzeugt, dass die katholischen Spanier um ein ganz bestimmtes Geheimnis wussten, das von entscheidender Bedeutung für sie oder die Kirche war.«

»Und dieses Geheimnis hatte mit Petrus zu tun? Wenn man einmal ein Komplott wittert, kann man praktisch alles damit in Zusammenhang bringen.«

»So habe ich anfangs auch reagiert«, gab Peter zu. »Aber wenn man sich in die Historie vertieft – und Thomas war wirklich belesen –, erkennt man alle möglichen Ungereimtheiten, die Thomas mithilfe seiner Theorie erklären konnte. Und jetzt sieht es so aus, als hätte er tatsächlich recht gehabt. Als er mich heute Nachmittag anrief, ging es natürlich nicht wirklich um die Maske, die sie gefunden hatten. ›Und es gibt noch mehr, Peter. Deshalb rufe ich dich an. Ich habe es gefunden, und du bist der Erste, der es erfährt.‹ Das hat er gesagt, kurz bevor er aufgelegt hat.«

»Und der Mann, der uns verfolgt?« Ein leichter Schauder überlief Judith.

»Ich weiß auch nicht«, sagte Peter nachdenklich. »Dieser deutsche Akzent … Und er kommt mir irgendwie bekannt vor, als hätte ich ihn schon einmal gesehen, bei der Ausgrabung oder vielleicht sogar hier im Institut. Thomas hat mir einmal von jemandem erzählt, bei dem er kein gutes Gefühl hatte. Es war ein Student aus Deutschland, den Hoogers ihm vermittelt hatte. Ich habe das aber nie ernst genommen. Und was könnte er mit dieser Sache zu tun haben?«

Einen Moment lang starrte er gedankenverloren vor sich hin. »Komm«, sagte er dann. »Wir schließen das Gerät an. In zehn Minuten können wir loslegen. Gibst du mir bitte mal das Kästchen?«

Judith ging zu ihrer Tasche, die neben ihrem Mantel auf dem Sofa lag. Sie schien einen Augenblick zu zögern, bevor sie Peter die Schatulle reichte, und ließ sie nicht sofort los, als er sie nehmen wollte. »Ist es wirklich richtig, was wir tun, Peter?«

Peter sah ihr in die Augen. In einer Hand das Kästchen, legte er ihr die andere auf die Schulter und drückte sie sanft. »Ich weiß, es ist eine verrückte Situation, aber bald ist alles vorbei. Nur dies hier noch. Die Schatulle öffnen, den Inhalt fotografieren und sie wieder schließen. Dann können wir immer noch überlegen, was wir unternehmen. Wir wissen nicht, mit wem wir uns angelegt haben, welche Partei uns gegenübersteht. Wer so weit geht, einen unschuldigen Polizisten und Thomas zu töten, dem muss das hier sehr viel wert sein. Und wenn an Thomas' Theorien auch nur etwas Wahres dran ist, sind wir etwas Großem auf der Spur. Wer weiß, was mit dem Kästchen passiert, wenn wir es den Behörden übergeben? Und wie weit die Macht unseres Gegners oder unserer Widersacher reicht? Alle unsere bisherigen Handlungen waren vertretbar. Aber das, was wir jetzt vorhaben … Ich will einfach diese Fotos in der Hand haben. Wenn sich gleich herausstellt, dass alles viel bedeutender ist, als wir es uns jemals vorgestellt haben, und anschließend die Beweise verschwinden, möchte ich mir keine Vorwürfe machen müssen, dass ich die Chance nicht genutzt habe, Fotos zu machen. Ich finde auch, dass ich es Thomas schuldig bin. Sonst ist er umsonst gestorben.« Er nahm die Hand von Judiths Schulter.

Sie nickte und ließ das Kästchen los.

Peter ging damit zum Glaskasten, stellte es hinein und überprüfte, ob noch genügend Bilder in der Polaroidkamera waren.

»Wie willst du es eigentlich öffnen? Es sieht aus, als wäre es hermetisch verschlossen. Du solltest es nicht beschädigen, nur weil wir es eilig haben. Sollten wir nicht doch erst einmal die Sache an die Öffentlichkeit bringen und es unter wissenschaftlichen Laborbedingungen aufmachen?«

»Judith, ich versichere dir, dass diese Konstruktion, auch wenn sie einfach aussieht, zum Besten gehört, was es gibt. Sie ist auf dem neuesten Stand der Technik.«

Judith sagte nichts mehr.

»Aber ich weiß ehrlich gesagt auch nicht genau, wie wir das Kästchen öffnen sollen. Ich kann mir allerdings nicht vorstellen, dass man dafür einen Code oder so etwas braucht. Es ist einfach eine sehr geschickt konstruierte Schatulle, deren beide Hälften perfekt zusammenpassen. Ich glaube, Verbeek hat hier irgendwo …«

Peter zog eine Schublade auf, die sich direkt unter dem Glaskasten befand. Fein säuberlich geordnet lag dort eine ganze Reihe von Werkzeugen. Pinzetten, Messer in verschiedenen Größen und Formen, eine Art Feile, die sich zu einer scharfen Spitze verjüngte, sogar ein kleiner Hammer.

»Damit müsste es zu schaffen sein.«

Peter suchte ein paar Instrumente heraus und legte sie neben den Kasten. Dann schloss er den Deckel mit mehreren Klammern, sodass der Glaskasten hermetisch abgedichtet war, und befestigte die Kamera in der Halterung darüber. Die speziell präparierten langärmeligen Handschuhe steckten in der Box.

Peter schloss das Gerät an, und sofort flackerten zwei Lichter auf, die ein sanftes blaues Licht verbreiteten. Auch der kleine Extraktor begann zu summen und erzeugte einen leichten Luftstrom neben der Box.

»So«, sagte Peter erleichtert. »Alles scheint zu funktionieren. Ich habe schon öfter damit gearbeitet. Natürlich nicht mit so altem Material, wie hier vielleicht drin ist, aber mit ziemlich empfindlichen Dokumenten.«

Er setzte sich auf das Sofa und bedeutete Judith, sich neben ihn zu setzen.

»Warum hast du das eigentlich aufgehängt?«, fragte sie und deutete auf das Poster von Papst Johannes Paul II. in seinem Papamobil.

»Ah, das«, sagte er lächelnd. »Schön, oder?«

»Geht so«, sagte sie zurückhaltend. »Ich kann mich nicht so dafür begeistern. Warum hängt ein Ex-Katholik ausgerechnet dieses Poster in seinem Büro auf?«

»Ach, Judith, nicht viele wissen das, aber dieses Bild wurde an dem Tag aufgenommen, an dem ich meinen Glauben an Gott verloren habe. An meinem ersten Tag als Ex-Katholik, wenn du so willst.«

Judith sah ihn fragend an. »Was ist passiert?«

»Du weißt bestimmt, dass einmal ein Attentat auf den Papst verübt wurde, oder?«

»Ja, ich kann mich noch gut daran erinnern. 1981, damals war ich elf Jahre alt.«

»Genau, am 13. Mai 1981. Der Türke Mehmet Ali Ağca hat aus nächster Nähe mehrere Schüsse auf den Papst abgegeben. Er wurde im Unterleib, an der Hand und am Arm verwundet, überlebte den Angriff aber wie durch ein Wunder. Für die Gläubigen war es natürlich kein Wunder, es war ›nur‹« – Peter zeichnete Anführungszeichen in die Luft – »ein Beweis für Gottes Eingreifen in das Leben der Menschen. Nach Aussage des Papstes wurden die Kugeln von Maria persönlich an den lebenswichtigen Körperteilen vorbeigelenkt.«

»Und später hat er dem Schützen vergeben, richtig?«

»Ja, er hat Ağca im Gefängnis besucht und ihm vergeben. Fantastische PR für ihn. Aber dieses Ding, dieses Papamobil … Vorher ist er in einem Auto mit einem erhöhten, von Glas umgebenen hinteren Sitz gefahren, sodass die versammelten Gläubigen ihn deutlich sehen konnten, wenn er sie segnete. Nach dem Anschlag im Mai 1981 wurde das Glas durch Panzerglas ersetzt.«

»Ja, und? Ich verstehe immer noch nicht, was das mit dem Verlust deines Glaubens zu tun hat.«

»Es war merkwürdig und hat mich unvorbereitet getroffen. Ich erinnere mich noch gut daran, dass ich eine Nachrichtensendung gesehen habe, in der ein kurzer Bericht über die erste Fahrt im Papamobil mit dem kugelsicheren Glas gebracht wurde. Man sah, wie der Papst von der ekstatischen Menge beklatscht wurde; viele Menschen waren in Tränen aufgelöst und hoben ihre Handflächen zum Himmel, um Gott für die Rettung ihres Papstes zu danken. Aber ich dachte nur: Na schön, aber wenn ausgerechnet der Glaube von Johannes Paul nicht stark genug ist, um fest darauf zu bauen, dass Gott ihn noch einmal vor einem Übeltäter beschützt, was bleibt dann für mich als einfachen Gläubigen? Wenn selbst der Papst auf Panzerglas zurückgreift, weil er sich nicht sicher ist, ob Gott die Kugeln beim nächsten Mal an seinen lebenswichtigen Organen vorbeilenken kann ... Und wenn der nächste Anschlag auf sein Leben gelingt, ist das doch auch das Gottes Wille, oder?«

Das Brummen der Maschine wurde allmählich leiser.

»Und ich dachte«, sagte Peter jetzt fast im Flüsterton. »Sind nicht sogar die Haare auf meinem Haupt alle gezählt? Achtet Gott nicht so sehr auf die Menschen, dass nichts ohne seinen Willen geschieht? Hält er nicht die ganze Welt in seiner Hand? Und wenn schon der Stellvertreter Jesu auf Erden an der Allmacht Gottes zweifelte, wer war dann ich, ein Kleingläubiger, der diesen felsenfesten Glauben haben und behalten sollte? Es war nicht unbedingt so, dass ich genau an diesem Tag meinen Glauben verloren habe, aber ...«

»Und jetzt?«, fragte Judith.

»Und jetzt? Jetzt weiß ich nicht mehr, was ich davon halten soll«, sagte Peter. »Während des Studiums war ich eine Zeit lang auf der Suche nach einem Sinn. Ich besuchte sonntagmorgens verschiedene Kirchen, um auszuprobieren, in welcher ich mich zu Hause fühlte. Ich ging dann ungefähr zwei Jahre lang in eine traditionelle protestantische Kirche; ich belegte sogar einen Kurs, um möglicherweise zu konvertieren, aber ich tat es dann doch nie. Was mich ansprach, war der intellektuelle Ansatz, die langen Predigten, ihre Kenntnis der Bibel, das Singen der Psalmen und Hymnen. Ich habe dann die Bibel zweimal von vorne bis hinten gelesen, und zum Spaß habe ich Psalmen auswendig gelernt. Ein großer Teil meines Wissens über die Bibel stammt aus dieser Zeit.«

»Aber auch das hat dich nicht zum Glauben zurückgebracht?«

»Nein, ich konnte mich irgendwie nicht damit identifizieren, warum, kann ich nicht einmal genau erklären. Vielleicht war es wie in dem Gleichnis, in dem der Sämann Getreide auf felsigem Boden ausstreut, kennst du das?«

Judith nickte. »Ja, das kommt mir bekannt vor.«

»Ich war bereit für den Glauben, aber er hat offensichtlich keine Wurzeln in mir geschlagen.«

Er sah Judith von der Seite an.

»Das war die Kurzversion«, sagte er. »Bei einer anderen, besseren Gelegenheit, die hoffentlich bald kommen wird, kann ich dir die ausführlichere Version erzählen, wenn es dich interessiert. Und dann möchte ich auch gerne mehr von dir erfahren. Über dich und deinen Glauben.«

Von dem Apparat ertönte ein Klicken, dann war er still. Ein grünes Lämpchen auf der Vorderseite leuchtete auf.

Plötzlich klingelte das Telefon auf dem Schreibtisch. Peter und Judith fuhren vor Schreck zusammen und starrten es an.

»Geh nicht ran«, warnte Judith.

»Nein, natürlich nicht. Es kann ja niemand wissen, dass wir hier sind. Vielleicht ein Zufall, ein Anruf von einem Studierenden. Hat bestimmt nichts zu bedeuten.«

Das Telefon verstummte.

Doch gleich darauf begann es wieder zu klingeln. Nach acht oder neun Mal hörte es auf.

Judith und Peter blieben reglos sitzen.

Schließlich stand Peter auf, prüfte den Glaskasten und klopfte zufrieden darauf. »Sieht gut aus«, sagte er, sichtlich bemüht, die Stimmung etwas aufzulockern. Anschließend krempelte er die Ärmel hoch und steckte die Hände in die langen Handschuhe. »Nichts aber ist verhüllt, das nicht enthüllt werden wird, und nichts verborgen, was nicht bekannt werden wird«, murmelte er vor sich hin und ergriff das Kästchen. »Jetzt kommt der Moment der Wahrheit«, sagte er und nahm einen Meißel in die Hand.

Judith beugte sich über den Glasdeckel.

»Normalerweise arbeitet man hier drin eher mit Pinzetten«, bemerkte Peter, dem jetzt der Schweiß auf die Stirn trat. »Damit blättert man vorsichtig Seite um Seite der alten Dokumente um, die zu brüchig sind, um sie mit bloßen Händen zu berühren. Aber manchmal …« Behutsam klopfte er auf die Stelle der Schatulle, an der seitlich eine helle Fuge zu sehen war. Als nichts passierte, klopfte er etwas fester. Ein kleiner Splitter flog ab.

Er fluchte unterdrückt.

»Soll ich es mal versuchen?«, fragte Judith.

Peter schüttelte vehement den Kopf. »Das war nur der erste Versuch. Gib mir eine Chance; wenn es nicht klappt, kannst du es probieren.« Er setzte den Meißel an derselben Stelle an und klopfte noch einmal kurz und heftig. Nun brach ein etwas größeres Stück ab.

»Ah«, sagte Peter, und trotz des Schadens, den er angerichtet hatte, klang er erfreut. »Das ist tatsächlich ein Spalt. Ich könnte natürlich auch … Nein, ich darf es nicht zerschlagen. Wäre zwar am einfachsten, aber …«

»Komm, lass mich«, sagte Judith und legte eine Hand auf seine Schulter.

Peter klopfte noch einmal halbherzig mit dem Hammer, doch er wusste, dass er das Kästchen nur noch mehr beschädigen würde. Er trat einen Schritt zurück, und nun schob Judith ihre Arme in die Handschuhe. Sie konzentrierte sich, nahm das Kästchen in die Hand und betrachtete es von allen Seiten, als sähe sie es zum ersten Mal.

»Wenn das zweitausend Jahre lang versiegelt war«, sagte sie zögernd, »weiß ich nicht, ob wir es einfach so aufbekommen. Glücklicherweise scheinen wir ja nur den Deckel lösen zu müssen. Nicht auszudenken, wenn wir erst einen Code entschlüsseln müssten, und wenn man ihn falsch eingibt, platzt ein Röhrchen mit Tinte oder Säure und vernichtet alles, was sich da drin befindet.«

Sie setzte den Meißel direkt neben der Stelle an, an der Peter gerade ein Stück abgeschlagen hatte, und klopfte vorsichtig ein paarmal auf die Fuge. Jedes Mal bewegte sie den Meißel ein Stückchen weiter.

»Vielleicht kann ich den Deckel so ein bisschen lockern«, sagte sie so konzentriert, dass sie zwischen jedem Wort innehielt. »Ich habe das Gefühl, dass sich schon etwas bewegt.« Vor Anspannung schaute ihre Zungenspitze ein wenig zwischen den Lippen hervor.

Peter sah sie von der Seite an. Die Ähnlichkeit mit Hanna drängte sich wieder auf, aber das lag wohl hauptsächlich daran, dass Judith ihre Kleidung trug. Nein, sie glich doch eher Sabrina …

Ach, wie viele Briefe sie sich in der Zeit nach seiner Rückkehr geschrieben hatten! Jeden Brief hatte er blitzschnell überflogen, immer die letzten Zeilen zuerst, denn in denen hatte sie ihre Liebe und ihre Sehnsüchte ausgedrückt und war dabei nie in Wiederholungen verfallen. *Küsse, wo immer du willst.* Ab und zu telefonierten sie miteinander, aber das war beiden eigentlich zu teuer, und die Stimme des anderen zu hören steigerte das Verlangen nur. Sie schmiedeten Pläne für den nächsten Sommer.

Und mit der Zeit wurden die Abstände zwischen den Briefen immer größer. Die Erinnerungen verblassten, sodass es irgendwann so schien, als hätte er alles nicht selbst erlebt, sondern nur darüber gelesen oder einen Film gesehen. Das Leben eines anderen. Der Tonfall der Briefe wurde immer distanzierter, routinemäßiger. Und doch hatte es ihn getroffen, als sie schrieb, dass sie jemanden in der Armee kennengelernt habe. Wie alle israelischen Frauen musste auch Sabrina ihren Wehrdienst leisten. Sie hatte ihm ein Foto von sich in Uniform geschickt, mit den Golanhöhen im Hintergrund. Gott, was hätte er in diesem Moment nicht alles dafür gegeben, als Mitglied ihrer Einheit neben ihr zu stehen …

»Sooo …«, sagte Judith jetzt und riss Peter damit aus seinen Träumereien.

»Ich glaube, ich hab's!«, sagte sie und klopfte noch ein paarmal vorsichtig. Die ursprünglich kaum wahrnehmbare Fuge hatte sich zu einem deutlich erkennbaren Spalt verbreitert.

Judith griff nach einem Meißel mit einer etwas dickeren Klinge und versuchte, den Deckel damit aufzuhebeln. Er bewegte sich leicht, die Fuge wurde größer. Sie arbeitete sich einmal um die ganze Schatulle herum.

»Ich glaube«, sagte sie mehr zu sich selbst als zu Peter, »ich glaube, der Deckel ist jetzt gelockert. Willst du ihn abnehmen?«

Peter zögerte einen Augenblick lang. »Nein, ich lasse dir den Vortritt. Du hast das toll gemacht!«

»Gut, los geht's.«

Judith legte Meißel und Hammer weg und machte sich daran, den Deckel abzunehmen.

Auf einmal schlug die Eingangstür am Ende des Flurs zu. Erschrocken sahen sie sich an.

»Es ist schon nach elf«, flüsterte Peter. »Wer könnte das sein?«

»Ein Kollege vielleicht? Ohne Chipkarte kommt man doch hier nicht rein.«

»Stimmt, aber was will jemand um diese Zeit noch hier?«

Sie hörten Schritte, die in ihre Richtung kamen. Es klang, als hätte es die Person im Korridor weder eilig noch würde sie sich bemühen, ihre Anwesenheit zu verbergen.

»Schnell«, sagte Judith. Sie hatte ihre Hände aus den Handschuhen gezogen. »Hast du etwas, was du darüberwerfen kannst? Ein Tuch oder so?«

Rasch zog Peter eine Decke unter seinem Schreibtisch hervor. Wenn er am Computer arbeitete, legte er gerne eine Decke über seine Beine. Das hatte Hanna am Ende ihrer Beziehung unglaublich aufgeregt. »Als würde ich mit einem alten Knacker zusammenleben!«, hatte sie geschimpft.

Peter warf die Decke über den Glaskasten, um ihn vor neugierigen Blicken zu verbergen.

Es klopfte an der Tür. »Peter?«, sagte jemand. »Peter, bist du da?« Es war die Stimme von Hoogers.

Peter öffnete die Tür, und vor ihm stand tatsächlich sein alter Dozent. Rote Flecken zogen sich über seinen Hals, wie immer, wenn er sich über irgendetwas aufregte. Ungebeten trat er ein, legte Peter eine Hand auf die Brust, drängte ihn rückwärts ins Zimmer und schloss sofort die Tür hinter sich.

»Wer ist die denn?«, fragte er mit einem Kopfnicken in Judiths Richtung, ohne sie anzuschauen.

»Das ist Judith. Judith Cherev, eine Studentin von mir. Judith, das ist Professor Hoogers. Judith und ich waren gerade noch dabei …«

»Ich hatte heute Nachmittag einen Termin, um über meine Abschlussarbeit zu sprechen«, versuchte Judith Peter herauszureden. »Wir waren bei der Ausgrabung in Roomburg und sind dann noch einmal kurz hierhergekommen, um …«

»Haltet die Klappe, alle beide«, stieß Hoogers mit kaum unterdrückter Wut hervor. »Versucht nicht, mich zum Narren zu halten! Ich habe dich eben gerade angerufen, und du bist nicht drangegangen, obwohl du hier warst!« Die roten Flecken hatten sich über die untere Hälfte seines Gesichts ausgebreitet. »Weißt du« – und erst jetzt wandte er sich an Judith – »wisst ihr eigentlich, in welche Schwierigkeiten ihr euch gebracht habt? Worauf ihr euch da eingelassen habt? Der Polizeipräsident hat mich gerade zu Hause angerufen. Er wollte wissen, ob ich irgendwelche Informationen über dich hätte oder wüsste, wo du dich aufhältst.«

»Aber warum haben sie ausgerechnet dich …?«, begann Peter, aber Hoogers ließ ihn nicht ausreden.

»Weil sie nach dir suchen«, sagte er abgehackt. »Und weil sie hofften, dass ich als dein Chef sie vielleicht aufklären könnte. Du wirst mit einem Mord in Verbindung gebracht, Peter! Schlimmer noch, mit einem Doppelmord! Thomas Konijnenberg wurde in seinem Bett umgebracht, und der arme Polizist, der im Flur Wache schob, ist auch tot. Euer Besuch wurde von den Überwachungskameras aufgezeichnet, aber kurz bevor die Morde begangen wurden, wurde das Objektiv der auf die Tür gerichteten Kamera mit Farbe besprüht!« Pieter Hoogers war immer lauter geworden.

»Ja, aber wir haben nichts damit zu tun!«, entgegnete Peter, der ebenfalls laut wurde.

Auch Judith mischte sich nun ein. »Bitte, Professor Hoogers«, sagte sie mit leiser Stimme. »Das Wichtigste ist jetzt, dass wir alle die Ruhe bewahren. Wir können das alles erklären. Wir müssen nur noch …« Sie warf einen kurzen Blick auf Peter, der nickte.

»Wir müssen nur noch etwas besprechen … oder besser: etwas erledigen«, fuhr sie fort. »Bitte vertrauen Sie uns. Anschließend gehen wir sofort zur Polizei, das verspreche ich Ihnen. Es ist alles ein unglücklicher Zufall, und ich weiß, dass einiges gegen uns spricht, aber es ist nicht so, wie es scheint.«

»Peter«, sagte Hoogers, als hätte er Judith gar nicht zugehört. »Thomas ist tot. Er wurde ermordet. Und die Polizei verdächtigt euch. Warum seid ihr aus dem Krankenhaus geflohen, wenn ihr nichts damit zu tun habt? Wieso habt ihr nicht sofort das Wachpersonal gerufen?«

»Pieter, bitte hör mir zu«, beschwor ihn Peter. »Ich weiß, wie das aussieht, aber gib uns eine Minute. Von mir aus kannst du nebenan warten, aber Judith und ich müssen wirklich etwas Dringendes besprechen. Es ist tatsächlich viel passiert, und wir müssen das gemeinsam verarbeiten. Letztendlich gibt es aber für alles eine Erklärung.«

Jetzt war es Peter, der eine Hand auf Hoogers Brust legte und ihn mit sanfter Gewalt zur Tür drängte. Hoogers wirkte etwas überrumpelt, ließ es aber geschehen.

Judith atmete leise auf.

Hoogers kniff die Augen zu Schlitzen zusammen, als würde er ihr immer noch nicht trauen. »Wenn ihr in einer halben Stunde nicht bei mir auftaucht«, sagte er drohend, »verständige ich persönlich die Polizei. Verstanden? Ich bin in meinem Büro nebenan und warte auf euch. Die Zeit läuft – ab jetzt.« Und dabei blickte er demonstrativ auf seine Uhr.

Kurz bevor er die Tür hinter sich schloss, drehte er sich noch einmal um. »Ach, und wie mir zu Ohren gekommen ist, habt ihr auch etwas von der Ausgrabungsstelle gestohlen. Habt ihr das noch?«

Peter nickte. »Gib uns eine halbe Stunde. Dann gehen wir gemeinsam zur Polizei und liefern alles ab. Und klären die ganze Sache auf.«

Hoogers schloss die Tür hinter sich, ohne ein weiteres Wort zu sagen. Sie hörten, wie er in sein Zimmer ging.

»Seltsam, dass er uns eine halbe Stunde gibt«, bemerkte Judith. »Wenn die Polizei ihn angerufen hat und er extra hierhergekommen ist, um nachzusehen, ob du hier bist, würde man doch erwarten, dass er sofort die Polizei verständigt, oder?«

»Ach, wir kennen uns schon so lange«, sagte Peter versöhnlich. »Ich kann verstehen, dass er sauer ist, aber letzten Endes vertraut er mir. Ich kenne ihn schon seit Beginn meines Studiums. Bestimmt fürchtet er auch um den Ruf seines Instituts. Übermorgen geht er in den Ruhestand; er hat sicher Angst, dass sein Lebenswerk kurz vor dem Ende seiner Karriere Schaden nimmt.«

»Na dann«, sagte Judith und zog die Decke vom Glaskasten. »Dann lass uns das hier jetzt schnell hinter uns bringen.«

Sie steckte ihre Hände wieder in die Handschuhe und hebelte ohne große Anstrengung den Deckel ab.

Peter war neben sie getreten und legte den Arm um sie.

Judith hob den Deckel hoch.

In der Schatulle befanden sich zwei Doppelrollen aus pergamentartigem Papier oder vielleicht aus hauchdünnem Leder, sie konnten es nicht sagen. An den Enden ragten zwei hölzerne Griffe heraus, sodass sie wie zwei Miniatur-Thora-

Rollen aussahen. Beide schienen in einem erstaunlich guten Zustand zu sein.

Sie hielten den Atem an.

Vorsichtig nahm Judith eine der Rollen heraus.

Peter pfiff leise zwischen den Zähnen hindurch.

»Das muss eine geniale Konstruktion gewesen sein. Weder Feuchtigkeit noch Licht oder Luft haben dem Inhalt über die Jahrhunderte hinweg etwas anhaben können. Könntest du eine aufrollen? Dann machen wir Fotos und legen sie schnell wieder hinein.«

Judith legte die Schatulle, den Deckel und die Werkzeuge beiseite, um Platz zu schaffen. Vorsichtig entrollte sie das erste Dokument, und bald konnten sie erkennen, dass das Pergament fein säuberlich in Kolumnen beschrieben war, wie eine Thorarolle.

»Der Text sieht aus, als wäre er abgeschrieben worden, so ordentlich und gleichmäßig ist die Schrift«, bemerkte Peter. »Wie eine Reinschrift von etwas anderem, von Briefen vielleicht. Leg es hin und beschwere vorsichtig die Ecken, damit es nicht einrollt. Dann können wir es abfotografieren.«

Judith tat, worum Peter sie gebeten hatte.

»Das ist Griechisch«, sagte er. »Kannst du das lesen?«

»Na ja, mit einem Wörterbuch könnte ich vielleicht etwas davon entziffern«, sagte Judith zögernd. »Allerdings ist das ein Originaltext, also ohne Interpunktion und Großbuchstaben.«

»Oh, schade«, antwortete Peter enttäuscht.

»Aber ich kenne jemanden, der das kann«, fuhr Judith hoffnungsvoll fort. »Er heißt Mark und ist eine Art Genie. Er war ein paar Semester über mir, ist jetzt aber ein bisschen spät dran. ›Interpunktion ist was für Deppen‹ lautet sein Motto.« Sie lächelte, ohne Peter anzuschauen. »Erst irgendwann in der Spätantike wurden Leerzeichen zwischen einzelnen Wörtern eingeführt, wusstest du das? Geübte Leser brauchten sie vorher wohl nicht, aber plötzlich kam das Bedürfnis nach einem zusätzlichen Hilfsmittel auf.«

Sie hatte die Schriftrolle so hingelegt, dass die erste Kolumne zu sehen war, eine breite Spalte, die einer Buchseite glich. Dann zog sie die Hände aus den Handschuhen und machte das erste Bild mit der Polaroidkamera. Praktisch unmittelbar nachdem sie den Auslöser betätigt hatte, kam das Fotopapier heraus. Es war noch ganz weiß, aber innerhalb einer Minute nahm allmählich ein Bild Gestalt an. Sie warteten einen Moment, bis das Foto vollständig entwickelt war. Die Qualität der Aufnahme überraschte sie beide.

»Wow«, sagte Judith. »Ich hatte nicht erwartet, dass es so gut wird.«

»Ich habe dir ja gesagt, dass das Gerät auf dem neuesten Stand der Technik ist«, erwiderte Peter ein wenig selbstzufrieden. »Aber lass uns keine Zeit verlieren.«

Judith legte das Foto ab und rollte den nächsten Abschnitt auseinander. »Tatsächlich, es sieht wie eine Reinschrift aus. Schau mal, es ist alles in derselben Handschrift geschrieben, gleichmäßig, ohne Korrekturen, ohne Ausradierungen. Ich frage mich«, sagte sie und machte ein weiteres Foto, »ob die andere Schriftrolle dieselbe Handschrift trägt.«

»Kannst du schon etwas über den Inhalt sagen?«, fragte Peter.

»Es scheint ein Brief zu sein; es sieht nicht aus wie ein offizielles Dokument. Aber mehr kann ich wirklich nicht sagen; ich bräuchte unbedingt ein Wörterbuch.«

»Dann lass uns jetzt schnell die Bilder machen, dann können wir uns später mit der Übersetzung beschäftigen.«

»In Ordnung.«

Die erste Schriftrolle umfasste zwölf Kolumnen. Sie schienen einzelne Briefe zu enthalten, falls es wirklich welche waren, denn gelegentlich trennten Leerzeilen einzelne Textteile voneinander.

Als Judith das letzte Bild von der ersten Schriftrolle gemacht hatte, schnappte sie plötzlich nach Luft.

»Was ist?«, fragte Peter.

»Da!« Judith deutete auf die letzte Zeile. »Und hier, oh, schau mal, dieser Name kommt ganz oft vor, das sehe ich jetzt erst. Siehst du das?«

Sie deutete auf den Namen, den sie meinte:

Ἰούδας

»Judas. Und hier, am Anfang dieses neuen Briefes, im ersten Satz, heißt es … Warte mal … Das kann ich lesen, es heißt: ›Kephas, ein Diener und Apostel Jeschuas, grüßt‹ –›Kephas‹, das ist Simon Petrus … und dann, schau: ›an Judas‹.«

Judith blickte gespannt zur Seite, zu Peter, der weiter auf das Dokument starrte. »Könnte das sein? Ein Briefwechsel zwischen Petrus und Judas? Aber dann …«

»Dann wäre dieser Fund weitaus explosiver, als Thomas es sich je vorzustellen gewagt hatte«, ergänzte Peter.

»Das ist vielleicht viel größer, als wir bewältigen können, Peter«, stieß Judith hervor. »Hat das vielleicht der Mann gemeint, der in deine Wohnung eingebrochen ist, als er sagte, dass wir nicht wüssten, worauf wir uns einließen?«

Peter nickte.

»Wer weiß, Judith. Andererseits: Woher wusste dieser Mann überhaupt, dass Thomas etwas gefunden hatte? Wenn er es im Zelt versteckt hatte, dann wissen doch sicher nur du und ich davon?«

Das Telefon in Hoogers' Zimmer klingelte. Sie hörten, wie er den Hörer abnahm und gedämpft sprach. Gleich darauf legte er wieder auf.

»Komm«, sagte Judith, »wir sollten uns beeilen. Wir fotografieren noch die andere Rolle und dann gehen wir mit Hoogers zur Polizei, okay?«

Sie rollte die erste Schriftrolle wieder zusammen, legte sie zurück in das Kästchen und nahm die zweite Schriftrolle heraus. Sie enthielt ebenfalls zwölf Kolumnen. Die Handschrift war identisch mit der des ersten Dokumentes.

»Ich habe den Eindruck«, sagte Judith, als sie das Ende der Rolle erreicht hatte, »dass jemand den Briefwechsel zwischen zwei Personen abgeschrieben hat. Die Briefe von Petrus in der ersten Schriftrolle und die Briefe von ... Mein Gott, Peter. Jetzt verstehe ich! Das sind Briefe von Judas! Die Briefe in der ersten Schriftrolle sind von Petrus, und die Briefe in der zweiten Schriftrolle sind von Judas. Schau mal, sie sind sogar mit seinem Namen signiert!«

»Oder«, erwiderte Peter, »sie wurden von jemandem unterzeichnet, der seinen Namen benutzte. Genauso wie die Briefe im Neuen Testament, die auch nicht wirklich von Petrus stammen.«

»Aber Thomas war überzeugt, dass sie authentisch waren. Er hat doch zu dir gesagt: ›Ich habe ihn gefunden‹, oder? Er muss etwas entdeckt haben, das unverkennbar Petrus gehört hat.«

Sie rollte die zweite Schriftrolle fest zusammen und legte sie ebenfalls in das Kästchen zurück, nahm den Deckel und setzte ihn wieder auf. Mit ein paar vorsichtigen Schlägen gelang es ihr, die Schatulle wieder genauso fest zu verschließen wie zuvor.

Sie nahm die beiden Stapel mit zwölf Bildern, legte sie

zusammen, nahm einen Stift und nummerierte die Bilder auf der Rückseite.

Peter zog den Stecker und entriegelte das Gerät.

Er holte die Schatulle heraus und reichte sie Judith. Dann steckte er die Fotos in einen Umschlag und verstaute ihn in der Innentasche seines Jacketts.

Sie zogen ihre Mäntel an.

»Gut gemacht, Judith«, sagte er. »Wir haben getan, was wir konnten. Jetzt gehen wir zu Hoogers und stellen uns der Polizei. Wir geben das Kästchen ab, behalten aber die Fotos, nur für den Fall, dass irgendetwas schiefgeht. Ich darf gar nicht daran denken, dass jemand das Kästchen an sich nimmt! Angenommen, es ist wirklich ein Briefwechsel zwischen Petrus und Judas – was für einen Einblick uns das in die Anfänge des Christentums geben würde! Und dann auch noch unmittelbar von Jesu engsten Aposteln!«

Sie hörten, wie die Tür von Hoogers' Zimmer geöffnet wurde. Er ging den Flur entlang, kam aber nicht zu ihnen ins Büro. Die Schritte entfernten sich, wie es schien, in Richtung Ausgang.

Peter wollte die Tür zu seinem Büro öffnen, aber Judith fasste ihn plötzlich am Arm.

»Irgendetwas stimmt hier nicht, Peter!« Vor Aufregung sprach sie sehr schnell. »Ich weiß nicht genau, warum, aber nachdem Hoogers weg war, hatte ich ein ganz ungutes Gefühl, richtig gruselig.«

»Inwiefern?«

»Weißt du noch, was Hoogers im Hinausgehen gesagt hat?«

»Ja. Er wollte wissen, ob wir das noch hätten, was wir von der Ausgrabung …« Er beendete seinen Satz nicht; jetzt dämmerte es ihm auch.

»Woher wusste er, dass wir etwas mitgenommen hatten?«,

fragte Judith mit aufsteigender Panik in der Stimme. »Thomas hatte die Kiste ganz oben unter dem Zeltdach versteckt. Du und ich waren die Ersten, die bei ihm waren, nachdem er niedergeschlagen worden war, und ich habe das Kästchen in meine Tasche gesteckt, bevor du mit den Sanitätern und der Polizei zurückgekommen bist. Irgendwie muss er …«

Sie hörten Hoogers' Stimme draußen; es klang, als würde er mit jemandem reden.

»Nur unser Verfolger weiß, dass wir etwas mitgenommen haben. Ansonsten kann niemand davon wissen, Peter. Niemand!«

Sie hörten die Eingangstür zuschlagen, und diesmal liefen zwei Menschen in ihre Richtung. Gesprochen wurde nicht mehr.

»Er könnte nur davon wissen, wenn …« Judith schaute zum Fenster. »Kann man das aufmachen?«, fragte sie. Sie rollte den Stuhl hinter Peters Schreibtisch hervor und stellte ihn so gegen die Tür, dass man die Klinke nicht hinunterdrücken konnte. »Los, wir müssen weg!«, flüsterte sie. »Hoogers kann nur von dem Kästchen wissen, wenn er irgendwie mit unserem Verfolger in Kontakt steht.«

Hoogers und sein Begleiter standen jetzt vor ihrer Tür. Die Türklinke bewegte sich, ließ sich aber nicht hinunterdrücken. Hoogers klopfte ein paarmal und sprach mit ruhiger Stimme: »Macht ihr bitte auf? Ich kann jetzt nicht mehr länger warten. Wir hatten eine halbe Stunde ausgemacht. Also, öffnet jetzt die Tür.«

»Wir kommen!«, rief Peter ihm zu und wies mit dem Kinn auf das Fenster.

Hoogers klopfte noch einige Male, und durch die Milchglasscheibe sah Peter, dass sich die andere Gestalt von der Tür entfernte.

Judith öffnete das Fenster, und sofort ging ein rotes Blinklicht an der Seite des Gebäudes an. Einen Moment lang blieben sie unschlüssig stehen. Judith löste sich als Erste aus ihrer Erstarrung. Sie nahm Peter an der Hand.

»Komm«, sagte sie. »Wir tauchen jetzt erst mal eine Weile in der Menge unter.« Sie kletterten hinaus, und Judith zog Peter hinter sich her in Richtung Rapenburg.

8

»Aber das ergibt doch gar keinen Sinn, Judith. Hoogers würde so etwas nie tun. Er ist Professor!« Peter blieb stehen. »Du glaubst doch nicht im Ernst, dass sich jemand mit seinem Ruf mit solchen Typen einlässt, oder? Komm, wir kehren um. Wir sagen ihm, dass wir im ersten Moment in Panik geraten sind, weil wir nicht wussten, wer die andere Person im Flur war und wir wegen unserer Erfahrungen heute Abend allen Grund hatten, misstrauisch zu sein et cetera.«

Judith ging jedoch unbeirrt weiter, ohne sich einmal umzublicken.

Peter war gezwungen, ihr hinterherzulaufen. »Judith!«, rief er. »Was willst du denn machen?«

»Wir gehen eine Weile auf den Jahrmarkt«, antwortete sie, immer noch ohne sich umzusehen.

»Aber hier wimmelt es nur so von Polizei.«

»Genau.« Jetzt hielt sie inne. »Von Polizisten, die alle Hände voll zu tun haben, eine Menge Betrunkener in Schach zu halten. Die Polizei kann es sich nicht leisten, in einer Nacht wie dieser zu viele Leute einzusetzen, um uns aufzuspüren. Sie wissen, wer wir sind; ich meine: Sie wissen, wer du bist. Und sie wissen auch, dass du ihnen nicht lange entkommst. Die Polizei wird erst einmal zusehen, dass dieser Abend ruhig über die Bühne geht, und dann wird sie dich morgen als Ersten ins Visier nehmen, glaub mir. Außerdem habe ich einen Plan. Komm mit!«

Sie waren am Anfang der Rapenburg und der Breestraat angekommen und liefen die Kort Rapenburg hinauf. Am Straßenrand lagen zertrampelte Plastikbierbecher, Papier und leere Pommesschalen. Auf der für den Verkehr gesperrten Straße bewegte sich ein Strom von Menschen in Richtung Festplatz. Viele hatten sich lustig verkleidet, mit einer Perücke oder einem Cowboyhut auf dem Kopf oder mit einer extravaganten Federboa um den Hals.

Auf der Blauwpoortsbrug gab es nicht nur Essensbuden, sondern auch alle möglichen Stände, die Kleidung, Uhren und Parfüm verkauften.

Judith zog Peter an der Hand hinter sich her zu einer Bude mit Verkleidungsutensilien. Sie steckte ihr Haar hoch und stopfte es unter eine große orangefarbene Lockenperücke, die jetzt, nachdem die Europameisterschaft vorbei war, kaum noch etwas kostete. Anschließend suchte sie einen breitkrempigen rot-weißen Cowboyhut aus, auf dessen Vorderseite die beiden gekreuzten Schlüssel aus dem Wappen von Leiden prangten. Dann nahm sie einen roten Schminkstift, hielt Peters Kinn fest und malte etwas auf seine beiden Wangen.

»So. Und jetzt du.«

»Was soll ich malen?«

»Dir habe ich ›03‹ und ›10‹ auf die Wangen geschrieben. Denk dir etwas aus«, sagte sie lächelnd.

Peter sah sie an. Wieder fiel ihm auf, wie schön sie war. Auch er hielt mit einer Hand ihr Kinn fest und malte ihr auf die eine Wange ein rotes Herz und auf die andere zwei Schlüssel.

Der Verkäufer hatte ihnen belustigt zugesehen, wollte jetzt aber Geld sehen. Judith holte ihr Portemonnaie aus der Tasche und bezahlte. An der nächsten Bude bestellte sie zwei große Becher Bier. Sie nahmen beide ein paar tiefe Züge und setzten dann ihren Weg zum Jahrmarkt fort. Dabei kamen sie an mehreren Polizisten vorbei. Tatsächlich hatten sie, wie Judith vorausgesagt hatte, mehr Augen für die Gruppen von ausgelassen Feiernden als für zwei ruhige Passanten.

Der Alkohol entspannte Peter etwas; wäre ihre Situation nicht so wahnwitzig gewesen, hätte er den Spaziergang vielleicht sogar genossen. Arm in Arm gingen sie an den Attraktionen vorbei, die jetzt Hochbetrieb hatten.

Der 2. Oktober war für Peter immer der schönste Abend des Jahres gewesen. Die Bands auf der Straße, das quirlige Treiben auf dem Festplatz, die Gerüche der Essensstände ... Schon zu Beginn seiner Studienzeit hatte er sich begeistert in die Festivitäten gestürzt. Meistens gingen er und seine Kommilitonen ins Antonius Clubhaus, um mit den echten Leidenern die Lieder des Lebens mitzusingen, und danach tanzten sie in den Burgerzaken in der Breestraat. Manchmal tanzten sie die ganze Nacht durch, einmal waren sie von dort aus direkt zum Morgenerwachen und Liedersingen auf dem Rathausplatz und weiter zum Van der Werffpark gegangen, wo ab acht Uhr morgens Chorlieder gesungen wurden, und danach zur Ausgabe von Heringen und Weißbrot im Waaggebouw.

Am nächsten Abend, am 3. Oktober, war traditionell am meisten los in der Stadt. Immer wieder kam es zu Schlägereien zwischen Feiernden, die noch müde vom Vortag und den zweiten Abend in Folge betrunken waren. Die Zeit, in der die Leidener vor allem auf Studierende losgingen – in der Einführungswoche für die Erstsemester wurde Brillenträgern ernsthaft geraten, ihre Brillen während der Feierlichkeiten zum 3. Oktober zu Hause zu lassen, um weniger studentisch zu wirken, war glücklicherweise vorbei, aber für viele war die oft aufgeheizte Atmosphäre in der zweiten Nacht ein Grund, zu Hause zu bleiben.

Judith und Peter gingen zum Beestenmarkt, wo sich die kleineren Stände befanden, wie Schießbude, Entenangeln und Dosenwerfen. Viele der Attraktionen waren in erster Linie für Kinder gedacht, aber um diese Zeit konnte man auch mehr oder weniger beschwipste Erwachsene dabei beobachten, wie sie versuchten, die Pyramide aus sechs Dosen umzustoßen oder mit einer Angel fünf bunte Enten aus einem Wasserkreisel zu fischen.

»Und was machen wir jetzt?«, fragte Peter, drückte seinen leeren Bierbecher zusammen und warf ihn auf den Boden.

»Lass uns eine Weile hierbleiben. Ich glaube, das ist im Moment das Beste. Danach können wir zu mir gehen. Weißt du, wo das Sionshofje ist?«

»Hinter dem Kijkhuis, richtig?«

»Genau. In einer Stunde ist es Mitternacht, und dann wird der Jahrmarkt sowieso geschlossen. Wenn sie wissen, wer ich bin, sind sie garantiert schon bei mir zu Hause gewesen und kommen heute Abend bestimmt nicht noch mal wieder. Dann können wir uns auch die Fotos genauer ansehen. Am liebsten würde ich jetzt sofort nach Hause gehen, aber ich glaube, wir sollten sie lieber noch ein bisschen in die Irre führen. Sie rechnen wahrscheinlich nicht damit, dass wir ausgerechnet auf dem Jahrmarkt sind.«

Inzwischen hatten sie den Nieuwe Beestenmarkt passiert und waren am Lammermarkt angekommen, der von der Windmühle De Valk dominiert wurde. Hier befand sich das Zentrum des Jahrmarkts. Durch die dichte Menschenmenge konnten sie sich nur schlurfend und in winzigen Schritten fortbewegen.

»Behalte um Himmels willen deine Tasche nah bei dir!«, warnte Peter.

Judith zwinkerte ihm beruhigend zu.

Sie gingen an den Autoscootern vorbei, wo sich hauptsächlich Teenager versammelt hatten. Obwohl es kühl war, trugen viele der Jugendlichen keine Jacken. Die Musik dudelte ohrenbetäubend laut, die Menschen schrien sich direkt ins Ohr, wenn sie etwas sagen wollten.

Es gab Fahrgeschäfte, bei denen man schwindelerregend schnelle Runden drehte, während man in seinem Sitz langsam nach oben geschraubt wurde. In einem anderen waren die Menschen in einer Art Käfig angeschnallt, der sich schnell drehte und in dem die Insassen immer wieder kopfüber hingen. Peter wurde schon vom Hinsehen schlecht.

Judith blieb am Riesenrad stehen, das alle anderen Attraktionen um fünfzig Meter überragte. »Komm, wir fahren eine Runde mit«, sagte sie. »Lassen wir all unsere irdischen Sorgen hinter uns.« Sie kaufte zwei Tickets, und sie reihten sich in die Schlange der Wartenden ein.

Peter war erstaunt darüber, wie Judith die Führung übernommen hatte, und zwar von dem Moment an … ja, ab wann eigentlich? Im Grunde ab dem Augenblick, in dem sie das Kästchen geöffnet hatte.

Nun kam die Gondel vor ihnen zum Stehen.

Peter dachte daran, wie sich seine Eltern kennengelernt hatten. In einem Riesenrad, das natürlich viel kleiner gewesen war. Sein Vater hatte mit zwei Freunden auf der Kirmes in Delft in der Schlange gestanden und seine Mutter mit zwei Freundinnen. Sie beide blieben zurück, nachdem ihre Freunde und Freundinnen zusammen in eine Gondel gestiegen waren. Der Betreiber hatte sie kurzerhand in die nächste Gondel gedrängt, und so hatte das Schicksal sie zusammengeführt. Zumindest hatten seine Eltern diese beliebte Familiengeschichte immer so dargestellt. Peter dachte oft über die Rolle des Zufalls nach. Er und seine Geschwister wären nie geboren worden, wenn einer seiner Elternteile nur eine Sekunde später auf die Kirmes gegangen wäre. Wie oft verpasste man etwas, weil man zur falschen Zeit am falschen Ort war? Oder umgekehrt, es passierte einem genau aus diesem Grunde etwas. Wenn Thomas auch nur ein paar Minuten früher angerufen hätte, was wäre dann geschehen? Judith wäre nicht bei ihm gewesen, sie wäre nicht mit ihm zu Thomas gegangen, das Kästchen wäre vielleicht unentdeckt geblieben, und er würde jetzt nicht hier mit ihr sitzen. War man als Mensch nur ein unbedeutendes Rädchen im großen Ganzen? Spielte es eine Rolle, welche Entscheidung man traf? Oder war alles vorherbestimmt?

Das Riesenrad setzte sich in Bewegung.

Aus dem Augenwinkel heraus bemerkte Peter, dass ihn jemand anstarrte. Auch Judith hatte das offenbar gespürt, denn sie drückte fest seinen Arm.

»Ist er das?«, flüsterte sie, obwohl niemand sonst sie hören konnte.

Peter versuchte, sie zu beruhigen. »Nein, das glaube ich nicht.«

Ihre Gondel entfernte sich immer weiter vom Boden, und die starrende Gestalt wurde rasch kleiner. Es sah aus, als wollte sie ihnen ein Zeichen geben.

»Woher weiß er bloß, dass wir hier sind? Dieser Mann macht mich verrückt!«, sagte Judith.

»Er muss derjenige gewesen sein, den Hoogers hereingelassen hat. Ich verstehe nicht, wie Hoogers in diese Sache hineingeraten konnte. Vielleicht hat er ihn auch bedroht? Er wirkte nicht so, als hätte er Angst. Aber wie ist das möglich?

Und der Mann muss uns verfolgt haben. Und jetzt zeigt er uns, dass er uns im Blick hat.«

Nachdem sie ein paar Runden gedreht hatten, blieben sie am höchsten Punkt stehen. Die kleine Gondel schaukelte sanft hin und her. Sie hatten einen tollen Blick auf die Stadt und den hell erleuchteten Platz unter ihnen. Peter kam sich plötzlich lächerlich vor mit dem großen Cowboyhut auf dem Kopf, und auch Judith wirkte weniger selbstbewusst als zuvor.

Das Rad konnte nicht lange stillgestanden haben, aber es fühlte sich wie eine Ewigkeit an. Es war buchstäblich so, als würden sie zwischen Himmel und Erde, zwischen Leben und Tod schweben. Dies war vielleicht der letzte normale Moment seines Lebens, sinnierte Peter, des Lebens, so wie er es bisher kannte. Er dachte an die Auseinandersetzung, die auf sie wartete, sobald sie den Boden erreichten. Sie würden das Kästchen verlieren, und vielleicht auch die Fotos. Für einen Moment flammte Hoffnung in ihm auf: Der Mann konnte nichts von den Fotos wissen – aber nein, Hoogers hatte natürlich seine Schlüsse gezogen, als er Verbeeks Gerät in Peters Zimmer entdeckt hatte. Aber selbst wenn sie schließlich vom Mord an dem Polizisten und Thomas freigesprochen würden, bliebe immer noch die Tatsache, dass er etwas von einer Ausgrabung entwendet hatte, und das würde herauskommen … und seine Flucht vor der Polizei blieb ebenfalls an ihm hängen. Und wer wusste schon, wie stark Hoogers' Einfluss war? Seine akademische Karriere konnte er danach wohl vergessen.

Das Rad setzte sich wieder in Bewegung, und viel zu schnell sanken die Gondeln hinunter. Der Mann, der sie die ganze Zeit im Auge behalten hatte, ging jetzt zum Ausgang.

Unten zögerten sie auszusteigen, aber der Mitarbeiter drängte sie, schnell für die nächsten Kunden ihre Plätze freizumachen.

Peter erwog kurz, zwei weitere Tickets zu kaufen und schnell irgendwo anders einzusteigen, aber dies würde die Katastrophe nur aufschieben. Sie stiegen von der Plattform neben dem Fahrkartenschalter herunter und gelangten wieder auf die Straße.

Der Mann stand reglos da und wartete auf sie; er wusste, dass sie keine Fluchtmöglichkeit hatten. Eine Hand steckte in einer Hosentasche, als wollte er andeuten, dass er noch immer eine Waffe trug. Es war wie eine dieser Szenen in einem Western, wo sich zwei Revolverhelden gegenüberstehen, dachte Peter.

Er beugte sich zu Judith. »Vielleicht wäre das ein guter Zeitpunkt, den Polizisten da drüben auf uns aufmerksam zu machen.«

»Nein. Dann werden wir festgenommen, zumindest für heute Nacht, und müssen alles abgeben, was wir bei uns haben, auch die Fotos. Dann war alles umsonst. Morgen früh können wir uns um alles kümmern, aber zuerst möchte ich nach Hause gehen und mir diese Texte anschauen. Und jetzt sehe ich zu, dass wir diesen Kerl loswerden!«

Zu Peters Erstaunen ging Judith nicht von dem Mann weg, sondern direkt auf ihn zu. Das schien auch ihren Angreifer zu überraschen, denn er hob die Augenbrauen und sah sie erstaunt an. Peter konnte deutlich die Wunde an seinem Kinn erkennen, wo Judith ihn früher am Abend so hart getroffen hatte.

Während sie auf ihn zuging, knöpfte Judith ihren Mantel auf. Sie stieß mit ihm zusammen und fing an zu schreien.

»Lass mich los, du besoffener Mistkerl!«, schrie sie.

Der Mann zuckte zusammen, und rasch bildeten die Leute einen Halbkreis um die beiden. Im Näherkommen sah Peter, dass Judiths Bluse offen herunterhing, als hätte sie jemand gewaltsam aufgerissen. Die oberen beiden Knöpfe waren abgeplatzt und auf den Boden gefallen.

Sie schrie weiter auf den Mann ein: »Willst du mich begrapschen? Du hast wohl nicht mehr alle Tassen im Schrank!«

Sie versetzte dem Mann einen heftigen Stoß. Er taumelte rückwärts und stieß mit ein paar Jugendlichen zusammen, von denen er offensichtlich keine Hilfe zu erwarten hatte. Einer packte ihn sogar am Oberarm. Judith stellte sich vor ihn hin und rief: »Lass mich in Ruhe! Es ist aus! Jetzt kapier das doch endlich!«

Einige Umstehende fingen an zu lachen. Der Jugendliche, der den Mann am Oberarm festhielt, packte ihn noch fester.

»Hast du gehört, was sie gesagt hat, du Idiot?«, schrie er ihm ins Ohr. »Sie will dich nicht mehr. Du hattest deine Chance. Und jetzt verschwinde hier!« Er zog ihn am Arm und zwang ihn so, sich umzudrehen.

Grinsend wandte sich der Jugendliche an Judith. »Wir nehmen ihn ein Stück mit. Dann kannst du dich in Ruhe wieder in Ordnung bringen«, sagte er, während er einen kurzen Blick auf ihre Brüste warf, die nun teilweise sichtbar waren. Seine Freunde lachten und entfernten sich mit dem Mann in ihrer Mitte, der keine Wahl hatte.

Judith hielt mit einer Hand ihre Bluse zusammen. Eine junge Frau kam auf sie zu und sagte: »Ich würde ihn anzeigen. Ich habe das auch schon mal erlebt.«

Doch Judith wimmelte sie freundlich ab. »Ich glaube, das ist nicht nötig. Der weiß jetzt Bescheid. Er ist eigentlich kein schlechter Kerl. Aber trotzdem danke für den Rat.«

Sie kehrte zu Peter zurück, er legte den Arm um sie, und gemeinsam gingen sie die schmale Lange Scheistraat hinunter, die den Lammermarkt mit dem Oude Singel verband. Zu ihrer Rechten lag die Lakenhal. Sie überquerten die kleine Brücke zur Oude Vest und liefen durch den Lange Lijsbethsteeg zum Groot Sions-Hofje, wo Judith wohnte. Kurz bevor sie um die Ecke bogen, hörten sie jemanden in ein Funkgerät sprechen, begleitet von dem Knistern und Rauschen, wie Peter es nur aus Filmen kannte.

Judith spähte vorsichtig um die Ecke und sah, dass gerade ein Polizist ins Auto stieg und die Tür zuschlug. Das Blaulicht wurde ausgeschaltet, und das Auto fuhr leise los.

»Okay, sie wissen also, wer ich bin und wo ich wohne. Aber alles hat auch sein Gutes, hat mein Vater immer gesagt. Nachdem sie mich zu Hause nicht angetroffen haben, werden sie wahrscheinlich für eine Weile nicht mehr hierherkommen.«

Sie ging zur Eingangstür des Hofes und öffnete sie mit einem großen, altmodischen Schlüssel, den sie aus ihrer Tasche genommen hatte. So leise wie möglich durchquerten sie den Hofgarten, bis sie zu einer Tür kamen, auf die in eleganten weißen Buchstaben *J. Cherev* gemalt war. Bevor sie eintraten, bemerkte Peter, dass neben der Eingangstür eine Mesusa angebracht war, ein kleiner Köcher mit Bibeltexten, der nach jüdischem Brauch am Türrahmen befestigt wird.

Judith schaltete eine Lampe im Flur ein. »Warte kurz hier, ja? Ich ziehe mir nur schnell eine andere Bluse an.«

Peter blieb in der Diele stehen, während sie ins Wohnzimmer ging. Sie zog die Vorhänge zu und schaltete die Lampe über dem Esstisch ein. Über einem Stuhl hingen Kleidungsstücke, die sie vermutlich schon einmal getragen hatte. Mit dem Rücken zu ihm zog sie ihren Mantel und ihre Bluse aus und öffnete ihren BH. Sie schien überhaupt nicht genant zu sein. Peter starrte einen Moment lang auf ihren nackten Rücken und trat dann einen Schritt zurück, sodass sie aus seinem Blickfeld verschwand.

Einen Moment später kam sie wieder heraus. »Komm«, sagte sie, »wir gehen zu Mark.«

»Um diese Zeit?«

»Mark ist ein Nachtmensch«, beruhigte sie ihn, »genau wie ich. Er wohnt direkt mir gegenüber; von meinem Schlafzimmer aus kann ich ihn oft bis spät in die Nacht an seinem Schreibtisch sitzen und lernen sehen. Bevor ich ins Bett gehe, schalte ich immer zweimal das Licht ein und aus, um ihm Gute Nacht zu sagen. Dann antwortet er ebenfalls mit seiner Schreibtischlampe.«

Sie gingen um den Hofgarten herum zu Marks Haus, wo tatsächlich noch Licht brannte. Durch die Gardinen sah Peter einen jungen Mann, der am Schreibtisch saß und schrieb. Judith klopfte dreimal ans Fenster. Mark schaute auf und schien nicht überrascht zu sein, zu dieser späten Stunde Besuch zu bekommen. Er stand auf und verschwand im Flur.

»Judith?«, fragte er hinter der verschlossenen Tür.

»Hey, Mark, können wir kurz reinkommen?« Ihre Stimme klang warm.

Die Tür wurde geöffnet. »Klar, kommt rein«, sagte er und trat zurück in den schmalen Flur, um ihnen Platz zu machen.

Judith ging auf ihn zu und gab ihm einen Kuss auf die Wange, wofür sie sich ein wenig auf die Zehenspitzen stellen musste. Mark umarmte sie.

Peter räusperte sich.

»Darf ich vorstellen?«, sagte Judith, nachdem sie sich von Mark gelöst hatte. »Das ist Peter de Haan. Er ist Dozent an der …«

Mark schüttelte Peter die Hand. »Aber ich kenne ihn doch. Ich kenne dich«, wiederholte er, diesmal an Peter gerichtet. »Bei den Archäologen, richtig? Und den Historikern?«

Peter nickte.

»Ich habe mir dein Buch gekauft, den Überblick über die Geschichte Leidens. Ich habe es aber noch nicht gelesen, muss ich gestehen. Aber kommt doch rein.«

Sie gingen hinein. Peter schloss die Eingangstür hinter ihnen. Judith zog Mantel und Schuhe aus und forderte Peter auf, es ihr gleichzutun. Mark führte sie ins Wohnzimmer, das spärlich möbliert und ordentlich aufgeräumt war. Ein Bücherregal, in dem die Bücher nach Farben geordnet waren, füllte eine ganze Wand aus.

Peter runzelte die Stirn, und Judith sah ihn lächelnd an.

»Na, was verschafft mir die Ehre deines nächtlichen Besuchs?«, fragte Mark.

»Setz dich lieber hin, Mark«, antwortete Judith. »Es ist eine ziemlich verrückte Geschichte.«

Während sie in groben Zügen von ihren Erlebnissen der letzten Stunden erzählte, ließ Peter seinen Blick durch das Zimmer schweifen. Ein Sofa, ein Sessel, ein Couchtisch. Dies war das Zuhause einer sehr ordentlichen Person. Nirgendwo ein loses Blatt Papier, keine geöffnete Post, keine aufgeschlagene Zeitung. Neben dem Schreibtisch befand sich ein kleiner Tisch, auf dem eine große Schreibmaschine stand, aus der ein getipptes DIN-A4-Blatt herausragte.

Nachdem Judith ihre Geschichte beendet hatte, war es einen Augenblick still im Zimmer. Mark starrte vor sich hin, als wäre er in Trance. Ein Runzeln erschien auf seiner Stirn. Aber er schwieg.

»Das ist wirklich eine verrückte Geschichte«, sagte er

endlich. »Was ja nicht heißt, dass sie nicht stimmt.« Und wieder schien er in tiefes Grübeln zu verfallen.

Peter sah Judith an, die mit den Schultern zuckte und fast unmerklich den Kopf schüttelte. Die Stille im Zimmer war fast mit Händen zu greifen.

Peter beschloss, das Schweigen zu brechen. »Wie weit bist du mit deinem Studium?«, fragte er Mark.

»Fast fertig«, antwortete Mark, der wieder zum Leben erwachte, aber immer noch nicht ganz bei der Sache zu sein schien. »Ich sitze an meiner Abschlussarbeit.« Er wies mit einer Kopfbewegung in Richtung seines Schreibtischs.

»Über welches Thema?«, fragte Peter.

»Über die Beziehung zwischen den synoptischen Evangelien und Q, dem legendären Manuskript, auf das sich die Evangelisten Matthäus und Lukas teilweise gestützt haben sollen«, erzählte ihm Mark. Das Gespräch über seine Arbeit brachte ihn zurück auf vertrautes Terrain.

»Aber ist Q nicht eher ein theoretisches Konstrukt von Bibelwissenschaftlern? Oder glaubst du, es gab wirklich so was wie Q, so eine Sammlung von Sprüchen Jesu?«, fragte Peter.

»Ja, ich glaube, dass es so etwas tatsächlich gab, und damit bin ich nicht alleine. Nun haben zwar alle möglichen Leute versucht, Q zu rekonstruieren, aber ich bin so dreist zu glauben, dass man es besser machen könnte. Das ist die Kurzfassung.« Er lächelte fast entschuldigend, als hätte er Angst, sein Publikum schon mit dieser kurzen Zusammenfassung gelangweilt zu haben.

Peters Blick fiel auf einen Bilderrahmen auf dem Schreibtisch. Darin stand der Text »SatzzeichensindfürDeppen«, geschrieben in eleganten Buchstaben. Ein Witzbold hatte einen gelben Post-it-Zettel in die Ecke geklebt mit dem Text »WiressenjetztOpa«.

»Das klingt eher nach einer Doktorarbeit als nach einer Abschlussarbeit«, bemerkte Peter.

»Meine Abschlussarbeit konzentriert sich hauptsächlich auf einen sprachwissenschaftlichen Aspekt, nämlich die Gleichnisse Jesu und die unterschiedlichen Erzählweisen bei den Synoptikern Markus, Matthäus und Lukas. Gleichzeitig ist es ein Forschungsansatz, mit dem ich mir nach meinem Abschluss eine Doktorandenstelle erhoffe.«

Peter nickte anerkennend. »Und was hältst du von den Schriftrollen in diesem Kästchen? Wenn die Briefe wirklich von Petrus und möglicherweise von Judas stammen, warum sind sie dann auf Griechisch geschrieben?«

»Es könnte sein, dass sie die Briefe in ihrer eigenen Sprache einem Helfer, einem Sekretär diktiert haben. Damals konnten nicht viele Menschen schreiben, daher war es nicht unüblich, dass man seinen Brief von jemand anderem verfassen ließ. Die Apostel müssen aramäisch gesprochen haben, aber es wäre möglich, dass sie zu einem späteren Zeitpunkt die Texte in das gebräuchlichere Griechisch übertragen ließen.«

»Aber es scheint, dass diese Dokumente nicht für die Allgemeinheit bestimmt waren, oder?«

»Jedenfalls nicht damals, aber wer weiß, welche anderen Überlegungen eine Rolle gespielt haben? Vielleicht hielten der oder die Verfasser die Texte für so wichtig, dass sie nicht wollten, dass sie verloren gingen. Und daher beschlossen sie, sie ins Griechische übertragen zu lassen, um sie leichter zugänglich zu machen. Und gibt es mehrere Kopien? Wenn es transkribierte Briefe sind, dann existieren vielleicht sogar die Originaltexte noch.«

Judith nickte, als sei sie davon überzeugt.

»Wie ich sehe, benutzt du keinen Computer?«, bemerkte Peter.

»Nein, ich habe mit einem gearbeitet, in der UB, aber mir ist ein ganzer Teil meiner Arbeit verloren gegangen, weil ich ihn nicht richtig gespeichert hatte. Ich glaube, dass die hier« – er deutete auf seine Schreibmaschine – »besser für mich geeignet ist. Der Professor hat mir eine Sondergenehmigung erteilt, meine Arbeit auf Schreibmaschine getippt einzureichen. Ich glaube, er fand es amüsant. Aber am Ende werde ich mich sicher darauf einstellen müssen. Das kann man wohl nicht verhindern.«

»Ich habe auf der Maschine meinen ersten Diplomarbeitsentwurf getippt«, erzählte Judith. »Mark hat ihn Korrektur gelesen und kommentiert, und anschließend habe ich ihn am Computer abgetippt, seine Kommentare eingearbeitet und ihn an dich geschickt.«

Peter nickte. Die Vorstellung, wie Judith hier in diesem Raum arbeitete, während Mark ihr Gesellschaft leistete, machte ihn ein wenig eifersüchtig.

»Aber angenommen, Mark«, sagte Peter, »dass die Briefe echt sind. Stell dir mal vor! Judith und ich haben schon die Namen Petrus und Judas entziffert. Wenn es sich wirklich um einen Briefwechsel zwischen den beiden handelt, ist das brisantes Material, oder?«

»Es ist an sich schon ungewöhnlich«, sagte Mark zögernd. »Wie explosiv es ist, bleibt abzuwarten. Vielleicht wurden die Texte von anderen Personen unter ihrem Namen geschrieben, und wir können die Schrift der langen Liste der apokryphen Evangelien hinzufügen. Wenn tatsächlich Petrus und Judas sie geschrieben haben, bleibt abzuwarten, ob sie sich von den uns im Neuen Testament überlieferten Geschichten unterscheiden. Zeigt mir mal die Fotos, dann werde ich sehen, ob ich etwas damit anfangen kann.«

Peter holte die Bilder aus der Innentasche seiner Jacke, gab sie aber nicht direkt an Mark weiter.

»Das war für mich immer eines der großen Rätsel des Evangeliums«, sagte Judith.

»Was denn?«, fragte Peter.

»Die Rolle des Judas. Ich habe das nie verstanden. Ein Jünger aus dem engsten Kreis Jesu, zu dem er anscheinend großes Vertrauen hatte, denn er verwaltete die Schatzkammer. Ein Vertrauter, der Jesus von Anfang an gekannt hat – dass ausgerechnet er Jesus verraten hat, und das für ein paar armselige Silberlinge.«

»Die damals noch gar nicht verwendet wurden«, fügte Mark hinzu.

»Wirklich?«, fragte Judith erstaunt.

»Nein, zu der Zeit waren Drachmen, Sesterzen, Denare und andere Münzen im Umlauf, aber keine Silbermünzen. Diese waren dreihundert Jahre vor der Geburt Jesu bedeutungslos geworden. Das ist auch wieder so eine Stelle in den Evangelien, die beweist, dass man diese Überlieferungen keineswegs historisch interpretieren sollte«, erklärte Mark. »Der Betrag von dreißig Silberlingen geht auf eine Prophezeiung Sacharjas zurück, die einfach in die Geschichte eingefügt wird, um zu zeigen, dass Jesus der Messias ist. Übrigens irrt sich Matthäus, der meint, der Prophet Jeremia habe dies vorausgesagt, aber das ist ein unwichtiges Detail. Es sei denn, man glaubt, dass das Neue Testament wortwörtlich das Wort Gottes ist, dann ist ein solcher Fehler etwas schwieriger einzuordnen.«

»Aber abgesehen davon«, unterbrach ihn Judith, »wenn Judas Jesus nicht verraten hätte, dann wäre Jesus nicht gefangen genommen und gekreuzigt worden und so weiter. Dann hat Judas doch eine entscheidende Rolle bei der ganzen Geschichte gespielt? Und Jesus wusste davon. Er hat es selbst beim letzten Abendmahl zu Judas gesagt: ›Was du tun willst, das tu bald!‹ Ich fand es immer unfair, dass Judas so schlecht wegkam, wo er doch nur Jesus geholfen hat, seinen Plan in die Tat umzusetzen. Und dann, nach der Verhaftung, geht er zurück zu den Hohepriestern, um das Geld zurückzugeben, weil er erkennt, dass es für Jesus böse enden wird. Sie verweigern das Geld, er wirft ihnen die Münzen vor die Füße …«

»Vielleicht hatte er gerade entdeckt, dass sie seit dreihundert Jahren nicht mehr gültig waren«, scherzte Peter.

»Er wirft die Münzen auf den Boden«, fuhr Judith unerschütterlich fort, »und dann erhängt er sich. Ich fand das immer sehr tragisch.«

»An anderer Stelle heißt es, er habe sich von einer Klippe gestürzt und sei auf den Felsen zerschmettert, wobei seine Eingeweide herausplatzten«, sagte Mark. »Auf welchem Weg Judas endet, hängt davon ab, welches Buch der Bibel man liest.«

»Aber«, fuhr Judith fort, »wenn dieser Briefwechsel authentisch ist, dann hat Judas doch nie Selbstmord begangen?«

Mark gab ihr recht. »Ich glaube auch nicht, dass er tatsächlich Selbstmord begangen hat. Irgendwo in seinem ersten Brief an die Korinther schreibt Paulus, dass Jesus nach seiner Auferstehung Kephas und, wohlgemerkt, den Zwölfen erschienen ist. Das war vor der Himmelfahrt, also vor dem Moment, als sie laut der Apostelgeschichte einen neuen Apostel wählten, um Judas zu ersetzen, der sich angeblich umgebracht hatte. Paulus schreibt auch nirgends über Judas, also war er sich dessen offenbar gar nicht bewusst. Wenn er aber schreibt, dass Jesus den Zwölfen erschienen ist, dann gehörte Judas noch dazu. Wer weiß, vielleicht hat er Jesus wirklich ausgeliefert, wie es im Evangelium heißt, aber zunächst wurde es wohl gar nicht als Verrat angesehen. Es wäre sonst auch eine sehr unplausible Szene: Beim letzten Abendmahl sagt Jesus, dass einer von ihnen ihn verraten wird. Alle sind erschrocken und sagen: ›Doch nicht etwa ich, Herr?‹ Und dann sagt Judas: ›Meister, bin ich es?‹, und da antwortet Jesus: ›Ja.‹ Und anschließend lassen sie Judas einfach unbehelligt gehen! Offenbar erkannten sie, dass irgendjemand die Aufgabe übernehmen musste, Jesus bei den Behörden anzuzeigen, wollten aber nicht, dass einem von ihnen diese Rolle zugewiesen wurde. Ich denke, dass die spätere Geschichtsschreibung, die an vielen Stellen bereits antisemitisch ist – in der Judas als archetypischer Jude gilt, als Verräter, der sogar seinen Herrn für Geld verrät –, die Rolle des Judas verzerrt hat. Und wer weiß, vielleicht erfahren wir jetzt mehr darüber. Es wäre plausibel, wenn Judas, nachdem er seine Rolle erfüllt hat, einfach wieder in die Gruppe aufgenommen worden wäre.«

»Und warum musste Jesus überhaupt ausgeliefert werden?«, fragte Judith.

»Die Diskussion darüber füllt ganze Bücherregale«, antwortete Mark. »Vielleicht hatten sie erwartet, dass Gott eingreifen würde, sobald Jesus von den Römern verhaftet worden war, und Jesus dann beweisen würde, dass er der Messias war.«

»Aber das ist nicht passiert«, sagte Judith.

»Das ist nicht passiert, nein. Ganz im Gegenteil. Jesus starb als Verbrecher am Kreuz. Sein Flehen ›Mein Gott, mein Gott, warum hast du mich verlassen‹ enthält womöglich die authentischsten Worte Jesu im gesamten Neuen Testament.«

Peter betrachtete das Gemälde über dem Sofa. Eine Reproduktion von Rembrandts berühmtem Werk *Die Apostel Petrus und Paulus im Gespräch*. Ein lokaler Künstler hatte das Gemälde vor einiger Zeit kopiert. Es unterschied sich nur wenig vom Original und hing an zentraler Stelle in der Pieterskerk, die – was nicht viele wussten – sowohl Petrus als auch Paulus geweiht war. Auffallend an diesem Gemälde war, dass Rembrandt Paulus in den Mittelpunkt gestellt hatte und nicht Petrus, auf den Jesus seine Gemeinde aufbauen wollte. Deshalb war sein Name überhaupt in Petrus, »Fels«, geändert worden. Doch Paulus steht im vollen Licht, in der Mitte der Szene, während Petrus von hinten zu sehen ist. Es war Peter immer so vorgekommen, als wäre es nicht einfach ein Gespräch zwischen den beiden, sondern als würde Paulus Petrus belehren und ihm vorwerfen, dass er im Unrecht sei.

Er fragte sich, worüber sie gesprochen haben könnten. Vielleicht über eine der alttestamentlichen Prophezeiungen über den Messias? Petrus hält die Finger zwischen die Seiten einer Bibel, vielleicht, um seine Argumente zu untermauern. Aber was hatte dieser einfache Fischer Petrus dem eloquenten Redner Paulus, der mit allen Feinheiten der theologischen Debatte vertraut war, zu sagen? Könnte Rembrandt etwas gewusst haben, was der Allgemeinheit unbekannt war? Rembrandt als Hüter eines Geheimnisses, das von Generation zu Generation weitergegeben wurde?

»Aber jetzt will ich mich mal an die Arbeit machen«, sagte Mark. »Könntet ihr vielleicht Tee kochen?«

Judith stand auf und winkte Peter, dass er ihr folgen sollte. Er gab Mark die Fotos. Peter bemerkte, dass seine Hände leicht zitterten.

Bevor er die Wohnzimmertür schloss, schaute Peter noch einmal zu Mark, der sich an den Schreibtisch gesetzt hatte. Er hatte die Fotos abgelegt, hielt aber eins noch in der Hand und starrte es entgeistert an.

Ein wenig beunruhigt folgte Peter Judith in die Küche.

9

In der Küche füllte Judith einen Kessel mit Wasser und stellte ihn auf den Herd. Peter lehnte am Türrahmen und sah, wie sie sich im Küchenfenster spiegelte, hinter dem tiefe Dunkelheit lag.

Judith starrte auf den Wasserkessel. »Mark war eine Zeit lang in der Geschlossenen«, sagte sie.

»In der Geschlossenen?«

»Ja, er ist unheimlich intelligent, aber vielleicht ein bisschen zu intelligent. Er war zwei Studienjahre über mir in Theologie – ich habe da immer noch zusätzliche Veranstaltungen belegt –, und jeder kannte ihn. Er hatte eine vielversprechende Karriere vor sich. Einmal hat er sogar ein Proseminar übernommen, als der Dozent eine Zeit lang erkrankt war. Er war immer guter Laune, immer entspannt – so hat er auf alle gewirkt. Ich mochte ihn auf Anhieb. Er kam mir so vertraut vor. Allerdings nie ... wie soll ich sagen, nie in dem Sinne, dass ich in ihn verliebt war. Er war eher so etwas wie ein großer Bruder, und so ist es bis heute. Wir haben oft zusammen im LAK gegessen oder in der UB gelernt. Viele dachten, da wäre etwas zwischen uns, aber das stimmt nicht. Zumindest nicht so, wie die Leute dachten.«

Judith spülte eine Teekanne aus und stellte Tassen bereit. Die Selbstverständlichkeit, mit der sie sich in der Küche bewegte, verriet ihre Vertrautheit.

»Wir reden viel miteinander, auch über Religion. Aber während ich mich im Laufe meines Studiums immer stärker mit dem jüdischen Glauben und meiner jüdischen Herkunft identifizierte, geriet er zunehmend in Konflikt mit dem Glauben, in dem er aufgewachsen war.

Das ist übrigens nicht ungewöhnlich für einen Theologiestudenten«, fuhr sie fort. »Ich habe schon bei vielen erlebt, dass sie eine Glaubenskrise während des Studiums hatten. Bevor er anfing zu studieren, ging er immer brav in die Kirche und glaubte einfach das, was der Pfarrer von der Kanzel predigte. Aber während seines Studiums ist er durch die Widersprüche in den Evangelien immer mehr ins Zweifeln geraten.«

»Welche Widersprüche?«

Das Wasser kochte jetzt. Rasch öffnete Judith die Kappe, sodass das schrille Pfeifen aufhörte. Sie goss das heiße Wasser in die Teekanne, und für einen Moment stand sie in einer großen Dampfwolke, wie eine Orakelpriesterin, die eine Opfergabe in ein Altarfeuer geworfen hatte.

»Na, worüber du in der Krankenhauskapelle gesprochen hast. Was waren wirklich die letzten Worte Jesu? Wer war am Ostermorgen am geöffneten Grab dabei? Mark entwickelte eine regelrechte Besessenheit für diese Fragen, er wollte unbedingt die Wahrheit herausfinden. Daher auch das Thema seiner Abschlussarbeit. Und anschließend auch in seiner Doktorarbeit. Er will versuchen, die geheimnisvolle Quelle Q endgültig zu rekonstruieren, um der wahren Geschichte und den wahren Worten Jesu auf die Spur zu kommen. Am liebsten wäre ihm, wenn diese Version dann auch in den Gottesdiensten gepredigt würde, aber ich glaube, dieses Ziel verfolgt er inzwischen nicht mehr. Seine Schwierigkeiten im Studium fingen nämlich zu der Zeit an, als er begann, seine eigene Version des Evangeliums zu schreiben, das Evangelium nach Mark.«

Plötzlich schämte sich Peter für den pedantischen Ton, den er in der Krankenhauskapelle angeschlagen hatte. Wie es schien, wusste Judith darüber viel besser Bescheid, als er angenommen hatte.

»Was waren das für Schwierigkeiten?«

»Er verhielt sich immer merkwürdiger. In den Veranstaltungen störte er manchmal den ganzen Ablauf, in dem er die Dozenten mit immer detaillierteren Fragen reizte. Mehr als einmal musste eine Veranstaltung unterbrochen werden, und schließlich wurde er zum Dekan zitiert, weil sich auch seine Kommilitoninnen und Kommilitonen über sein unmögliches Verhalten beschwert haben. Er funktionierte einfach anders als die meisten von uns. Mark blieb plötzlich den Veranstaltungen fern, und es wurde immer schwieriger für mich, ihn zu kontaktieren. Er hatte mir inzwischen die Wohnung hier im Hofje vermittelt, aber er kam nicht mal mehr an die Tür und sagte, ich solle ihn für eine Weile in Ruhe lassen. Und das habe ich dann gemacht.«

Sie stellte drei Tassen, die Teekanne und Zucker auf ein Tablett und legte Löffel dazu.

»Ein paar Wochen nachdem ich das letzte Mal bei ihm an der Tür stand, bekam ich einen Anruf aus Endegeest, dass er dort eingewiesen worden war. Sie hatten ihn von der Straße aufgelesen; er hatte sich vor dem Hauptbahnhof auf eine Kiste gestellt, zu den Menschen gesprochen und aus seinem eigenen Evangelium gelesen.«

»Wow, das ist heftig! Ist es denn dann so eine gute Idee, wenn er sogar über dieses Thema promovieren will?«

»Ja, es war wirklich schlimm. Inzwischen geht es ihm besser, aber es war eine schwierige Zeit für ihn. Ich habe ihn alle zwei, drei Wochen besucht, und dann sind wir zusammen über das Endegeest-Gelände spaziert. Das war eigentlich immer schön. Jetzt ist er seit einem Jahr wieder zu Hause und hat dort weitergemacht, wo er aufgehört hat. Die Fakultät hat ihm ihr Vertrauen ausgesprochen, und das war für ihn sehr wichtig.«

»Das freut mich. Aber was ist mit seinen Büchern? Das ist ja schon ein bisschen speziell, oder?«

»Ach ja, die Bücher«, sagte sie lachend. »Du meinst, weil sie nach Farben sortiert sind, stimmt's? Das war anfangs nur ein kleiner Scherz. Es fing mit dem Wörterbuch *Het Groene Boekje* an, neben das er andere Bücher mit grünem Einband gestellt hat, und dann ist er dabei geblieben. Ich finde auf Anhieb nichts in seinem Regal, aber er weiß genau, welches Buch wo ist. Das ist aber kein Zeichen von Verrücktheit – na ja, vielleicht ein bisschen.«

Sie nahm das Tablett, und sie gingen ins Wohnzimmer zurück.

Mark saß immer noch genauso da wie zuvor. Peter fand das ein wenig seltsam, aber Judith schien es nicht aufzufallen. Vielleicht war dies die Art von exzentrischem Verhalten, an das sie sich mit der Zeit gewöhnt hatte.

Judith goss Tee in die drei Tassen, gab Zucker in Marks Tasse und brachte sie ihm an den Schreibtisch.

Einen Moment lang blieb sie neben ihm stehen, eine Hand auf seiner Schulter.

Peter nahm ebenfalls Zucker und rührte gedankenverloren seinen Tee um.

Judith kehrte zum Sofa zurück und setzte sich noch näher neben ihn. Ihre Oberschenkel berührten sich, und Peter spürte die angenehme Wärme ihres Körpers. Er lächelte sie an. Sie lächelte zurück.

Peter legte seinen Arm auf die Sofalehne, hinter Judiths Rücken.

Plötzlich brach Mark, der immer noch das Foto anstarrte und bisher keinen Ton gesagt hatte, das Schweigen.

»Ich kenne diesen Text«, sagte er.

10

»Was?!«, riefen Judith und Peter im Chor. Einen kurzen Moment lang vergrub Mark das Gesicht in seinen Händen. Er rieb sich die Augen und wiederholte, was er gesagt hatte. »Ich kenne diesen Text.«

»Aber … Aber das ist doch …«, stammelte Peter.

»Das ist unmöglich«, beendete Judith seinen Satz.

»Wie um alles in der Welt kannst du ihn kennen?«, fragte Peter.

»Das ist eine lange Geschichte«, seufzte Mark. »Oder eine kurze, wie man's nimmt.«

Er stand auf, nahm seine Tasse und setzte sich zu ihnen. Er trank einen vorsichtigen Schluck von seinem Tee, als wollte er Zeit gewinnen.

»Erzählst du es uns?«, fragte Judith. »Bitte!?«

Mark schaute sie lange und eindringlich an. »Ja, ich erzähle es euch. Jetzt, nachdem ihr mir das hier gebracht habt, habt ihr ein Recht darauf zu erfahren, was ich weiß.« Er stellte seine Tasse ab. »Es ist ein unvorstellbarer Zufall, dass ihr das gefunden habt und es ausgerechnet zu mir bringt. Geradezu unheimlich. Wenn ich religiös wäre, müsste ich zu dem Schluss kommen, dass hier göttliche Vorsehung im Spiel ist. Als du mir eben erzählt hast, was alles passiert ist, Judith, dachte ich: Das kann nicht wahr sein. Aber als ihr in der Küche wart und ich mir das erste Bild genau ansah, gab es keinen Zweifel mehr. Ohne sie übersetzen zu müssen, weiß ich, was in diesen Briefen steht. Denn es handelt sich in der Tat um einen Briefwechsel zwischen Petrus und Judas.«

»Aber …«, begann Peter, doch Mark gebot ihm Einhalt.

»Judith«, sagte Mark, »kannst du dich noch an Meneer Eco erinnern?«

»Meneer Eco«, wiederholte Judith nachdenklich. Peter hörte, wie sie ein leise schmatzendes Geräusch von sich gab, als ob sie sich das Wort buchstäblich auf der Zunge zergehen ließe. Dann leuchtete ihr Gesicht plötzlich auf. »Ach ja, natürlich, der alte Bibliothekar aus der UB. Du warst doch irgendwie mit ihm befreundet, stimmt's?«

»Ja, genau der. Und tatsächlich war ich ›irgendwie‹ mit ihm befreundet«, wiederholte Mark leicht amüsiert Judiths Worte. »Es hat darüber sogar einigen ziemlich geschmacklosen Klatsch gegeben. Die Leute fragten sich, warum ein junger Kerl wie ich so oft mit ihm gesehen wurde. Wir haben manchmal zusammen zu Mittag gegessen und sind im Hortus spazieren gegangen. Er war ein überaus belesener Mann, ein bisschen seltsam vielleicht, aber ich habe mich in seiner Gesellschaft wohlgefühlt. Er muss etwas von sich in mir gesehen haben, zumindest deutete er manchmal etwas in dieser Richtung an. Er genoss es, Zeit mit einer jüngeren Ausgabe seiner selbst zu verbringen, nehme ich an.«

»Und du?«, fragte Mark. Natürlich wusste er, wer Eco war. Der Mann war eine lebende Legende gewesen, obwohl er nie viel mit ihm zu tun gehabt hatte. Er hatte ihn ab und zu im Fakultätsflur gesehen, wenn er bei Hoogers vorbeigeschaut hatte.

»Und ich? Wie gesagt, er war ein unglaublich gelehrter Mann. Ich konnte mich gut mit ihm unterhalten und habe ihm gerne zugehört. Meneer Eco war international einer der führenden Spezialisten für Aramäisch, die Sprache, die Jesus und seine Jünger gesprochen haben. Er hatte einen etwas archaischen Sprachgebrauch, aber das hat mich fasziniert. Manchmal hielt er lange Monologe, wortgewandt und ohne Pause, als hätte er sie zu Hause aufgeschrieben. Eco war für mich eine Art Lehrer, in Asien würde man vielleicht sagen ein Guru.«

Ein Lächeln huschte über Marks Gesicht.

»Hieß er wirklich Eco?«, fragte Judith erstaunt. »Ich dachte immer, das sei eine Art Spitzname oder eine Abkürzung. War er nicht Italiener?«

»Nein. Eco ist altfriesisch, glaube ich. Es bedeutet so viel wie ›Schwert‹. In der Schule haben sie ihn gehänselt, indem sie ihn ›Eco homo‹ nannten, aber egal, wir schweifen ab. Meneer Eco – wir haben uns nie geduzt – war ein sehr spezieller Bibliothekar. Er war … wie soll ich es ausdrücken …«

»Ach, jetzt erinnere ich mich!«, stieß Judith hervor. »Er war der Mann, dem es lieber gewesen wäre, wenn die Bibliothek keine Bücher ausgeliehen hätte, richtig?«

Mark lächelte. »Ihm wäre es sogar noch lieber gewesen, wenn niemand in die Bibliothek gedurft hätte. Er schätzte die Sammlung alter Manuskripte, die er verwaltete, und betrachtete sie fast als sein persönliches Eigentum, wobei ›fast‹ noch untertrieben ist. Er zog es vor, seine Bücher vor den neugierigen Blicken der Forscher im In- und Ausland zu schützen. Er war entsetzt, als er von Menschen hörte, die es gewagt hatten, ohne Schutzhandschuhe ein Manuskript zu berühren, oder die, oh Schreck, wegen des Staubes niesen mussten, der beim Öffnen eines alten Folianten aufwirbelte. Jedes Mal, wenn so etwas passierte, traf ihn fast der Schlag. Am liebsten hätte er sich wie ein moderner Mönch in seiner Domäne eingeschlossen und die böse Außenwelt ferngehalten. Er war berüchtigt dafür, dass er denen, die darum baten, seine Sammlung einzusehen, nur sehr eingeschränkt die Erlaubnis gab. Mehrmals wurde er von seinem Vorgesetzten und schließlich auch von der Geschäftsleitung zur Rechenschaft gezogen.«

Peter verlagerte ein wenig das Gewicht – aber nicht zu sehr, um den Kontakt mit Judiths Oberschenkel nicht zu verlieren. Er spürte eine wachsende Ungeduld: Mark schweifte ab. Aber er hatte das Gefühl, dass er ihn nicht unterbrechen durfte, sonst würde er die Geschichte vielleicht nicht beenden.

»Wie auch immer, um es kurz zu machen«, fuhr Mark fort. Peter atmete erleichtert aus.

»Mich hat er in sein Allerheiligstes gelassen. Er hat manchmal angedeutet, dass er mich als seinen idealen Nachfolger betrachtete, aber es war nie mein Ziel, Bibliothekar zu werden. Ich bin Theologe, so wie er ursprünglich auch, und wollte lieber innerhalb der Gesellschaft leben, anstatt mich von ihr abzuwenden. Er hätte Professor werden können, wäre aber dem Druck rund um die Lehre nicht gewachsen gewesen, die er sowieso nur als Störung seiner eigentlichen Arbeit betrachtet hätte. Der Bibliothekarsberuf war ideal für ihn, zumal er so wenig Menschen hereinließ, dass er oft tagelang ungestört über seinen Manuskripten sitzen konnte.«

»Da war etwas Seltsames an seinem Tod, nicht wahr?«, fragte Peter.

»Richtig«, stimmte Mark zu, »dazu komme ich gleich noch. Du hast ihn also auch gekannt?«

»*Gekannt* wäre zu viel gesagt. Ich wusste natürlich, wer er war. Er kam ab und zu in die Fakultät, um mit Hoogers zu sprechen, und ich sah ihn manchmal in der Bibliothek herumlaufen. Ich kann mich nicht erinnern, mit ihm gesprochen zu haben. Ich erinnere mich aber daran, dass er damals tot in seinem Arbeitszimmer in der Bibliothek aufgefunden wurde und der Raum angeblich ziemlich verwüstet war.«

»Stimmt, aber … Dazu komme ich gleich«, fuhr Mark mit seiner Geschichte fort. »Ich verbrachte also relativ viel Zeit mit ihm; manchmal gingen wir, wie gesagt, im Hortus spazieren, aber wir hielten uns auch oft im Keller der Bibliothek auf, wo er seine Sammlung aufbewahrte, in einem Raum, in dem Temperatur und Luftfeuchtigkeit perfekt geregelt waren. Er zeigte mir seltene Manuskripte, sprach mit Begeisterung von ihnen und erwähnte manchmal hämisch, dass er die Anfrage dieses oder jenes berühmten Forschers abgelehnt habe, der viel dafür gegeben hätte, das Werk in seinen Händen zu halten.«

Mark goss sich noch eine Tasse Tee ein. Judith und Peter hatten ihren Tee kalt werden lassen. Mark schien jetzt auf den Punkt zu kommen.

»Und eines Tages«, erzählte Mark, »eines Abends, besser gesagt, die Bibliothek war schon geschlossen, und außer uns war niemand mehr im Gebäude, da vertraute er mir an, dass er über einen Text verfüge, der das Christentum in seinen Grundfesten erschüttern würde, wie es noch nie in der Geschichte erschüttert worden war. Und zwar nicht nur das Christentum, sondern vielleicht die gesamte westliche Zivilisation. ›Das Ende der Welt, wie wir sie kennen‹, so drückte er sich aus.«

»Und das ist …«, sagte Judith.

»Und das ist der Text, den Thomas gestern gefunden hat, oder so scheint es jedenfalls. Ich weiß …«, er hob die Hände, um Peter und Judith davon abzuhalten, ihn zu unterbrechen, »ich weiß … Es scheint unmöglich, aber hört mir erst einmal zu. Meneer Eco erzählte mir an jenem Abend, dass ihn einige

Jahre zuvor jemand gebeten hatte, sich einen Text anzusehen. Es war alles streng geheim. Die Person, mit der er zu tun hatte, wollte ihm nicht verraten, in wessen Auftrag sie handelte, war aber gut instruiert, und Ecos Neugierde war geweckt. Eco hatte schon früher solche Aufträge erhalten. Regelmäßig wurde er gebeten, ein Manuskript oder ein Stück Papier aus einem Codex zu begutachten, um dessen Echtheit zu bestimmen. Es war zwar keine Routine, aber auch nichts, was er noch nie erlebt hatte. In diesem Fall handelte es sich um einen alten aramäischen Text, der seit vielen Generationen im Besitz des Auftraggebers oder der Organisation, der er angehörte, war. Kurzum, es lief darauf hinaus, dass vor langer Zeit eine Übersetzung angefertigt worden war, die aber ›sehr veraltet‹ sei, wie die Kontaktperson es ausdrückte. So wie regelmäßig neue Bibelübersetzungen erschienen, wollte der Kunde eine Neuübersetzung dieses Textes ins moderne Niederländisch anfertigen lassen. Es hieß, der Inhalt sei umstritten und es handle sich wahrscheinlich nicht um einen Originaltext aus dem ersten Jahrhundert, sondern um eine Fälschung späteren Datums. Und da Eco die weltweit führende Autorität für Aramäisch war, waren sie auf ihn gekommen. Er musste Verschwiegenheit garantieren, und nachdem er die Übersetzung beendet hatte – er arbeitete viele Monate lang ununterbrochen daran –, wurde es sogar noch ein bisschen unangenehm. Man drohte ihm unverhohlen, dass ihm und seiner Familie etwas passieren würde, wenn er irgendjemandem von dem Text erzählte.«

»Dann ist er aber ein ziemliches Risiko eingegangen, als er dich eingeweiht hat«, bemerkte Judith, die ebenso wie Peter gebannt zugehört hatte.

»Ja, aber er schien die Drohung auch nicht besonders ernst zu nehmen.«

»Und was war mit dem Text?«, fragte Peter.

»Auch den schien er nicht ganz ernst genommen zu haben. Der Inhalt sei zwar aufsehenerregend, fast zu schön, um wahr zu sein, aber entgegen der Absprachen hatte er heimlich eine Kopie seiner Übersetzung angefertigt. Er habe der Kontaktperson aber gesagt, er habe alles übergeben, auch die Notizen, die er sich in den Monaten seiner Arbeit gemacht hatte. An diesem Abend ließ er mich die handschriftliche Kopie der Übersetzung lesen. Und als ich eben die Fotos gesehen habe … Als ihr in der Küche wart, habe ich gleich an den ersten Zeilen erkannt, dass dies der Text ist, dessen Übersetzung ich gelesen habe.«

Er ging zu seinem Schreibtisch, um die Bilder zu holen.

»Hier, das ist das erste Bild. Der Text ist zwar auf Altgriechisch verfasst, aber es ist derselbe Inhalt wie der Text, den ich damals gelesen habe. Ich würde Monate brauchen, um das zu übersetzen, aber ich erinnere mich noch heute an den ersten Satz und erkenne ihn wieder.«

Er hielt das Bild etwas von sich weg und las laut vor, erst auf Griechisch und dann auf Niederländisch.

»Kephas, ein Diener und Apostel Jeschuas, grüßt dich, lieber Judas.«

Judith und Peter sahen sich an.

Mark legte den Stapel Fotos auf seinen Schoß. »Ich kann mich natürlich nicht mehr wortwörtlich an den Inhalt erinnern, aber ich kann euch sagen, dass darin eine etwas andere Version der Geschichte wiedergegeben wird, als wir sie aus der Bibel kennen. Meneer Eco hat die Sache auf die leichte Schulter genommen, aber mich hat es wirklich berührt. Die Möglichkeit, Einblick in eine alternative Sicht der letzten Tage und Stunden Jesu zu bekommen … Ich war vollkommen überwältigt, und mein Evangelium …« Er wandte sich an Judith. »Der Grund, warum ich damals nach Endegeest eingewiesen wurde, hat größtenteils mit dem zu tun, woran ich mich noch von dem erinnern konnte, was ich in jener Nacht gelesen hatte.«

Judith sah ihn mit großen Augen an.

»Ich musste es der Welt verkünden, aber als ich daraufhin in der geschlossenen Psychiatrie landete, wurde mir klar, dass mir niemand glauben und man mich für verrückt halten würde. Zu der Zeit starb übrigens auch Meneer Eco, und so hatte ich keine Möglichkeit mehr zu beweisen, dass ich keinen Unsinn redete. Denn der Inhalt dieser Texte bedeutet wirklich das Ende der Welt, wie wir sie kennen.«

Gerade als Mark Luft holte, um ein Beispiel zu geben – zumindest war das Peters Vermutung –, klopfte es dreimal laut ans Fenster. Unmittelbar danach drückte jemand lange die Klingel.

Alle drei erstarrten.

Sie hörten, wie der Briefkasten an der Haustür geöffnet wurde. Jemand rief: »Meneer Labuschagne, machen Sie bitte die Tür auf? Wir wissen, dass Sie zu Hause sind. Hier spricht die Polizei.«

11

Mark und Judith gingen in den Flur. Peter nahm die Fotos, entschied sich aber dann doch dafür, sie nicht mitzunehmen. Er legte sie in die oberste Schublade des Schreibtischs und schloss die Schublade wieder. Dann ging auch er in den Flur, wo Judith schon ungeduldig mit Schuhen und Mantel in den Händen auf ihn wartete. Auch er nahm seine Schuhe und seinen Mantel.

»Ich komme«, rief Mark dem Beamten durch die Tür zu. »Ich hole nur meinen Schlüssel.«

Etwas übertrieben klapperte er mit einem Schlüsselbund und nickte in Richtung der Treppe.

Peter und Judith schlichen schnell die Treppe hinauf. Sie hörten, wie die Haustür geöffnet wurde und Mark leise mit dem oder den Beamten sprach.

Das Häuschen hatte nur ein großes Zimmer im Obergeschoss und ein Badezimmer, das eigentlich mehr eine Dusche in einem Abstellraum war.

Durch das Fenster hätten sie hinausklettern können, aber dann hätten sie auf die Straße springen müssen. Es waren mindestens drei Meter Höhe; sie konnten sich die Knöchel verstauchen. Außerdem hätte eine solche Aktion mit Sicherheit Aufmerksamkeit erregt. Abgesehen davon wussten sie nicht, mit wie vielen Einsatzkräften die Polizei angerückt war.

Judith sah sich eilig um und suchte nach einem Versteck, aber es gab nicht viele Möglichkeiten.

Im Schlafzimmer befand sich ein großer Einbauschrank. Darin lagen ein paar Decken, und Judith bedeutete Peter, dass er sich auf den Boden im Kleiderschrank setzen sollte. Er kroch in den Schrank und setzte sich mit dem Rücken an die Wand. Judith drapierte eine Decke über ihn und setzte sich dann ihm direkt gegenüber, die Beine zu Peter ausgestreckt. Es gelang ihr, die Türen des Schranks fast vollständig zu schließen.

Sie hörten Schritte auf der Treppe. Peter wusste, dass ihr Versteck auffliegen würde, wenn die Beamten sich auch nur halbwegs gründlich umsahen. Er versuchte, beim Atmen kein Geräusch zu machen. Das war nicht einfach wegen der kratzigen Decke über seinem Gesicht, auf dem er bereits Schweißtropfen spürte.

»Keine Sorge, Meneer. Nur eine Routinekontrolle«, hörte er eine Männerstimme sagen. »Wissen Sie, ein Kollege von uns wurde umgebracht, dann sind alle nervös.«

Einen Moment lang schien sich niemand zu bewegen. Der Mann sprach weiter. »Wie es scheint, ist Frau Cherev inzwischen zu Hause gewesen«, sagte er. »Der Hausmeister hat uns hineingelassen, und wir haben Kleidung gefunden, die sie früher am Abend getragen hatte. Sie ist damit auf den Überwachungskameras des Krankenhauses zu sehen. Wenn sie nichts mit dem Mord zu tun hatte, warum ist sie dann nach Hause gegangen, um sich umzuziehen?«

Sie gingen ins Wohnzimmer.

»Wie ich Ihnen schon sagte, habe ich sie heute Abend nicht gesehen«, log Mark. »Ich habe die ganze Zeit an meiner Abschlussarbeit gesessen und nichts bemerkt. Nachts ist es hier so still, dass ich ganz bestimmt gehört hätte, wenn sie bei mir angeklopft hätte.«

»Aber Sie haben auch nicht gehört, dass sie in ihr eigenes Haus gegangen ist«, wandte der Beamte ein.

Sie standen im Zimmer. Die Holzdielen knarrten unter dem Gewicht der beiden Männer.

Peter begann, lautlos zu beten; er hätte nicht gedacht, dass ihm noch einmal solche Worte in den Kopf kommen würden, seit der Papst erstmals mit seinem Papamobil gefahren war. »Höre, o Gott, mein Gebet, vernimm die Worte meines Mundes! Denn Freche haben sich gegen mich erhoben, und Gewalttätige trachten mir nach dem Leben: Sie haben Gott sich nicht vor Augen gestellt. Ich weiß: Gott ist mir ein Helfer, das Böse wird auf meine Feinde zurückfallen: Nach deiner Treue vernichte sie!«

Auf einmal überkam ihn eine tiefe Ruhe, ein innerer Friede, den er lange nicht mehr empfunden hatte. »Dann will ich mit Freuden dir Opfer bringen, will preisen deinen Namen, o Herr, dass er gütig ist; denn er hat mich aus aller Bedrängnis errettet, und an meinen Feinden hat mein Auge sich geweidet«, murmelte er lautlos vor sich hin. Seine Lippen berührten den rauen Wollstoff der Decke.

Schritte kamen auf den Schrank zu, doch wie durch ein Wunder verspürte Peter keine Panik.

Die Schranktür wurde geöffnet. Es wurde heller; das sah man sogar durch die Decke.

Sie hörten Marks Stimme, ganz deutlich jetzt. »Wenn ich sie sehe, sage ich Ihnen Bescheid, Meneer. Ich kenne Judith schon sehr lange, ich kann mir einfach nicht vorstellen, dass sie in einen Mord verwickelt ist. Es muss eine andere Erklärung geben, auch wenn es den Anschein hat, als wäre sie beteiligt.«

Der Beamte trat einen weiteren Schritt näher.

Peter bildete sich ein, dass er hören konnte, wie Mark den Atem anhielt.

»Ich glaube, Ihr Kollege ruft Sie«, sagte Mark.

Tatsächlich hörte Peter nun auch jemanden nach oben rufen, irgendetwas, was er nicht genau verstehen konnte.

Der Beamte im Schlafzimmer seufzte hörbar und erwiderte, dass er kommen würde. Der Form halber, so schien es, fuhr er mit den Händen durch die Kleider, die im Schrank hingen. Die Bügel klapperten und hingen bald darauf wieder still.

Der Beamte entfernte sich.

Kurz bevor er die Schranktür ganz schloss, flüsterte Mark: »Bleibt noch eine Weile hier. Geht nicht aus dem Zimmer, bis ich euch Bescheid sage, dass die Luft rein ist.«

Judith und Peter antworteten nicht.

Mark schloss den Schrank, und es wurde wieder dunkel.

Peter schlug die Decke zurück. Er war verschwitzt, und die Haare klebten ihm an der Stirn. Er hörte Judith leise schluchzen.

»Was ist denn, Judith?«, flüsterte Peter. Sanft drückte er ihren Fuß. »Hey, es wird alles wieder gut, Liebes. Ganz bestimmt. Im Moment scheint die Situation verfahren zu sein, aber wir können ja alles erklären. Wenn wir erst mal jeglichen Verdacht ausräumen können, wird alles wieder so wie früher.«

»Ja, ich weiß. Deshalb weine ich auch nicht.«

Unten hörten sie noch immer die Stimmen von Mark und dem Polizisten. Die Eingangstür fiel zu. Peter war versucht, sofort aufzustehen, beschloss aber, sich an Marks Warnung zu halten, erst mal hier oben zu bleiben, bis er ihnen Bescheid sagte. Trotz des Halbdunkels im Schrank sah er, wie Judith die Hände vor das Gesicht schlug. Sie fing wieder an zu schluchzen, heftiger als zuvor. Nach einer Weile schien sie sich ein wenig zu beruhigen. Sie hatte die Beine angezogen und legte den Kopf auf die Knie.

»Geht's dir wieder ein bisschen besser? Was ist denn los, Judith?«

Ohne ihn anzusehen, begann sie zu erzählen. »Meine Großeltern sind in einem Konzentrationslager umgekommen und auch viele andere von unseren Verwandten, auch mütterlicherseits. Mein Vater und sein Bruder, mein Onkel, sind entkommen, weil sie nach Groningen aufs Land geschickt wurden. Es war 1942, und mein Vater war erst fünf, als er von seinen Eltern getrennt wurde – für immer, wie sich später herausstellen sollte. In Ost-Groningen hatte man ein Bauernpaar gefunden, bei dem sie unterkommen konnten. Ein kinderloses Paar, Kommunisten. Mein Vater …«

Judith schwieg einen Augenblick lang und schniefte. Sie hob den Kopf, und es sah aus, als wischte sie sich die Tränen aus den Augen und aus dem Gesicht.

»Mein Vater und mein Onkel sind auf dem Hof geblieben, als sich abzeichnete, dass ihre Eltern nicht mehr zurückkommen würden. Keiner aus der Familie kam lebend zurück, sodass mein Vater und mein Onkel niemanden mehr hatten.«

»Oje«, war alles, was Peter sagen konnte.

»Aaltje und Fokko hießen die Bauern. Sie waren gute Menschen. Sie betrachteten es als ihre Pflicht, diese Kinder aufzunehmen, ohne einen Gedanken an die Risiken zu verschwenden. Mein Vater und mein Onkel lebten dort, bis sie achtzehn Jahre alt waren. Mein Onkel war älter, also wohnte mein Vater eine Zeit lang allein bei ihnen, bis auch er zum Studieren nach Amsterdam ging. Bis zu ihrem Tod im Jahr 1965 besuchten sie Fokko und Aaltje fast jeden Monat. Sie starben nicht lange nacheinander im selben Jahr. Wenn mein Vater oder mein Onkel bei ihnen waren, blieben sie übers Wochenende, halfen auf dem Hof mit und schliefen wieder in ihren Jugendzimmern, so wie früher. Aaltje und Fokko waren natürlich wie Eltern für sie geworden.«

»Was für eine Geschichte«, sagte Peter.

»Mein Vater und mein Onkel haben den Hof geerbt. Meine Eltern haben ein paar Jahre vor meiner Geburt 1970 ernsthaft überlegt, eine Zeit lang dort zu wohnen, aber ... warst du schon mal in Ost-Groningen?«

»Nein, nicht in letzter Zeit. Nein, ehrlich gesagt noch nie.«

»Es ist wunderschön, aber sehr abgelegen. Meine Eltern waren damals halbe Hippies, und eine Zeit lang dachten sie, sie könnten dort eine Wohngemeinschaft mit Gleichgesinnten gründen, aber am Ende entschieden sie sich dagegen. Ich glaube, das war das Richtige.« Sie lächelte.

»Diese Wohngemeinschaften funktionieren häufig nicht«, bemerkte Peter.

»Das stimmt. Und außerdem ist meine Mutter in Amsterdam aufgewachsen; sie war ein echtes Stadtkind. Sie wurde in England geboren, ihre Eltern waren in den späten Dreißigerjahren dorthin gezogen, weil sie ahnten, dass die Katastrophe in Deutschland immer näher rückte. Ihre Verwandten hielten sie für überängstlich, aber am Ende waren ihre Eltern die Einzigen von meiner Familie mütterlicherseits, die überlebten. Nach dem Krieg kehrten sie nach Amsterdam zurück. Es war ein ziemlicher Aufwand, das Haus zurückzubekommen; sie waren enteignet worden, und inzwischen wohnten andere darin, die sich nicht so ohne Weiteres vertreiben ließen. Mein Opa hat mir manchmal erzählt, dass sie das Gefühl hatten, die neuen Bewohner ihres Hauses würden es ihnen übel nehmen, dass sie den Krieg überlebt hatten.«

Sie schwieg.

»Warum erzählst du mir das, Judith? Ich meine, gerade jetzt?«

»Ach, ich weiß nicht …«

Peter wäre gerne zu ihr gerutscht, aber dafür war der Schrank zu eng.

»Meine Großeltern, also väterlicherseits, waren in Amsterdam untergetaucht. Als die Pläne der Deutschen immer offensichtlicher wurden, war es für sie zu spät, um zu entkommen. Amsterdam war zu einem großen Gefängnis geworden, sie konnten nirgendwo mehr hin. Der Nachbar von unten war bereit gewesen, ihnen zu helfen, sie mit Essen und Trinken zu versorgen, aber der Plan war von Anfang an zum Scheitern verurteilt. Sie zogen sich in die obere Etage des Hauses zurück und überließen dem Nachbarn und seiner Familie die erste Etage. Das Einzige, was sie im Falle einer Razzia tun konnten, war, sich in einem Schrank zu verkriechen, in dem sie extra Platz geschaffen hatten.«

»Ach so, deswegen.«

»Ja, genau. Ich kenne die Geschichten natürlich. Wir wissen nicht genau, was passiert ist, aber eines Tages kamen die Nazis und durchsuchten das Haus. Der Nachbar und seine Familie waren an diesem Tag nicht da und konnten entkommen, aber meine Großeltern wurden in ihrem Versteck gefunden und deportiert. Sie wurden nach Auschwitz gebracht und dort sofort am Tag ihrer Ankunft vergast.«

»Ach, Judith …«

»Mein Vater ist später zu dem Haus zurückgekehrt, in dem der frühere Nachbar noch immer wohnte. Obwohl es natürlich verdächtig war, dass er am Tag des Überfalls nicht zu Hause gewesen war, schwor er, dass er nichts mit der Razzia zu tun gehabt hatte. Mein Vater glaubte ihm. Er hätte auch keinen Nutzen davon gehabt, denn wer Juden half, lief

Gefahr, selbst deportiert zu werden. Er und seine Familie waren zu Verwandten in Den Haag geflüchtet, als sie erfuhren, dass ihr Haus durchsucht worden war. Später im Krieg wurde er zum Arbeitseinsatz nach Deutschland gebracht. Sie haben ihn auf der Straße verhaftet. Seine Frau und seine beiden Kinder haben im Hungerwinter gelitten. Mein Vater hat sich den Schrank angesehen, in dem sich seine Eltern bei der Razzia versteckt haben mussten. Er hat gesagt, man hätte quasi schon von außen sehen können, dass sich jemand darin verbarg. Genauso gut hätte in großen Buchstaben ›Judenversteck‹ draufstehen können.«

Judith veränderte ihre Sitzposition. Peter zog jetzt auch die Beine an, die eingeschlafen waren.

»Und gerade eben, als der Polizist die Treppe raufkam, die Schritte auf den knarrenden Dielen, die Stimmen vor dem Schrank ... Da war mir ... Da habe ich die Fassung verloren, Peter. Es war, als wäre ich meine Großmutter, als säße ich an ihrer Stelle in diesem Schrank. Natürlich ist unsere Situation nicht vergleichbar, ich weiß. Wenn wir verhaftet worden wären, hätten wir irgendwann alles erklären können. Und früher oder später werden wir das ohnehin auch tun müssen. Aber meine Großeltern wussten, dass ihr Leben vorbei war, als sich diese Schranktüren öffneten.«

»Das ist eine schreckliche Geschichte, Judith. Ich weiß, dass all das passiert ist, ich habe viel darüber gelesen. Aber es dann so direkt von jemandem zu hören ... Mir fehlen einfach die Worte«, gestand Peter.

»Christusmörder«, sagte Judith plötzlich.

»Wie bitte?«

»Das hat mal ein Passant meinem Großvater auf der Straße zugerufen. Mehr als einmal. Das hat mir mein Opa mütterlicherseits erzählt, und das war noch vor dem Krieg.

Noch bevor das ganze Ausmaß der Judenverfolgung in Deutschland bekannt wurde. Nach dem Krieg taten viele so, als wären die Deutschen an allem schuld gewesen und hätten den Antisemitismus hierhergebracht, aber mein Großvater hat gesagt, dass man ihn oft als ›Christusmörder‹ beschimpft hat. Auf dem Weg zur Synagoge an Freitagen oder sonntags, wenn die Kirche aus war. Dann zogen manchmal Gruppen von Jugendlichen durch die Nachbarschaft und warfen mutwillig Steine auf Juden. ›Jüd ärgern‹ nannten sie das. Die Polizei hat es immer als Dummejungenstreiche abgetan, aber dahinter steckte eine ganze Welt des Hasses. Um Ostern herum war es immer am schlimmsten, wenn in den Predigten die Rolle der Juden, die Jesus ausgeliefert hatten, besonders betont wurde. Aber ganz abgesehen davon, ob sich das nun wirklich so abgespielt hat oder nicht, habe ich schon als Kind gedacht, wenn diese Juden Jesus nicht ausgeliefert hätten, dass er dann nicht gekreuzigt worden und so der ganze Plan gescheitert wäre.«

»Aber wir wissen jetzt, dass es sich möglicherweise ganz anders verhalten hat. Ich würde viel darum geben, diese Briefe jetzt schon lesen zu können!«

»Ja, mir geht es genauso. Und deshalb reiße ich mich jetzt noch ein bisschen zusammen«, pflichtete Judith ihm bei, und Peter hörte aus ihrer Stimme eine neue Entschlossenheit heraus. »Eben, als der Polizist hier stand, war ich schon kurz davor, aus dem Schrank rauszukriechen, aber jetzt habe ich mir vorgenommen, das erst einmal zu Ende zu bringen. Wer weiß, vielleicht bekommen wir diese Chance nie wieder.«

»Lass uns noch ein bisschen warten, bis Mark kommt.«

»Ist deine Familiengeschichte also der Grund dafür, warum du dich so sehr für Rabbi Tsvi und die Geschichten über den Messias interessierst?«

»Peter der Psychologe«, erwiderte sie spöttisch. »Aber du hast recht, und man muss gar kein großer Psychologe sein, um darauf zu kommen. Mein Vater hat sich nach dem Besuch dieses Hauses intensiv mit dem Judentum beschäftigt, und meine Mutter auch. Für ihn war es wie eine frühe Midlife-Crisis. Es war kurz nach ihrer Entscheidung, nicht auf den Bauernhof in Groningen zu ziehen, und sie hatten das Hippieleben auch satt, obwohl sie nie sehr extrem waren, glaube ich. Sie hatten etwas Geld, weil mein Onkel und mein Vater den Hof und das Land verkauft hatten. Meine Eltern waren beide Lehrer an einer weiterführenden Schule. Sie reduzierten ihre Stunden, haben aber nie ganz aufgehört zu unterrichten. Mein Vater nutzte seine Freizeit vor allem zum Studium der hebräischen und jüdischen Schriften und zum Besuch der Shul. Meine Mutter entdeckte ihre Leidenschaft für das Kochen und Schneidern, aber auch für die Literatur. Sie hat viel gelesen. Das tut sie übrigens immer noch.«

»Und wie passt Rabbi Tsvi da hinein?«

»Na ja, ganz einfach. Juden leben in der Erwartung der Ankunft des Messias, also war das ein Thema bei uns zu Hause. Es wurde oft über religiöse Themen gesprochen. Wir beachteten den Sabbat, zumindest so weit wie möglich. Für meinen Vater war die Auslieferung und Kreuzigung Jesu als Ursprung des Antisemitismus ein wichtiger Punkt, nicht nur für ihn als Jude, sondern auch, weil es über die Jahrhunderte hinweg eine so wichtige Rolle bei der Judenverfolgung gespielt hat. Diese Überzeugung, dass die Juden Jesus getötet hätten. ›Sein Blut komme über uns und unsere Kinder‹ – du verstehst. Und das, obwohl Jesus nach jüdischer Lehre praktisch keine der Bedingungen erfüllte, die für den Messias gelten. Allein schon dadurch, dass er am Kreuz starb, ohne das jüdische Volk zu befreien und den Thron Davids wieder aufzurichten, scheidet er aus, könnte man sagen.« Sie stieß ein zynisches Lachen aus. »Ganz abgesehen von der historisch völlig falschen Darstellung des Ablaufs der Ereignisse um die Verhaftung und Verurteilung Jesu.« Sie verstummte abrupt, als sie Schritte hörten, die die Treppe hinaufkamen.

Judith schlug sich die Decke wieder über den Kopf, aber Peter machte sich die Mühe nicht. Er hätte Judith gerne noch erzählt, wie ihn in dem Moment, in dem er zu beten begonnen hatte, ein tiefer Friede überkam.

Die Schranktüren wurden geöffnet, und Peter sah zu seiner großen Erleichterung, dass es Mark war.

»Sie sind weg. Ich habe noch ein bisschen gewartet, falls sie noch mal zurückgekommen wären.«

Judith kroch auf allen vieren aus dem Schrank. Jetzt, wo sie im Licht stand, sah Peter, dass ihre Augen rot geründert waren und der zerlaufene Eyeliner zwei schwarze Flecke auf ihren Wangen hinterlassen hatte.

Mark schaute Judith ein wenig besorgt an. »Möchtest du dich vielleicht ein bisschen frisch machen?«, fragte er.

»Ja, gerne.«

Kurz darauf hörten sie den Wasserhahn im Bad laufen und Wasser plätschern.

»Sie hat geweint?«, fragte Mark.

»Ja, die Sache mit ihren Großeltern ist in ihr hochgekommen, als wir im Schrank saßen. Deswegen.«

»Ach so. Mir kam das auch in den Sinn, als der Polizist und ich vor dem Schrank standen. Die Geschichte wiederholt sich, aber zum Glück nie auf die gleiche Art und Weise.«

Judith kehrte zurück. Es ging ihr sichtlich besser.

»Was hat der Polizist gesagt?«, wollte sie wissen.

»Er hat gesagt, dass jetzt offiziell nach euch gefahndet wird. Allerdings hat er durchblicken lassen, dass er euch nicht für die Mörder von Thomas und dem Wachmann hält. Eine Krankenschwester wurde gefesselt und geknebelt in einem Putzschrank gefunden. Man scheint sich daher jetzt auf eine dritte Person zu konzentrieren, euren Verfolger, der steht jetzt unter Verdacht. Aber natürlich findet die Polizei euer Verhalten nach wie vor dubios, das muss euch klar sein, und dass ihr euch ihrem Zugriff entzieht, macht sie umso misstrauischer.«

»Und was hast du gedacht, als du mit dem Polizisten vor dem Schrank gestanden hast?«

»Es war absurd, Judith, aber ich habe mir überhaupt keine Sorgen gemacht. Ich war absolut gelassen, als ob eine Stimme mir sagte, ich solle mich nicht beunruhigen.«

»Bei mir war es genauso!«, rief Peter und schlug sich die Hand vor den Mund, weil er viel zu laut gesprochen hatte. »Mir ging es genauso«, wiederholte er, diesmal leiser.

Judith sah ihn fragend an.

»Als die beiden vor dem Schrank standen«, erklärte er, »habe ich gebetet. Einen Psalm, in dem es darum geht, seinem Feind furchtlos gegenüberzutreten. Ich habe gespürt, wie mich ein tiefer Friede überkam. Und plötzlich wusste ich, dass selbst, wenn wir in diesem Moment erwischt werden würden, das nicht das Ende bedeutete. Es war seltsam, Judith, es war vielleicht einer der spirituellsten Momente in meinem Leben.«

Judith sagte nichts, sondern nickte nur.

»Okay, und ich habe mir auch keine Sorgen gemacht«, sagte Mark. »Nicht einmal, als der Kerl die Tür aufgemacht hat und mit den Händen durch die Bügel fuhr. Ich dachte, er muss nur nach unten schauen, dann würde er sehen, dass da etwas Komisches ist. Aber es war, als wollte er es nicht sehen; ich verstehe es auch nicht. Und dann hat ihn sein Kollege gerufen. Sie haben mir eine Telefonnummer hinterlassen. Ich soll mich melden, wenn ich euch sehe.«

»Und was machen wir jetzt?«, fragte Peter. »Bestimmt wird dein Haus beobachtet.«

»Ganz einfach«, antwortete Mark. »Sie rechnen nicht damit, dass ihr hier seid. Sie beobachten höchstens eine Weile die Haustür. Ihr klettert einfach aus dem Fenster.« Er zeigte auf das Schlafzimmerfenster, das auf die Straße hinausging. »Eine klassische Flucht mit zusammengeknoteten Betttüchern.«

»Aber wo sollen wir denn hin?«, fragte Judith. »Im Grunde haben wir verloren, oder? Peter und ich gehen zur Polizei, stellen uns und erklären alles. Das Kästchen übergeben wir; wir sorgen einfach dafür, dass möglichst viele Zeugen dabei sind, damit es niemand einfach verschwinden lassen kann. Keiner weiß, dass wir die Fotos haben, außer Professor Hoogers vielleicht, aber der kann mit dieser Information nichts anfangen, weil er damit verraten würde, dass er in die Geschichte verwickelt ist. Du kannst in den nächsten Monaten anhand der Fotos eine Übersetzung der Briefe anfertigen, und danach sehen wir weiter.«

Judith fackelte nicht lange und zog ihren Mantel an.

Peter stand ein wenig ratlos daneben. Er war noch nicht ganz überzeugt.

»Ich habe einen besseren Plan«, brach Mark das Schweigen. »Es geht darum …«, sagte er zögernd. »Also, ich habe euch noch nicht alles erzählt. Setzt euch noch mal kurz.«

Judith und Peter setzten sich auf den Rand des ordentlich gemachten Bettes, und Judith öffnete ihren Mantel wieder ein wenig.

»Ihr könnt euch denken, dass ich immer gerätselt habe, wo die Übersetzung von Eco geblieben ist. Ecos Tod war von so vielen Rätseln umgeben … Einerseits wurde diagnostiziert, dass er an einem Herzinfarkt gestorben war, auf seinem Bürostuhl, quasi in Erfüllung seiner Pflichten, an dem Schreibtisch, an dem er so viele Stunden verbracht hatte. Er musste am Abend gestorben sein und wurde erst am nächsten Morgen gefunden. Seiner Frau war seine Abwesenheit bis dahin gar nicht aufgefallen. Sie ging selbst meist spät ins Bett, war an dem Tag aber in ihrem Sessel vor dem Fernseher eingeschlafen. Als sie am Morgen aufwachte, stellte sie fest, dass ihr Mann nicht nach Hause gekommen war. Sie rief ihn an, und als er sich nicht meldete, alarmierte sie die Polizei. Sie fanden ihn in seinem Zimmer, zusammengesunken an seinem Schreibtisch. Also wie gesagt, es sah aus wie ein Herzinfarkt. Aber das Seltsame war, dass sein Zimmer eindeutig durchsucht worden war. Vielleicht nicht unbedingt auf den Kopf gestellt, aber die akribische Ordnung, die dort immer geherrscht hatte, war zerstört worden. Bücher waren aus den Regalen gezogen, Schubladen aufgerissen, Papiere auf den Boden geworfen worden. Da keine Spuren eines gewaltsamen Eindringens gefunden wurden, wurde der Fall abgeschlossen. Man vermutete, dass er kurz vor seinem Tod, vielleicht in einem Anfall von Wahnsinn oder Panik, selbst das Chaos verursacht hatte. Als habe er den nahenden Tod gespürt und noch etwas gesucht, wer weiß. Vielleicht seine Herztabletten, denn sie wurden nicht gefunden. Dabei standen sie immer auf seinem Schreibtisch, weil er sie zweimal täglich einnehmen musste. Das Pillendöschen war jedoch verschwunden und wurde nie gefunden. Aber die Polizei konnte niemanden ausfindig machen, der Eco etwas hätte antun wollen. Er schien keine Feinde zu haben. Natürlich waren viele sauer auf ihn, wie die frustrierten Wissenschaftler, denen er zum x-ten Mal ein Manuskript verweigert hatte, aber das war kaum ein Mordmotiv. Und so wurde sein Ableben als natürlicher Todesfall ad acta gelegt. Obwohl an der Universität noch eine Weile darüber spekuliert wurde, verblasste das Interesse schon bald. Zur Erleichterung vieler Akademiker wurde ein neuer Bibliothekar eingestellt, der etwas modernere Ansichten über das Ausleihen und Einsehen von Büchern vertrat.«

»Aber du hast nicht geglaubt, dass alles mit rechten Dingen zuging«, bemerkte Peter.

»Nein. Ich bin mir sogar sicher, dass er ermordet wurde, und ich habe immer gedacht, dass das etwas mit dieser Übersetzung zu tun haben musste. Dass ›sie‹, wer auch immer diese Leute gewesen sein mögen, nach alldem nervös geworden waren. Vielleicht vermuteten sie, dass er etwas zurückbehalten hatte. Und das war es, was ihn letztendlich umgebracht hat.«

»Was glaubst du, wo dieser Text jetzt ist?«, fragte Judith.

»Ich glaube, ja, ich bin mir so gut wie sicher, dass er den Text nicht in seinem Büro aufbewahrt hat, sondern bei sich zu Hause. Ich habe seine Witwe kontaktiert, aber ich habe mich nicht getraut, direkt zu fragen. Obwohl sie sehr traurig war, schien sie zu akzeptieren, dass ihr Mann, der so geistesabwesend sein konnte, einfach seine Herztabletten verlegt hatte. Sie wusste, dass sein schwaches Herz früher oder später für seinen Tod verantwortlich sein würde, und leider kam es früher als gedacht. Ich wollte diese Illusion nicht mit einer Andeutung zerstören, dass hinter dem Tod ihres Mannes finstere Mächte stecken könnten.«

»Und?«, fragte Peter.

»Und was?«, fragte Mark leicht gereizt. Er schien aus dem Konzept gebracht und schwieg einen Moment. »Ich habe mich gut mit Ecos Witwe verstanden und besuche sie immer noch regelmäßig. Sie ist eine rüstige Dame Anfang siebzig. Manchmal trinken wir zusammen eine Tasse Kaffee oder ein Glas Portwein am frühen Abend. Sie spricht natürlich gerne über ihren Mann. In ihrer Erinnerung hat sie ihn fast zu einem Heiligen verklärt.«

»Und was willst du jetzt unternehmen?«, wollte Judith wissen. »Und was wolltest du uns damit sagen?«

»Ihr geht jetzt zu ihr. Ich glaube, der Zeitpunkt ist gekommen, an dem sie mitteilsamer sein sollte. Sie hat manchmal geheimnisvolle Andeutungen gemacht, denen ich entnommen habe, dass sie etwas wusste, was sie mir nicht oder noch nicht sagen wollte. Aber wenn ich nachhakte, tat sie so, als hätte ich sie missverstanden. Ich rufe sie jetzt gleich mal an. Es ist zwar schon nach Mitternacht, aber sie ist sicher noch wach. Sie geht immer spät ins Bett.«

Mark ging entschlossen die Treppe hinunter, obwohl Peter und Judith diesem neuen Plan noch nicht zugestimmt hatten. Von unten hörten sie Mark mit gedämpfter Stimme telefonieren.

»Was hältst du davon?«, fragte Peter.

»Tja …« Sie blies mit geschürzten Lippen den Atem aus, als bräuchte sie ein Ventil, um den Druck abzulassen. »Wir sollten das machen«, sagte sie schließlich. »Vielleicht ist das unsere letzte Chance, die Wahrheit herauszufinden. Wer weiß, welche Kräfte wir entfesselt haben. Und angenommen, die alte Dame weiß tatsächlich etwas, so wie Mark vermutet. Wir sollten uns an sie wenden, und wenn das auch nichts bringt, gehen wir auf direktem Weg zur Polizei.«

»In Ordnung«, sagte er.

Sie hörten, wie Mark die Treppe wieder heraufkam.

»Ihr seid herzlich willkommen«, sagte er, noch bevor er das Schlafzimmer betreten hatte. »Sie wohnt am Oude Rijn«, fügte er hinzu und nannte ihnen die Hausnummer. »Aber zuerst müssen wir euch hier rausbringen.«

12

»Glaubst du wirklich, dass wir es schaffen, Betttücher aneinanderzuknoten und runterzuklettern?«, fragte Judith.

»Es sind doch nur etwa drei Meter«, beruhigte sie Mark, »das schafft ihr schon.«

Er holte zwei saubere weiße Laken aus dem Schrank, faltete sie auseinander und begann, sie miteinander zu verknoten.

»Warte mal einen Augenblick«, sagte Peter, und Mark hielt in seiner Arbeit inne. »Also, wir gehen zu der alten Dame, was ich für eine gute Idee halte, und danach, was immer dabei herauskommt, kannst du zur Polizei gehen, Judith. Aber ich will erst noch etwas anderes erledigen, notfalls alleine.«

»Was denn?«, fragte Judith.

»Wenn wir Glück haben, weiß Ecos Witwe von der Übersetzung, ja, vielleicht weiß sie sogar, wo sie ist«, fuhr Peter fort. »Aber selbst wenn wir sie finden, könnten die Leute behaupten, die Briefe wären eine Fälschung. Eine geschickte zwar, möglicherweise aus dem ersten Jahrhundert, aber trotzdem eine Fälschung. Bisher haben wir im Grunde keinerlei Beweis dafür, dass die Briefe wirklich aus der Hand von Judas und Petrus stammen, den Jüngern Jesu. Aber Thomas war sich ganz sicher, dass er das Grab Petri in Matilo entdeckt hatte. Er hatte keinerlei Zweifel. ›Ich habe ihn gefunden‹, hat er gesagt. Also liegt die Lösung bei der Ausgrabung, davon bin ich fest überzeugt.«

»Die Schlüssel Petri«, bemerkte Mark trocken.

»Aus irgendeinem triftigen Grund«, fuhr Peter ungerührt fort, »war sich Thomas, ein erfahrener Archäologe, hundertprozentig sicher, dass alles authentisch ist und wir es nicht mit einer Fälschung zu tun haben. Ich werde herausfinden, warum, und wenn es das Letzte ist, was ich tue.« Da das sehr theatralisch klang, fügte er hinzu: »Bevor ich zur Polizei gehe, meine ich natürlich.«

»Das Kästchen und die Fotos lassen wir hier, oder?«, fragte Judith.

»Ja«, sagten Mark und Peter fast gleichzeitig.

»Ich glaube auch, dass das die beste Lösung ist«, ergänzte Peter. »Niemand wird darauf kommen, dass beides hier ist.«

»Gute Idee«, sagte Mark. Er zog die Knoten in den Betttüchern noch einmal fest. »So, das sollte reichen.« Er schob sein Bett ans Fenster und öffnete es. Dann band er ein Laken an einen der Bettpfosten und warf das improvisierte Klettertuch hinaus.

»So, los geht's«, sagte er. »Wer will zuerst?« Er setzte sich auf das Bett, um es zu beschweren.

Judith ging zum Fenster, umarmte Mark und setzte sich auf die Fensterbank. Sie schwang die Beine hinaus, wickelte sich das Laken ein paarmal um den Arm, prüfte, ob alles festsaß, und ließ sich dann langsam hinunter. Es sah ganz einfach aus.

Peter beugte sich hinaus und sah Judith ein paar Meter unter ihm auf der Straße stehen. Er schüttelte Mark die Hand und kletterte ebenfalls aus dem Fenster. Sobald er unten war, zog Mark schnell die Tücher wieder herein, ließ das Fenster aber noch offen.

Sie waren in der kleinen Straße neben dem Innenhof namens Het Klooster gelandet. Aus der Haarlemmerstraat ein Stück weiter hörten sie Rufe und Gesänge von Passanten, wahrscheinlich auf dem Rückweg von der Kirmes, die inzwischen geschlossen haben musste.

Peter und Judith waren kaum ein paar Meter gegangen, als sie Schritte hinter sich hörten. Sie erstarrten. Vorsichtig drehten sie sich um und sahen Thomas' Mörder auf sie zugehen, wie ein Raubtier, das sich an seine Beute heranpirscht. In der rechten Hand hielt er eine Pistole mit Schalldämpfer. Der Lauf war nach unten gerichtet, aber als er sich näherte, richtete er die Waffe auf sie.

Unter Marks Fenster blieb er stehen.

»Meneer de Haan, nehme ich an«, sagte er spöttisch. »Ich zähle bis drei, und dann stellt einer von euch das Kästchen zu meinen Füßen auf den Boden. Dann haut ihr ab, und alle können ihr Leben weiterleben.«

»Wir haben das Kästchen nicht, es ist …«, begann Peter.

Der Mann schoss zielgerichtet auf den Boden, direkt neben Judiths Beine. Es gab einen dumpfen Knall, und ein Stück Pflasterstein flog hoch. Peter und Judith duckten sich.

»Eins«, zählte der Mörder.

»Wir haben es wirklich nicht, wir haben es im Büro gelassen!«, schrie Judith.

»Zwei«, zählte er unbeirrt weiter. Er richtete den Lauf abwechselnd auf Peter und Judith, lächelte und genoss die Situation sichtlich. Diesmal hatte er alles unter Kontrolle, und es gab keine Möglichkeit, ihn auszutricksen. Er seufzte wie ein Vater, der sein Kind nur ungern bestraft.

Judith sah Peter verzweifelt an.

»Wir haben es nicht mehr«, rief sie. Sie schloss die Augen und hielt sich die Ohren zu. »Es ist bei …«

In diesem Moment sah Peter einen weißen Blitz aus dem Fenster über ihrem Angreifer kommen. Mark war heruntergesprungen und hielt sich mit einem Arm an den Laken fest. Mit beiden Füßen trat er dem Mann voll gegen den Kopf. Der stürzte auf die Straße, und seine Waffe fiel klappernd zu Boden. Stöhnend lag er da und hielt mit beiden Händen seinen Kopf.

Mark schnappte sich die Pistole und schleuderte sie in einem hohen Bogen in das offene Fenster.

»Lauft!«, rief er Judith und Peter zu. Judith hatte das Geschehen weitgehend verpasst, weil sie ihre Augen noch geschlossen hielt, aber als sie sie öffnete, erkannte sie, dass sich die Situation zu ihren Gunsten verändert hatte.

Der Mann lag immer noch auf dem Boden, zusammengerollt wie ein Baby. Mark hatte ihn ordentlich erwischt, und das völlig unerwartet, wie ein Deus ex Machina. Peter und Judith lösten sich aus ihrer Erstarrung.

»Aber was ist mit dir?«, flüsterte Judith.

»Keine Sorge«, sagte Mark. »Der hier ist vorerst ausgeschaltet. Ich gehe jetzt rein, rufe die Polizei an und sage Bescheid, dass hier ein Betrunkener in der Gasse liegt.«

Der Mann stöhnte; er wirkte tatsächlich betrunken. Peter hatte fast Mitleid mit ihm, als er dort lag. Wieder versagt …

»Geht jetzt!«, drängte Mark noch einmal und wickelte sich das Laken wieder um den Arm.

Kurz bevor Peter und Judith um die Ecke bogen und die Klostergasse verließen, blickten sie sich noch einmal um und sahen, wie Mark an der Mauer entlang zurück zum offenen Fenster stieg, wie ein geübter Fassadenkletterer.

Durch den Sint Ursulasteeg gingen sie zur Haarlemmerstraat, wo tatsächlich noch ein paar Leute unterwegs waren, einige hielten Bierdosen in der Hand, schrien und sangen

Lieder. Sie überquerten die Haarlemmerstraat und nahmen den schmalen Kennewegsteeg zum Apothekersdijk, um die Haarlemmerstraat zu umgehen. Hier war keine Menschenseele mehr zu sehen.

Am Ende des Stille Rijn überquerten sie die schmale Waaghoofd-Brücke und bogen links ab. Sie gingen die Hoogstraat entlang, unter der das beliebte Gewölbecafé Annie's Verjaardag lag. Jetzt waren sie fast am Ziel. Sie bogen nach rechts auf den Oude Rijn ab. Unterwegs hatten sie kein Wort gesprochen.

Peter spürte eine gewisse Distanz, seit sie aus dem Kleiderschrank gekrochen waren, die er der emotionalen Achterbahn zuschrieb, die Judith im Versteck durchgemacht hatte. Er überlegte, dass ihre Unternehmungen bisher jedes Mal zu vorhersehbar gewesen waren, zu offensichtlich. Der Mörder hielt ständig Schritt mit ihnen. Der Vorteil war, dass er zumindest im Moment außer Gefecht gesetzt war und von ihrem nächsten Vorhaben, dem Besuch bei Ecos Witwe, nichts wissen konnte.

Bald standen sie vor ihrer Tür. Es kam ihnen merkwürdig vor, zu dieser späten Stunde bei einer alten Dame zu klingeln – aber was war schon normal unter diesen Umständen?

Unter der Klingel war noch ein Namensschild mit H. Eco angebracht.

Bevor Judith mit dem goldfarbenen Türklopfer in Form eines Löwenkopfes dreimal leise gegen die Tür pochte, fuhr sie lächelnd mit dem Daumen über das Schild. »Als ob er noch hier wohnen würde«, sagte sie sichtlich gerührt.

Fast unmittelbar nach dem dritten Klopfen wurde die Tür geöffnet, als hätte Mevrouw Eco schon auf sie gewartet – sehr wahrscheinlich war das tatsächlich so.

Sie bedeutete ihnen, schnell hereinzukommen, und schloss hastig die Tür hinter ihnen. Da nur eine kleine Wandlampe unter einem Spiegel brannte, war es ziemlich dunkel im Flur, und sie konnten ihr Gesicht nicht richtig erkennen. Allerdings bemerkten sie, dass Mevrouw Eco nicht besonders groß war.

Leise ging sie im Flur an Peter und Judith vorbei und voraus ins Wohnzimmer. Auch das war nur spärlich beleuchtet, wie ein Raum in einem Museum, in dem wertvolle Stücke vor zu viel Tageslicht geschützt werden müssen.

»Bitte setzen Sie sich«, sagte sie, nahm eine Teekanne von einem Stövchen und schenkte drei Tassen ein. Unaufgefordert gab sie jeweils einen Löffel Zucker hinzu und stellte die Tassen auf Untersetzer vor sie hin.

Sie war eine zierliche Dame. Ihr halblanges, lockiges graues Haar war ordentlich frisiert, und sie hatte einen Hauch Lippenstift aufgelegt. Ihre Augen waren wach und hell. Sie hatte eine etwas gestelzte Aussprache, als hätte sie von klein auf in besseren Kreisen verkehrt.

»Mark hat mich angerufen«, begann sie ohne Umschweife, nachdem sie sich in ihren Sessel gesetzt hatte, »und deswegen gehe ich davon aus, dass ich Ihnen vertrauen kann. Mark ist … nun ja, nicht gerade wie ein Sohn für mich, das wäre zu pathetisch ausgedrückt, aber ich freue mich jedes Mal, ihn zu sehen, wenn er zu Besuch kommt. Ich weiß zwar nicht genau, worauf Sie sich eingelassen haben, aber vielleicht will ich es auch gar nicht so genau wissen.«

Peter lächelte entschuldigend und hob die Hände. »Es ist sehr freundlich von Ihnen, uns zu dieser späten Stunde noch zu empfangen«, sagte er. »Und um ehrlich zu sein, wissen wir auch nicht so genau, worauf wir uns eingelassen haben. Um es kurz zu machen – und ich denke, das genügt für den

Augenblick: Uns ist durch Zufall ein Text in die Hände gefallen, an dem bestimmte Leute sehr interessiert sind, sagen wir es mal so.«

»Mehr als sehr interessiert«, fügte Judith hinzu.

Peter legte eine Hand auf Judiths Oberschenkel, aber sie nahm sie weg und legte sie auf sein Bein.

»Und wie es der Zufall so will«, fuhr Peter fort, »hat Mark uns erzählt, dass er diesen Text schon einmal gelesen hat, und zwar im Arbeitszimmer Ihres verstorbenen Mannes.«

»Gott hab ihn selig«, sagte Mevrouw Eco beinahe mechanisch.

»Gott hab ihn selig«, wiederholte Peter. »Ihr Mann ist damals verstorben, während Mark im Krankenhaus war, und …«

»Mein Mann war ein guter Mensch«, unterbrach die alte Dame Peter. »Ein guter Mann, er hat sein ganzes Leben lang keiner Fliege etwas zuleide getan. Solange er seine Bücher hatte, seine Studien … Ich weiß, er war, wie soll ich sagen …« Sie lächelte. »… ein wenig unorthodox. Man hat ihn mehrmals dafür gerügt, dass er dem ein oder anderen keinen Zugang zu einem Manuskript gewährte, aber in seinen Augen waren die meisten Leute, wie er es ausdrückte, nicht würdig oder engagiert genug, um diesen Zugang zu verdienen. Andererseits hat er offenbar irgendetwas richtig gemacht, sonst hätte er sich nicht so lange auf seinem Posten gehalten. Ich weiß auch, dass er gelegentlich Aufträge angenommen hat, die eine gewisse Verschwiegenheit verlangten. Ich habe nie nachgehakt, aber es hatte meist irgendetwas mit einem Manuskript zu tun, das versteigert werden sollte und auf Echtheit geprüft werden musste, oder mit einer Schrift, die noch übersetzt werden musste. Ich vermute bis heute, dass er diese Geheimniskrämerei mehr genossen hat, als er zugeben wollte … Aber wie dem auch sei, Sie sind sicherlich nicht gekommen, um sich die Erinnerungen einer alten Dame anzuhören.«

Peter lächelte, teils aus höflichem Protest, teils weil sie seine Gedanken erraten hatte.

»Können Sie uns mehr von der Übersetzung erzählen?«, fragte er hoffnungsvoll.

Mevrouw Eco rührte schweigend ihren Tee um; das Klirren des Löffels gegen das Porzellan und das laute Ticken der Standuhr waren die einzigen Geräusche im Raum. »Ich möchte nicht darüber spekulieren, ob sein Tod etwas mit dieser Übersetzung zu tun hatte«, fuhr sie fort, als hätte sie Peters Frage nicht gehört. »Mark traut sich nie, danach zu fragen, obwohl ich manchmal spüre, dass ihm diese Frage auf der Zunge liegt. Aber es ist, wie es ist. Er ist tot, und selbst wenn wir genau wüssten, was dahintersteckt, würde das nichts ändern. Nach seinem Tod, etwa eine Woche nach der Beerdigung, kam ein Umzugswagen, um die Bücher aus seinem Arbeitszimmer abzuholen. Er wollte alles der Bibliothek hinterlassen; so konnte er sicher sein, dass die Bücher nicht verloren gehen würden. Offenbar war dieser Wunsch stärker als das Wissen, dass nun andere ohne seine Erlaubnis darin herumschnüffeln würden. Aber egal, ich wusste davon und war einverstanden. Was hätte ich damit anfangen sollen? Ich hatte nur nicht erwartet, dass die Universität so zügig vorgehen würde; normalerweise waren sie nicht so schnell. Man zeigte mir alle Arten von offiziell aussehenden Papieren, mit Stempel und Unterschrift. Die beiden Umzugshelfer hatten einen laminierten Ausweis an ihrer Brusttasche, also nahm ich an, dass alles in Ordnung war.«

»Oh nein!«, rief Judith aus.

»Ich bin für ein paar Stunden zu meiner Schwester gefahren«, sagte die alte Dame. »Die Männer sind rein- und rausgelaufen, schleppten große Kisten, stampften die Treppe hoch und runter ... Es war ein ungeheurer Trubel, und ich war froh, aus dem Haus zu sein. Und natürlich hatte es etwas Trauriges, den Raum, in dem er zwei Wochen zuvor noch gearbeitet hatte, leer zu sehen. Als ich zurückkam, waren die Möbelpacker schon weg, worüber ich froh war. Ich hatte überlegt, was ich mit dem Zimmer anfangen sollte; vielleicht an eine Studentin untervermieten, um etwas Leben im Haus zu haben; ich wusste es noch nicht. Aber als ich die Tür zum Arbeitszimmer meines Mannes öffnete, traute ich meinen Augen nicht. Es war leer. Absolut, vollkommen leer.«

Sie war eine gute Geschichtenerzählerin, denn sie legte eine Kunstpause ein, die die gewünschte Wirkung erzielte. Peter bemerkte, dass er eine Gänsehaut bekam, und spürte, wie ihm ein Schauer über den Rücken lief.

»Alles war weg«, fuhr sie fort. »Keinen Schnipsel Papier hatten sie dagelassen. Nur der Schreibtisch war noch da, und die leeren Schubladen und Fächer lagen daneben. Ach ja, und sie hatten den Schreibtisch auf den Kopf gestellt, mit der Platte nach unten, als hätten sie nach einem Geheimfach gesucht. Sogar der Zeitungsständer mit meinen Handarbeitszeitschriften – ich saß gerne bei meinem Mann und stickte, während er arbeitete, das mochten wir beide – war verschwunden. Der ganze Raum war so ausgeräumt worden, als sollte er renoviert werden. Das kam mir äußerst suspekt vor. Ich ging nach unten. Dort hatten wir keine Bücher, aber auch im Wohnzimmer war alles durcheinander. Die Schränke waren leer, und der Inhalt lag auf dem Boden verteilt, Möbel waren von der Wand abgerückt worden, als hätten sie dahinter etwas gesucht. Es war schrecklich, das kann ich Ihnen sagen. Die Sofapolster waren umgedreht … Sie können es sich ja vorstellen.«

»Als ob eingebrochen worden wäre«, ergänzte Judith.

»Ja, so war es«, bestätigte Mevrouw Eco aufgewühlt. »Als ob eingebrochen worden wäre. Das kam mir sehr merkwürdig vor. Ich war empört. Also rief ich in der Bibliothek an, um mich zu beschweren, und als ich endlich die richtige Person erreichte, stellte sich heraus, dass sie gerade versucht hatte, mich anzurufen, um einen Termin zu vereinbaren!«

Trotz des schwachen Lichts erkannte Peter, dass die Wangen von Mevrouw Eco vor Empörung gerötet waren. »Also …«, sagte er.

»Diese Möbelpacker waren gar nicht von der Universität!«, rief die Witwe aus. »Die Bibliothek wusste von nichts. Sie hatten keine Firma beauftragt, kein Auto gemietet, nichts. Sie überlegten noch, was sie mit all den Büchern anfangen sollten, ob sie sie irgendwo unterbringen konnten.«

Judith schlug eine Hand vor den Mund. »Und dann?«, brachte sie hervor.

»Ich habe natürlich Anzeige erstattet. Unmittelbar nach dem Gespräch mit der Bibliothek habe ich den Kommissar angerufen, der auch für den Fall meines Mannes zuständig war. Innerhalb von fünfzehn Minuten waren zwei Polizisten bei mir, aber letztendlich kam nichts dabei heraus. Natürlich hatte ich mir das Nummernschild nicht gemerkt, ich hatte nicht auf die Beschriftung des Lkws geachtet, ich hätte die Männer wahrscheinlich nicht einmal wiedererkannt, wenn ich sie bei einer Gegenüberstellung hätte identifizieren müssen. Wie konnte ich nur so leichtgläubig sein?« Frustriert schlug sie sich auf das Knie.

»Aber, aber«, sagte Peter beschwichtigend. »Darauf wäre doch jeder hereingefallen. Es war so raffiniert eingefädelt!«

Das schien sie ein wenig zu beruhigen.

Sie schwiegen einen Moment lang. »Aber«, brach Mevrouw Eco das Schweigen in einem triumphierenden Tonfall, der so gar nicht mehr niedergeschlagen klang, »vielleicht ist nicht alles verloren. Ich habe es Mark nie erzählt, weil ich Angst hatte, den Frieden zu stören, und weil er sonst vielleicht in etwas hineingezogen worden wäre, das zu groß für ihn war.«

»Was meinen Sie damit?«, fragte Peter.

Er sah, dass sich ihre Lippen zu einem zufriedenen Lächeln kräuselten.

»Es gibt eine Stelle, an der sie nicht nachgeschaut haben«, sagte sie.

13

Mevrouw Eco stand auf, und Judith und Peter folgten ihr in den Flur und die Treppe hinauf. Auf dem Treppenabsatz schaltete sie das Licht an, das nach dem Halbdunkel im Wohnzimmer plötzlich sehr hell war.

Sie öffnete eine der Türen, die vom Flur abgingen, und betrat das Zimmer dahinter. »Warten Sie einen Moment«, sagte sie, ohne sich umzudrehen.

Sie hörten ihre Schritte in dem Zimmer, in das von draußen das Licht der Straßenlaternen hereinfiel. Als sie die Vorhänge zuzog, wurde es dunkel. Dann schaltete sie die Deckenlampe ein.

Der Raum war fast völlig leer, bis auf den Schreibtisch, der wieder richtig stand, einen Bürostuhl und einen Sessel in der Ecke.

»Ich habe nach dem *Umzug*« – sie betonte das Wort sarkastisch – »nichts mehr an dem Zimmer verändert, außer dass ich unseren Nachbarn gebeten habe, den Schreibtisch wieder aufzurichten. Ich konnte mich nicht dazu durchringen, es zu vermieten. Und da« – sie zeigte auf den Sessel, der schräg zum Fenster stand – »sitze ich immer noch gerne. Ich sticke oder lese, und manchmal ist es so, als ob Huibrecht immer noch da wäre, als ob er immer noch an diesem Schreibtisch sitzen und schreiben würde. Das gefällt mir.«

Sie hing einen Moment lang ihren Gedanken nach, riss sich aber schnell wieder davon los, weil sie wusste, dass ihre Besucher nicht deswegen gekommen waren.

»Ich habe es noch niemandem erzählt«, sagte sie, »nicht einmal Mark. Vielleicht aus Angst, dass er mich nicht mehr besuchen käme, sobald ich es ihm gezeigt hätte. Er ist mir sehr ans Herz gewachsen, und er hat mir nie Fragen gestellt. Aber jetzt ist die Zeit gekommen, nicht länger zu schweigen. Bestimmt wundern Sie sich darüber, dass ich nie hier oben nachgesehen habe.«

Sie ging auf die Holzverkleidung der Wand zu. »Es war, als ob …«, fuhr sie fort, während sie vorsichtig die Oberseite des Holzes abtastete, »also … entweder ist hier etwas oder nicht, und wenn ich nachgesehen hätte …« Sie hielt abrupt inne, als hätte sie gefunden, was sie suchte. »Hier«, sagte sie. »Hier ist es. Könnten Sie mir helfen, Meneer de Haan?«

Peter ging zu ihr.

»Und wenn wir nachsehen, hat die Unsicherheit ein Ende«, sagte sie.

Ohne große Mühe löste sie ein Holzbrett von der Verkleidung. Peter sah, dass zwischen der Holzverkleidung und der Wand mehrere Zentimeter Abstand waren.

»Huibrecht hat mir einmal davon erzählt«, erklärte sie. »Hier hat er manchmal ein Manuskript versteckt, wenn er unter strenger Geheimhaltung an etwas arbeitete. Für den Fall, dass ihm etwas zustoßen würde, müsse jemand davon wissen, meinte er. Könnten Sie bitte dieses Brett herausnehmen? Ich habe nicht so viel Kraft.«

Peter bewegte das Brett leicht hin und her und spürte, dass es sich löste. Er schob es hoch, bis er es aus der Nut lösen und auf den Boden stellen konnte. Enttäuschung machte sich breit, als hinter dem Holz nur eine Wand zu sehen war. Sie war mit Luftpolsterfolie verkleidet.

»Da ist«, Peter musste schlucken, um seine Enttäuschung zu überwinden, »da ist nichts. Keine Tür oder Klappe, kein Tresor … nichts.«

Er schaute zur Seite, zu Judith, die ihm ein aufmunterndes Lächeln schenkte.

Mevrouw Eco mischte sich ein. »Sie müssen die Verkleidung umdrehen. In der Wand ist nichts. Der Kunststoff dient nur zur Isolierung, um Feuchtigkeit und Kälte abzuhalten. Sie müssen auf der Rückseite des Brettes nachsehen.«

Neue Hoffnung keimte in Peter auf, und er drehte die Holzplatte um. Jetzt sah er, dass eine dünne Fuge von oben nach unten verlief, genau in der Mitte. Er zog daran, aber es bewegte sich nichts.

»Einen Augenblick«, sagte die alte Dame und verließ das Zimmer.

»Was meinst du?«, fragte er Judith.

Sie zuckte mit den Schultern, aber bevor sie etwas sagen konnte, kam Mevrouw Eco mit einem Satz Schraubendreher in der einen und einem Hammer in der anderen Hand zurück. Sie reichte Peter das Werkzeug.

»Damit müsste es klappen.«

Peter zeigte auf das Holzbrett. »Haben Sie mal gesehen, wie Ihr Mann es geöffnet hat?«

»Einmal hat er es mir gezeigt«, antwortete Mevrouw Eco. »Nachdem er mir von dem Geheimversteck erzählt hatte, demonstrierte er mir, wie man das Holz entfernt und es von hinten öffnet.«

Peter legte das Holzbrett auf den Boden und kniete sich daneben. Sein Herz klopfte heftig, und er verspürte einen zunehmenden Druck auf der Brust.

»Schauen Sie, da«, sagte Mevrouw Eco. »Unten, in der Mitte, ist eine kleine Einbuchtung. Wenn Sie den dünnsten Schraubendreher nehmen, ihn hineinstecken und ein paar Mal leicht mit dem Hammer draufklopfen, müssten Sie die Platte ganz leicht öffnen können.«

Oh Gott, hoffentlich wird das keine riesengroße Enttäuschung, dachte Peter. Er nahm den Schraubendreher mit der dünnsten Spitze heraus und steckte ihn in die Kerbe. Als er leicht mit dem Hammer daraufklopfte, hallten die Schläge im leeren Raum wider. Erschrocken blickte er auf, aber die alte Dame bedeutete ihm, dass er weitermachen sollte.

Ein paar weitere Schläge und die Spitze des Schraubendrehers war im Holz verschwunden. Peter stemmte die Platte hoch, die sich nun leicht lösen ließ. Es war eine simple, clevere Konstruktion. Durch das Anbringen von zwei Holzplatten mit Scharnieren an der Rückseite entstand ein Zwischenraum von wenigen Zentimetern, groß genug, um etwas von der Stärke eines Schreibblocks zu verbergen.

Peter öffnete beide Paneele, und Judith und Mevrouw Eco kamen näher.

Jetzt bekomme ich doch noch mein Indiana-Jones-Erlebnis, dachte Peter und lächelte.

Eine Plastikhülle mit Schiebeverschluss kam zum Vorschein, die ein altmodisch aussehendes Schulheft enthielt. Peter wollte die Mappe der alten Dame geben, aber sie bedeutete ihm, dass er sie nehmen sollte.

»Wenigstens etwas«, sagte er hoffnungsvoll und richtete sich wieder auf. Seine Knie taten ihm weh vom harten Holzboden, und an den verkrampften Muskeln in Nacken und Schultern spürte er die Anspannung.

Er öffnete die Plastikhülle und holte das Heft heraus. Ein staubiger Geruch stieg ihm in die Nase. Als er das Heft aufschlagen wollte, flatterte ein Zettel heraus und landete zu seinen Füßen. Judith bückte sich und hob ihn auf.

»Ach«, sagte Mevrouw Eco. »Das ist Huibrechts Handschrift.«

Judith reichte ihr den Zettel, eine kurze Notiz, die die alte Dame zunächst schweigend las.

Peter konnte es kaum erwarten, das Notizbuch zu öffnen, wollte aber den Moment nicht stören, in dem die Witwe gewissermaßen eine Botschaft aus dem Jenseits empfing. Erst als sie aufschaute, fragte er: »Was steht da?«

»Betet zugleich auch für uns, Gott möge uns die Möglichkeit zur Predigt des Wortes geben, damit wir das Geheimnis Christi, um dessen willen ich auch in Ketten gefesselt bin, verkündigen können und ich es so kundtue, wie meine Pflicht es erfordert.«

»Klingt nach Paulus«, stellte Peter fest.

»*Kolosser 4, Vers 3* steht darunter«, antwortete sie. »Stimmt, Paulus.« Sie lächelte. »Und jetzt schauen Sie schon in das Heft!«, fügte sie hinzu.

Peter schlug es auf. Es war leer, der Einband diente als Umschlag. Darin befanden sich linierte Seiten, die in ordentlicher, etwas schulmeisterlich anmutender Handschrift beschrieben waren.

»Und?«, fragte Judith. »Was steht da?«

Peter hielt die Blätter etwas schräg ins Licht und las: »Kephas, ein Diener und Apostel Jeschuas, grüßt dich, werter Judas. Zunächst einmal, mein Weggefährte, kann ich nicht beginnen, ohne vorauszuschicken, welchen Kummer mir deine Abreise aus Jerusalem bereitet hat.«

»Mein Gott!«, war alles, was Peter hervorbringen konnte. Ihm lief es kalt den Rücken herunter, und die Härchen auf seinen Unterarmen stellten sich auf.

»Das ist es«, sagte Judith nur.

Mevrouw Eco stand im Licht der Deckenlampe und hielt den Zettel ihres Mannes mit beiden Händen fest. Sie sah plötzlich todmüde aus.

»Lassen Sie uns nach unten gehen«, schlug Judith vor. »Dort können wir dann alles lesen. Ist Ihnen das recht, Mevrouw?«

»Ja, mir ist alles recht, ihr jungen Leute«, sagte sie, und man hörte auch ihrer Stimme die Erschöpfung an. »Es ist schon sehr spät und das« – sie deutete auf den Papierstapel – »... das überfordert mich irgendwie. Ich weiß nicht, ob – wie soll ich sagen –, ich weiß nicht, ob ich das lesen will. Ob ich es wissen will ... Ich gehe zu Bett. Sogar für mich ist es ungewöhnlich spät.«

Sie machte sich daran, das Zimmer zu verlassen. Als sie an Peter vorbeiging, legte sie kurz ihre Hand auf seinen Arm. »Mögen Sie es kundtun, wie Ihre Pflicht es erfordert«, sagte sie und klang fast traurig dabei.

In der Tür drehte sie sich noch einmal um, den Zettel ihres Mannes hielt sie noch immer in der Hand. »Ich übergebe hiermit die Papiere zu Ihren Händen. Natürlich möchte ich erfahren, was daraus wird. Sie können gerne unten bleiben, solange Sie möchten, auch über Nacht. Wenn Sie gehen möchten, finden Sie ja selbst hinaus. Ich würde Ihnen raten, die Hintertür zu nehmen, man weiß ja nie. Sie gelangen von dort direkt zur Burcht.« Sie wandte sich ab und wünschte ihnen noch eine gute Nacht.

»Gute Nacht«, antworteten Peter und Judith. Sie hörten, wie sich die Schlafzimmertür der alten Dame schloss.

»War das nicht ein bisschen seltsam?«, bemerkte Judith. »Jetzt, da wir gefunden haben, was möglicherweise für den Tod ihres Mannes verantwortlich war, geht sie einfach weg.

Als hätten wir irgendein Buch aufgestöbert, das der Bibliothek gehört.«

»Ach, ich glaube, sie ist einfach sehr müde«, sagte Peter beruhigend. »Sie ist schon alt, und alte Menschen lassen sich nicht mehr so leicht überraschen. Vielleicht hat der Zettel ihres Mannes sie aus der Fassung gebracht. Wer weiß?«

»Komm, lass uns runtergehen«, sagte Judith. Sie hörte sich etwas kühl an, so wie sie sich schon in Marks Schrank etwas distanziert verhalten hatte.

Sie schaltete das Licht im ehemaligen Büro aus und ging vor ihm die Treppe hinunter. Im Wohnzimmer machte Peter etwas mehr Licht, damit sie den Text besser lesen konnten.

Sie setzten sich an den großen Esstisch. Peter schlug das Heft wieder auf, nahm die Blätter heraus und legte sie zwischen sie.

»Nichts aber ist verhüllt, das nicht enthüllt werden wird, und nichts verborgen, was nicht bekannt werden wird«, murmelte er vor sich hin.

14

Kephas, ein Diener und Apostel Jeschuas, grüßt dich, werter Judas. Zunächst einmal, mein Weggefährte, kann ich nicht beginnen, ohne vorauszuschicken, welchen Kummer mir deine Abreise aus Jerusalem bereitet hat. Ich verstehe, dass du nach all den Anschuldigungen, die dir entgegengeschleudert wurden, keine andere Wahl mehr hattest, als die Stadt und unsere Gruppe zu verlassen.

Meine Gedanken kehren, wie gewiss auch die deinen, oft zurück zu jenem letzten Mal, als wir im Garten Gethsemane zusammen aßen, wie wir so oft unter den Sternen zusammen gegessen hatten. Die Sterne, die am pechschwarzen Himmel funkeln, geben mir immer das Gefühl, winzig zu sein und gleichzeitig ein großer Teil von G'ttes gewaltiger Schöpfung. Die große Decke im Gras, die Matze-Stapel, der Wein. Die sanfte Brise, die die Düfte der knospenden Blüten herbeitrug. Der Frühling war schon immer meine Lieblingsjahreszeit, nach der Kälte des Winters und vor der Hitze des Sommers. Die Natur erwacht wieder zum Leben, die Sonne wärmt die Haut …

Ich erinnere mich an die Aufregung, als Jeschua nachmittags die Tische der Geldwechsler umstieß und eine kurze Rede hielt. Wie wütend Er gewesen war. »Raus«, rief Er, »das Haus meines Vaters ist kein Marktplatz! G'ttes Haus sollte ein Ort des Gebets sein, aber ihr habt es zu einer Räuberhöhle gemacht!« So wütend hatten wir Ihn selten zuvor gesehen. Und ehrlich gesagt war ich damals überrascht, und nicht nur ich. Hatte G'tt selbst nicht befohlen, dass im Vorhof Opfertiere verkauft werden sollten? Wo sonst sollten die Leute ihre Tiere kaufen? Und dienten die Geldwechsler nicht dazu, es den Pilgern leichter zu machen? Alle müssen die Tempelsteuer in zuverlässiger Währung bezahlen, und hier konnten sie die Münzen aus ihrer Heimat umtauschen. Das ging schon seit Hunderten von Jahren so. Aber natürlich hat Jeschua oft auf eine Weise gehandelt, die wir nicht sofort verstanden, sondern erst viel später. Ich dachte, dass es dieses Mal genauso sein würde.

Und natürlich schaffte Er es nur, ein paar Tische auf dem riesigen Platz umzuwerfen, auf dem sich Tausende von Pilgern und Verkäufern versammelt hatten. Nicht viele Menschen in diesem Hof werden den Tumult im Innenhof bemerkt haben, aber für uns schien es der Beginn von etwas Großem zu sein. Welche Aufregung wir empfanden, als der herbeigerufene Tempelwächter kam und es ihm nicht gelang, den Kreis zu durchbrechen, den wir zwölf um Jeschua gebildet hatten!

Und ich sah die Enttäuschung auf deinem Gesicht, Judas, als unser Meister uns das Zeichen gab, den Platz zu verlassen. Du, und ich denke, viele mit dir, hatten angenommen, dass dieser Aufruhr der Beginn der großen Revolte sein würde, dass dies der Moment war, in dem Jeschua zeigen würde, dass Er der angekündigte Retter war, der Messias, der das Königreich G'ttes wiederherstellen und den fremden Herrscher verjagen würde.

Doch der Himmel blieb an diesem Nachmittag verschlossen – und an den folgenden Nachmittagen auch. Vielleicht hatte Jeschua selbst andere Erwartungen gehabt, wer kann das schon sagen? Wir können Ihn nicht mehr fragen. Vielleicht sah Er es als Fingerübung für etwas Größeres, das noch folgen sollte. Aber dazu ist es natürlich nie gekommen.

Ich weiß noch, dass wenig übrig war von dem Elan, mit dem wir an diesem Nachmittag in die Stadt gekommen waren. Es war deine Idee, nicht wahr, Judas, Ihn auf einem Esel in die Stadt reiten zu lassen, um zu zeigen, dass Zacharias von Ihm gesprochen hatte, als er prophezeite, der König würde auf einem Eselsfohlen nach Jerusalem kommen? Und ich weiß, dass manche Leute sehr erstaunt waren, als wir kurz vor Seinem Einzug in Jerusalem unsere Mäntel auf den Boden breiteten und einige der Frauen Ihm mit Zweigen zuwinkten. »Hosianna, hosianna!«, riefen wir. »Gesegnet sei, der da kommt im Namen G'ttes.« Und obwohl die meisten Umstehenden kaum auf Ihn achteten und alle gleich wieder mit ihren Tätigkeiten fortfuhren, war es für uns, als hätten wir den ersten Akt des Dramas eröffnet.

Wir waren zum Tempelplatz gegangen, um den nächsten Schritt zu tun, aber es kam anders, als wir gedacht hatten. Jeschua entkam auf dem Tempelplatz knapp einer Verhaftung, aber wir alle wussten, dass die Tempelwache es nicht dabei belassen würde. Egal, wie unwichtig Jeschua in ihren Augen war und wie gering das Verbrechen erschien, ein paar Tische umzuwerfen, dies konnten sie nicht dulden. Sie hatten zu große Angst, dass die Römer eine solch kleine Störung nutzen würden, um ihnen verschiedene Befugnisse zu entziehen. Die Römer waren sowieso wegen des Pessachfestes nervös, an dem Zehntausende von Pilgern aus allen Himmelsrichtungen in die Stadt strömten.

Die Tempelwächter brannten darauf, Jeschua zu den römischen Soldaten zu bringen, um zu beweisen, dass sie für

Zucht und Ordnung sorgen konnten. Schließlich war es besser, dass ein Mann starb, als dass das ganze Volk leiden musste. So hatten sie es in der Vergangenheit gehalten, und so würden sie es wieder tun.

Den Römern war es egal, wen sie kreuzigten; ein Leben mehr oder weniger spielte für sie keine Rolle. Sie wussten nur, dass jede Kreuzigung den Menschen verdeutlichte, wer hier das Sagen hatte, sodass es keinem einfallen würde, noch einmal die Ordnung zu stören.

Einige von uns waren enttäuscht, nachdem wir den Platz verlassen hatten. War das alles?, fragten sie sich – man konnte es ihnen ansehen. Und ich weiß auch, dass du nicht der Einzige warst, der der Meinung war, dass wir etwas unternehmen sollten. Aber du warst der Einzige, der es wagte, es Jeschua vorzuschlagen. Vielleicht hatte Er ebenfalls schon daran gedacht, vielleicht war der Auftritt auf dem Tempelplatz auch für Ihn eine Enttäuschung gewesen. Was war mit der Schar der Engel, die Seinem Auftritt mit ihrem Klageruf Gewicht verleihen sollten?

Deshalb glaube ich, dass dein Vorschlag bei Ihm gut ankam: die Tempelwächter und die Römer zu uns nach Gethsemane zu führen und es auf eine große Konfrontation ankommen zu lassen. Musste G'tt, der Vater, dann nicht eingreifen?

Ich habe gesehen, wie sich Jeschua für deinen Plan begeisterte. Die große Frage war, wer die Rolle des Verräters übernehmen sollte. Derjenige konnte auf der Stelle verhaftet und hingerichtet werden, da Jeschua selbst in dem Moment nicht greifbar war.

Und angenommen, das Vorhaben scheiterte? Würde derjenige nicht als übelster Verräter aller Zeiten in die Geschichte eingehen?

Und dann das Abendmahl, das sich später als das letzte erweisen sollte. Jeschua erzählte in Seinen eigenen Worten die Geschichte des Auszugs unserer Vorfahren aus der Knechtschaft in Ägypten und zog eine Parallele zu unserer Unterdrückung durch die Römer. Er sagte, dass Er damit rechne, dass es damit bald vorbei sein würde, und ein Schauder erfasste unsere Gruppe. Ich weiß noch, dass wir uns als Teil von etwas Großem fühlten, etwas Größerem als wir selbst. Wir waren alle Teil des großen Plans, den der Ewige mit seinem Volk hatte.

Die gebratene Lammkeule, die Er hochhielt, während Er erklärte, dass wir leben könnten, weil dieses Tier sein Leben gegeben habe, dass das Lamm sozusagen seinen Körper gegeben habe, damit wir essen und überleben könnten. Dass von jedem erwartet werden könne, dass er sein Leben gebe, um das Leben seines Bruders oder seiner Schwester zu schützen – dass er sterbe, auf dass ein anderer leben könne.

Wir haben zusammen gesungen, Jeschua mit Seiner warmen, dunklen Stimme: »Vor dem Anblick des Herrn erbebe, du Erde, vor dem Anblick des Gottes Jakobs, der Felsen wandelt zum Wasserteich, Kieselgestein zum sprudelnden Quell!« Und: »Danket dem HERRN, denn er ist freundlich, ja, ewiglich währt seine Gnade!«

Mir kommen die Tränen, wenn ich daran zurückdenke. Wie Er alle vier Becher mit Wein segnete, bevor sie in der Gruppe herumgereicht wurden. Und wie Er die Brote brach und uns sagte, wir sollten das immer wieder tun, um uns an diesen Abend zu erinnern, um uns an Ihn zu erinnern, egal, wie es ausgehe.

Die Stille, die plötzlich herrschte, als Er verkündete, dass einer von uns Ihn verraten würde.

Wir wussten, dass einer es tun musste, aber erst in diesem Augenblick wurden wir uns der Gefahr bewusst.

»Doch nicht etwa ich, Herr?«, fragten wir der Reihe nach verzweifelt.

»Vielleicht wird derjenige sich wünschen, nie geboren worden zu sein«, sprach Jeschua und bezog sich dabei auf die Strafen und Folterungen, die den Verräter erwarten könnten, wenn Er als Sündenbock vor Gericht gestellt würde.

Und wie du, Judas, dann aufgestanden bist und den Geldsack in die Gruppe geworfen hast, als würdest du damit rechnen, nie wieder zurückzukehren, und dann einfach weggegangen bist. Dies war das Opfer, von dem der Meister einige Augenblicke zuvor gesprochen hatte.

Wir beendeten die Mahlzeit schweigend, und Jeschua bat mich, Jakobus und Johannes mit Ihm zu gehen, weil Er beten wollte. Wir warteten in einiger Entfernung und hörten nicht, was Er betete, aber Er sah plötzlich verängstigt aus, als fürchtete Er sich vor dem, was Er gerade in Gang gesetzt hatte.

Wir legten uns zur Ruhe und müssen wohl eingeschlafen sein: Er musste uns aufwecken. Er schien enttäuscht zu sein, dass wir nicht wach geblieben waren.

Wir kehrten zur Gruppe zurück, waren gleichzeitig ängstlich und aufgeregt. Würdest du zurückkehren, Judas? Und würde dich die Tempelwache, die römischen Soldaten begleiten? Wer hätte ahnen können, dass der Plan einen so schrecklichen Verlauf nehmen würde? Wären wir damals nur weggelaufen! Du wärst womöglich mit einer Auspeitschung davongekommen, und zu Hause in Galiläa hätten wir unser Leben wieder aufgenommen.

Nicht lange danach erschienst du mit einigen Tempelwächtern, die sehr energisch auftraten, da sie wussten, dass sie von den ebenfalls mitgekommenen römischen Soldaten geschützt wurden. Wegen der Dämmerung war es womöglich schwierig, die Person, die sie suchten, von den anderen Anwesenden zu unterscheiden, aber als du dich Jeschua nähertest, folgten sie dir, und kurz bevor du Ihn erreichtest, begriffen sie, dass Er derjenige war, den sie suchten. Sie drängten dich beiseite, und viel gröber als nötig packten die Soldaten Ihn und fesselten Seine Hände hinter Seinem Rücken.

Einige von uns erwarteten, dass sich in diesem Moment der Himmel öffnen und eine Armee von Engeln herabkommen würde, um Jeschua zu helfen, oder dass Jeschua selbst die wahre Stärke und Macht zeigen würde, die dem Messias innewohnt, und als das nicht geschah, dachten wir, es würde während Seiner Verhandlung geschehen.

Die würde natürlich nicht am Abend stattfinden und wahrscheinlich auch nicht am Tag vor dem Sabbat, daher erwarteten wir, dass es erst nach dem Sabbat so weit sein würde.

Ich erinnere mich, Judas, wie wir dastanden, als unser Rabbi weggebracht wurde. Wir waren von einer seltsamen Mischung aus Hilflosigkeit und großer Zuversicht erfüllt, dass diese Verhaftung der Beginn unseres endgültigen Sieges und der Wiederherstellung von G'ttes Königtum über Israel sein würde.

Dann hast du, Judas, zunächst zögernd, dann immer kraftvoller, je mehr von uns mitmachten, den Psalm angestimmt. Einer der Römer, zwischen denen Jeschua ging, drehte den Kopf und schaute uns an, als ob wir den Verstand verloren hätten:

Was soll das Toben der Völker
und das eitle Sinnen der Völkerschaften?
Die Könige der Erde rotten sich zusammen,
und die Fürsten halten Rat miteinander
gegen den HERRN und den von ihm Gesalbten:
»Lasst uns zerreißen ihre Bande
und von uns werfen ihre Fesseln!«
Der im Himmel thront, der lacht,
der Allherr spottet ihrer.
Dann aber wird er zu ihnen reden in seinem Zorn
und sie schrecken in seinem Ingrimm:
»Habe ich doch meinen König eingesetzt
auf dem Zion, meinem heiligen Berge!«
Lasst mich kundtun den Ratschluss des HERRN!
Er hat zu mir gesagt:
»Mein Sohn bist du;
ich selbst habe dich heute gezeugt.
Fordre von mir,
so gebe ich dir die Völker zum Erbe
und dir zum Besitz die Enden der Erde.
Du sollst sie mit eiserner Keule zerschmettern,
wie Töpfergeschirr sie zerschlagen!«
So nehmt denn Klugheit an, ihr Könige,
lasst euch warnen, ihr Richter der Erde!
Dienet dem HERRN mit Furcht
und jubelt ihm zu mit Zittern!
Küsset den Sohn,
auf dass er nicht zürne und ihr zugrunde geht auf eurem Wege!
Denn leicht entbrennt sein Zorn.
Wohl allen, die bei ihm sich bergen!

Wir sangen weiter, auch als die Römer und Tempelwächter schon längst aus unserem Blickfeld verschwunden waren. Die Energie, die ich damals in der Gruppe spürte, die Vorfreude, mit der einige von uns zu den Wolken blickten und auf die Engelsarmee warteten, die nicht lange auf sich warten lassen würde!

Doch wie hatten wir uns verkalkuliert! Jeschua wurde in dieser Nacht in einen Kerker geworfen, am nächsten Morgen gegeißelt und auf Golgatha ans Kreuz geschlagen, inmitten von zehn anderen, die schon halb tot waren. Es ging alles so schnell!

Kein Prozess, keine Anklage, nichts. Und vor allem kein Himmel, der sich öffnete, keine himmlischen Heerscharen, keine Machtdemonstration, nichts.

Seine Mutter und Seine Frau, die als Einzige den Mut hatten, aus nächster Nähe zuzusehen, dieser herzzerreißende Anblick einer Mutter, die ihren Sohn so leiden sieht!

»Mein Gott, warum hast du mich verlassen?«, rief Er, kurz bevor Er den Geist aufgab. Es war kein wütender Vorwurf an G'tt; Maria sagte später, es habe sich eher so angehört, als sei Er aufrichtig überrascht gewesen, dass nichts passierte, und auch enttäuscht, dass dies Sein Ende war.

Erst nachdem Er gestorben und vom Kreuz genommen worden war, wagten ich, Jakobus und Johannes Ihm näher zu kommen. Josef von Arimathäa hatte Tücher dabei, um Ihn einzuwickeln. In Josefs neuem Familiengrab konnten wir Jeschua zur Ruhe betten, sodass die Frauen Ihn nach dem Sabbat in Ruhe waschen und einbalsamieren konnten, ohne von der grausigen Gegenwart der Gebeine von Jeschuas Vater Josef umgeben zu sein.

Danach würden wir Ihn zum Grab tragen, das Seine Familie seit Jahrhunderten besaß.

Josef und seine Männer wickelten Ihn in die Tücher ein, gingen schweigend davon und ließen uns am Kreuz zurück. Sie trugen Jeschua vorsichtig, als ob Er nicht tot wäre, sondern nur schliefe und sie Ihn nicht aufwecken wollten.

Welche Verzweiflung wir bei der Vorstellung verspürten, dass Er dort in diesem dunklen Grab lag, bereits kalt und steif wurde und desillusioniert gestorben war! Etwas, das versprochen hatte, so großartig zu werden, endete so abrupt. Und so unbemerkt: Die meisten Menschen in Jerusalem bekamen die Kreuzigung gar nicht mit, denn schließlich war so etwas an der Tagesordnung.

Du warst nicht dabei, aber ich habe schon damals beschlossen, alles aufzuschreiben, damit wir Ihn, Seine Geschichten und Taten nicht vergessen und damit die Menschen die Ereignisse nicht verfälschen konnten.

Ich weiß, dass das, was ich in der Quelle geschrieben habe, in vielerlei Hinsicht von dem abweicht, was ich weiter oben berichtet habe, aber ich habe meine Gründe gehabt. Ich denke, ich weiß auch, was du davon halten wirst, aber so ist es nun mal.

Das andere ist die Geschichte, die wir letztendlich erzählen wollen. Saul hat mich davon überzeugt. Ich werde ihm diesen Brief mitgeben, wenn er dich demnächst in Damaskus besucht.

Wie ich ihn kenne, wird er auch versuchen, dich dazu zu überreden, dich über unsere Glaubensdifferenzen hinwegzusetzen und dich uns wieder anzuschließen.

Der Brief ist länger geworden, als ich beabsichtigt hatte, und doch habe ich nicht das Gefühl, auch nur einen Bruchteil dessen aufgeschrieben zu haben, worum es wirklich geht.

Ich hoffe, Saul trifft dich bei guter Gesundheit an. Nimm

ihn wie einen Bruder auf. Obwohl er dem Meister nie begegnet ist, spricht er mit solcher Begeisterung über Ihn, als sei er jeden Tag um Ihn gewesen, genau wie wir.

Ich entbiete dir meinen Gruß, Judas. Ich hoffe, bald von Angesicht zu Angesicht mit dir sprechen zu können. Eine brüderliche Umarmung, Kephas

»Das ist ja unglaublich«, flüsterte Judith, nachdem sie die letzte Zeile des ersten Briefes gelesen hatten. »Kaum zu fassen!«

»Und was für eine Übersetzung!«, sagte Peter. »Ein wahres Meisterwerk, so flüssig, so … modern! Es ist, als würde Petrus über die Jahrhunderte hinweg das Wort direkt an uns richten.«

»Wenn das die Wahrheit wäre!«, sagte Judith. »Dass Jesus ohne Prozess hingerichtet wurde, dass der Plan mit Judas in der Hauptrolle scheiterte … Die ganze Geschichte müsste umgeschrieben werden. Schon allein diese Erwähnung von Paulus, der damals noch Saulus hieß! Und der kein Christenverfolger war, wie es in der Bibel steht, der nach Damaskus reiste, um Christen zu verhaften … Er stand in Kontakt mit Petrus und reiste nach Damaskus, um Judas einen Brief zu überbringen!«

»Sein Einzug in Jerusalem auf dem Esel«, ergänzte Peter. »Das Umstürzen der Tische auf dem Tempelplatz, die Verhaftung, die Kreuzigung … Das alles ist wirklich geschehen, aber kaum einer Seiner Zeitgenossen nahm davon Notiz. Deswegen finden wir außerhalb der Bibel auch keine Berichte darüber. Das ist Wahnsinn! Und zugleich …« Er suchte nach den richtigen Worten. »Und zugleich hat man das Gefühl, dabei gewesen zu sein und eine genauere Darstellung von Jesus zu erhalten als je zuvor!«

»Von dem Menschen Jesus«, fügte Judith hinzu. »Einem Mann mit all seinen Plänen und Zweifeln, seiner Verzweiflung und seinen Sorgen.«

»Näher kann man Jesus nicht kommen«, sagte Peter aufgewühlt.

Judith blätterte die Seite um. »Komm«, sagte sie. »Lass uns weiterlesen.«

15

Judas, der wahre Diener und Apostel Jeschuas, grüßt dich, Petrus. Ich befinde mich bei guter Gesundheit hier in Damaskus, wo ich zur Ruhe gekommen bin. Seit mehr als zehn Jahren lebe ich nun hier, nachdem ich gezwungen war, euren Kreis zu verlassen.

Wie du vielleicht weißt, erwog ich zunächst, nach Keriot zurückzukehren, aber die Lügen über meine Rolle bei Jeschuas Tod hatten auch mein Heimatdorf erreicht. Es war eine gute Entscheidung zu gehen, auch wenn es mir das Herz brach, die Ewige Stadt hinter mir lassen zu müssen und euch, meine Kameraden, auch wenn die meisten von euch mich nicht mehr als solchen betrachteten.

Du bist der Erste, von dem ich in all den Jahren gehört habe.

Saul ist ein paar Tage hiergeblieben, nachdem er mir deinen Brief überbracht hatte. Er war noch erschöpft von einem seiner häufigen Anfälle. Diesmal war er vom Pferd gefallen und hatte sich schwer verletzt. Während seine Reisebegleiter hilflos zusahen, wie er zuckend am Boden lag und ihm Schaum vor den Mund trat, nahm er ein helles Licht wahr und hörte Stimmen, wie er es bei solchen Anfällen öfter erlebt. Er hält sich für einen Propheten und glaubt, G'tt selbst spräche in solchen Momenten unmittelbar zu ihm. Für mich ist er ein Scharlatan, ein Größenwahnsinniger, der sich wichtigmachen will. Wenn ihr nicht aufpasst, übernimmt er den Weg am Ende noch ganz und steckt euch mit seinen Ideen an, dass man die Botschaft Jeschuas allen Menschen überbringen müsse.

Doch bedenke, dass Jeschua immer wieder betont hat, Er sei nur gesandt worden, um die verlorenen Schafe Israels zu sammeln, und dass Er keinen einzigen Buchstaben des jüdischen Gesetzes ändern wollte. Das jüdische Gesetz, Petrus! Das jüdische!

Zu deinem Brief habe ich im Grunde nicht viel zu sagen. Ich denke, es ist eine ziemlich genaue und wahrheitsgetreue Schilderung der Ereignisse.

Du kannst jedoch nicht wissen, dass ich in jener Nacht, als ich euch in Gethsemane verließ, um die Tempelwache und die Römer zu holen, mehrmals kurz davor war, zurückzukehren und das ganze Unternehmen abzubrechen. Doch schließlich hatte Jeschua selbst mich angewiesen, es zu tun.

Auch Er schien es sich anders vorgestellt zu haben, nachdem wir in die Stadt eingezogen waren, Er auf dem Esel reitend, ein Auftritt, der ein größeres Publikum verdient hätte als die wenigen rastenden Menschen am Straßenrand und die paar Kinder, die lachend vor dem Tier herhüpften.

Die Aktion auf dem Tempelplatz überraschte mich ebenfalls. Hatten nicht auch wir in der Vergangenheit häufig dort Tiere gekauft und fremde Münzen umgetauscht, mit denen man uns auf dem Markt bezahlt hatte, wenn wir Fisch, Vieh und Getreide feilboten? Er wollte gerade erst den dritten Tisch umstoßen, da wurde Er von wütenden Verkäufern und Geldwechslern so bedroht, dass Er es bei den ersten beiden Tischen belassen musste. Das vielleicht Beschämendste war, dass wir nur knapp einer Verhaftung entgangen sind.

Wann würden die befreienden Posaunen erschallen? Wann würde uns das Licht blenden? Wann würde die donnernde Stimme vom Himmel dem verirrten Volk zürnen und die unbeschnittenen Herrscher mit einem alles verzehrenden Feuer verbrennen? Aber nichts dergleichen geschah, und so zogen wir ängstlich von dannen.

In jener Nacht bin ich auf dem Weg in die Stadt tatsächlich zwei- oder dreimal ein Stück zurückgelaufen, zurück zu euch. Ich hatte mich bereits mit der Tatsache versöhnt, dass G'tt vielleicht anders handeln würde, als wir vermuteten. Wenn dieser Nachmittag nicht der perfekte Moment war, in dem wir alle bereit waren für die letzte Schlacht, in dem wir bereit waren, unser Leben zu geben, wann dann?

Aber schließlich bin ich doch in die Stadt gegangen. Ich hatte Bilder in meinem Kopf. Ich sah, wie Jeschua nach dem Sabbat vor dem römischen Gericht erscheinen würde und wie allein aufgrund Seines Aussehens nichts als ein Haufen Asche vom Richter übrig bliebe, wie die Schilde und Helme scheppernd zu Boden fallen würden, weil die Soldaten wie von unsichtbarer Hand zu Boden geworfen würden, wie die Decke aufreißen und sich die Herrlichkeit des Herrn offenbaren würde, woraufhin alle Ungläubigen sich windend, schreiend und nach dem Herrn flehend zu Boden fallen würden, weil sie erkannten, dass der G'tt Israels sich nicht länger herausfordern ließ. Dass die Zeit gekommen war, dem Gesalbten seinen rechtmäßigen Thron zurückzugeben, damit Er als Priester und König über die verlorenen Schafe von Zion herrschen konnte.

Und so machte ich mir mit diesen Bildern Mut – ich bekomme immer noch eine Gänsehaut, wenn ich an meinen damaligen Gemütszustand denke – und rannte schließlich zum Tempel, unserem Untergang entgegen.

Die Tempelwächter selbst schienen die Angelegenheit bereits vergessen zu haben und wirkten nicht besonders interessiert, als ich mich zu ihrem Kommandanten bringen ließ. In dem Moment glaubte ich noch, ich hätte Glück, weil der Befehlshaber gerade in einer Diskussion mit einigen Verkäufern und Geldwechslern war, denen durch Jeschuas Handeln Unrecht geschehen war. Sie hatten nicht ihr ganzes Geld wiederbekommen, und ich erfuhr, dass einem von ihnen mehrere schöne Tauben entflogen waren. Das unaufhörliche Gezeter der Händler reizte den Kommandanten sichtlich, und als sie aufgeregt auf meine Ankunft reagierten, weil sie mich als Anhänger des Rabbis erkannten, nutzte er das dankbar aus, um dem Streit ein Ende zu setzen.

Ich sagte ihm, dass auch wir nicht wüssten, was in Jeschua gefahren sei, dass wir uns Sorgen machten und Jeschua weitere Aktionen für den nächsten Tag geplant habe.

Damit hatte ich seine volle Aufmerksamkeit, denn er wollte am Pessach-Tag sicher keine Aufregung.

Auch die Kaufleute sahen ihre Chance gekommen, noch einmal eine Entschädigung zu verlangen, und drängten den Kommandanten, den Randalierer zu verhaften. Was würden die Römer von einem solchen Unruhestifter halten? Was wäre, wenn das Umstürzen der beiden Tische eine Art Übung gewesen wäre, um die Reaktion der Tempelwache und der Römer abzuschätzen? Oder wenn es diesem Rabbiner gelungen wäre, noch mehr Leute dazu zu bringen, sich ihm anzuschließen? Der Kommandant erwies sich als empfänglich für diese Argumente, was ich noch dadurch verstärkte, indem ich ein wenig geheimnisvoll wegen der für den nächsten Tag geplanten Aktionen tat.

Zufällig kam eine Patrouille römischer Soldaten vorbei und blieb stehen, um zu sehen, was diese Gruppe von Leuten ausheckte. Der Kommandant erklärte kurz die Situation, wobei er die Gefahr, die der Stadt drohte, sowie seine eigene Rolle bei der Aufdeckung des Komplotts deutlich übertrieben darstellte. Für die Römer, die womöglich ein wenig Ablenkung suchten, war diese Geschichte Grund genug zu handeln. Da ich wusste, wo sich der Aufständische befand, stellte mich der Kommandant in seinem gebrochenen Latein den Römern vor. Ein paar eilig zusammengetrommelte Tempelwächter kamen hinzu, mit Fackeln in der Hand, um den Weg nach Gethsemane zu erleuchten.

In diesem Moment hatte ich das Gefühl, als fiele alles zusammen, als ob es so hätte kommen müssen: die murrenden Verkäufer und Geldwechsler, der Kommandant, der sich bei den Römern einschmeicheln wollte, und die Römer, die zufällig vorbeikamen und sich nach Abwechslung sehnten.

Ich werde es nie vergessen, wie wir im Garten ankamen und ich euch dort stehen sah, in einer Reihe, wie eine menschliche Mauer mit dem Meister in der Mitte, dem Kleinsten von uns allen. Wie der Meister mich ansah, als ich Ihn ansprach. Angst und Zweifel schienen aus Seinem Blick verschwunden zu sein, und ich sah die Entschlossenheit, die ich von Ihm kannte, wenn Er sich den Pharisäern entgegenstellte. Aber ich spürte auch eine tiefe Rührung und Dankbarkeit dafür, diese Aufgabe übernommen zu haben. Seine Augen waren feucht, und sie glänzten im Licht der Fackeln. Einmal blickte Er schnell auf, als ob auch Er erwartete, dass die Hilfe nun nicht mehr lange ausbleiben konnte.

Aber ich wurde beiseitegeschoben, und Jeschua wurde schnell weggebracht, während wir dort zwischen den Bäumen stehen blieben, wo es plötzlich sehr dunkel geworden war, ohne das Licht all der Fackeln.

Und ich stimmte den Psalm an: »Was soll das Toben der Völker und das eitle Sinnen der Völkerschaften?« Und ihr stimmtet ein.

Schließlich folgtest du als Einziger in sicherem Abstand der Gruppe, die Jeschua mitgenommen hatte. Und wir alle kennen die Geschichte, wie du es geschafft hast, dreimal einer Verhaftung zu entkommen, indem du leugnetest, zum Meister zu gehören.

Ich habe mehrmals mit Saul gesprochen. Ich weiß nicht, mit welcher Geschichte er nach Hause zurückkehren wird. Er ist geschickt im Umgang mit Worten, also wird er wahrscheinlich seine eigene Version verkünden. Deshalb ziehe ich es vor, diesen Brief, von dem Saul nichts weiß, einem Kurier zu übergeben. Dann kann ich sicher sein, dass der Brief dich ungelesen und unverändert erreicht.

Für mich ist die Vorstellung, dass Jeschua nicht umsonst gestorben ist, immer noch sehr wichtig. Er war nicht der Messias und nicht der Befreier des Volkes, auf den wir unsere Hoffnung gesetzt hatten, aber Er machte mich zu einem besseren Menschen.

Ich erzähle meinen Kindern noch oft die Geschichten, die Er erzählte und die auf den ersten Blick einfach wirken, aber bei näherer Betrachtung immer reicher und komplizierter sind.

Es passiert mir oft, dass ich beim Erzählen einer Geschichte auf einmal meine, ich hätte sie verstanden, oder sie erscheint mir plötzlich anders als all die Dutzenden Male zuvor. Als passten sich die Geschichten der eigenen Lebensphase an. Natürlich vermisse ich Seine Gabe, sich auf der Stelle ein Gleichnis auszudenken, passend zur Situation oder zu der Frage, die Ihm jemand spontan gestellt hat. Sein Humor, Seine Lebensfreude, Seine Witze, die man manchmal nur verstehen konnte, wenn man Ihn besser kannte, so wie wir. Und ich denke oft an die Menschen, die geistig blind waren und plötzlich wieder sehen konnten, Menschen, die krank waren, aber durch die Aufmerksamkeit, die Jeschua ihnen entgegenbrachte, das Vertrauen und ihr Selbstwertgefühl zurückgewannen. Erinnerst du dich an den Gelähmten, der glaubte, er könne wieder gehen, nur weil Jeschua es sagte, sodass er wie durch ein Wunder einige Schritte machen konnte?

Wenn wir dies festhalten könnten, wenn wir diese Geschichten weitergeben können, ein wenig von dem Glauben, den Er an G'tt hatte, hat sich Sein Leben hier gelohnt. Er hat uns gezeigt, wie ein Leben im Dienst des Ewigen aussehen kann, aussehen sollte. Und bis zu dem Tag, an dem der wahre Messias kommt und uns befreit, werden wir Seine Geschichten und Taten weitergeben müssen. Wenn für die Hunde gelegentlich Krümel auf den Boden fallen, können sie damit zufrieden sein, aber wir wenden uns an die verlorenen Schafe Israels.

Doch manchmal fällt es mir sehr schwer, Petrus, das sage ich dir ganz ehrlich. Die Hoffnung, die wir in Ihn gesetzt hatten, die Überzeugung, dass Er derjenige war, der kommen würde, derjenige, der uns vor Jahrhunderten von den Propheten vorausgesagt worden war! Und dann stellte sich heraus, dass Er nicht der Eine war, dass Er keiner der Vorhersagen über den Messias entsprach. Keine Wiederherstellung der Dynastie Davids, keine Versammlung der zwölf Stämme, kein Friede unter allen Völkern, kein Wiederaufbau des Tempels und so weiter. Saul hat versucht, mich davon zu überzeugen, dass Jeschua zurückkommen und dann alles vollenden würde, was Er beim ersten Mal zurücklassen musste. Aber nirgendwo in unserer Thora steht, dass der

Messias zwei Leben braucht, um alles zu vollenden, Petrus, das weißt du selbst. Was für einen Unsinn ich mir in den letzten Tagen anhören musste!

Traue Saul nicht, Petrus! Er nutzt die Geschichte Jeschuas aus. Er ist Ihm nie begegnet, also weiß er nicht, wovon er spricht. Manchmal glaube ich, dass er mit diesen Geschichten den Stachel aus der Geschichte Jeschuas herausnehmen will, und indem er uns auf Jeschua warten lässt, lenkt er unsere Aufmerksamkeit vom Wesentlichen ab: nach dem Beispiel von Menschen wie Jeschua zu leben, G'tt zu ehren und auf den Messias zu warten, der G'ttes Reich wiederherstellen wird.

Aber manchmal fällt es mir so schwer! Wenn ich an jenen Sonntag denke, nachdem Er gekreuzigt wurde – wer denkt sich nur eine so schreckliche Hinrichtungsmethode aus? Wie Er dort nackt hing, kämpfend, nach Atem ringend, während das Blut aus Seinen Wunden floss. Vielleicht erwartete Er, dass Engel Ihn vom Kreuz heben würden.

Ich war dem Soldaten dankbar, der, so hörte ich, einen Speer in Jeschuas Seite stieß, damit es ein Ende hatte. Selbst wenn es nur daran lag, dass er Dienstschluss hatte und früh nach Hause wollte, fühlte es sich wie eine Gnade an. Zumindest ging es schneller als das Brechen der Beine, was sie auch oft gemacht haben.

Und dann dieser erste Tag, nach dem Sabbat, als wir alle den Fehler machten und zum Familiengrab gingen, immer noch wie betäubt. Wie Seine Mutter und Seine Frau hineingingen und Ihn dort nicht vorfanden. Es gab nur ein paar Tücher, die Josef gehört hatten und die zurückgelassen worden waren, nachdem man Seine Gebeine abgeholt und in einen Sarg gelegt hatte. Dieser Blick von Maria, dieser eine winzige Moment, als die Erwartung über ihr Gesicht huschte, dieser Blick, in dem man die Hoffnung las, dass Jeschua doch nicht tot war, dass Er irgendwie überlebt hatte – und gleich danach die Erkenntnis, dass wir uns im Grab geirrt hatten.

Als wäre Er noch einmal gestorben, vor unseren Augen.

Wir schickten jemanden zu Josef von Arimathäa, weil keiner von uns wusste, wo das neue Grab war. Er kam direkt zu uns und führte uns dorthin. Wenn jemand gehofft hatte, dass Jeschua nach eineinhalb Tagen noch am Leben war, sah er seine Hoffnung dahin, als wir an das neue Grab kamen.

Wir haben die Gruft geöffnet. Der Gestank, der uns den Atem raubte, die summenden Fliegen … Ich musste mich übergeben, und ich war nicht der Einzige.

Seine Frau schlug die Tücher zurück, in die Er eingewickelt war – und ach, ich habe nie größeren Kummer auf dem Gesicht eines Menschen gesehen. Ihn so da liegen zu sehen, diesen zerschlagenen, blutigen Körper, voller offener Wunden, die Striemen, das Blut, den Eiter … Sein Gesicht war nicht mehr menschlich: die Augen geschlossen, die Lippen aufgesprungen. Die zerquetschten Arme, Seine Hände, die Er so anmutig bewegen konnte, wenn Er in das Erzählen einer Geschichte vertieft war …

Und plötzlich das Geschrei, die Stille des Grabes, die durch das Weinen der Frauen zerrissen wurde, als sie begriffen, dass dies wirklich Jeschua war, der dort lag. Einige von ihnen konnten sich, von Trauer übermannt, nicht auf den Beinen halten.

Und ja, Petrus, ich weiß, die Enttäuschung, dass unsere kurz gehegte Hoffnung zerstört wurde, die Hoffnung, dass der Tod unseren Rabbi nicht ereilt hatte, dass Er ihm entkommen war. Und Ihn dann so zu sehen …

Die Frauen wuschen Ihn, pflegten und salbten Ihn, als

wäre Er ein neugeborenes Baby. Es war die bewegendste Szene, die ich je gesehen hatte. Seine Frau Maria, die nicht aufhörte zu weinen, führte dennoch alle Handlungen mit Entschlossenheit und großer Zärtlichkeit aus, als ob sie hoffte, dass sie Ihn durch ihre Berührung noch zum Leben erwecken könnte. Die Mutter Jeschuas sang die Lieder, mit denen sie Ihn als Kind in den Schlaf gewiegt hatte. Wir wickelten Ihn in sauberes Leinen und brachten Ihn zu Seiner letzten Ruhestätte, ein Toter unter den Toten. Wir betteten Ihn bei Seinen Vorfahren zur Ruhe, bei Seinem Vater Josef. Wir beteten, bevor wir das Grab für immer schlossen und Ihn der Dunkelheit überließen.

Weinend sangen wir, Hand in Hand: »Der Herr ist mein Hirte, mir wird nichts mangeln«, mit erstickten Stimmen; manchmal kam kaum ein Ton aus unseren Kehlen.

Wir gingen in Richtung der Stadt, Jerusalem, die in der Morgensonne glänzte, unverändert, als wäre sie nicht gerade Zeugin des größten Dramas gewesen. Jerusalem, die Stadt, die die zu ihr gesandten Propheten tötet.

Maria Magdalena, die glaubte, Jeschua zu sehen, lief voraus, stolperte und packte, verzweifelt schreiend, einen fremden Mann von hinten um die Taille und zerrte ihn in ihrem Sturz zu Boden. Wie schockiert der Arme war, als er staubbedeckt auf dem Boden lag, während eine unbekannte Frau ihn umklammert hielt, die Unverständliches schrie! Zu zweit mussten wir Maria von Ihm wegziehen; sie wollte Ihn nicht loslassen und rief immer wieder: »Jeschua, Jeschua!«

Auch uns ging es mehrmals so. Wir glaubten, Ihn in der Menge gesehen zu haben, als Er gerade um eine Ecke bog; wir dachten, wir hätten Ihn in einer Gestalt in der Ferne erkannt, die wie Jeschua aussah. Wir sprachen miteinander darüber, dass wir uns nicht vorstellen konnten, dass Er weg war, dass es schien, als könnte Er jeden Moment wieder erscheinen, einfach hereinspazierte, lächelnd wie immer, uns umarmte und auf die Schultern klopfte, Geschichten erzählte und sang. Aber dass sich das alles dann doch als Traum erwies, aus dem wir in den Albtraum der Realität erwachten.

Schon damals spürte ich die leisen Vorwürfe, schon damals muss ich tief im Inneren geahnt haben, wo das für mich enden würde. Und es begann mit dir. Du warst derjenige, der, als wir mit dem gewaschenen und einbalsamierten Leichnam Jeschuas zum Familiengrab gingen, neben mir herging und flüsterte, dass es von Anfang an ein schlechter Plan gewesen sei, die Tempelwache und die Römer einzubeziehen.

Ich habe geschwiegen; du hast das als Schuldeingeständnis gewertet, aber ich wollte in diesem Moment keinen Aufruhr verursachen. Dafür war die Situation zu traurig. Du hast damals vergessen, so wie auch alle anderen es später vergaßen, dass Jeschua selbst den Plan gutgeheißen hatte. Nachdem Er die beiden Tische umgeworfen hatte, saßen wir enttäuscht beisammen und wussten nicht, wie es weitergehen sollte. Was konnten wir mit unserer kleinen Gruppe ohne himmlische Unterstützung ausrichten? Doch wir glaubten, wir könnten die himmlische Unterstützung erzwingen, und wir würden nach G'ttes Willen handeln, die Unbeschnittenen vertreiben und Seine Herrschaft wiederherstellen.

Die folgenden Wochen waren die seltsamsten meines Lebens. Einerseits die Solidarität, die Trauer, die gemeinsamen Erinnerungen, wobei wir manchmal das unbeschreiblich starke Gefühl hatten, dass Jeschua unter uns war. Und dann klopften diese beiden Männer bei uns an, die uns erzählten, dass sie sich auf dem Weg nach Emmaus mit einem uns bekannten Anhänger des Weges unterhalten hätten und wie sie während des Gesprächs und beim anschließenden Essen ein so starkes Gefühl von Jeschuas Gegenwart hatten, dass sie gekommen waren, um es mit uns zu teilen.

Vielleicht ist das das schönste Beispiel dafür, wie ich es mir vorgestellt hatte. Dass wir in unseren Gesprächen, in den Geschichten, die wir erzählen, in der Nachahmung von Jeschuas Beispiel Ihn spüren. Auf diese Weise können wir Ihn ehren, und es scheint, als ob Er tatsächlich nicht gestorben wäre; so mischt sich G'tt unter die Menschen.

Und eines Tages, wenn der Messias kommt, um die Schöpfung wiederherzustellen und dem jüdischen Volk seinen rechtmäßigen Platz zurückzugeben, dann werden unsere Hoffnungen in Erfüllung gehen.

Doch ich merkte, dass ich mehr und mehr ausgeschlossen wurde. Die Gespräche brachen ab, wenn ich hinzukam, und ich wurde zunehmend von den Treffen ausgeschlossen. Und natürlich war es einfach, mich zum Sündenbock zu machen, mir die Schuld in die Schuhe zu schieben, damit ihr eure Hände in Unschuld waschen konntet. Als ich an jenem Tag eintrat und Matthias auf meinem Platz saß … Ihr habt mich alle schweigend angeschaut, und ich habe schweigend eure Blicke erwidert.

Meinem Gefühl nach dauerte es Stunden, aber in Wirklichkeit waren es nur ein paar Sekunden. Ich wusste, dass ich endgültig nicht mehr dazugehörte.

Ich ging nach Hause, lud unsere Sachen auf zwei Esel, und wir machten uns auf den Weg. Meine Frau hatte einen entfernten Verwandten in Damaskus, also wurde das unser Ziel.

Jetzt, nach über zehn Jahren, höre ich von dir und freue mich sehr. Es freut mich zu lesen, dass du die Geschichte in deinem Brief wahrheitsgetreu niedergeschrieben hast, aber ich bin besorgt wegen der anderen Geschichte, die du erzählen wirst, ich vermute unter dem Einfluss des gerissenen Saul, gegen dessen Einfallsreichtum man nur schwer anreden kann. Er hat immer eine Erwiderung parat, kann sogar deine eigene Geschichte so verdrehen, dass du an deinen eigenen Worten zu zweifeln beginnst.

Vielleicht sehen wir uns wieder, Petrus. Ich habe dir inzwischen vergeben, so wie der Meister uns gelehrt hat, einander zu vergeben.

Nächstes Jahr in Jerusalem, wer weiß?

Ich bin jetzt ein vollwertiges Mitglied der kleinen jüdischen Gemeinde hier. Sie wissen um meine Vergangenheit, aber es scheint sie nicht zu stören. Und ich scheine auch nicht der Einzige gewesen zu sein, der einem Mann gefolgt ist, den er für den Gesalbten hielt. Es gab weitere, und es werden zweifellos weitere folgen.

Mögen wir am Leben sein, wenn der wahre Messias kommt. In dieser Hoffnung lebe ich, in dieser Erwartung schließe ich diesen Brief. Mit brüderlichem Gruß, Judas

»Armer Judas«, stammelte Judith. »Armer, armer Judas ...« Sichtlich bewegt fuhr sie sich mit dem Handrücken über die Augen. »Und all das Leid meiner Vorfahren, all der Generationen vor mir, die Verfolgungen, die Morde, alles, weil ... weil die falsche Geschichte weitergegeben wurde. Die Juden hatten nichts mit dem Tod von Jesus zu tun, die Römer haben ihn getötet!« Sie stieß einen tiefen Seufzer aus.

»Jetzt kann ich mir auch besser vorstellen«, sagte Peter, »dass es Leute gibt, die alles tun würden, um zu verhindern, dass die Allgemeinheit davon erfährt. Auch dass die Jünger und die Frauen zum falschen Grab gingen, noch unter Schock von den Ereignissen, und welche Hoffnung sie erfüllt haben muss, als sie das Grab leer vorfanden! Und dann der Wunsch, dieses Gefühl der Hoffnung an zukünftige Generationen weiterzugeben. Wie sie spürten, dass ihr Rabbi nicht gestorben war, dass seine Gegenwart manchmal fast greifbar war, wenn sie sich versammelten. Es ist alles so leicht vorstellbar, so normal, so …«

»… logisch«, beendete Judith seinen Satz. Sie seufzte. »Das ist herzzerreißend. Wir können das nicht einfach für uns behalten.«

Sie blätterte die Seite um.

16

Petrus, der wahrhaft wahre Diener und Apostel Jeschuas, grüßt dich, Judas. Zwischen dem Eintreffen deines Briefes und meiner Antwort ist mehr Zeit vergangen, als ich wollte. Du kannst dir vorstellen, dass Saul nicht wenig entrüstet war, als er erfuhr, dass du deinen Brief nicht ihm anvertraut, sondern jemand anderem gegeben hattest. Er schwor, dass dein Name nie wieder über seine Lippen kommen würde, solange er lebt. Ich fand, dass er ein wenig übertrieb, aber ich kenne ihn als einen sturen Mann und erkenne auch etwas von meiner eigenen Inbrunst in ihm.

Ich habe ihn deinen Brief nicht lesen lassen, sosehr er auch darauf bestand. Du hast recht: Er ist ein eitler Mann und brannte darauf zu lesen, was du über ihn geschrieben hattest.

Es hat mir das Herz gebrochen, Judas, als ich gelesen habe, wie du an diesem letzten Abend nach dem Abendessen mehrmals kurz davor warst, zur Gruppe zurückzukehren. Natürlich denke auch ich darüber nach, wie die Situation anders hätte ausgehen können, aber gleichzeitig waren wir in einer Situation, in der eine Krise eine gute Lösung zu sein schien. In dieser Hinsicht kann ich dir also nichts verübeln, Judas. Aber ich verstehe auch, dass einige von uns im Nachhinein deine

Aktion unüberlegt fanden. Dein Vorschlag erschien dem Meister annehmbar, aber Er war zu diesem Zeitpunkt selbst recht verunsichert. Er muss sich mehr von dem Umwerfen der Tische auf dem Tempelplatz erhofft haben.

Sobald Er tot und begraben war, haben sie dir natürlich Vorwürfe gemacht; schließlich warst du derjenige, der den Vorschlag gemacht hat, und derjenige, der Jeschua angezeigt hat. Deine plötzliche Abreise sorgte zusätzlich für böses Blut; manche interpretierten deine Flucht als Schuldeingeständnis. Das Geld, das du verwaltet hast und das sich noch in dem Beutel befand, den du zurückgelassen hattest, hielten manche sogar für unrein, nicht einmal gut genug, um es zu verschenken. Es wurde schließlich dazu verwendet, ein Feld zu kaufen, das sie jetzt den »Blutacker« nennen, weil sie glauben, deine Hände wären mit dem Blut des Rabbis besudelt gewesen, und damit klebte es auch an dem Geld.

Ich weiß, dass man dir in gewissem Maße unrecht getan hat, aber so ist es nun mal, Judas. Indem man dir die Schuld gibt, haben die anderen das Gefühl, unschuldig zu sein; du weißt, wie das funktioniert, nicht wahr? Wie oft haben wir es selbst erlebt, wenn der Priester an Jom Kippur die Sünden des Volkes auf den auserwählten Ziegenbock legte, der dann in die Wüste geschickt wurde, wo er an Hunger und Durst starb, damit wir das neue Jahr mit einer weißen Weste beginnen konnten? So geht das nun mal. Jemand nimmt die Schuld auf sich, damit die anderen davon befreit werden. Das Seltsame ist, dass man dir in deinem Fall keine Dankbarkeit entgegenbrachte, weil du die Schuld auf dich genommen hattest, aber vielleicht lag das daran, dass du es nicht freiwillig getan hast, sondern sie dir ungefragt aufgebürdet wurde.

Es ist seltsam, wie sich diese Geschichten entwickeln, Judas, genau wie an dem Morgen nach dem Sabbat, als Jeschua gekreuzigt wurde. Die Geschichte vom Besuch des ersten, leeren Grabes hat sich in gewisser Weise verselbstständigt. Und genau wie Seine Frau damals, gibt es noch mehr Menschen, die glauben, Ihn gesehen zu haben. Manche sind sogar davon überzeugt, mit Ihm gesprochen zu haben!

Auch ich habe Seine Gegenwart oft intensiv gespürt, Judas. Dann war mir, als bräuchte ich nur die Hand auszustrecken, um Ihn zu berühren. Beim Beten habe ich manchmal gedacht: Wenn ich jetzt die Augen öffne, sehe ich Ihn vor mir stehen.

Ja, ich weiß, was du sagen wirst. Ja, ich habe Seinen geschundenen Körper gesehen, ich habe den widerlichen Gestank Seines verwesenden Körpers gerochen, und ich weiß, dass wir Ihn, nachdem Er einbalsamiert worden war, zum Grab brachten, um Ihn mit Seinem Vater Josef wieder zu vereinen, viel früher, als dieser jemals vermuten konnte. Und ja, wir sammelten Seine Knochen nach einem Jahr ein und legten sie in einen Sarg, ich weiß also: Er ist tot und weilt nicht mehr unter uns.

Aber ich bin zu der Überzeugung gelangt, dass dies nicht das Ende war, Judas. Nicht von unserer Gemeinschaft, denn sie ist seit deinem Weggang nur noch stärker geworden, und auch nicht von unserem Meister.

Ich habe mich in letzter Zeit viel mit Saul unterhalten, der sich übrigens neuerdings Paulus nennen lässt. Über viele Dinge, und auch über diese Dinge. Du hast eine gewisse Weitsicht bewiesen, was die Rolle von Paulus angeht. Er hat in der Tat innerhalb unserer Bewegung an Bedeutung gewonnen, aber die Frage ist, ob das so negativ ist, wie du angenommen hast. Anfangs ist das Feuer unserer Diskussionen manchmal so hoch geschlagen, dass die anderen eingreifen mussten, um einen Kampf zu verhindern. Zu Beginn hatte ich oft die Oberhand im Gespräch, weil ich den Meister aus nächster Nähe erlebt hatte und Paulus mehr von dem erfahren wollte, was Er gesagt hatte. Doch nach einer Weile änderte sich dies. Er schien sich immer weniger für das Leben Jeschuas zu interessieren und mehr für seine Ideen. Und in diesem Bereich konnte ich ihm kaum Paroli bieten. Weißt du, er wurde von dem großen Gelehrten Gamaliel unterrichtet, der übrigens insgeheim ein Anhänger des Weges wurde.

Paulus ist eloquent, und er kann einen so verwirren, dass man manchmal selbst nicht mehr weiß, was man eigentlich gesagt hat, und ihm nach einer Weile zustimmen muss. Es ist schade: Eure damaligen Gespräche wären vielleicht anders verlaufen, wenn ihr mehr als nur ein paar Tage miteinander verbracht hättet.

Paulus sieht die Gefahren, die vor uns liegen. Die Machthaber sind immer noch da, die Situation wird nicht besser. Es braut sich alles Mögliche zusammen. Angriffe auf römische Soldaten sind an der Tagesordnung; wer weiß, vielleicht eskaliert irgendwann die Lage und die Römer zerstören die ganze Stadt. Ein einziger Zündfunke würde reichen.

Paulus ist deshalb der Meinung, wir müssten uns vergrößern. Angenommen, das Unvorstellbare tritt ein und unser Volk wird von hier vertrieben, was dann?

Paulus sagt, dass unsere Botschaft und unsere Gruppe eine bessere Chance haben zu überleben, wenn wir von den neuen Anhängern nicht das verlangen, was wir von uns selbst verlangt haben. Er meint, wir sollten auf bestimmte Anforderungen verzichten.

Vor einiger Zeit hatten wir ein großes Treffen. Es waren Männer aus Antiochia nach Jerusalem gekommen. Manche in der Runde verlangten, sie müssten nach dem Gesetz Moses beschnitten werden. Wenn du dabei gewesen wärst, hättest du dich zweifellos auf deren Seite gestellt. Andererseits: Wenn ich so darüber nachdenke, glaube ich, dass du noch prinzipientreuer gewesen wärst. Ich weiß, dass du der Meinung bist, wir sollten unsere Bewegung nicht einmal für diejenigen zugänglich machen, die nicht von einer jüdischen Mutter geboren wurden.

Aber du musst verstehen, dass sich viel geändert hat, seitdem du weg bist. Wir haben inzwischen zahlreichen Menschen von der guten Nachricht Jeschuas erzählt, von Seiner Liebe, von Seinen Geschichten, von Seiner neuen Auslegung des Gesetzes und davon, dass wir Seine Gegenwart spüren können, wenn wir über Ihn sprechen.

Wir kommen jetzt regelmäßig zusammen, nicht nur zu Pessach, sondern öfter, und dann essen wir so, wie wir am letzten Abend gegessen haben. Wir brechen das Brot, wie Er es gebrochen hat, wir trinken den Wein und segnen ihn. Wir reden, singen und beten zusammen. Wir erzählen uns gegenseitig die Geschichten, die Jeschua uns erzählt hat, wir lachen, wenn wir uns an Ihn, Seine Streiche, Seine Witze erinnern.

Wir vermissen Ihn immer noch, Judas, jeden Tag, aber indem wir so zusammenkommen, bleibt Er in unserer Mitte. Und so lebt Seine Botschaft weiter.

Da kannst du nicht widersprechen, oder, Judas? Immer mehr Menschen haben sich uns angeschlossen und fühlen sich von der herzlichen Kameradschaft, die hier herrscht, angesprochen. Darunter sind auch Frauen, Judas, besonders Frauen, an die sich der Rabbi so oft ausdrücklich wandte.

Es kommen Menschen, die kaum etwas haben und ihr karges Brot zu unserem Mahl der Liebe beisteuern wollen. Wir lassen alle herein, darunter Aussätzige, Krüppel, Blinde, Knechte, Zöllner, Prostituierte, aber auch Damen von hohem Rang, Richter, Schriftgelehrte …

Das ist alles genau das, was Jeschua gewollt hätte, meinst du nicht auch? Ich weiß, du wirst einwenden, dass Jeschua sich zu Seinen Lebzeiten nur um diese Menschen gekümmert hat, wenn sie Juden waren, aber Paulus sieht das ganz anders. Er meint, dass wir Ihn vielleicht nicht immer richtig verstanden haben. Warum sollten wir Seine Geschichten darüber, wie ein Mensch nach dem Willen G'ttes leben sollte, nur für uns behalten?

Ich denke, Paulus hat recht, wenn er sagt, dass wir die Geschichte von Jeschua auch anderen erzählen, sie für andere zugänglich machen müssen. Paulus hat mir auch klargemacht, dass wir an die Zukunft denken müssen. Angenommen, es kommt der Tag, an dem wir hier nicht mehr leben können – dann müssen wir vielleicht unseren Platz bei den Gojim finden. Warum also nicht unsere Gruppe vergrößern und die Welt außerhalb unserer Gruppe sicherer machen, wenn wir Zuflucht brauchen? Und abgesehen davon, Judas: Ist es nicht ein schöner Tribut an unseren Meister, dass immer mehr Menschen Seine Botschaft hören, mehr, als Er je zu träumen wagte? Warum sollten wir etwas so Schönes für uns behalten? Es ist, als hätte man Gäste und sie würden feststellen, dass es in der Küche viel besseres Essen gäbe, als man ihnen serviert. Wenn du ein Licht hast, stellst du es doch auch nicht unter einen Scheffel? Laut Paulus kann das Licht Jeschuas allen Völkern der Erde Erleuchtung bringen.

Und wie viele Geschichten gibt es unter den Heiden über Menschen, die gestorben zu sein schienen und dann doch nicht tot waren? Du hast solche Geschichten auch schon gehört, nicht wahr? War Osiris nicht tot und wurde dann wieder zum Leben erweckt? Und Tammuz und Dionysos? Und vielleicht ist Jeschua nicht wirklich auferstanden, aber Osiris, Tammuz und Dionysos ebenfalls nicht. In unserem Herzen ist Jeschua auferstanden, Judas, und wir mit Ihm. Das lehrt Paulus uns: Wir sterben mit Jeschua, aber in gewisser Weise dürfen wir mit Ihm auferstehen, weil wir durch Ihn zu G'tt zurückkehren, zu G'tt, der nicht nur für uns da ist, sondern für alle Völker der Welt; dass wir eine Art neuen Vertrag geschlossen haben, der nicht nur für die Juden, sondern auch für die Nichtjuden gilt.

Erinnerst du dich an die Hoffnung, die wir in unseren Herzen fühlten, als wir das Grab leer fanden? Kurz danach wurde diese Hoffnung enttäuscht, aber die Hoffnung, die wir unmittelbar davor empfanden, wollen wir an die nächsten Generationen weitergeben.

Was meinst du, Judas, ist das nicht ein großes Vermächtnis, mit dem wir Jeschua ehren können? Stell dir vor, dass Generationen nach uns über Ihn sprechen werden. Dass sie Seinem Beispiel folgen und versuchen, ein Leben nach Seinem Vorbild zu führen und den Ewigen Israels zu ehren. Dass sie gemeinsam essen und das Brot brechen und den Wein trinken und so den neuen Bund mit G'tt immer wieder bestätigen.

Ich hatte neulich eine Vision, Judas. Ich wusste nicht, wie mir geschah.

Ich war in Joppe und war hinauf aufs Dach gestiegen, um zu beten. Der Geist ist willig, aber das Fleisch ist schwach, Judas; ich wurde hungrig und wollte essen. Während das Essen für mich zubereitet wurde, blieb ich auf dem Dach, und plötzlich schien es, als ob sich der Himmel öffnete und ein großes Leinentuch an vier Punkten auf die Erde herabgelassen wurde. Und auf diesem Tuch sah ich alle kriechenden und gehenden Tiere der Erde und alle Vögel, die am Himmel fliegen. Ich hörte eine Stimme sagen: »Nur zu, Petrus, du kannst schlachten, was du willst, und es essen.« Aber ich wollte das nicht, denn mein ganzes Leben lang habe ich nie etwas gegessen, was nicht den Gesetzen entsprach, die uns von Mose gegeben wurden. Und dann hörte ich die Stimme ein zweites Mal: »Was G'tt für rein erklärt hat, sollst du nicht wegwerfen.« Ich habe es dreimal gehört. Danach wurde das Tuch wieder in den Himmel aufgenommen. Findest du das nicht seltsam, Judas? Ist das nicht ein Zeichen dafür, dass das, was Paulus sagt, richtig ist? Habe ich nicht ein Zeichen von G'tt erhalten, das besagt, dass die alten Gesetze nicht mehr gültig sind, die alten Regeln, die bestimmen, was wir essen und trinken dürfen? Und erkennst du, welche Möglichkeiten uns das gibt, für wie viel mehr Menschen der Weg zugänglich wird, Menschen, denen er vorher verschlossen war?

Denn bedenke gut, Judas, welch winzige Chance wir haben, als Gruppe unter diesen Bedingungen zu überleben. Die Römer werden in absehbarer Zeit nicht aus unseren Landen verschwinden. In der Bevölkerung brodelt es, es gibt Gerüchte über Rebellionen. Und du weißt, wie rücksichtslos die Soldaten sein können. Ich meine, was hat Jeschua falsch gemacht? Er hat ein paar Tische umgeworfen! Die Tempelwächter hatten den ganzen Vorfall bereits vergessen. Wenn du nicht gewesen wärst und die römische Patrouille nicht vorbeigekommen wäre, hätte der Kommandant die maulenden Verkäufer wahrscheinlich weggeschickt. Er hätte sie vielleicht sogar verprügelt, weil sie ihn belästigt haben. Aber er sah seine Chance, sich bei den Römern beliebt zu machen, und so geriet die Lage außer Kontrolle.

Du kannst dir also vorstellen, was passieren kann, wenn einige Leute es sich in den Kopf setzen, einen Aufstand anzuzetteln! Das könnte das Ende bedeuten.

Also, Judas: Diese Männer aus Antiochia kamen zu uns, und du verstehst sicher, dass wir uns darüber freuten, dass der Weg inzwischen so weit nach Norden reicht. Es gab Meinungsverschiedenheiten, weil einige von uns glaubten, dass die Gesetze der Beschneidung auch für die neuen Leute gelten sollten, aber das hielt viele davon ab, sich unserer Gemeinschaft anzuschließen.

Paulus und Barnabas waren der Meinung, dass dies nicht mehr nötig sei. Es geht um die Beschneidung des Herzens, es geht darum, ob man Jeschua in sein Herz aufgenommen hat und bereit ist, nach Seinem Vorbild zu leben. Man wird nicht mehr beschnitten, aber man ist sozusagen ganz beschnitten, denn man verlässt sich nicht mehr auf seinen eigenen Gehorsam gegenüber den Gesetzen, um G'tt zum Gefallen zu sein, sondern vertraut allein auf Jeschua. So wie Paulus, der sagt, dass er mit Jeschua am Kreuz gestorben sei, aber trotzdem lebe, und es sei nicht mehr sein früheres Selbst, das in ihm wohne, sondern es sei Jeschua.

Du kannst sicher verstehen, dass ich, nachdem ich diese Vision in Joppe hatte, mehr und mehr geneigt war, mich auf die Seite von Paulus zu stellen. Als der Konflikt zwischen den beiden Lagern während des Treffens in Jerusalem aufflammte, ergriff ich das Wort. Ich war einst ein einfacher Fischer. Ich spürte, wie der Geist mich durchströmte und mir die Kraft und den Mut gab zu sprechen. Durch die Gnade Jeschuas könne jeder gerettet werden, erklärte ich, und es sei nicht nötig, die Neuankömmlinge unnötig mit einem Joch zu belasten. Paulus und Barnabas kamen hinzu und erzählten, welch große Zeichen G'tt unter den Heiden gesetzt habe. Und Jeschuas Bruder Jakobus zitierte die Propheten und bewies, dass es nicht nötig sei, die Heiden zu sehr zu belasten, solange sie keine Unzucht trieben, nicht stahlen oder logen und keinen Götzen dienten. Schließlich schlossen wir die Versammlung in Einigkeit mit der Feststellung, dass die Heiden nicht beschnitten werden müssen, wenn sie Jeschua folgen und Teil unserer Gemeinschaft sein wollen, und dass sie die anderen Gebote unserer Vorfahren ebenfalls nicht befolgen müssen. Dies ist eine neue Vereinbarung, ein neuer Bund.

Eine Reihe von Mitgliedern hat die Gruppe enttäuscht verlassen und sich den Alten im Tempel wieder angeschlossen. Ich befürchte, dass wir von nun an zwei unterschiedliche Gruppen sein werden.

Und ich weiß, auf welcher Seite du stehen würdest. Denke nicht schlecht von uns, auch wenn du vielleicht meinst, dass wir das Erbe unseres Meisters verschleudern. Aber ich bin überzeugt, dass wir auf diese Weise mehr Menschen erreichen können, als wir je zu träumen wagten, mit den Geschichten über die Liebe, die Jeschua uns vorgelebt hat, die er allen vorgelebt hat.

Warum sollte jetzt nicht wahr werden, Judas, was schon unsere Vorväter sangen: dass Israel das Licht für die Völker ist? Dass sich eines Tages jedes Knie vor unserem Herrn beugen wird? Sagt Jesaja nicht, dass alle Enden der Erde sich an G'tt wenden müssen, der sie erlösen wird? Eines Tages werden sich alle Völker erheben und sagen: Kommt, lasst uns auf den Berg des Herrn gehen, zum Haus des G'ttes Jakobs; denn von Zion wird das Gesetz ausgehen. Es kommt die Zeit, in der alle Völker und Sprachen versammelt werden, und sie werden kommen, um die Herrlichkeit des Herrn zu sehen. Wer sagt, dass die Zeit nicht jetzt schon angebrochen ist? Und dass Jeschua uns im Geiste führt, dass jeder von Ihm hört und nach Seinem Beispiel lebt? Und eines Tages könnte Jeschua wiederkehren; wer kann das schon sagen?

Das ist die Hoffnung, Judas, in der auch ich zu leben begonnen habe. Vielleicht hat Jeschua selbst das Ausmaß Seiner Botschaft gar nicht erkannt, konnte es nicht überblicken. Ich, und nicht nur ich, bin jetzt geneigt, Paulus zu folgen und zu sagen: Ja, diese Botschaft der Liebe und der Erwartung, dass eines Tages alles wieder heil werden wird, können wir verbreiten, müssen wir verbreiten. Wir können diese gute Nachricht nicht für uns behalten, auch wenn Jeschua das ursprünglich gewollt haben mag.

Jeschua ist am Kreuz gestorben und hat alle unsere Schuld auf sich genommen. Wir sind entkommen. Obwohl wir verantwortlich waren, liebte Er uns so sehr, dass Er für uns starb, obwohl Er ein besserer Mensch war als wir. Und indem wir allen Völkern von Ihm erzählen, so lehrt uns Paulus, ist Er nicht wirklich gestorben, sondern lebt durch uns weiter, und wir leben durch Ihn, als wäre Er tatsächlich auferstanden. Als wäre das erste Grab, wie wir es an jenem Morgen vorfanden, tatsächlich so leer gewesen, wie wir dachten, und Er lebendiger, als Er es im wirklichen Leben je gewesen sein mag.

Judas, ich hoffe, dieser Brief trifft dich bei guter Gesundheit an. Ich verstehe, dass sich unsere Wege getrennt haben, und möglicherweise werden sie sich nach diesem Schreiben nie wieder treffen. Dennoch glaube ich, dass der alte Weg zu Ende ist und dass der neue Weg Jeschuas uns in eine strahlende Zukunft führen kann, in der endlich alle Völker am Tisch des Herrn sitzen und Brot brechen und Wein trinken, um sich an Jeschua zu erinnern und eins zu sein in ihrem Verlangen nach dem Herrn.

Ich habe beschlossen, mich aus der Bewegung zurückzuziehen und alles Weitere den anderen zu überlassen. Ich werde weiterhin in Jerusalem leben, aber nicht mehr an den inhaltlichen Diskussionen des Weges beteiligt sein. Anfangs waren wir uns einig, dass ich unter den Juden und Paulus unter den Heiden predigen würde, aber das habe ich bald aufgegeben. Ich überlasse es jetzt ganz Paulus, Barnabas, Jakobus und wer weiß noch wem. Ich habe mein Scherflein beigetragen, aber meine Rolle ist jetzt beendet. G'tt wird die Entscheidungen, die ich getroffen habe, beurteilen.

Mit brüderlichem Gruß, Kephas

Ich schicke dir eine Kopie der Quelle mit, die Geschichte Jeschuas, so wie ich sie zu Papier gebracht habe. Andere nach mir mögen sie als Grundlage für ihre Geschichten verwenden.

Judith legte die Hände in den Schoß. »Dieser Paulus muss ein überzeugender Mann gewesen sein«, bemerkte sie.

»Und einer mit Weitblick«, stimmte ihr Peter zu. »Er hat vorausgesehen, dass sie eines Tages aus Israel vertrieben werden würden und dass die Bewegung nur dann eine Chance auf Erfolg haben würde, wenn sie die Gruppe so groß wie möglich machen. Es mussten also alle Hindernisse beseitigt werden, die die Leute davon abhalten könnten, der Gruppe beizutreten. Also die Beschneidung zum Beispiel.«

»Und auch das klingt im Grunde erstaunlich modern. So rational …«, sagte Judith.

»Komm, wir haben noch einen Brief übrig, die Reaktion des Judas. Ich bin ja so gespannt, was er schreibt!«

17

Judas, der einzig wahre und wahrhaftige Diener und treue Apostel Jeschuas, grüßt dich, Petrus. Es liegt eine lange Zeit zwischen dem Erhalt deines letzten Briefes und dem meinen, der, soweit es mich betrifft, auch der letzte ist, den ich dir schreiben werde. Ich habe die Quelle gelesen, die du mit dem vorherigen Brief geschickt hast. Es ist eine wunderliche Mischung aus Jeschuas Worten und Taten, und – vor allem – aus vielen Informationen, die deiner Fantasie entsprungen sind.

Ich weiß nicht, Petrus, was dich zu einer solchen Falschdarstellung bewogen hat, obwohl du in deinen beiden Briefen die Wahrheit schilderst, besonders über die Ereignisse jener letzten fatalen Nacht. Ich weiß einfach nicht, wo ich anfangen soll; alle Ungenauigkeiten zu widerlegen würde ein doppelt so dickes Buch ergeben, als du es geschrieben hast. Ich lasse es auf sich beruhen; vielleicht schreibe ich eines Tages meine eigene Version der frohen Botschaft, von der ich denke, dass Jeschua sie gebracht hat. *Die frohe Botschaft nach Judas*, ich sehe es schon vor mir …

Ich will mich auf den letzten Abend beschränken … und vor allem auf die Art und Weise, wie du mich dargestellt hast. Ich tröste mich mit dem Gedanken, dass man dir deine Version über meinen Verrat nicht glauben wird.

Wenn Jeschuas Tod tatsächlich vorherbestimmt war, auch von Ihm selbst, dann waren meine Handlungen unweigerlich Teil dieses göttlichen Plans. Das wird jeder einsehen. Wenn ich Jeschua nicht denunziert hätte, wäre Er nie verhaftet worden und all das, was laut deiner Fantasie danach geschehen ist, hätte auch nie stattgefunden. In deiner Gemeinschaft werde ich als Jeschuas treuester Jünger geehrt werden müssen, weil ich der Einzige war, der den Mut aufbrachte, das göttliche Drama zu initiieren.

Ich bin kein Verräter. Das bist du, Petrus. Wer hat überzeugend geleugnet, Jeschua zu kennen, und zwar ganze sechs Mal? Wer ist weggelaufen, als ihm der Boden zu heiß unter den Füßen wurde? Du stellst dich als hervorragenden Jünger dar, der bittere Tränen geweint hat. Doch war es nicht in Wirklichkeit ganz anders? Hast du deinen Verrat nicht selbst in jener Nacht gebeichtet, weinend, uns um Verzeihung bittend? Vor dem Torwächter hattest du Ihn verleugnet, als du an der Feuerstelle saßest, gegenüber der Sklavin und, nachdem der Hahn gekräht hatte, wie Jeschua es dir nach deinen eigenen Worten vorausgesagt hatte, noch drei Mal! Am Vorportal, wieder der Sklavin gegenüber, und eine Stunde später erneut, gegenüber dem Sklaven des Hohepriesters. Danach krähte der Hahn zum zweiten Mal.

Du hast uns ausführlich darüber berichtet, und wir haben es dir nicht übel genommen. Wir haben mit dir geweint, Petrus. Wir hatten Verständnis für deine Angst und deine Scham. Hatten wir denn nicht selbst Angst? Hätten wir uns nicht schämen müssen? Hatten wir Ihn nicht alle, im Nachhinein betrachtet, im Stich gelassen? Wenigstens bist du Ihm gefolgt; wir konnten nicht einmal das von uns behaupten. Wir sind in dem Garten geblieben und nicht geflohen, wie es einige dargestellt haben.

Die Römer waren gar nicht an uns interessiert, sie hatten nur Augen für Jeschua. Und ich hatte meine Aufgabe erfüllt, ich hatte in der Abenddämmerung auf Ihn gezeigt, wie ich es mit ihnen vereinbart hatte. Und wie Jeschua es mir aufgetragen hatte! Ich habe nur das getan, was Er von mir verlangt hat, Petrus, wie ich es immer getan habe und immer noch tun würde, wenn nicht alles ein so schreckliches Ende genommen hätte.

Aber ich erkenne jetzt, was du vorhast. Deinen eigenen Verrat, da du geleugnet hast, Jeschua zu kennen, kannst du in deiner Geschichte nicht unterschlagen. Jeder weiß davon, und jeder hat dir verziehen. Aber jetzt stellst du mich als einen teuflischen Verräter dar, als den Jünger, der seinen Meister mit einem Kuss – einem Kuss! Wie bist du nur darauf gekommen?! – den Römern ausgeliefert hat. Es gab keinen Kuss, ich ging einfach auf Jeschua zu, die Römer nahmen Ihn mit, niemand leistete Widerstand …

Ich sehe, dass du dir selbst eine heldenhafte Rolle zugewiesen hast; du greifst zum Schwert und schneidest einem Römer das Ohr ab, das Jeschua dann wieder angefügt hat … Wie kommst du nur auf so etwas? Du hattest gar kein Schwert, und der Einzige, den du damit verwundet hättest, wärst du selbst gewesen. Und wie hätte Jeschua jemandem ein Ohr anfügen können? Hatte er Nadel und Faden dabei? Es gab keinen Kampf, Petrus. Wir alle warteten, denn wir lebten in der Erwartung, dass G'tt bald seine große Macht zeigen würde. Die Stimmung war eher triumphierend als gedrückt. Alles lief wie geplant, die Römer waren in die Falle getappt. Es entstand keine Panik, niemand rannte weg, niemand leistete Widerstand, denn wir wussten, dass dies Teil des großen Plans war, in dem Jeschua die zentrale Rolle spielen sollte. Als die Römer mit ihren Fackeln in der Dunkelheit verschwanden, zurück in die Stadt, warst du der Einzige, der ihnen folgte …

Wir blieben in Gethsemane zurück, beteten und dankten G'tt für seine Weisheit. Wir sangen, nachdem du gegangen warst, um Jeschua zu folgen, wir, die verbliebenen elf, mit kräftigen Stimmen den bekannten Psalm: »Was soll das Toben der Völker und das eitle Sinnen der Völkerschaften?«

Jetzt, während ich diese Worte weinend vor mich hin singe, verstehe ich plötzlich, dass du die Idee zu dem Kuss wahrscheinlich aus diesem Psalm hast, du verdrehst den Text umso mehr. »Küsset den Sohn, auf dass er nicht zürne und ihr zugrunde geht auf eurem Wege!«, sangen wir. »Tribut zollen« ist damit gemeint! Nicht, »Ihn verraten«!

Ich weiß einfach nicht, wo ich anfangen soll, Petrus. Du hast dich von Saulus, oder Paulus oder wie auch immer er heutzutage genannt wird, einwickeln lassen – dieser Mann ist so schlüpfrig, dass man ihn nicht einmal auf den Namen festnageln kann, den seine Eltern ihm gegeben haben.

Aber die Tatsache, dass du Seine Botschaft auf diese Weise verdreht hast! Oh, wenn Jeschua doch nur noch hier wäre. Wie gerne würde ich sehen, wie Er selbst deine Quelle ins Feuer wirft und zu dir spricht: »Natterngezücht! So habe ich das nicht gemeint!« Hat Er nicht selbst gesagt, dass Er nicht gekommen sei, um das Gesetz oder die Propheten abzuschaffen? Und dass jeder Buchstabe des Gesetzes in Kraft bleiben würde, solange Himmel und Erde existieren? Wie kannst du glauben, dass die Menschen plötzlich essen dürfen, was sie wollen, und dass sie nicht mehr beschnitten werden müssen?

Ganz zu schweigen von deiner Beschreibung des letzten Abendmahls, bei dem Jeschua uns angeblich aufgetragen hat, in Zukunft Brot zu essen und so zu tun, als wäre es Sein Leib. Es hat mich zum Lachen gebracht, als ich das las. Vor allem, als du schriebst, dass der Wein, den wir trinken, von nun Sein Blut sein soll!

Hast du vergessen, wie viele Speisegesetze sich auf das Verbot des Verzehrs von Blut beziehen? Hast du vergessen, wie Jeschua, bevor Er ein Ei aß, es zuerst aufbrach und in ein Glas gab und es dann gegen das Licht hielt? Wenn auch nur eine Spur Blut darin war, hat Er das ganze Ei weggeworfen! Wie oft haben du und ich das selbst erlebt! Und wir sollen Sein Blut trinken? Ach, hör doch auf!

Und hat Jeschua nicht gesagt, dass derjenige, der auch das Geringste dieser Verbote missachtet und andere lehrt, dasselbe zu tun, als Geringster im Himmelreich gelten wird? Und dass derjenige, der die Gesetze beachtet und andere lehrt, dasselbe zu tun, im Himmelreich in hohem Ansehen stehen wird?

Du warst doch dabei, als Er all diese Worte sprach? Was Er gelehrt hat, ist vollkommen unvereinbar mit der Abschaffung aller Verpflichtungen für die neuen Anhänger. Und nannte Er nicht diejenigen Heuchler, die durch Länder und über Meere reisten, um einen einzigen Menschen für den Glauben unserer Vorfahren zu gewinnen? Wenn ein solcher Neuankömmling das Gesetz nicht perfekt einhielt, war er doppelt verloren. Ein Höllenhund im Quadrat.

Einfach lächerlich, der Gedanke, dass bald Gojim in Roma oder Hispania oder Gallia singen werden, wie G'tt sie aus Ägypten weggeführt hat. Was haben sie mit unserer Geschichte und mit unseren Vorvätern Abraham, Isaak und Jakob zu tun? Mit David, Saul und Salomon?

Hat Jeschua jemals positiv über die Nichtjuden gesprochen? Er warnte uns davor, so zu beten, wie es die Heiden tun, die endlos vor sich hin murmeln und hoffen, dass ihr Wortschwall erhört wird. Sie sorgen sich um ihre Zukunft und wissen nicht, dass der morgige Tag für sich selbst sorgen wird. Aber unser himmlischer Vater weiß, was wir brauchen. Jeder Tag genug an seiner eigenen Bürde.

Und gebot Er uns nicht, die Grenzen des Landes nicht zu überschreiten, sondern nur in die Dörfer und Städte Israels zu gehen? Er hat uns ausdrücklich verboten, zu den Heiden zu gehen; Er selbst hat sich an dieses Gebot auch gehalten. Er war der Hirte, dem es in erster Linie um die Erneuerung unseres Volkes und die Sammlung der verlorenen Schafe Israels ging. Deshalb hat Er uns zwölf erwählt, Petrus. Zwölf Jünger wählte Er, und nicht elf oder dreizehn. Zwölf, weil es zwölf Stämme Israels gibt.

Ich bin von einer Verzweiflung erfüllt, Petrus, die vielleicht größer ist als an jenem Tag, an dem unser Meister gekreuzigt wurde und wir Ihn eineinhalb Tage später vom Grab des Josef von Arimathäa zum Grab Seines Vaters brachten. Denn auf diese Weise wird Seine Botschaft so völlig verwässert, dass selbst Sein schändlicher Tod etwas Bedeutungsloses bekommt, egal, welche Wendung ihr ihm zu geben versucht.

Wollt ihr wirklich behaupten, dass Er G'ttes Sohn war? Wir alle wissen, dass Josef Sein Vater war. »Höre, Israel, der Herr ist unser G'tt, der Herr allein.« Hast du auch das vergessen? Wie kann Er einen Sohn haben, wenn Er keine Frau hat? Wie kannst du dem Barmherzigen einen Sohn zuschreiben, wenn er zu erhaben ist, um einen Sohn zu haben? Oder versucht Paulus, seine Geschichte mit einer heidnischen Soße zu überziehen, um sie für die Völkerschaften attraktiver zu machen?

Und dann die ganze Geschichte über den Prozess. Der Sanhedrin darf nicht einmal tagen, wenn die Sonne untergegangen ist und es um ein Todesurteil geht. Am Sabbat, an Festtagen oder am Vorabend eines Festes dürfen keine Prozesse stattfinden. Ein Todesurteil darf niemals am Tag der Verhandlung selbst gefällt werden. Die Richter müssen darüber schlafen können. Schweigen, wie es Jeschua tat, gilt nach dem jüdischen Gesetz niemals als Geständnis. Und so könnte ich fortfahren.

Du erwähnst sogar Pilatus. Glaubst du etwa, dass sich dieser Erbarmungslose jemals für das Schicksal unseres Jeschua interessiert hat? Hat Pilatus plötzlich unsere Sprache gesprochen? Oder sprach Jeschua plötzlich Griechisch oder Latein? Und die Tatsache, dass du Pilatus nach jüdischem Brauch seine Hände waschen lässt – das alles ist so lächerlich, dass mir die Worte fehlen.

Wer weiß, welches Elend deine Beschreibung der jüdischen Menge, die nach der Kreuzigung Jeschuas schreit, unserem jüdischen Volk in Zukunft noch bringen wird? »Sein Blut wird über uns und unsere Kinder kommen …« Möge G'tt dies verhindern!

Und all das, um sich bei den Römern beliebt zu machen? Sie haben Ihn gekreuzigt, sie waren die Einzigen, die die Autorität und die Macht besaßen, diese schreckliche Strafe zu vollziehen. Niemand wird die offensichtliche Lüge glauben, dass die Juden hinter dem Tod Jeschuas stecken.

Petrus, oh Petrus. Du hast Jeschua erneut verraten, aber dieses Mal kannst du nicht mit meinem Mitgefühl rechnen. Jeschua wurde nur zu uns gesandt, zu den verlorenen Schafen Israels.

Ich schließe mit drei Beispielen, die ich übrigens deiner eigenen Quelle entnehme. Die Vorfälle waren natürlich zu gut bekannt, um sie nicht zu erwähnen, du konntest sie nicht verschweigen. Aber normalerweise hat Jeschua keine Nichtjuden geheilt.

Ich war selbst dabei, bei dem Vorfall mit der Frau aus Syrien-Phenien, die Jeschua bat, ihre Tochter zu heilen, weil sie von einem Dämon gequält wurde. Wie oft hatten wir gesehen, wie Menschen allein dadurch geheilt wurden, dass Jeschua sie einfach berührte, mit ihnen redete, ihnen Aufmerksamkeit schenkte. Dadurch wurden sie erstmals wieder als vollwertige Person behandelt, als Mensch unter Menschen.

Diese Frau würdigte Jeschua jedoch keines Blickes und sagte: »Ich bin nur zu den verlorenen Schafen des Hauses Israel gesandt worden.« Wir wollten sie wegschicken, weil sie uns sonst schreiend gefolgt wäre. Du und ich wollten sie ergreifen, aber sie warf sich vor Jeschua nieder und sagte: »Herr, hilf mir!« Und Jeschua antwortete, wie du schreibst: »Es ist nicht recht, den Kindern das Brot wegzunehmen und es an die Hunde zu verfüttern.« Als sie daraufhin erwiderte, dass die Hunde ohnehin die Brosamen fräßen, die vom Tisch ihres Herrn fielen, antwortete Jeschua ihr, dass sie einen starken Glauben habe. Von diesem Moment an war ihre Tochter geheilt. Aber Jeschua hätte ihre Tochter nie berührt. Er wollte nicht beschmutzt werden. Und das entscheidende Wort wurde nicht von Jeschua selbst gesprochen, sondern von der Frau.

So war es auch in dem anderen Fall, bei dem Hauptmann von Kafarnaum, der Jeschua bat, seinen Sklaven zu heilen, der gelähmt auf seinem Bett zu Hause lag und unter starken Schmerzen litt. Auch hier ging Jeschua nicht in das Haus, weil Er dann unrein geworden wäre, sondern Er handelte auf den starken Glauben des Hauptmanns hin. In deiner Quelle erfindest du eine Passage, wie alle Nationen mit Abraham, Isaak und Jakob im Himmelreich Seite an Seite liegen werden, aber jeder wird diese Erfindung als Lüge erkennen. Ich verstehe nicht, wie du es wagen kannst, Jeschua all diese Worte in den Mund zu legen, die Er nie gesprochen hat! Jeschua war ein Jude, der unter den Juden seine Werke tat, und nur das wollte Er.

Und auch das dritte und letzte Beispiel aus deiner Quelle wird dir am Ende zum Nachteil gereichen. Ich meine natürlich die Heilung des Besessenen auf dem Gebiet der Gadarener. Ich erinnere mich daran, als wäre es gestern gewesen! Wir hatten das Boot noch nicht festgemacht, da kam er aus den Felsengräbern auf uns zu, an Händen und Füßen die Wunden der Ketten zeigend, von denen er sich immer wieder befreien konnte. Er warf sich vor Jeschua nieder, der zu den unreinen Geistern in dem Mann einfach sagte: »Lasst ihn und geht zu den Schweinen weiter unten, in die könnt ihr hineinfahren.« Die unreinen Geister fuhren in die Schweine, die völlig wild wurden. Die ganze Herde, an die zweitausend Stück, stürmte den steilen Hang hinunter in den See und ertrank. Meine Güte, die Gesichter der Schweinehirten, die alle ihre Schweine auf einmal verschwinden sahen! Wie zornig waren sie auf Jeschua! Sie wussten, dass es Ihm als Juden verboten war, Schweinefleisch zu essen, aber ihre Schweine, ihre einzige Einnahmequelle, zu vernichten … Sie forderten Ihn auf zu gehen, und wir gingen.

Und Petrus, sag mir: Hat Jeschua anschließend dem geheilten Mann, einem Nichtjuden, erlaubt, sich unserer Gruppe anzuschließen? Natürlich nicht! Er wollte nichts davon hören. Ich sehe noch heute diesen Mann am Ufer des Sees stehen, seine Augen völlig klar und voller Tränen, weil er allein zurückgelassen wurde. Ich habe mich oft gefragt, was mit ihm passiert ist. Diese Schweinehirten waren ihm sicherlich nicht gerade dankbar für die Heilung von seiner Besessenheit …

Und so könnte ich noch sehr, sehr lange fortfahren, Petrus.

Aber ich habe es aufgegeben, alle deine Lügen und Halbwahrheiten widerlegen zu wollen. Ich kann mir nicht vorstellen, dass die Leute das alles schlucken, aber wer weiß … In Paulus habt ihr einen mächtigen Fürsprecher für eure Sache. Ein Mann, der Jeschua nie begegnet ist und der Ihn nie hat sprechen hören.

Aber ich kapituliere und muss anerkennen, dass du als Sieger aus der Schlacht hervorgegangen bist. Ich tröste mich mit dem Gedanken, dass nicht nur ich weiß, was wirklich passiert ist, sondern dass auch du es weißt – und dass du wirst lernen müssen, mit dieser Lüge zu leben.

Ich habe oft den schönen Psalm gesungen: »Höre, o HERR, die gerechte Sache, merk' auf mein lautes Rufen, vernimm mein Gebet von Lippen ohne Trug! Von dir soll das Urteil über mich ergehn: deine Augen sehen untrüglich. Prüfst du mein Herz, siehst du nach mir bei Nacht, durchforschest du mich: du findest nichts Böses; mein Mund macht sich keines Vergehens schuldig.«

Ein Gruß von Judas, dem vielleicht einzig verbliebenen wahren Anhänger des Weges.

Nachdem Judith das letzte Blatt umgedreht hatte, um sich zu vergewissern, dass wirklich nichts mehr folgte, saßen beide schweigend da und starrten ins Leere.

»Das klingt alles so logisch«, brach Judith schließlich das Schweigen. »Wenn man die Evangelien liest, war Jesus tatsächlich nicht im Geringsten an den Völkern außerhalb Israels interessiert. Er hielt sich sein Leben lang an das Gesetz, wollte nichts ändern …«

»Ich glaube schon, dass er nach einer weniger strengen Auslegung des Gesetzes strebte«, erwiderte Peter. »Er hat zum Beispiel einen Gelähmten am Sabbat geheilt oder eine Ehebrecherin nicht gesteinigt, als das Gesetz es eigentlich vorgeschrieben hätte – aber geändert hätte er es wahrscheinlich nicht. Solange er lebte, wandte er sich immer nur an die Juden. Er reiste nie in andere Gebiete und äußerte sich hauptsächlich negativ gegenüber Heiden. Und dann die Quelle ... Meine Güte, das muss das Dokument sein, auf das sich Matthäus und Lukas stützten, als sie ihre Evangelien schrieben! Schade, dass es nicht auch in dem Kästchen war.«

Peter schwieg einen Moment lang.

»Alles ist anders, als wir dachten und als wir gelernt haben! Und was Judas schreibt, scheint auch viel mehr Sinn zu ergeben. Seine Rolle bei dem Verrat, die Handlungen Jesu, das Auftreten des Paulus ...«

Judith sagte: »Und wenn man daran denkt, wie viele Kriege im Namen dieser anderen Geschichte geführt wurden, all die Konzile mit den endlosen Diskussionen über die wahre Natur Jesu, die vielen Bücher, die über das leere Grab geschrieben wurden, die mysteriöse Rolle des Judas ... aber vor allem dieses ›sein Blut komme über uns und unsere Kinder‹, das ist so furchtbar!«

Ihr kamen wieder die Tränen.

Peter saß ein wenig hilflos neben ihr. Auch ihn hatte das, was sie gelesen hatten, tief beeindruckt.

»Und jetzt?«, fragte er nach einem Moment des Schweigens. »Was sollen wir tun? Ich würde gerne noch zur Ausgrabung gehen. Ich glaube, die Polizei ist noch nicht dazu gekommen, das Zelt zu räumen. Vielleicht wird es bewacht, damit nichts wegkommt, aber wenn wir erklären, dass wir uns stellen, unter der Bedingung, dass wir zuerst hineinschauen dürfen, dann müsste das doch eigentlich möglich sein. Es muss dort noch etwas geben, das uns eine Garantie für die Echtheit gibt!«

»Hör mal, es ist jetzt drei Uhr«, sagte Judith. »Ich bin todmüde. Ich würde dich gerne zur Ausgrabung begleiten, aber vorher möchte ich für ein paar Stunden die Augen zumachen. Ist das in Ordnung für dich?«

»Natürlich. Leg dich auf das Sofa. Ich setze mich in den Sessel und versuche, dort ein Nickerchen zu machen.«

Ohne auch nur der Form halber zu protestieren, ging Judith zum Sofa hinüber, schlüpfte aus ihren Schuhen und legte sich hin. Peter faltete die Seiten der Übersetzung zusammen, schob sie in die Plastikmappe und steckte sie in die Innentasche seines Jacketts. Noch bevor er sich in den Sessel gesetzt hatte, hörte er an Judiths gleichmäßigen Atemzügen, dass sie eingeschlafen war.

Peter wurde von einem Geräusch geweckt. Es war noch dunkel, und er brauchte einen Moment, um sich daran zu erinnern, wo er war: auf einem Sessel im Haus der Witwe Eco am Oude Rijn. Wieder hörte er ein Geräusch. Es klang wie Schritte. Erschrocken stand er auf und rüttelte Judith wach.

Sofort setzte sie sich aufrecht hin. »Was ist?«, fragte sie schläfrig. Er brauchte nicht einmal zu antworten, denn jetzt hörte sie es auch.

Schritte … auf der Treppe.

18

Sie waren beide zu benommen und vielleicht auch zu überrascht, um zu reagieren. Peter tastete in seiner Tasche nach der Übersetzung. Sie war noch dort.

Die Tür wurde geöffnet, und eine ungeheure Erleichterung erfasste beide, als die alte Dame auf der Türschwelle stand. Sie trug ein langes, weißes Nachthemd.

Peter und Judith hatten den Atem angehalten und stießen ihn im selben Moment mit einem Seufzer wieder aus.

Mevrouw Eco schien genauso erschrocken zu sein wie sie. »Ach«, sagte sie schließlich. »Sie sind noch da. Es war so still, dass ich dachte, Sie wären schon weg. Aber als ich auf die Toilette gegangen bin, habe ich durch das Oberlicht gesehen, dass die Lampen im Wohnzimmer noch brannten, deswegen bin runtergegangen, um sie auszuschalten. Bleiben Sie ruhig sitzen, ich gehe wieder nach oben.«

»Mevrouw«, brachte Peter gerade noch heraus, aber bevor er etwas sagen konnte, hatte sie die Tür bereits hinter sich geschlossen. Er sah Judith erstaunt an. »Sie fragt nicht einmal, ob wir die Briefe schon gelesen haben«, sagte er erstaunt.

»Tja«, sagte Judith. »Sie will es anscheinend wirklich nicht wissen. Es ist in der Tat ein bisschen ... seltsam.«

Es war Viertel nach sechs. Draußen war es noch dunkel. »Judith«, sagte er. »Ich frage dich das jetzt einfach, ohne um den heißen Brei herumzureden. Wir haben viel erlebt und werden wahrscheinlich einige Zeit brauchen, um das alles zu verarbeiten, aber trotzdem würde ich gerne etwas wissen. Du denkst vielleicht, es ist trivial angesichts der Umstände, aber ich habe das Gefühl …«

»Du hast das Gefühl, dass ich ein bisschen distanzierter bin«, ergänzte Judith.

»Ähm … ja, genau.«

Judith setzte sich im Schneidersitz hin. »Du hast recht. Ich bin wohl keine gute Schauspielerin, zumindest sagt Mark das immer. Für einen Gelehrten, der Geheimnisse entschlüsseln will, wäre ich keine Herausforderung, meint er.« Sie lächelte.

»Was ist denn los?«, fragte Peter.

»Weißt du, für mich war es etwas sehr Bedeutendes, in diesem Schrank zu sitzen. Eine sehr wichtige Erfahrung. Ich bin mit den Geschichten über meine Großeltern aufgewachsen und habe immer versucht, mir die Angst vorzustellen, die sie ausgestanden haben müssen. Einmal – ich kann mich nicht daran erinnern, aber meine Mutter hat mir davon erzählt –, einmal haben mein kleiner Bruder und ich es nachgespielt. Zwei kleine Jungs von nebenan mussten die ›Nasis‹ spielen, wie mein Bruder sie nannte.« Trotz allem musste sie lächeln. »Sie mussten dann so tun, als würden sie uns im Schrank entdecken. Zuerst dachte meine Mutter, wir würden Verstecken spielen, aber als sie uns schreien und weinen hörte, kam sie nach oben gerannt und erkannte, was wir da spielten. Mein kleiner Bruder heulte nur, weil ich so sehr weinte. Ich muss wohl ganz außer mir gewesen sein, aber seltsamerweise kann ich mich an nichts erinnern, obwohl ich schon sieben oder acht gewesen sein muss.«

Peter nickte.

»Ich habe die Geschichte meiner Großeltern bisher kaum jemandem erzählt, außer ein paar engen Freunden. Und natürlich Mark. Aber sonst …«

Peter stand auf und setzte sich neben sie. Er legte ihr sanft die Hand aufs Knie, und sie ließ es zu. »Die Geschichte deiner Großeltern hat mich sehr berührt, und auch das, was du in dem Schrank durchgemacht hast, wie du irgendwie alles am eigenen Leib erfahren hast. Ich weiß es sehr zu schätzen, dass du mir das alles erzählt hast. Für mich war es auch ein besonderes Erlebnis. Ich weiß, es ist praktisch genau das Gegenteil von dem, was du gefühlt hast, aber ich habe einen tiefen Frieden verspürt, anders kann ich es nicht beschreiben. Ich habe seit Jahren nicht mehr gebetet, und ich hatte mich auch von der Vorstellung verabschiedet, dass Gott in das Leben der Menschen eingreifen kann.«

»Wer sagt, dass es Gott war?«, unterbrach sie ihn. »Warum könnte dieser Friede denn nicht einfach aus dir selbst heraus entstanden sein?«

»Das könnte natürlich sein«, gab er zu. »Aber für mich hat es sich angefühlt wie eine Antwort auf mein Gebet. Das war ein ganz komisches Gefühl. Und Mark ging es wohl auch so. Hat er nicht gesagt, dass er in diesem Moment etwas Ähnliches gespürt hat?«

»Ja, so etwas hat er gesagt. Aber warum habe ich es dann nicht gespürt? Warum wurde ich dann nicht in dem Moment beruhigt, als ich diesen Frieden am meisten brauchte?«

Peter blieb ihr die Antwort schuldig.

Sie machte Anstalten aufzustehen, aber er hielt sie zurück.

»Lass uns doch noch einen Moment sitzen bleiben«, schlug er vor. »Als wir im Schrank saßen, hast du mir deine Geschichte nicht ganz zu Ende erzählt.«

»Wie meinst du das?«

»Du sagtest, dass dich Shabtai Tsvi so sehr interessiert, weil viele Leute ihn auch für den Messias hielten. Was, wie sich herausstellte, nicht stimmt. Ebenso wie Jesus nach Meinung der Juden nicht der wahre Messias gewesen sein kann.«

»Ja. So muss es sein. Es kommt mir so vor, als würde ich geradezu auf das Thema meiner Arbeit gelenkt, immer mehr in die Richtung des Messias. Ich hatte vor, meine Doktorarbeit über die Geschichte des Judentums in Leiden zu schreiben. Aber als ich in den Archiven über die Papiere von Moshe Levi stolperte, der alles verkauft hatte, was er besaß, um dem Rabbi zu folgen ... Heute wissen wir, dass dieser Rabbi nicht der Messias war, und während des Lesens möchte man Moshe am liebsten zurufen: ›Bleib hier, geh nicht weg!‹ Denn man weiß ja bereits, wie es enden wird. Rabbi Tsvi erwies sich nicht als der Messias. Moshe verließ Haus und Hof ganz umsonst. Ich hoffe wirklich, eines Tages herauszufinden, wie es ihm und seiner Familie ergangen ist, aber hier in den Archiven werde ich die Antwort wohl nicht finden.« Sie verzog bedauernd das Gesicht.

»Aber tatsächlich sind die Parallelen zu Jesus einfach erstaunlich«, fuhr sie fort. »Ich wundere mich jedes Mal, wenn ich Christen sagen höre, dass ihr Jesus sämtliche alttestamentarischen Prophezeiungen hinsichtlich des Messias erfüllt hat. Dann denke ich bei mir: Ihr wisst doch gar nicht, wovon ihr redet! Jeder, der nicht nur nachplappert, was er von anderen gehört hat, und sich in dieses Thema vertieft, wird schnell herausfinden, dass Jesus im Grunde keine der Prophezeiungen erfüllt hat. Das wäre ein eigenes Thema für eine Diplomarbeit oder eine Dissertation.« Judith zählte an den Fingern ab: »Jesus hat nicht das Geschlecht Davids wieder aufleben lassen. Er hat den Völkern nicht den ewigen Frieden gebracht. Er hat nicht alle Menschen zum Judentum bekehrt. Er hat die zwölf Stämme nicht zusammengeführt. Er hat den Tempel nicht wiederaufgebaut. Wenn der Messias kommt, wird es keinen Hunger und keinen Tod mehr geben. Alle Waffen werden zerstört. Der Nil wird austrocknen, die Bäume werden monatlich Früchte tragen und so weiter und so fort. Die Liste ist endlos.« Sie legte ihre Hände wieder in den Schoß. »Nichts von alledem ist passiert. Ich weiß, dass die Christen dagegen einwenden würden, dass all das geschehen wird, wenn Jesus wiederkehrt, aber das ist ein ziemlich armseliger Versuch, etwas zu retten. Der Messias tut sein Werk gleich beim ersten Mal und braucht dafür keine zwei Leben. Das steht nirgendwo in der Thora geschrieben.«

»Es scheint ein sehr emotionales Thema für dich zu sein«, sagte Peter.

»Ja, es fesselt mich. Wenn sich die Christen die Mühe machen würden, die Liste der Prophezeiungen über den Messias zu lesen, würden sie sofort einsehen, dass Jesus dummerweise nicht der Messias gewesen ist, oder? Das kann doch nicht sein?«

»Und das …«

»Ja, das bewegt und erstaunt mich. Aber es ist mehr als das. Nur weil die Juden im Laufe der Geschichte zu den Mördern Christi erklärt wurden, konnte schließlich so etwas wie der Holocaust stattfinden. Die Nazis griffen auf einen Antisemitismus zurück, der über die Jahrhunderte hinweg von der katholischen und orthodoxen Kirche stetig genährt worden war – und vergiss nicht den Antisemiten Luther. Und dabei beruht alles auf einem Missverständnis, einem falschen Verständnis davon, wer der Messias nach dem Glauben der Juden ist. Und daraufhin verfolgen die Christen die Juden, um in ihren Kirchen einen Juden anbeten zu können, der nach den Weissagungen der jüdischen Propheten in den jüdischen heiligen Schriften von Gott gesandt wurde, um dem jüdischen Volk seinen rechtmäßigen Platz zurückzugeben, als Licht der Völker!«

Judith war inzwischen aufgestanden.

Peter blieb sitzen. »Ich glaube, das ist aber ein bisschen viel für deine Abschlussarbeit«, versuchte er das Thema etwas flapsig zu beenden.

Zum Glück konnte sie darüber lachen. »Ja, das ist eher etwas für ein Buch. Oder besser: eine ganze Reihe von Büchern womöglich.«

»Ist denn jetzt alles wieder gut zwischen uns?«

Sie lachte. »Natürlich«, sagte sie, und sie schüttelten sich ironisch-feierlich die Hände. »Es war einfach ein zu starker Kontrast, nachdem wir gerade aus dem Schrank gekommen waren. Ich war noch vollkommen aufgewühlt, hatte gerade ein kleines bisschen von dem gefühlt, was meine Großeltern gefühlt haben müssen, und dann erzählst du, wie ruhig und gelassen du warst, wie von Gott berührt. Das war … na ja, ist wirklich gut.«

»Entschuldige, dass ich noch mal davon anfange«, sagte Peter, »aber das Seltsame für mich ist, dass diese Erfahrung im Schrank für mich durchaus ein Wendepunkt in Bezug auf meinen Glauben sein könnte. Ich glaube, in diesem Moment habe ich wirklich Gottes Nähe gespürt. Und jetzt, wo wir diese Briefe gelesen haben, habe ich auch das Gefühl, Jesus näher zu sein als je zuvor.«

»Ich verstehe dich, Peter, ehrlich«, sagte Judith.

Und damit schien der Frieden endgültig besiegelt zu sein.

»Sollen wir uns auf den Weg machen?«, fragte Judith.

»Gut«, sagte Peter und ging in den Flur, um ihre Mäntel zu holen. »Lass uns zur Hintertür rausgehen, nur zur Vorsicht.« Es wurde langsam allmählich heller. Die Uhr schlug sieben. Nachdem sie ihre Mäntel und Schuhe angezogen hatten, gingen sie durch die ordentlich aufgeräumte Küche zur Hintertür. Ein Schlüssel steckte im Schloss, und ein anderer, der ihm glich, hing an einem Ring daran.

Peter probierte einen aus, und er passte.

»Wir können diesen Schlüssel auf die Anrichte legen«, erklärte er, während er den zweiten Schlüssel losmachte. »Und mit dem anderen können wir die Tür abschließen. Ich bringe ihn heute noch zurück.«

Sie gingen hinaus und schlossen die Tür hinter sich ab. Sie befanden sich in einem kleinen Garten mit einem hohen Zaun, der sie von der Wiese am Fuße des Hügels trennte, auf dem die Burcht stand, eine etwa sechs Meter hohe, kreisförmige und zinnbewehrte Mauer. Im Sommer sonnten sich die Menschen hier gerne, jetzt war sie jedoch menschenleer.

Das Gartentor stand offen, und sie traten hinaus. Genau in diesem Moment wurde etwa zehn Meter von ihnen entfernt ein anderes Gartentor geöffnet, und ein Mann kam heraus. Wieder erschraken Peter und Judith so sehr, dass sie nicht einmal wegliefen.

Das Feuerzeug des Mannes flammte auf. Als sie sich beruhigt umdrehen wollten, um ihren Weg fortzusetzen, hörte Peter, wie sein Name gerufen wurde – nicht laut, aber deutlich.

Peter drehte sich um und packte Judith am Arm.

»Wer ist das?«, flüsterte Judith.

»Das ist Luuk, ein Freund von mir. Er ist Arzt«, antwortete Peter. »Er wohnt mit seiner Familie in dem Haus. Ist der aber früh auf! – Luuk!« Peter winkte zurück und wollte einen Schritt in seine Richtung gehen.

Jetzt war es Judith, die ihn am Arm packte und zurückhielt. »Was machst du denn da?«, fragte sie leise und ein wenig verzweifelt.

»Komm mit«, sagte er. »Das sind nette Leute, wirklich. Und ich habe eine Idee. Glaub mir, das ist das Beste, was uns im Moment passieren kann. Er gehört dem Deutschen Orden an«, fügte Peter im Flüsterton hinzu, als hätte er Angst, Luuk könnte ihn aus dieser Entfernung hören.

Judith sah ihn verständnislos an.

»Erkläre ich dir später. Komm!« Er hielt Judith weiterhin am Arm fest, während er auf Luuk zuging.

»Schön, dich zu sehen, Mann«, sagte Luuk, als sie in seiner Nähe waren. Er schüttelte Peters Hand. »Ich habe mir Sorgen um dich gemacht. Um euch beide.« Er sah Judith an.

Peter stellte Judith und Luuk einander vor. »Sorgen? Wieso?«, wollte er wissen.

»Gestern Abend hat mich Pieter angerufen«, sagte Luuk, »Pieter Hoogers. Er klang ziemlich aufgeregt. Ob ich wüsste, wo du bist … wo ihr seid. Thomas liege in kritischem Zustand im Krankenhaus, und die Polizei suche nach euch. Das hat für mich überhaupt keinen Sinn ergeben.«

»Es ist eine lange Geschichte …«, begann Peter.

»Lass uns reingehen«, schlug Luuk vor. »Es ist ziemlich kalt draußen.«

Sie folgten Luuk durch den Garten und gingen ins Haus, geradewegs in die Küche, wo eine Kaffeemaschine vor sich hin blubberte. In unregelmäßigen Abständen spuckte sie große Dampfwolken aus.

Peter rieb sich die Hände vor Freude. »Ah, Kaffee!«, sagte er. Luuk öffnete einen Schrank und nahm drei Tassen heraus, die er auf die Anrichte stellte. »Du bist früh auf, Lucas.«

»Ja, Anne und die Kinder schlafen noch. Eigentlich wollte ich zu den Chorgesängen in den Van der Werffpark gehen, aber dann dachte ich, ich arbeite lieber an einem Artikel. Um zehn Uhr habe ich Dienst in der Pieterskerk.«

»Dienst?«, fragte Peter, beantwortete seine Frage aber selber. »Ah, wegen der Gedenkfeier.«

Judith sah sie fragend an.

»Jedes Jahr am 3. Oktober findet in der Pieterskerk ein Gedenkgottesdienst statt«, erklärte Peter. »1574 versammelten sich dort die Menschen, um Gott für die Befreiung von den Spaniern zu danken, und das tun die Leidener bis heute.«

»Und als Mitglied des Ordens fühle ich mich verpflichtet, jedes Jahr daran teilzunehmen«, sagte Luuk. »Soll ich Pieter anrufen und ihm Bescheid sagen, dass ihr hier seid?«

»Nein!«, protestierte Peter.

Es kam ein bisschen zu schroff heraus, und Luuk sah ihn erstaunt an.

»Nein«, wiederholte Peter jetzt etwas freundlicher. »Das ist eine lange Geschichte, Luuk.«

Peter schenkte den Kaffee ein und gab Luuk einen kurzen Überblick über ihre Erlebnisse. Als er ihm von dem Kästchen erzählen wollte, weiteten sich Judiths Augen vor Schreck. Sie wollte Peter unterbrechen, aber er brachte sie mit einer Handbewegung zum Schweigen.

»Luuk und ich kennen uns schon ewig, Judith«, erklärte er. »Seit der El-Cid-Woche im Jahr 1978. Wir waren während der Einführungswoche in derselben Gruppe und in unserer Studienzeit unzertrennlich. Wir sind schon seit fast zwanzig Jahren befreundet.«

Er erzählte Luuk von dem Kästchen, aber weder, dass sie es geöffnet hatten, noch erwähnte er den Zusammenstoß zwischen ihnen und Pieter Hoogers an der Fakultät. Peter erzählte auch von der Konfrontation auf dem Jahrmarkt und dass sie danach Mark, einen guten Freund von Judith, der im selben Hofje wie sie wohnte, besucht hätten. Und schließlich von der schlaflosen Nacht auf dem Sofa einer alten Dame in der Nachbarschaft.

Unbewusst strich er mit der Hand über seine Jacke, wo die Übersetzung in der Innentasche steckte.

»Du meinst Ecos Witwe?«, fragte Luuk erstaunt. »Was hast du denn bei der gemacht?«

»Lange Geschichte«, wiederholte Peter und beschloss, dass sein alter Freund auch nicht alles wissen musste. Er erklärte, dass sie Grund zu der Annahme hätten, dass die von Thomas ausgegrabene Kiste etwas mit dem Apostel Petrus zu tun haben könnte, und nun auf dem Weg zur archäologischen Ausgrabung seien, um weitere Beweise zu suchen.

Und natürlich erzählte Peter von dem Angreifer, der versucht hatte, in sein Haus einzubrechen, von dem Mann im Krankenhaus, von Thomas' Tod und von ihrer Flucht.

Luuk schwieg einen Moment lang. Dann schaute er abwechselnd Judith und Peter an. »Aber warum gehst du dann nicht einfach zur Polizei?«, fragte er. »Wenn ihr nichts mit der Sache zu tun habt, habt ihr doch auch keinen Grund wegzulaufen, oder? Und ihr könntet das Kästchen ganz einfach den zuständigen Behörden übergeben. Ihr habt euch widerrechtlich etwas angeeignet, aber …«

»Das ist nicht der richtige Zeitpunkt für Bürokratie, Luuk«, unterbrach ihn Peter gereizt.

»Wo ist die Schatulle jetzt eigentlich?«, fragte Luuk.

Peter sah Judith an, die kaum merklich den Kopf schüttelte. »Entschuldige, Luuk, aber das können wir dir im Augenblick nicht sagen«, antwortete Peter. »Du könntest dadurch auch in Gefahr geraten.« Er hielt einen Moment inne und fuhr dann fort: »Ich weiß selbst, dass wir zur Polizei gehen können, und das werden wir, wenn es so weit ist, aber wir brauchen noch etwas Zeit, um sicherzustellen, dass alles in trockenen Tüchern ist. Wenn wir das Kästchen übergeben, haben wir keinen Einfluss darauf, was anschließend damit passiert.«

Judith mischte sich zum ersten Mal ein. »Wir befürchten, dass es unterschlagen werden könnte«, sagte sie.

Luuk konnte ein spöttisches Lachen nicht unterdrücken. »Unterschlagen?«, fragte er. »Habt ihr zu viele Romane gelesen oder zu viele Filme mit Verschwörungstheorien gesehen? Das hier ist das normale Leben. Hier in den Niederlanden können wir darauf vertrauen, dass die Behörden korrekt mit den Sachen umgehen, die man ihnen anvertraut.«

Judith schwieg. Peter kannte sie noch nicht lange, aber er wusste genug über sie, um ihr anzusehen, dass sie gerne noch viel mehr gesagt hätte.

»Es ist etwas komplizierter, als ich dir momentan erklären kann«, sagte Peter. »Wenn es vorbei ist, erzähle ich dir alles, versprochen, aber im Moment ist es einfach besser so.«

Jetzt wurde Luuk langsam sauer. »Das kommt mir allmählich suspekt vor, Peter. Ich rufe jetzt Pieter an; er hat sich große Sorgen um dich gemacht. Ich kann ihn doch wohl mal eben beruhigen? Oder darf er auch nicht alles wissen?« Letzteres klang unverhohlen sarkastisch.

»Nein, er darf keineswegs alles wissen«, erwiderte Peter ruhig, aber sehr entschlossen. »Wirklich, Luuk, vertrau mir einfach. Vertraue uns. Wir kennen uns schon so lange. Ich würde dich nie belügen, aber ich bitte dich einfach, dich noch ein wenig zu gedulden.«

»Na schön. Und was ist mit dir?« Er wandte sich an Judith.

»Was ist der Deutsche Orden?«, fragte Judith.

Luuk sah Peter einen Moment lang an, trank einen letzten Schluck von seinem Kaffee und sagte: »Kommt, gehen wir in mein Arbeitszimmer.«

Sie gingen die Treppe hinauf, Luuk bedeutete ihnen mit dem Finger auf den Lippen, dass sie leise sein sollten.

Er führte sie zu dem Zimmer auf der hinteren Seite des Hauses und öffnete die Tür. Der Raum war klassisch eingerichtet; eine Wand wurde fast ganz von einem deckenhohen Bücherschrank aus Eiche eingenommen. Vor dem Fenster stand ein großer, massiver Schreibtisch aus dunklem Holz mit einer Schreibtischlampe darauf. Auf der Schreibtischunterlage lagen einige handgeschriebene DIN-A4-Blätter und ein teuer aussehender Füllfederhalter.

Das große Fenster bot einen herrlichen Ausblick auf die Burcht, die durch die Froschperspektive noch majestätischer wirkte. An der schmalen Seite des Raumes standen zwei braune Ledersessel und ein kleiner Couchtisch aus Glas, auf dem eine schön gestaltete Bibel mit einem Lesebändchen lag. Ein Aufkleber verkündete: *1995 Vollständig überarbeitete Willibrord-Übersetzung Altes und Neues Testament*. Zwischen den beiden Sesseln befand sich ein großer silberner Aschenbecher mit einem Druckknopf in der Mitte. Ein leichter Duft nach Zigarrenrauch hing in der Luft.

Luuk forderte sie auf, sich in die Sessel zu setzen. Er nahm auf dem lederbezogenen Bürostuhl Platz.

Peter nahm die Bibel in die Hand. »Ich hätte nicht damit gerechnet, dass du eine katholische Bibel liest«, sagte er überrascht.

»Ach«, sagte Luuk, »eine Bibel ist eine Bibel, weißt du. Und der Vorteil der katholischen Ausgabe ist, dass sie dicker ist als unsere.«

»Wer ist das?«, fragte Judith und deutete auf das große Gemälde, das hinter ihnen hing. Es zeigte einen älteren Herrn in einer weißen Tunika, auf die ein blaues Kreuz gestickt war. Um seinen Hals hing eine goldene Kette mit einem ebensolchen blauen Kreuz in einer silbernen Fassung. Er sah den Betrachter direkt an und hielt ein aufgeschlagenes Buch – wahrscheinlich eine Bibel – in den Händen.

Oben links war ein Wappen abgebildet, oder vielleicht waren es auch zwei nebeneinander.

»Das«, sagte Luuk, »ist unser Landeskommandant, nicht der aktuelle, sondern der vorherige Leiter unseres Ordens. Es ist eine Kopie. Das Original hängt im Ordenshaus in Utrecht, unserem Hauptquartier. Die Farbe ist quasi gerade erst getrocknet; es ist ganz neu.«

»Aha«, sagte Judith. »Und wenn ich fragen darf, Luuk, was hat euer Orden mit der Pieterskerk oder mit Petrus zu tun?«

»Vielleicht mehr, als du denkst«, antwortete Luuk, »und vielleicht mehr, als ich weiß«, fuhr er fort und sah Peter an. »Ich bekomme allmählich eine vage Ahnung, was hier los sein könnte. Und wenn das auch nur ansatzweise stimmt, Peter …« Er schwieg.

»Ja?«, fragte Peter. »Was dann?«

»Dann kann ich mir vorstellen, warum man euch verfolgt«, antwortete er.

»Wie bitte?« Judith war auf die Kante ihres Sessels gerutscht. »Was willst du damit sagen?«

»Ich meine«, sagte Luuk, »dass ihr nicht wisst, worauf ihr euch da eingelassen habt, aber vor allem …« Er baute Spannung auf wie ein Schauspieler in einem Theaterstück. »Aber vor allem habt ihr keine Ahnung, mit wem ihr es zu tun habt.«

19

»Stört es dich, wenn ich rauche?«, fragte Luuk Judith.

Sie schüttelte den Kopf.

Er öffnete eine Schreibtischschublade und nahm eine glänzende Holzkiste heraus, die er öffnete und Peter präsentierte. Dieser stand auf, nahm eine Zigarre heraus und schnupperte zufrieden daran. Luuk bediente sich ebenfalls und entzündete einen dünnen Fidibus aus Zedernholz. Er drehte ihn zwischen den Fingern, bis die Flamme schön gleichmäßig brannte. Peter nahm seine Zigarre in den Mund und hielt sie in die Flamme, paffte ein paarmal und setzte sich wieder hin.

Luuk zündete seine ebenfalls an, fächelte die Flamme aus, verschloss die Kiste und legte sie zurück in die Schublade.

Beide Männer lehnten sich zufrieden zurück. Der blaue Rauch kräuselte sich gleichmäßig zur hohen Decke.

»Wir haben schon oft so hier gesessen«, sagte Peter zu Judith. »Mit einem guten Glas Wein oder einem schönen Whiskey. Dabei kann man sich gut unterhalten.«

»Wunderbar, meine Herren«, sagte Judith ironisch, »aber das macht unsere Situation auch nicht besser. Wir sind zwar an Thomas' Tod unschuldig, aber wir haben ein Ausgrabungsstück gestohlen, sind auf der Flucht vor der Polizei und werden von einem Verrückten verfolgt, der bereit ist, für diese Kiste zu töten. Ihr könnt natürlich gerne sitzen bleiben, eure Zigarren rauchen und eure fast zwanzigjährige Freundschaft feiern, aber ich finde, es gibt Wichtigeres zu tun. Was hast du eben gemeint, Luuk, als du sagtest, wir wüssten nicht, mit wem wir es zu tun hätten?«

Luuk sah sie amüsiert an, als fände er es lustig, dass Judith so gereizt reagierte, aber er entschuldigte sich gleich darauf. »Tut mir leid, Judith, du hast recht. Vielleicht nehme ich es nicht ernst genug. Ich habe nicht erlebt, was ihr erlebt habt, und ich kenne nicht die ganze Geschichte. Aber ich will euch jetzt mal etwas erzählen.«

Nachdenklich zog er an seiner Zigarre, paffte ein wenig und begann zu erzählen. »Auch für mich fügen sich gerade einige Puzzleteile zusammen, obwohl ich noch keine Einzelheiten kenne. Bisher habe ich nur Vermutungen. Wir, mein Vater, mein Großvater, mein Urgroßvater und so weiter, waren immer Angehörige des Deutschen Ordens, genauer gesagt des Ridderlijke Duitsche Orde Balije van Utrecht. Der Orden gehörte zu meinem Leben. Als kleiner Junge durfte ich manchmal meinen Vater zu Treffen in Utrecht begleiten. Das fand ich natürlich sehr interessant. Dort kamen vornehme Herren zusammen, um – so wurde mir später klar – über bestimmte Anträge aus dem ganzen Land zu sprechen. Es waren gute Männer, seriös, humorvoll, einem guten Glas Wein nie abgeneigt, und es ging um Briefe von Menschen, die um finanzielle Unterstützung baten. »Individuelle Bedürfnisse«, wie es damals hieß. Oft waren es ergreifende Schicksale, Menschen, die durch Krankheit, Unfall oder anderes Unglück unverschuldet in Not geraten waren. Der Orden leistete einmalige finanzielle Unterstützung, gab einer Dame in Not einige Tausend Gulden, bezahlte einen Treppenlift für einen Behinderten oder übernahm die Ausbildungskosten für ein Waisenkind.

Ihr könnt euch vorstellen, dass immer gute Stimmung herrschte.«

»Verstehe. Ist ja auch einfach, Geld zu verschenken, das einem nicht gehört«, bemerkte Peter.

»Das ist wahr«, gab Luuk zu. »Aber viele Bitten wurden auch abgelehnt, jedoch immer mit einer ernsthaften Begründung. Doch im Zweifelsfall wurde eigentlich immer gespendet. Und diese Arbeit durfte ich fortsetzen. Nachdem mein Vater zurückgetreten war, wurde ich automatisch sein Nachfolger, und ich erfülle diese Aufgabe nach bestem Wissen und Gewissen.« Luuk tippte seine Zigarrenasche ab.

»Woher kommt das Geld?«, wollte Judith wissen.

»Unser Orden reicht bis ins Jahr 1187 zurück, in die Zeit der Kreuzzüge. Wir, oder besser: meine Vorgänger, haben ein Feldlazarett im heutigen Akko in Israel betrieben, um die Kranken und Verwundeten zu versorgen. Es waren ursprünglich deutsche Kaufleute, die dieses Lazarett eingerichtet hatten, von daher »Deutscher Orden«. Die Priester, die dem Orden angehörten, setzten diese Arbeit in Europa fort und konnten damit viele begeistern, die große Geldsummen und Land spendeten. So erhielten wir 1231 ein Ordenshaus in Utrecht, etwas außerhalb der Stadtgrenzen. Später zogen wir ins Stadtzentrum. Wir hatten unseren Hauptsitz für fast zweihundert Jahre verloren, aber konnten ihn zurückkaufen.«

»Bist du auch adlig?«, wollte Judith wissen.

»Eine der Voraussetzungen für die Mitgliedschaft im Orden ist, dass beide Elternteile aus altem niederländischem Adel stammen müssen«, sagte Luuk. »Also ja, ich bin adelig. Ich stamme aus einer Familie, die schon immer mit Leiden verbunden war, soweit wir die Spur der Generationen zurückverfolgen konnten.«

»Und was hat der Deutsche Orden mit Leiden zu tun?«, fragte Judith.

In ihrer Stimme lag eine Mischung aus Neugierde und aufkommender Gereiztheit.

Luuk ließ sich nicht aus dem Konzept bringen. »Auch diese beiden haben schon seit alten Zeiten eine sehr enge Beziehung zueinander.« Gelassen zog er an seiner Zigarre, sah zu, wie der Rauch sich nach oben kräuselte, und begann, einen Vortrag zu halten. »Unser Orden wurde also um 1190 gegründet. Ursprünglich waren wir ein geistlicher Ritterorden. Offiziell bin ich selbst ein Ritter. Wir haben den Landeskommandanten, den ranghöchsten, darunter zwölf Kommandanten und daneben weitere zwölf Ritter oder ›Familiaren‹, wie wir uns auch nennen. Ich stehe also ganz unten in dieser Hierarchie. Genau wie der Johanniterorden und der Orden der Tempelritter wurden wir gegründet, um an den Kreuzzügen teilzunehmen und das Heilige Land zurückzuerobern. Bekanntlich endeten diese Kreuzzüge in einem Fiasko, und die Mitglieder meines Ordens konzentrierten sich auf die Christianisierung Nordeuropas. Das war ein großer Erfolg, besonders in Preußen.«

»Tut mir leid, ich habe meinen Collegeblock vergessen, Herr Professor«, sagte Judith sarkastisch.

»Was soll das?«, fragte Luuk gereizt. »Du wolltest doch wissen, was es mit meinem Orden auf sich hat, oder? Dann musst du auch etwas über seine Geschichte erfahren, sonst kannst du nicht verstehen, was jetzt gerade möglicherweise los ist.«

»Tut mir leid«, murmelte Judith. »Entschuldige, du hast recht.«

»Die Geschichte Leidens, über die dir Peter natürlich noch viel mehr erzählen kann«, fuhr Luuk ruhiger fort, »war immer sehr stark mit der Pieterskerk verbunden. Als sich die Grafen von Holland um 1100 südlich der heutigen Breestraat niederließen, errichteten sie in ihrem Hof eine kleine Kapelle, die den Heiligen Petrus und Paulus geweiht war. Das war im Jahr 1121. Einige Zeit später, genauer gesagt im Jahr 1268, erhielt mein Orden von Floris IV. das sogenannte Patronatsrecht, also das Recht, einen Pfarrer zu ernennen. Bis zu diesem Zeitpunkt hatte dieses Recht beim Grafen von Holland gelegen. Das ist der Beginn der jahrhundertelangen Verbindung zwischen dem Orden und der Pieterskerk. Während der Reformation im sechzehnten Jahrhundert trat der Orden zum reformierten Glauben über. Böse Zungen behaupteten, dies sei ein Trick gewesen, um den ursprünglichen katholischen Besitz vor der Konfiszierung zu retten – aber gut, wer weiß, was dahintersteckte? Die Pieterskerk hat die Reformation nicht unbeschadet überstanden. Während des Bildersturms im Jahr 1566 wurden viele Statuen und Gemälde von den Leidener Bürgern zerstört. Glücklicherweise wurde *Das Jüngste Gericht* von Lucas van Leyden verschont. Von dieser Zeit an wurde die Kirche von der Nederduitse Gereformeerde Kerk genutzt, und so blieben auch wir mit ihr verbunden.«

»Warum wurde der Name der Kirche nie geändert? Petrus ist doch ein typisch katholischer Heiliger, oder? Legitimiert der Papst seine Autorität nicht damit, dass er der Nachfolger Petri sei?«

»Ich weiß das tatsächlich auch nicht so genau«, sagte Peter. »Und ich habe mich seit jeher darüber gewundert. Aber vielleicht …«

»Aber vielleicht seid ihr gerade auf dem Weg, die Antwort auf diese Frage zu finden«, ergänzte Luuk nachdenklich. »Wer weiß, vielleicht seid Thomas und ihr nicht die Ersten, die von der möglichen direkten Verbindung zwischen Petrus und Leiden erfahren haben. Vielleicht haben die Menschen das schon immer gewusst, und das war ein Grund, den Namen zu behalten. Die Pieterskerk trägt den gleichen Namen wie die päpstliche Kirche in Rom. Und das bringt mich wieder zu dem Punkt, an dem ich meine Geschichte begonnen habe.«

Luuk legte seinen Zigarrenstummel beiseite. Peter tat es ihm gleich. Als führten sie eine Pantomime auf.

Luuk zögerte sichtlich weiterzureden. Dann sprach er weiter, ohne sie anzusehen. »Schon immer gab es Gerüchte über einen Orden innerhalb des Ordens, den *Ordo in Ordine*, wie er genannt wurde. Ich habe diese Gerüchte immer als haltlos abgetan. Ehe man sich's versieht, kommt dabei so ein Unsinn heraus wie das Buch, das in den frühen Achtzigern erschienen ist. Wie hieß es noch mal?«

»Ach ja, *Der Heilige Gral und seine Erben*«, sagte Peter. »Von diesen beiden Engländern, Michael Baigent und Richard Leigh.«

»Großer Gott, was war das für ein Unsinn, den sie da verzapft haben! Jesus soll verheiratet gewesen sein und Kinder gehabt haben, und diese Kinder sollen nach seinem Tod mit Maria nach Südfrankreich geflohen sein. Die Bruderschaft vom Berg Zion, ein angeblicher Geheimbund, wurde genannt, in dem die Großen der Welt Mitglied gewesen sein sollen. Victor Hugo wurde zitiert, Leonardo da Vinci soll verschlüsselte Botschaften in seinen Gemälden hinterlassen haben … Wenn du jemals wieder ein spannendes Buch schreiben willst, Peter, solltest du das als Grundlage nehmen. Ich prophezeie dir, dass die Öffentlichkeit es lieben wird.«

»Dabei wurde bewiesen, dass die Bruderschaft vom Berg Zion reine Erfindung war, und zwar von diesem Plantard de

Saint-Clair, der schließlich zugab, selbst diese Dokumente über die Bruderschaft gefälscht und in die Pariser Nationalbibliothek geschmuggelt zu haben, wo sie später von den englischen Forschern gefunden wurden«, sagte Peter.

»Mein Gott, habe ich mich darüber geärgert!«, sagte Luuk. »Auch in den Niederlanden machten sich auf einmal Leute daran, über unseren Orden zu recherchieren, der ja schließlich zur selben Zeit gegründet wurde wie die Templer, weshalb man glaubte, es müsse sich auch etwas Geheimnisvolles dahinter verbergen. Und dass der Orden, vorsichtig ausgedrückt, nicht die Öffentlichkeit sucht, nährt natürlich nur die Verschwörungsgedanken. Glücklicherweise hat dieses Interesse fast so schnell nachgelassen, wie es aufgekommen war – aber ich muss ehrlich gestehen, dass immer ein Keim des Zweifels in mir geblieben ist.«

»Davon hast du mir nie erzählt«, sagte Peter. Es klang nicht vorwurfsvoll, eher irritiert.

»Nein, ich ... ich bin natürlich damit aufgewachsen. Mein Vater und seine Vorfahren haben alle dem Orden gedient, ich führe also eine sehr lange Tradition fort. Wie könnte ich mir anmaßen, daran zu zweifeln?«

»Und jetzt?«, fragte Judith.

»Und jetzt bin ich mir nicht mehr so sicher. Mein Vater hat einmal eine Bemerkung fallen lassen, die ich nie vergessen habe. Ich war noch jung, vielleicht zwölf Jahre alt. Ein Onkel, der in Russland gewesen war, hatte mir eine von diesen Matroschkapuppen geschenkt, ihr wisst schon, in der sich viele kleinere Puppen in einer großen verbergen. Ich hatte sie auseinandergenommen und dachte, es wären alle, doch dann kam mein Vater, zeigte mir die letzte Puppe und öffnete sie. Triumphierend zog er das letzte Püppchen hervor und sagte: ›Denk dran, Lucas‹ – er nannte mich oft

Lucas –, ›denke daran, dass das, was du siehst, oft nicht alles ist, dass es immer noch etwas anderes geben kann, das dem Blick verborgen bleibt. Und es könnte sogar noch wichtiger sein als das, was du zu sehen glaubst.‹«

»Und du dachtest, er redet über den Orden?«, wollte Judith wissen.

»Jetzt, wo ich daran zurückdenke«, sagte Luuk zögernd ... »Als er diese Bemerkung machte, schaute er ausdrücklich auf ein großes Porträtfoto von dem Landkommandanten, das in unserem Wohnzimmer hing. Als ob er mir damals etwas klarmachen wollte.«

»Was denkst du jetzt darüber?«, fragte Judith.

»Vielleicht ist an diesen Gerüchten doch etwas dran. Anders kann ich mir nicht erklären, warum man euch mit einer solchen Gewalt und Hartnäckigkeit verfolgt. Falls es sich tatsächlich um eine Gruppe innerhalb des Ordens handelt, dann habt ihr es mit sehr mächtigen, reichen und einflussreichen Leuten zu tun. Ich glaube kaum, dass man gegen sie gewinnen kann.«

»Aber wie kommst du darauf, dass dein Orden etwas damit zu tun hat?«, wandte Peter ein. »Es könnte doch auch eine andere Gruppierung sein? Vielleicht handelt der Mann, der hinter uns her ist, mit Antiquitäten und weiß, dass ihm unser Fund auf dem Schwarzmarkt ein Vermögen einbringen könnte.«

»Aber das hat er doch auch zu uns gesagt, oder, Peter?«, sagte Judith. »Dass wir nicht wüssten, mit wem wir es zu tun hätten? Ich hielt das für eine leere Drohung, aber vielleicht hat er es wirklich ernst gemeint.«

»Aber«, wandte Peter ein, »das beweist immer noch nicht, dass Luuks Orden dahintersteckt.«

Jetzt griff Luuk ein. »Augenblick mal«, sagte er. »Bitte

nicht ›Luuks Orden‹. Ich habe euch doch erklärt, dass dies eine Gruppe innerhalb unseres Ordens sein könnte. Ja, so muss es sein; wir hatten schon immer eine starke Verbindung zu Leiden, insbesondere zur Pieterskerk. Es ist schon seltsam, dass unser Orden das Patronatsrecht für Leiden erhielt, obwohl wir unseren Sitz in Utrecht haben. Als ob unser Orden über ein Wissen verfügt, das ihm diese privilegierte Stellung verleiht. Und auch dieser Reichtum … Mir gegenüber hieß es immer, das Geld sei früher aus Spenden geflossen und würde heute durch kluge Investitionen erwirtschaftet, aber nehmen wir an, es gibt noch eine andere Einnahmequelle. Sie waren eine ganze Weile im Gelobten Land, wer weiß, was sie von dort mitgenommen haben. Ähnliche Geschichten sind schon immer auch über die Templer im Umlauf gewesen. Sie haben Ausgrabungen unter dem Tempelberg vorgenommen und sind auf einen Schlag märchenhaft reich geworden. Als ob sie einen riesigen Schatz gefunden hätten.«

»Oder etwas, was zwar an sich nicht von großem Wert war«, überlegte Peter mit ihm, »aber das die Kirche in ihren Grundfesten erschüttert hätte, wenn es bekannt geworden wäre. Vielleicht hat der Vatikan viel Geld gezahlt, damit sie ihren Fund für sich behielten. Die Gebeine Jesu, ein Buch, das Jesus selbst geschrieben hat … Wer weiß?«

Luuk folgte seiner Argumentation. »Angenommen«, sagte er, »die Vorstellung ist meiner Meinung nach absurd, aber angenommen, du hast recht. Angenommen, mein Orden hat durch die Templer oder einfach durch eines seiner eigenen Mitglieder erfahren, dass Petrus nicht in Rom, sondern hier in der Umgebung von Leiden gestorben ist, und dass er außerdem im Besitz einer kleinen Schatulle mit unbekanntem Inhalt war.« Er sah Peter einen Moment lang an.

Peters Ohren waren rot geworden, aber er ließ sich nichts anmerken.

»Nehmen wir also an«, fuhr Luuk fort, »sie wussten, dass Petrus in unserer Gegend gestorben sein muss.«

»Dann müssen bei Thomas' Entdeckung die Alarmglocken bei ihnen geläutet haben«, beendete Peter seinen Satz. »Dann müssen sie von Anfang an an der Roomburg-Ausgrabung beteiligt gewesen sein. Vielleicht haben sie sie sogar mitfinanziert.«

»Aber woher wussten sie ...«, begann Luuk.

»Es gab einen jungen Mann, der bei der Ausgrabung mitgeholfen hat«, sagte Peter, »ein etwas exzentrischer Typ. Deutscher Akzent. Thomas hat ihm nicht ganz getraut. Er hat sich häufig außerhalb der Arbeitszeiten auf dem Gelände herumgetrieben. Thomas ist an den Wochenenden regelmäßig rausgefahren, um weiterzuforschen – und immer öfter war auch der junge Mann dabei. Hermann heißt er. Er ist Thomas wie ein Schatten gefolgt; vielleicht war er ein Maulwurf. Das muss unser Verfolger sein, der hatte auch einen deutschen Akzent.«

Sie hörten, wie eine Tür im Flur geöffnet wurde und dann das Getrappel von Kinderfüßen auf der Treppe. Luuk schaute auf die Uhr.

»Halb neun«, sagte er. »Ich weiß, dass ihr eigentlich zur Ausgrabung wolltet, aber ich glaube, ich habe eine bessere Idee. Um zehn Uhr ist der Gottesdienst in der Pieterskerk, aber wenn wir jetzt losgehen, können wir vorher noch im Pfarrhaus vorbeischauen.«

»Jetzt?«, rief Judith überrascht aus. »Jetzt?«, wiederholte sie, diesmal leiser.

Peter schien ebenfalls überrascht zu sein. Er sah Luuk fragend an.

»Ihr wisst, dass zwischen 1977 und 1982 umfangreiche Restaurierungsarbeiten durchgeführt wurden, oder?« Es war mehr eine Feststellung als eine Frage.

Peter nickte.

»Die Originale der Berichte über die Restaurierungsarbeiten liegen im Pfarrhaus«, sagte Luuk. »Sie sind unter Verschluss, was mich immer gewundert hat. Vor einiger Zeit habe ich den Hausmeister nach ihnen gefragt. Er hatte zwar den Schlüssel, aber nicht die Befugnis, mir die Dokumente zu zeigen. Damals fand ich das einfach nur schade und auch ein bisschen seltsam, aber ich habe mich damit abgefunden. Jetzt vermute ich, dass vielleicht mehr dahintersteckt, und deshalb halte ich es für eine gute Idee, sich die Unterlagen einmal vorzunehmen und nachzusehen, ob etwas drinsteht, was uns helfen kann. Vielleicht wurde damals etwas gefunden. Ich habe ein gutes Verhältnis zum Hausmeister; bestimmt kann ich ihn überreden. Danach könnt ihr zur Ausgrabungsstätte gehen und anschließend zur Polizei.«

Peter und Judith sahen sich einen Moment lang an.

Judith zuckte mit den Schultern. »Ich habe kein Problem damit«, sagte sie. »Wenn es nicht zu viel Zeit in Anspruch nimmt. Wer weiß, was wir finden? Auf eine Stunde kommt es doch nicht an, oder?«

Peter schien noch nicht überzeugt zu sein. »Ich bin mir nicht sicher, ob es eine so gute Idee ist, ausgerechnet jetzt in die Pieterskerk zu gehen, wenn sich dort gleich Hunderte von Menschen versammeln.«

»Aber das ist der ideale Zeitpunkt«, widersprach Judith, und Luuk nickte zustimmend. »In der Menge sind wir anonym und fallen weniger auf. Und außerdem rechnet dort wahrscheinlich niemand mit uns.«

Judith schaute Luuk an und sagte: »Ich würde mich nur gerne umziehen. Meinst du, ich könnte mir etwas zum Anziehen von deiner Frau ausleihen? Und falls ihr Tönung im Haus habt, könnte ich mir die Haare färben. Und Peter, du solltest auch etwas anderes anziehen. Luuk, hast du einen Hut oder so etwas für ihn?«

Luuk lächelte. »Ja, klar. Gute Idee. Kommt mit.«

Er stand auf, und Judith und Peter folgten ihm. Gerade als Luuk die Zimmertür öffnete, ging eine Frau im Bademantel durch den oberen Flur. Überrascht sah sie sie an.

»Du hast Besuch?«, fragte sie und blieb stehen. »Ich dachte schon, ich hätte Zigarrenrauch gerochen, und habe mich gewundert – so früh am Morgen?«

Sie ging weiter, und dann erst sah sie Peter.

»Hey, Peter!«, rief sie begeistert. »Was machst du denn hier um diese Uhrzeit?«

Peter ging einen Schritt nach vorn und gab den Blick auf Judith frei. »Ach, da ist ja auch noch eine Frau«, sagte sie und fügte lachend hinzu: »Sag mal, Luuk, versteckst du noch mehr Leute vor mir?«

»Nein«, erwiderte Luuk, »meine Geliebte ist wie immer zum Fenster raus.«

Luuks Frau zwinkerte Peter zu.

Nun stellte Luuk seiner Frau Anne auch Judith vor und umgekehrt. »Ich habe eine etwas merkwürdige Frage, Schatz«, sagte er, »aber hast du zufällig Haartönung im Haus?«

Anne zog die Augenbrauen hoch und sah ihren Mann fragend an. »Das klingt ja spannend. Seid ihr etwa auf der Flucht?«, fragte sie halb im Scherz, aber als sie die ernsten Gesichter sah, verstummte sie.

»Das ist eine lange Geschichte, Schatz. Ich erkläre dir später alles«, versprach Luuk. »Im Moment ist es erst einmal wichtig, dass Judith ihre Haarfarbe ändert. Hast du vielleicht auch etwas zum Anziehen für sie und leihst ihr einen deiner schönen Hüte? Nur für ein paar Stunden, länger brauchen sie die Sachen nicht.«

Anne zögerte einen Moment. Judith warf ihr ein entschuldigendes Lächeln zu, und das schien sie zu überzeugen.

»Na klar, komm mal mit«, sagte sie zu Judith und öffnete die Tür zum Badezimmer. »Ich helfe dir. Kümmerst du dich so lange um Peter, Luuk? Dann könnt ihr euch in einer halben Stunde auf den Weg machen.«

Luuk ging Peter voraus die Treppe hinauf, wo er ein paar Kleidungsstücke für ihn heraussuchte. Eine blaue Hose mit passendem Jackett, ein nagelneues, noch in Zellophan verpacktes Hemd, hellgraue Socken und sogar schicke Schuhe, die fein säuberlich geputzt im Schrank standen.

Nachdem Peter sich angezogen hatte, betrachtete er sich zufrieden im Spiegel. Unten hörten sie die Frauen plaudern und sogar lachen. Es wäre gemütlich gewesen, wenn die Situation nicht so bedrückend gewesen wäre.

Auch Luuk hatte sich umgezogen.

Nach etwa einer halben Stunde hörten sie, wie die Badezimmertür unten wieder geöffnet wurde. Die Männer gingen die Treppe hinunter, und genau in diesem Moment kam Judith heraus, mit frisch geföhntem Haar, das nun ungefähr den gleichen dunkelbraunen Farbton hatte wie das von Luuks Frau. Sie hatte ihr Haar hochgesteckt und trug ein schlichtes Kostüm mit einem eleganten Gürtel. Peter hielt für einen Moment die Luft an. Auch Luuk schien beeindruckt.

Judith lächelte und posierte anmutig mit gekreuzten Beinen und einer Hand in die Taille gestützt. Sie schaute Peter anerkennend an.

»Sehr schön«, sagte Luuk nur. »Jetzt fehlen nur ein schicker Hut und passende Schuhe, und schon seht ihr aus wie ein hübsches Paar im Sonntagsstaat auf dem Weg zum Gottesdienst.«

Sie gingen die Treppe hinunter, wo Anne passende Schuhe und einen Hut aus ihrer offenbar umfangreichen Sammlung für Judith aussuchte.

Peter bekam auch einen Hut, einen braunen Filzhut mit breiter Krempe, den er tief in die Stirn zog, sodass seine Augen verdeckt wurden.

»Perfekt«, sagte Luuk.

»So, Schatz«, sagte er zu Anne. »Ich gehe jetzt schon mal mit den beiden zur Kirche. Ich komme dann nachher noch mal wieder und hole dich ab, okay?«

»Alles klar«, antwortete Anne und wandte sich Judith zu. »Ich hoffe, dich bald unter anderen Umständen wiederzusehen. Das war eine etwas seltsame Art, sich kennenzulernen.«

Judith pflichtete ihr bei.

Die beiden Frauen umarmten sich kurz, und dann traten Luuk, Peter und Judith hinaus auf die Straße.

»Wartet«, sagte Judith. »Geht ihr beide zusammen, und ich gehe in einigem Abstand hinter euch her. Falls sie uns hier suchen, halten sie nach einem Mann und einer Frau Ausschau, die gemeinsam unterwegs sind.«

»Gute Idee«, sagte Luuk und nickte. »Wir treffen uns gleich am Eingang zum Platz. Du weißt, wo, oder?«

Die Männer machten sich auf den Weg, während Judith noch vor der Tür stehen blieb. Peter drehte sich noch einmal nach ihr um. Ein vages Gefühl von drohendem Unheil überkam ihn.

20

Peter und Luuk gingen über die Koornbrug, im Volksmund Pilarenbrug genannt, wegen der zweiunddreißig Pfeiler, sechzehn auf jeder Seite, die der kopfsteingepflasterten Brücke ihr typisches Aussehen verliehen.

Es war noch relativ ruhig auf der Straße. Hier und da bauten Händler schon Essensstände auf, ein kleiner Lastwagen lieferte große Bierfässer an eine Kneipe, und ein paar Studenten fuhren auf Fahrrädern vorbei, die Krawatten hatten sie locker um den Hals und die Hemden aus der Hose hängen.

Beide Männer überquerten die Breestraat, gingen an den geschlossenen Geschäften vorbei und betraten den Pieterskerk-Choorsteeg, der zum Pieterskerkhof führte. Am Ende der Gasse ragte die Pieterskerk in ihrer ganzen Pracht auf, wie ein riesiger Felsen, der seit Jahrhunderten dem sich ständig verändernden Stadtbild trotzte.

Sie gingen um die Kirche herum. Luuk blieb an der Gedenktafel für die Pilgerväter stehen, an der Außenseite des Baptisteriums.

»Das mit den Pilgervätern ist auch eine seltsame Geschichte«, sagte Luuk nachdenklich.

»Sind die etwa auch beteiligt?«, fragte Peter, der einen spöttischen Unterton nicht unterdrücken konnte.

»Nein, das meine ich nicht. Oder vielleicht doch. Mein Vater war fasziniert von den Pilgervätern. Vor ein paar Jahren war George Bush hier zu Besuch, weißt du noch? Er ist selbst ein Nachfahre der Gründerväter.«

»Und was willst du mir damit sagen?«

»Für eine so kleine Stadt hat Leiden eine ziemlich wichtige Rolle in der Weltgeschichte gespielt, findest du nicht auch? Die Männer und Frauen, die die Vereinigten Staaten gegründet haben, lebten, arbeiteten und sparten hier in unserer Stadt, bis sie genug Geld hatten, um von einem Leidener Hafen aus nach Delfshaven und von da aus nach England zu segeln, um weiter nach Amerika aufzubrechen. Man könnte sagen, dass der Grundstein für die heutige Weltmacht hier gelegt wurde.«

»Übertreibst du jetzt nicht ein bisschen?«

»Vielleicht. Aber mein Vater wunderte sich, und er war nicht der Erste, dass sie gerade Leiden als Ausgangspunkt gewählt haben. Warum? Eine Hafenstadt wie Amsterdam, Rotterdam, Antwerpen oder auch ein Ort in Zeeland wäre viel naheliegender gewesen. Irgendetwas muss sie in Leiden angezogen haben; es muss einen bestimmten Grund gegeben haben. Zumindest war das die feste Überzeugung meines Vaters.«

»Und da kommt Petrus ins Spiel?«, fragte Peter. Er wollte gerade weitergehen, aber Luuk hielt ihn auf.

»Wer weiß, was sie wussten, Peter. Ich weiß, es klingt verrückt, aber was ist schon normal nach allem, was ihr durchgemacht habt? Und nach dem, was Thomas gefunden hat? Stell dir mal die Pilgerväter vor: Sie brechen mit der Staatskirche und verlassen England, weil die Reformation ihrer Meinung nach dort nicht strikt genug umgesetzt wird. Im Prinzip können sie überallhin gehen, und welches Ziel suchen sie sich aus? Ausgerechnet Leiden! Ist das nicht etwas Besonderes?« Luuk schien plötzlich Feuer und Flamme zu sein, ganz im Bann seiner eigenen Argumentation. »Na schön«, fuhr er fort, »zuerst gehen sie nach Amsterdam, aber da gibt es alle möglichen Probleme, und danach entscheiden sie sich für Leiden. Und wo in Leiden lassen sie sich nieder? Hier, im Kloksteeg, so nah wie möglich an der Kirche von St. Petrus, dem Jünger Jesu, der dem von ihnen gehassten Papst seine Legitimität verleiht.«

»Worauf genau willst du hinaus?«

»Worauf ich hinauswill? Nehmen wir an, dass John Robinson, dem hier die geistliche Leitung übertragen wurde, Leiden bewusst gewählt hat, weil hier möglicherweise etwas zu finden war, was die Position Roms ein für alle Mal geschwächt hätte. Sie bleiben elf Jahre hier und gehen dann plötzlich weg, ein Teil zumindest; von den etwa dreihundert Pilgern bleiben ungefähr zweihundert hier. Und es wird noch unheimlicher.«

Jetzt war Peters Interesse geweckt. »Nun sag schon«, ermunterte er seinen Freund.

»Seit dem frühen Mittelalter hat man Tote in Kirchen bestattet. Zunächst war dies ein Privileg, das dem hohen Klerus und dem Adel vorbehalten war, aber hier in Leiden ab etwa 1550 auch für wohlhabende Bürger möglich, eine Generation, bevor die Pilgerväter Leiden als Wohnort wählten. Auch John Robinson wurde hier begraben und mit ihm viele andere Pilger.«

»Ich verstehe immer noch nicht ganz, worauf du hinauswillst.«

»Weißt du, was diese Tradition, Verstorbene in der Kirche zu bestatten, gefördert hat?« Er legte eine Kunstpause ein, um die Spannung zu erhöhen, bevor er seine Frage selbst beantwortete. »Wenn ein Heiliger dort begraben lag.«

»Aber«, konterte Peter, »Petrus ist hier nicht begraben, oder? Das willst du doch nicht etwa behaupten? Zwischen seinem Tod und der Gründung von Leiden lagen über tausend Jahre! Deshalb hat Thomas jahrelang nach P...« Peter hielt erschrocken inne. Er versuchte, sich schnell wieder zu sammeln. »Ich meine, das ist der Grund, warum Thomas und ich ... Das ist der Grund, warum Thomas all die Jahre nach einer Erklärung gesucht hat, warum Petrus ... Wir haben manchmal darüber gesprochen, wie ungewöhnlich es war, dass Petrus und Paulus als Schutzheilige dieser Kirche ausgewählt wurden, die nach der Apostelgeschichte nicht gegensätzlicher sein konnten. Warum wählte man nicht zum Beispiel den heiligen Willibrord, der hier am Strand von Katwijk an Land ging, um die Niederen Lande zu christianisieren?«

Falls Luuk Peters Beinahe-Versprecher bemerkt hatte, ließ er es sich nicht anmerken. »Vielleicht liegt er hier nicht, aber es könnte Menschen gegeben haben, zum Beispiel die Pilgerväter, die dachten, er sei hier beerdigt. Dass sein Grab um 1100 gefunden wurde, seine Gebeine hierher umgebettet wurden und dies der Grund war, die Stadt Leiden hier zu gründen, rund um eine kleine Kapelle, die St. Peter gewidmet war. Vielleicht wurde die Siedlung Leiden auf Petri letzter Ruhestätte erbaut. Möglicherweise existiert eine jahrhundertealte, nur wenigen Eingeweihten bekannte Überlieferung, die davon ausgeht, dass Petrus nicht nach Rom ging, sondern in dieser Gegend seinen letzten Atem aushauchte.«

»Jetzt klingst du wie die Autoren von *Der Heilige Gral und seine Erben*«, entgegnete Peter lachend.

Luuk blieb ernst. »Aber diese Theorie könnte auf Tatsachen beruhen«, bemerkte er. »Und jetzt sei mal ehrlich: Wart ihr beide, du und Judith, etwa nicht auf dem Weg zu der Ausgrabung bei Matilo, weil ihr glaubt, dass es dort etwas geben könnte, das den Fund der Schatulle mit Petrus in Verbindung bringen könnte?«

»Du hast recht. Und das werden wir auch finden. Aber zuerst gehen wir ins Pfarrhaus, obwohl ich dir ehrlich sage, dass ich nicht weiß, was wir in diesen Unterlagen entdecken könnten.«

»Ich weiß nicht einmal, ob wir sie zu Gesicht bekommen, aber ich möchte dir auch etwas in der Kirche zeigen. Vieles weißt du bereits, aber vielleicht betrachtest du es jetzt aus einer anderen Perspektive, nach dem, was du in den letzten Stunden erfahren hast.«

Sie gingen weiter zum vorderen Eingang, wo Judith bereits auf sie wartete. Selbst aus der Ferne war ihr ihre Nervosität anzusehen, obwohl sie sie zu verbergen versuchte. Peter hatte plötzlich ein schlechtes Gewissen, weil Luuk und er so lange miteinander diskutiert hatten, während Judith sich vielleicht große Sorgen machte.

Als Judith sie erblickte, war sie sichtlich erleichtert, und beim Näherkommen sah Peter, dass sie die Hände rang.

»Warum habt ihr denn so lange gebraucht?«, fragte sie mit einer Mischung aus Erleichterung und Ärger.

»Wir wurden aufgehalten«, beruhigte Peter sie, legte ihr eine Hand auf die Schulter und spürte, wie sie sich entspannte.

»Ist euch auch keiner gefolgt?«

»Ich glaube nicht. Es ist so ruhig auf der Straße, dass ich es bemerkt hätte. Aber gehen wir trotzdem rein. Hier stehen wir auf dem Präsentierteller.«

Die Tür der Kirche war bereits geöffnet. Drinnen wurde noch alles für den bevorstehenden Erntedankgottesdienst vorbereitet. Offensichtlich rechnete man mit vielen Besuchern, da zahlreiche zusätzliche Stuhlreihen aufgestellt worden waren.

Sie traten durch die großen Portale ein und schritten den Gang hinunter zum Chor. Unterwegs zeigte Luuk auf einige Gräber.

»Der da und der da … Der hier und der auch … Da drüben sind noch ein paar«, sagte er.

»Was meinst du?«, fragte Peter.

»Alle diese Gräber dürfen niemals geöffnet oder verkauft werden. Niemals, und das ist höchst seltsam. Üblicherweise wurde ein Grab nach einer gewissen Zeit neu belegt. Wenn es ein Gewölbe gab, wurden die nicht verwesten Überreste wie Knochen, Zähne, Nägel und Haare in ein Ossuar umgebettet und dorthin gebracht. Bei den Gemeinschaftsgräbern wurden die Gebeine in der Regel in eine Beinhausgrube überführt. Aber dass die Gräber nie geöffnet werden dürfen – selbst während der großen Restaurierungsarbeiten blieben sie verschlossen –, gibt einem doch zu denken, oder? Welche Geheimnisse könnten sie bergen? Warum hielt man sich an ein Versprechen, das Verstorbenen von Leuten gegeben wurde, die seit Jahrhunderten zu Staub zerfallen sind? Was sagst du dazu?«

Sie blieben stehen.

Die Leute, die in der Kirche arbeiteten, setzten ihre Tätigkeiten fort und nahmen keine Notiz von ihnen.

Luuk deutete nach oben auf den oberen Rand einer der massiven Säulen.

»Was ist damit?«, fragte Judith.

»Diese Säulen stützen natürlich das Dach, aber wie man sehen kann, haben sie ganz oben Verbreiterungen, die keine tragende Funktion haben, sondern rein dekorativ sind. Bei den letzten großen Restaurierungsarbeiten hat man zufällig entdeckt, dass sie nicht aus massivem Holz bestanden, wie man bisher angenommen hat, sondern innen hohl waren.«

»Wirklich?«, antwortete Peter erstaunt.

»Ja, wirklich«, sagte Luuk triumphierend. »Und in diesen Hohlräumen fand man alles Mögliche. Hauptsächlich Alltagsgegenstände: zerbrochene Werkzeuge, Seilstücke, Kleidungsstücke, ein paar Münzen, Reste einer Bibel ... Ich wollte mir damals einen Überblick verschaffen, aber dann wurde mir der Zugang zu den Berichten verweigert, und seitdem flüstert mir eine kleine Stimme im Hinterkopf zu, dass daran irgendetwas merkwürdig ist. Ich habe die Sache dann nicht weiter verfolgt, aber jetzt ist diese innere Stimme wieder da. Versteht ihr?«

»Ja«, sagten Judith und Peter unisono.

»Es ist, als ob ... Bestimmt kennt ihr das, es ist so ein Bauchgefühl ... Man kann es nicht genau benennen, und nach einer Weile lässt es nach, aber es ist nie ganz weg.«

Peter nickte. Er fühlte sich immer unbehaglicher.

Sie gingen weiter.

Luuk blieb an den Säulen rings um den Chor stehen, wo noch Reste von Wandmalereien erhalten waren.

»Viele Gemälde sind nach dem Bildersturm unter einer dicken Schicht von weißem Putz verschwunden. Im Grunde ein Glücksfall für uns, denn so sind sie besser erhalten geblieben, als wenn der Zahn der Zeit an ihnen genagt hätte. Aber schaut mal.« Luuk zeigte auf eine rechteckige Fläche am ersten Pfeiler auf der Nordseite des Chors. »Das sieht doch so aus, als wären dort zweimal vier heilige Gestalten abgebildet.«

Peter und Judith nickten wie Touristen, die mit einem Stadtführer unterwegs waren.

»Oben, von links, sehen wir Petrus, Andreas, Johannes den Täufer und Jakobus den Jüngeren, unten sind Norbertus, Cornelius, Christophorus und Antonius der Große abgebildet. Es ist doch merkwürdig, Peter« – er wandte sich nur an ihn, vielleicht weil er sich auf das Gespräch bezog, das sie eben vor der Kirche geführt hatten – »dass praktisch alle Gemälde unter Putz verschwunden sind und das von Petrus erhalten blieb. Und hier«, fuhr Luuk fort und führte sie zur vierten Säule auf der Südseite. »Hier seht ihr zwei Engel, die über einem Wald schweben. In ihren Händen halten sie einen Heiligenschein über dem Kopf einer geschnitzten Figur, die heute leider verschwunden ist. Wer könnte das gewesen sein? Paulus? Wer weiß das?«

Jetzt sah er beide an.

»Vielleicht war es Paulus«, nahm er den Faden wieder auf. »Schließlich ist diese Kirche beiden Aposteln geweiht. Immerhin ging Paulus als Sieger aus dem Kampf mit Petrus in die Geschichte ein. Letzterer verschwindet aus der Apostelgeschichte, und danach hören wir eigentlich nur noch von Paulus, der mit seinen Ansichten das Christentum prägt. Aber angenommen …«, wieder legte er eine Kunstpause ein, »… es hätte Menschen gegeben, die wussten, dass Petrus mit seinem anfänglichen Plädoyer, die Botschaft Jesu sei nur für die Juden gedacht gewesen, recht gehabt hätte. Würde das nicht erklären, warum sie zum Beispiel das Bild von Petrus unangetastet gelassen und das Bild von Paulus zerstört haben?«

Peter tauschte einen kurzen, verschwörerischen Blick mit Judith. Wenn er nur wüsste, wie nahe er der Wahrheit kommt! schienen sie sagen zu wollen.

»Und das hier, kommt mal mit«, sagte Luuk. Er ging auf die Sakristei zu, wo neben der Tür eine große gemalte Reproduktion von Rembrandts Gemälde *Petrus und Paulus im Gespräch* hing.

»Ach«, sagte Judith überrascht. »Mark hat auch eine Reproduktion davon in seinem Zimmer hängen. So ein Zufall! Das habe ich hier noch nie gesehen.«

»Es ist das Geschenk eines begeisterten Amateurs, der es originalgetreu nachgemalt hat.«

Er winkte sie näher heran.

»Das Gemälde stammt aus dem Jahr 1628, das Original befindet sich heute in Australien, in der National Gallery of Victoria in Melbourne. Es lässt verschiedene Interpretationen zu. Die am häufigsten vertretene ist, dass die Apostel Paulus und Petrus einfach miteinander reden, vielleicht über eine bestimmte Stelle aus der Thora. Vielleicht aber diskutieren sie über das inzwischen verloren gegangene Dokument auf Petrus' Schoß, in dem Petrus seine Erinnerungen an Jesus aufgeschrieben hatte. Auf jeden Fall ist es ein lebhaftes Gespräch zwischen zwei Jüngern Jesu.«

»Vielleicht diktiert Paulus auch Petrus, was er Judas antworten soll«, flüsterte Judith so leise, dass nur Peter es hören konnte.

Dieser nickte kaum merklich.

»Ich weiß auch nicht, was mit mir los ist«, fuhr Luuk fort, »aber seit wir miteinander geredet haben, habe ich den Eindruck, als fügten sich alle möglichen Puzzleteile zusammen. Als würde ich plötzlich klar sehen. Wisst ihr, was ich meine? Es gibt eine Deutung, die ich nie ernst genommen habe, die mir aber plötzlich gar nicht mehr so unsinnig erscheint. Sie besagt, dass Paulus, der durch seine zentrale Position mehr ins Licht gerückt ist, eine wichtigere Stellung einnimmt als Petrus, den wir im Wesentlichen von hinten sehen. Als ob er, der Jesus nie begegnet war, Petrus, einem der wichtigsten

Jünger unseres Herrn, erklären würde, was Jesus wirklich gemeint hatte. Vielleicht reden sie über die alttestamentarischen Prophezeiungen, über den Messias, und Paulus erklärt, warum sie sich alle auf Jesus beziehen und dass Gottes alter Bund mit dem jüdischen Volk durch einen neuen Bund mit der ganzen Welt, Juden und Heiden, ersetzt wurde.«

»Schade, dass wir Petrus' Augen nicht sehen können«, bemerkte Peter. »Wer weiß, was wir darin erblickt hätten.«

»Genau«, stimmte Luuk zu, »aber allein seine Körperhaltung spricht Bände. Strahlt er nicht eine gewisse Resignation aus? Als fehlten ihm die Worte, um Paulus Paroli zu bieten. Könnten wir sein Gesicht sehen, würden wir möglicherweise die Fassungslosigkeit auf Petrus' Gesicht lesen, als wollte er sagen: ›Ja, aber Jesus hat das doch gar nicht so gemeint!‹«

»Eine gewagte Theorie«, kommentierte Judith nüchtern, doch Peter hörte die Nervosität in ihrer Stimme.

Auch er wurde zunehmend unruhiger. Schon vorhin vor Luuks Haus hatte er ein unerklärliches Unbehagen verspürt. Im Laufe ihres Weges zur Pieterskerk und während des Gesprächs über die Pilgerväter war das Gefühl in den Hintergrund getreten, aber jetzt war es deutlich wahrnehmbar zurück.

Spielte Luuk ein Spiel mit ihnen? War er wirklich nur ein Theoretiker, und gingen seine Gedanken zufällig in dieselbe Richtung der Schlussfolgerungen, die er und Judith aus den Briefen von Petrus und Judas gezogen hatten? Konnte jemand nach einem einzigen Gespräch lebenslange Überzeugungen über Bord werfen?

»Eines verstehe ich trotzdem nicht so recht«, sagte Judith. »Der Orden ernennt keine Priester mehr, oder?«

Peter war froh, dass Judith eine Frage stellte, dadurch konnte er sich kurz entspannen.

»Nein, schon lange nicht mehr«, erklärte Luuk. »Nach der Reformation hat die Niederländisch Deutsche Reformierte Kirche, später die Niederländisch-reformierte Kirche in der Pieterskerk ihre Gottesdienste abgehalten. Es gibt keine Priester mehr. Seit 1971 finden hier ohnehin keine Gottesdienste mehr statt; 1976 wurde die Kirche in eine von Stadt und Universität gegründete Stiftung überführt. Seitdem ist sie ein beliebter Rahmen für Empfänge, Veranstaltungen, besondere Auszeichnungen und die Verleihung der Ehrendoktorwürde.«

»Aber«, begann Judith, doch sie wurde von Luuk unterbrochen.

»Aber unser Orden«, griff Luuk die Frage, die er wohl erahnt hatte, auf, »der übrigens während der Reformation auch zum Protestantismus übergetreten ist, hat immer eine enge Beziehung zur Pieterskerk gepflegt. 2018 beabsichtigt der Orden, seine siebenhundertfünfzigjährige Verbindung mit der Kirche in großem Stil zu feiern, genauer gesagt am 13. Juli.«

»Das ist ein Freitag«, scherzte Peter.

»Ja, tatsächlich. So ein Zufall, nicht wahr? Nicht gerade ein Glückstag, könnte man sagen«, antwortete Luuk ernst. »Aber manche meinen, es könne eine besondere Zeit anbrechen, in der unsere Prüfungen ein Ende nehmen.«

»Wie meinst du das?«, wollte Peter wissen.

»Ich persönlich finde es ein bisschen weit hergeholt«, antwortete Luuk zögernd, »aber sogar einige meiner Ritterkollegen scheinen von dem Ergebnis beeindruckt zu sein, wenn man das Datum addiert, an dem vor genau siebenhundertfünfzig Jahren unsere Beziehung zu Leiden und der Pieterskerk begann. Wenn man 13 07 und 2018 addiert, kommt man auf 13 + 07 = 20 und 2 + 0 + 18 = 20. Zusammen ergibt das 40, wie ihr sicher wisst eine bedeutende Zahl sowohl im Alten als auch im Neuen Testament. Die Zahl der Prüfung, des Geprüft-Werdens, die Zeit, die Gott in Tagen oder Jahren festgelegt hat, um festzustellen, ob ein Volk oder eine Person würdig ist, mit einer bestimmten wichtigen Aufgabe betraut zu werden. Denkt nur mal an die vierzig Jahre, die das jüdische Volk durch die Wüste zog, an die zweimal vierzig Tage, die Moses auf dem Berg Horeb gefastet hat, wo er die Zehn Gebote empfing, und an Jesus, der vierzig Tage lang weder aß noch trank, bevor er vom Teufel auf die Probe gestellt wurde und seine Mission begann. Wer weiß, mit welcher Mission unser Orden im Jahr 2018 betraut werden wird, wenn wir uns als würdig erwiesen haben?«

»Hast du denn schon einen Ahnung?«, fragte Peter, der trotz allem neugierig geworden war.

»Lass es mich mal so sagen: Ich habe allmählich eine vage Vorstellung von der wahren Mission, die seit Jahrhunderten auf den Schultern des Ordens ruht.«

Luuk winkte ihnen, ihm in die Sakristei zu folgen. Er hakte die nach außen geöffnete Tür aus und schloss sie hinter sich.

Sie fanden sich in einem langen, überraschend großen und hellen Raum wieder. Auf mehreren langen Tischen an der Wand standen Körbe mit Weißbrot. Daneben waren mehrere Dutzend Karaffen mit Wein aufgereiht – die leeren 3-Liter-Kartons standen unter dem Tisch – und Flaschen mit Traubenlimonade-Sirup für die Kinder.

»Und ich habe so eine Ahnung«, schloss Luuk und deutete auf einen großen, tresorartigen Schrank in der Ecke, »dass wir die Antwort auf deine Frage und die Bestätigung meines Verdachts möglicherweise hier finden.«

21

Peter ging zu den beiden kleinen Fenstern, die von außen mit stabilen Gittern gesichert waren, und spähte hinaus. Er warf einen Blick auf die Standuhr, deren lautes Ticken das einzige Geräusch im Raum war.

Judith nahm sich einen Stuhl. Sie zog die Pumps aus, die sie sich von Anne geliehen hatte, und rieb mit schmerzhafter Miene ihre Fußsohlen.

Peter ging zu ihr hinüber. »Alles in Ordnung?«, fragte er.

»Hmm«, brachte sie hervor. »Sie sind mir einfach ein bisschen zu klein.«

Peter sah sich um, und da fiel ihm einer der Wassereimer mit Blumensträußen ins Auge. Er nahm die Blumen heraus und stellte den Eimer vor Judiths Stuhl ab.

»Stell deine Füße hier rein. Das wird dir guttun.«

Judith sah ihn amüsiert an, tat aber, was er sagte. Ihre Mundwinkel kräuselten sich zu einem vergnügten Lächeln, als sie ihre Füße ins Wasser tauchte. »Aaah«, seufzte sie. »Das tut wirklich gut! Danke!«

»Entschuldigt, dass ich euren vertrauten Moment störe«, unterbrach sie Luuk, »aber ich mache mich jetzt mal auf die Suche nach dem Hausmeister. Ich hoffe, dass er uns hilft.«

»Was für ein Gottesdienst findet hier heute eigentlich statt?«, wollte Judith wissen.

»Was für ein Gottesdienst? Ach so, der ist bei uns immer

ökumenisch, aber heute wird er ein bisschen katholisch inspiriert sein, weil der Pfarrer katholisch ist. Er bevorzugt frisches Brot und echten Wein – und Traubensaft oder Limonade für die Kinder –, um das echte Abendmahlsgefühl zu erzeugen.«

»Nur die Fische fehlen«, bemerkte Peter.

»Hering und Weißbrot, genau«, erwiderte Luuk lächelnd, »aber die wurden heute Morgen schon im Rathaus verteilt. Und das Verteilen von Fisch während des Gottesdienstes wäre logistisch gesehen ein bisschen heikel.« Er zwinkerte ihnen zu, ging hinaus und schloss die Tür wieder hinter sich. Judith nahm ihre Füße aus dem Wasser und stellte sie auf den Rand des Eimers.

Peter schaute sich um und entdeckte einen Stapel Tücher unter dem Tisch. »Komm«, sagte er, »ich trockne dir die Füße ab.«

Er schnappte sich eines und kniete sich vor Judith. Anmutig streckte sie ihm ihren Fuß entgegen, den er sorgfältig abtrocknete. Sie hatte wunderschöne, schlanke Füße mit perfekt manikürten, rot lackierten Nägeln. Peter widerstand der Versuchung, ihren Fuß zu küssen.

Er stellte den trockenen Fuß neben dem Eimer ab und kümmerte sich um den anderen. Mit der linken Hand umfasste er ihre Wade, die sich weich und entspannt anfühlte. Er sah zu Judith auf, die ihn anlächelte.

»Ich liebe es, wenn Männer mir zu Füßen liegen«, lachte sie.

Auch Peter lachte. »Zu Euren Diensten, Mylady«, sagte er mit übertriebenem englischem Akzent. Er stand auf, faltete das Tuch zusammen und hängte es über einen Stuhl.

»Ich sterbe übrigens fast vor Hunger«, sagte Judith.

»Ich auch«, sagte Peter.

Er ging zu dem Tisch mit den Brotkörben.

»Hier, iss etwas davon. Es ist ja genug da.«

Er riss einen Laib in zwei Hälften und reichte eine Judith, die genüsslich an dem frischen Brot schnupperte, bevor sie hineinbiss.

»An diese Mahlzeit werden wir noch zurückdenken«, sagte Peter. »Möchtest du auch etwas trinken?«

»Für Wein ist es ein bisschen zu früh«, antwortete Judith. »Gib mir einfach ein Glas Wasser.«

Peter nahm ein Glas in die Hand, das neben dem Waschbecken stand, spülte es aus und füllte es mit Wasser und einem Spritzer Traubensirup, der sich auf dem Boden des Glases absetzte. Peter rührte um, und das Wasser färbte sich leuchtend rot.

»Wenn jetzt jemand reinkommt«, sagte er und reichte Judith das Glas, »könnte er vermuten, dass du ein Riesenglas Wein trinkst, aber egal.« Dann goss er sich auch ein Glas Limonade ein. »Prost«, sagte er, und sie stießen mit ihren Gläsern an. »Möge dieser verrückte Tag der Beginn einer neuen Freundschaft sein.«

»Louis, I think this is the beginning of a beautiful friendship«, sagte Judith in einer überraschend gelungenen Imitation von Humphrey Bogart.

Peter wurde ganz warm ums Herz.

So saßen sie beide schweigend da, aßen das Brot und tranken von ihrer Limonade.

»Trotz allem«, brach Judith das Schweigen, »wäre es mir, glaube ich, lieber gewesen, wenn wir direkt hinaus nach Matilo gegangen wären.«

»Mit den Schuhen?« Peter deutete auf Annes Pumps.

»Keine Ahnung«, sagte Judith, »ich hätte sie wahrscheinlich unterwegs ausgezogen.«

»Wieso hast du das nicht gesagt?«, fragte Peter.

»Ich weiß es nicht genau, Peter«, begann Judith. »Als wir uns mit Luuk unterhalten haben, gefiel mir die Idee noch, und als er vorgeschlagen hat, hierherzugehen, hat mich das auch überzeugt, aber ...«

»Aber ...«, sagte Peter, der spürte, wie auch seine Unruhe wieder zunahm.

»Aber jetzt, wo ich darüber nachdenke, kommt es mir irgendwie etwas seltsam vor«, fuhr sie fort. »Dass es hier Berichte über die Restaurierung geben soll, in denen er meint, Anhaltspunkte für seine ›Vermutungen‹ zu finden. Hinweise, die unsere Geschichte untermauern könnten. Aber unser Anliegen war eigentlich dringender, oder?«

Peter nickte nachdenklich.

»Weißt du«, sagte er, »ich kenne ihn eben schon so lange. Ich vertraue ihm hundertprozentig, aber ich kann es auch nicht so recht einordnen. Als hätte er uns überrumpelt und wir wären ihm aus einem plötzlichen Impuls gefolgt. Du hast recht, jetzt überlege ich auch, was so dringend sein könnte, dass wir ausgerechnet jetzt danach suchen müssten? Zurück zur Ausgrabung zu gehen und dort etwas zu suchen, was das Kästchen definitiv mit Petrus in Verbindung bringen könnte, wäre tat...«

Peter hielt mitten im Wort inne und wurde kreidebleich.

Judith sprang auf.

»Was ist?«, fragte sie erschrocken.

Er griff in die Innentasche seiner Jacke. Ihm war plötzlich eingefallen, dass er in der Hektik des Umziehens Ecos Übersetzung in der anderen Jacke vergessen hatte.

»Die Übersetzung«, stammelte Peter. »Ich ... Ich habe sie in meiner Jacke vergessen. Wie konnte ich nur so dumm sein!«

Er lief sofort zur Tür und wollte sie öffnen, aber sie schien abgeschlossen zu sein. Peter rüttelte an der Tür, aber sie gab nicht nach. Er schaute durch den Spalt und sah, dass ein Riegel von außen davorgeschoben war. Peter drehte sich um und lehnte sich mit geschlossenen Augen gegen die Tür. »Wir sind eingeschlossen«, sagte er so leise, dass Judith ihn kaum hören konnte.

Sie stellte sich vor ihn und nahm seine Hände. »Peter, wir müssen …«, begann sie. Aber anscheinend wusste sie auch nicht, was sie tun sollten, denn sie brach ab.

»Er ist mein Freund«, stieß Peter hervor.

»Oh, mein Gott! Worauf haben wir uns da eingelassen, Peter? Wie gut kennst du diesen Luuk eigentlich?«

»Das frage ich mich auch inzwischen. Vielleicht gehört er zu dieser Gruppe innerhalb des Ordens? Und dieses ganze Gerede von seinen Zweifeln, den Kommentaren seines Vaters, den Pilgervätern …«

»Den Pilgervätern?«

Peter winkte ab. »Spielt jetzt keine Rolle«, sagte er. »Vielleicht waren seine ganzen Geschichten nur ein Vorwand, und er wusste viel besser als wir, was hier eigentlich vor sich geht. Hat er nicht selbst gesagt, dass wir nicht wüssten, mit wem wir es zu tun haben? Angenommen, er wollte damit sagen, wir wüssten nicht, dass wir es mit ihm zu tun haben?« Peter schlug seine Hände vor die Augen. »Er ist mein Freund«, wiederholte er. »Mein Freund«, sagte er kaum verständlich und mit einem Schluchzen in der Stimme.

Judith zog seine Hände sanft von seinem Gesicht weg und zwang ihn, sie anzuschauen. Sie legte eine Hand auf seine Wange und sah ihn besorgt an. »Wir werden das gemeinsam durchstehen«, sagte sie. »Wir müssen jetzt auf jeden Fall die Ruhe bewahren.«

Ihre Worte und Berührungen beruhigten Peter. Er bemerkte, dass auch Judith versuchte, die aufsteigende Panik unter Kontrolle zu bringen. Zum zweiten Mal heute waren sie eingesperrt.

Judith legte einen Finger an die Lippen.

Auf der anderen Seite der Tür hörten sie das Schlurfen von Füßen. »Hallo?«, rief Peter. »Bist du das, Luuk? Oder wer auch immer da ist, könnten Sie bitte die Tür öffnen? Irgendein Witzbold hat die Tür verriegelt, und dieser Scherz dauert jetzt schon ein bisschen zu lange.«

Es blieb still, aber es war offensichtlich, dass jemand auf der anderen Seite der Tür stand.

»Bist du das, Luuk?«, fragte Peter wieder, diesmal leiser.

»Ja, ich bin es«, antwortete Luuk überraschend zögerlich. »Es ist nicht so, wie ihr denkt, Peter. Ich bin nur ein einfacher Ritter, Peter. Eine Zweitbesetzung in unserem Orden. Ich habe meine Befehle, mehr kann ich nicht sagen.«

»Befehle? Was meinst du mit ›Befehle‹?«

»Es ist alles nicht so einfach«, flüsterte er so leise, dass Peter sein Ohr an die Tür legen musste, um ihn zu verstehen. »Ich wusste, dass du gesucht wurdest, und als ich dich auf der Burcht sah, traute ich meinen Augen nicht. Ich habe dich in mein Haus eingeladen und einfach getan, was mir befohlen wurde.«

»Befohlen?«, wiederholte Peter Luuks letzte Worte, jetzt noch wütender. »Was wurde dir befohlen?«

»Mir wurde gesagt, dass …« Luuk rang hörbar nach Worten. »Ich sollte dich in Gewahrsam nehmen. Ich meine … Es gibt Menschen, die unbedingt mit euch reden wollen, aber sie erwischen euch einfach nicht. Also wurden alle gebeten, dabei zu helfen, damit ein Gespräch zustande kommt.«

»Du bist mein Freund, Luuk. Oder besser: Du warst mein Freund. Du hättest uns doch einfach sagen können, dass jemand – wer auch immer – mit uns reden wollte, oder? Dann hätten wir selbst entscheiden können, ob und wann wir das wollen.«

»Es ist alles sehr dringend, es gibt viel Druck. Ich bin nur … ein kleines Licht. Ein kleines Rädchen im großen Ganzen. Ich bin mir auch nicht ganz sicher, welche Kräfte oder Mächte hier im Spiel sind.«

»Und dieses ganze Gerede über die Pilgerväter, das Gemälde von Petrus und Paulus, die hohlen Säulen, das alles war nur dazu gedacht, uns …«

»Nein, das habe ich alles ehrlich gemeint. Ich habe schon so viel über all das nachgedacht. Aber es gibt Menschen über mir, denen ich Gehorsam schulde. Ich habe einen Eid auf Lebenszeit geschworen. Es ist nicht so einfach …«

Peter schlug mit der flachen Hand gegen die Tür. »Blödsinn!«, rief er. »Mach die Tür auf, oder du bist für mich gestorben, hörst du?«

Es blieb still.

»Hast – du – das – gehört?«, rief Peter und schlug bei jedem Wort gegen die Tür.

Aber Luuk war offenbar gegangen.

Jetzt schien Judith von Panik übermannt zu werden. Sie rüttelte am Türgriff, aber die dicke Holztür bewegte sich keinen Millimeter.

Sie schaute Peter mit großen, ängstlichen Augen an. Von der Ruhe, die sie gerade noch ausgestrahlt hatte, war nichts mehr übrig. Sie zog ihre Schuhe wieder an und ging mit großen Schritten zum Fenster, erkannte aber bald, dass es keinen Ausweg gab.

»Wir haben alles verloren, Peter. Die Übersetzung ist in deiner Jacke bei Luuk, und die Kiste und die Bilder sind bei Mark. Wir haben nichts in der Hand.«

»Aber das ist doch gut für uns, oder?« Peter schien wieder etwas Mut zu fassen. »So können sie uns nichts wegnehmen. Und sie wissen nicht, wo die Sachen sind. Also ist es eigentlich ganz vernünftig, dass wir nichts bei uns tragen.«

»Aber wir sind hilflos eingesperrt.«

»Ja, aber an einem öffentlichen Ort. Draußen laufen Menschen herum. Schlimmstenfalls können wir einfach laut schreien. Und denk daran, Mark arbeitet wahrscheinlich gerade an einer neuen Übersetzung. Wir haben auf jeden Fall ihn als Zeugen.«

Seine Worte schienen Judith ein wenig zu beruhigen. Sie ging wieder zur Tür und begann vergeblich, an der Türklinke zu ziehen.

»Ich schätze, wir müssen jetzt einfach abwarten, Judith.«

Plötzlich hörten sie Geräusche auf der anderen Seite der Tür.

»Wer ist da?«, rief Judith.

»Pardon?«, ertönte eine Stimme, die sie nicht kannten.

»Wer ist da?«, wiederholte Judith nun ruhiger. Sie hatte sich dicht hinter die Tür gestellt.

»Ich dachte, Sie wären schon weg«, sagte ein Mann zögernd.

»Nein, wir sind noch hier«, antwortete Judith. »Würden Sie bitte den Riegel aufschieben? Und wer sind Sie überhaupt?«

»Ich bin der Pfarrer, ich halte hier heute den Gottesdienst ab«, antwortete der Mann. »Aber mir wurde gerade gesagt, dass ich nicht eintreten darf, solange noch jemand in der Sakristei ist.«

»Wer hat Ihnen das gesagt?«, fragte Judith; doch ohne eine Antwort abzuwarten, fuhr sie fort. »Jemand hat uns hier eingesperrt. Es ist ein Missverständnis, wirklich. Ich weiß nicht, was Sie gehört haben, aber mein Professor und ich …«, sie schaute wieder zu Peter, »aber mein Professor und ich sind extra wegen der Zehn-Uhr-Gedenkfeier gekommen. Wir waren ein bisschen zu früh und sind einfach hier reingegangen. Irgendjemand, wir wissen nicht wer, hat die Tür hinter uns verriegelt. Vielleicht dachte diese Person, dass die Sakristei leer wäre.«

»Na ja, ich habe aber gehört, dass Sie …«, erwiderte der Priester.

»Kommen Sie schon!«, rief Judith nun. »Machen Sie auf, verdammt!« Sie schlug mit der flachen Hand an die Tür.

Man konnte das Misstrauen des Priesters fast durch die geschlossene Tür spüren.

»Hören Sie, ich tue ja auch nur, was mir gesagt wird.«

»Ach, Meneer, das ist alles bloß ein Missverständnis. Wirklich. Entschuldigen Sie, dass ich mich gerade so aufgeregt habe, aber ich leide unter Klaustrophobie, ich muss hier raus!«

Einen Moment lang blieb es still; dann hörten sie, wie der Riegel aufgeschoben wurde.

Judith drückte die Türklinke hinunter und stieß mit der Schulter die Tür so kraftvoll auf, dass sie den Priester voll gegen den Kopf traf. Er stürzte zu Boden und blieb regungslos liegen. Es sah aus, als hätte er eine schwere Kopfwunde.

Judith und Peter verließen die Sakristei, und Judith beugte sich über den Priester. Sie richtete sich wieder auf und trat weg. Peter zögerte einen Moment, aber als er sah, dass der Priester eine Hand an den Kopf führte, entschied er, dass der Mann zwar blutete, aber nicht allzu schwer verletzt war, und folgte Judith.

Sie gingen zum Seitenausgang der Kirche, auf der Seite von Het Gerecht.

Peter hielt in der Kirche Ausschau nach Luuk, aber abgesehen von einigen frühen Gottesdienstbesuchern sah er niemanden.

Er holte Judith ein, die vor Aufregung keuchte. Sie blieben vor dem Seitenausgang der Kirche stehen. Peter nahm Judith am Arm.

»Judith, das geht jetzt wirklich zu weit. Wir können den Mann doch nicht einfach da liegen lassen!«

Sie riss sich los. »Das weiß ich selbst, das musst du mir nicht sagen«, sagte sie. »Aber wir sind jetzt frei, oder? Das ist alles, was mich im Moment interessiert. Alles andere ist mir egal. Von mir aus können wir jetzt zur Polizei gehen. Das Wichtigste für mich ist, dass ich nicht mehr eingesperrt bin und selbst entscheiden kann, mit wem ich rede und mit wem nicht.«

»Lass uns zuerst so schnell wie möglich von hier verschwinden«, schlug Peter vor. »Und dann schauen wir, was wir als Nächstes unternehmen. Wir müssen erst wieder einen klaren Kopf bekommen.« Er stieß die Tür auf, und sie gingen hinaus. »Komm.« Er hakte sie unter. »Wir tun jetzt so, als wären wir ein richtiges Paar.«

Sie liefen durch den Muskadelsteeg nach Het Gerecht in Richtung Rapenburg. Dort überquerten sie die Brücke und bogen links ab.

»Wohin gehen wir?«, fragte Judith.

»Zum Hortus«, sagte Peter. »Zum Botanischen Garten. Ich gehe oft dorthin, es ist der perfekte Ort, um nachzudenken.«

Sie überquerten die Rapenburg und erreichten bald das Akademiegebäude. Der Hortus war bereits geöffnet, und ein großes Schild verkündete, dass der Eintritt am 3. Oktober frei war. Sie gingen an dem kleinen Haus vorbei, in dem jetzt keiner Karten verkaufte, in den Garten.

»Dass es den Priester so erwischt hat, tut mir leid«, sagte Peter. »Der Arme muss gleich einen Gottesdienst halten.«

»Ich weiß«, seufzte Judith. »Wenn das alles vorbei ist, gehe ich zu ihm, erkläre ihm alles und entschuldige mich. Aber ich war wirklich in Panik.«

Sie gingen weiter zu den großen Gewächshäusern. Dort blieben sie unentschlossen stehen.

Judith schaute zu Peter auf und lächelte ihn traurig an.

Und plötzlich, ohne dass er es beabsichtigt hatte, beugte sich Peter hinunter und küsste sie mitten auf den Mund.

Anfangs schien sie etwas überrumpelt zu sein, aber dann erwiderte sie seinen Kuss leidenschaftlich. Nach einem Moment, der Peter wie eine Ewigkeit vorkam, nahm sie sein Gesicht zwischen ihre Hände und sah ihn ernst an. Ihre Augen waren feucht. »Ach, Peter, was sollen wir jetzt bloß machen?«

Sie umarmten sich. Peter vergrub sein Gesicht in ihrem Nacken und schnupperte den Duft ihres Magie Noire – und als lägen keine zwanzig Jahre dazwischen, stand er wieder auf dem Flughafen Ben Gurion, und es war, als hielte er Sabrina in den Armen.

So blieben sie eine Weile stehen.

Ein Gärtner, der eine Schubkarre schob, ging an ihnen vorbei, begleitet von einer Frau, die eine Schürze mit dem Logo der Brasserie trug, die zum Hortus gehörte. Die Blicke von Peter und dem Gärtner kreuzten sich kurz. Der Gärtner zwinkerte ihm zu, als wollte er ihm zu seiner Eroberung gratulieren.

Peter nahm Judith an der Hand und führte sie zu einer Bank vor dem Gewächshaus. »Wärst du so lieb, hier einen

Augenblick zu warten? Ich hoffe, du hältst das nicht für albern, aber ich würde mich gerne ein bisschen hinsetzen und zu mir kommen. Vielleicht möchtest du das auch?« Peter nahm ihre Hand, ließ sie aber gleich wieder los. »Nur kurz«, sagte er beruhigend. »Ich muss einfach einen Moment nachdenken.«

Judith nickte.

Peter entfernte sich und fiel einen Steinwurf von ihr entfernt auf die Knie. Er begann zu beten. »Vater, mein Gott, ich weiß, dass ich in den letzten Jahren nicht dein treuester Diener war, aber jetzt wende ich mich an dich und bitte demütig um Hilfe. Wenn das nur alles vorbei wäre, aber was soll ich tun? Was sollen wir tun? Ist unsere Entdeckung echt? Steht sie im Widerspruch zu deinem Heilsplan, oder haben wir uns zweitausend Jahre lang geirrt? Soll das, was Judith und ich in unserem Besitz haben, offenbart werden, damit du endlich deinen wahren Plan in die Tat umsetzen kannst? Herr, komm und hilf mir in meinem Unglauben, nimm mir meine Zweifel. Sei mir nahe, sei uns nahe in diesen Zeiten der Unsicherheit, gib uns Rat. Lass diese Geschichte vorübergehen, aber …« Peter zögerte einen Moment, überwältigt von Trauer. »Aber nicht mein Wille geschehe, sondern deiner.«

Er bekam Nasenbluten. Früher war ihm das oft passiert, wenn er unter Stress stand, aber das letzte Mal war schon lange her. Dicke Blutstropfen fielen auf den Boden. Er legte den Kopf in den Nacken und fand in Luuks Jacke ein Taschentuch, das er an seine Nase presste.

Peter stand auf und wollte zu Judith gehen. Sie war auf der Bank zusammengesunken, als wäre sie eingeschlafen. Und plötzlich hörte er das Knirschen von Schritten auf dem Kiesweg, zwei Polizisten gingen auf sie zu.

Peter erstarrte. Wenn er eingreifen würde, würde er auch sich verraten. Dann wäre jede Chance, eine Verbindung zwischen Petrus und dem Kästchen zu entdecken, verloren. Aber nicht deswegen blieb er wie angewurzelt stehen.

Erst jetzt konnte er die Gestalten deutlich erkennen. Die ersten beiden waren tatsächlich Polizisten. Ihre Gummiknüppel schlugen rhythmisch gegen ihre Oberschenkel. Doch der Mann, der ihnen folgte, trieb seinen Puls in die Höhe.

Pieter Hoogers, sein alter Dozent.

22

Die Beamten näherten sich Judith, die tatsächlich eingeschlafen zu sein schien, mit schnellen Schritten.

Peter versteckte sich halb im Gebüsch, von wo aus er einen guten Blick auf das Geschehen hatte.

Die Beamten rüttelten sie wach. Zuerst schien sie nicht zu wissen, wo sie sich befand, aber selbst aus dieser Entfernung sah Peter, dass sie ihren Widerstand sofort aufgab, als sie die Aussichtslosigkeit ihrer Situation erkannte.

Er war kurz davor, aus dem Gebüsch zu kommen, um sich zusammen mit Judith verhaften zu lassen, ging sogar zwei Schritte nach vorne, doch dann schreckte er zurück, als er meinte, dass Pieter Hoogers in seine Richtung blickte.

Man konnte erkennen, dass die Beamten Judith streng befragten, und Peter sah, wie sie in die seinem Standort entgegengesetzte Richtung zeigte. Obwohl Peter ihre Geste so verstand, dass sie es gutheißen würde, wenn er wegbliebe, fühlte es sich wie Verrat an.

Er wollte sich vorsichtig umdrehen, aber seine Jacke hatte sich in dem dornigen Busch verfangen. Da er nicht zu viel Lärm machen wollte, zog er die Jacke aus und ließ sie im Gestrüpp hängen. Zu seinen Füßen stoben ein paar Hühner und ein Hahn auf. Wenn das Vieh kräht, drehe ich ihm den Hals um, dachte er grimmig. Er schaute noch einmal zurück und sah, dass die Polizisten in die Richtung gegangen waren, in die Judith gezeigt hatte. Pieter Hoogers war bei ihr geblieben, sie blickte demonstrativ in die andere Richtung.

Peter beschloss, zum Witte Singel zu laufen. Er war noch keine hundert Meter weit gekommen, als er mit dem Gärtner zusammenstieß, der ihm zugeblinzelt hatte.

»Hey, wo ist denn dein Mädchen?«, fragte er. »Hast du sie im Stich gelassen?«

»Mein Mädchen? Was meinen Sie damit?« Peter wollte weitergehen.

»Die schöne Dame, der du eben so nahe warst, meine ich.«

»Ach so. Eigentlich kennen wir uns gar nicht so gut. Ich weiß nicht einmal, wie sie heißt«, sagte Peter und ging weiter.

»Du bist mir ja einer!«, rief ihm der Gärtner hinterher. »Du wirst doch eine so schöne Frau nicht im Stich lassen!« Er klang jetzt gar nicht mehr spöttisch.

Peter drehte sich um und sagte: »Ich kenne sie überhaupt nicht, Mann. Was mischen Sie sich da ein?« Beinahe hätte er den Mann angebrüllt.

Gereizt ging er weiter, an der Brasserie vorbei, wo die Frau, die vorhin mit dem Gärtner unterwegs gewesen war, draußen die Tische deckte.

»Guten Morgen«, begrüßte sie ihn fröhlich. »War das deine Freundin, die sie eben geschnappt haben?«

»Keine Ahnung, was Sie meinen«, sagte Peter und ging weiter. Aber auch sie wurde er nicht so leicht los.

»Hast du das nicht gesehen?«, fuhr sie fort. »Kurz nachdem ihr euch getrennt habt, kam die Polizei und hat sie verhaftet.«

Peter schloss die Augen und atmete tief durch. Er drehte sich um, sah sie an und sagte: »Wirklich, Mevrouw, es ist nicht so, wie es aussieht. Ich kenne sie kaum. Ich weiß nicht, was sie angestellt hat, ich habe nichts mit ihr zu tun. Also lassen Sie mich bitte jetzt in Ruhe.«

Er beschleunigte seine Schritte und ging an dem großen Gewächshaus vorbei und auf kleinen Wegen zum Wasser. Er wusste, dass ihm nicht viel Zeit blieb, bis die Polizei merkte, dass Judith sie auf die falsche Fährte gelockt hatte.

Der Hortus hatte einen Seitenausgang an der 5. Binnenvestgracht. Als er den Weg am Witte Singel entlangging, machte dort gerade ein Kajakfahrer fest. Vorsichtig balancierte er aus seinem schaukelnden Boot, öffnete seinen Gürtel und verschwand im Gebüsch.

Peter fackelte nicht lange, ging zum Kajak und stieg ein. An die Seite war eine Wurfangel montiert. Eine seltsame Kombination von Sportarten, dachte er.

Er stieß sich mit dem Paddel vom Ufer ab. Der Mann war noch nicht wiederaufgetaucht. Fast lautlos paddelte Peter los, mit schnellen kleinen Schlägen über das spiegelglatte Wasser. Der wird sich gleich noch wundern, dachte Peter, und stellte sich das überraschte Gesicht des Anglers vor, nachdem er ans Ufer zurückgekehrt war.

Ruhig paddelnd glitt er durch das Wasser. Da er schnell um die Biegung verschwand, konnte der Besitzer des Kajaks ihn nicht sehen, selbst wenn er zur Anlegestelle zurückgekehrt war.

»So what's become of you my friend«, sang er leise vor sich hin. »Ja, was ist aus mir geworden?«, murmelte er. Vielleicht hätte ich Fischer werden sollen. Jeden Tag draußen auf dem Wasser, körperlich arbeiten, eine ehrliche Mahlzeit fangen. Anstatt nach Bedeutungen und Anerkennung zu suchen.

Er verschwand um die Biegung des Witte Singel.

»Wenn ich anschau' deinen Himmel, das Werk deiner Finger«, summte er, »den Mond und die Sterne, die du hergerichtet: Was ist der Mensch, dass du seiner gedenkst, und der Menschensohn, dass du ihn beachtest?!«

Es erstaunte ihn, wie leicht die alten Psalmtexte jetzt auf einmal wieder erwachten. Was war da nur mit ihm geschehen in Marks Schrank, fragte er sich. Was war das für ein Frieden, der über ihn gekommen war wie eine wohltuende warme Decke, wie die Umarmung einer Mutter, die ihr Kind tröstet?

Ruhig paddelte er weiter, vorbei am Leidener Archiv, wo Judith ihre Nachforschungen über Moshe Levi begonnen hatte, die sie zu ihm geführt hatten. Eines Tages würden sie hier zusammen segeln, sinnierte er. Wenn das alles vorbei war, würden sie ein Boot mieten, einen Picknickkorb mitnehmen und die Grachten von Leiden erkunden.

Dieser Kuss war natürlich nur dem Affekt geschuldet, eine Erlösung von der Spannung, die zwischen ihnen herrschte, die aber bestimmt auch etwas mit dem verrückten Abenteuer zu tun hatte. Zumindest nahm er an, dass es bei diesem einen Kuss blieb. Wie viel älter war er als sie? Fünfzehn Jahre?

Er bog links in die De Vliet ein und erkannte, dass er genau der Route der Wassergeusen im achtzigjährigen Krieg folgte. Nachdem sie die Deiche durchstoßen hatten, konnten sie über das überflutete Land bis nach Leiden segeln. Mit Hering und Weißbrot für die hungernde Bevölkerung an Bord waren sie über De Vliet, wo sich zufällig das Viertel der Prostituierten befand, nach Leiden hineingekommen.

Wenn er nicht auf der Flucht gewesen wäre, hätte er die Bootsfahrt vielleicht sogar genießen können. Die schönen Grachtenhäuser, hinter deren Fassaden sich die Bewohner auf den Festtag vorbereiteten, die hohen Kais mit den Bäumen, die sich im Wasser spiegelten, das regelmäßige Plätschern des Paddels im Wasser, die Tropfen, die kleine Kreise auf der Wasseroberfläche hinterließen …

Peter fuhr unter der Brücke hindurch, die zur Rapenburg führte, und bog rechts ab. Er dachte daran, wie Thomas und er im Café De Burcht am Fuße des Burghügels etwas trinken gegangen waren. Thomas hatte über die Geschichte von Leiden gesprochen.

»Was könnte für die Spanier so wichtig gewesen sein, dass sie Leiden belagert haben? Diese gewaltigen Anstrengungen, diese Logistik, all diese Männer, deren Sold bezahlt werden musste, die vielen Vorräte und so weiter … für Leiden?« Um sein Argument zu untermauern, hatte Thomas sein Glas Bier energisch auf den Tisch gestoßen. »Für Leiden!«, hatte er wiederholt. »Leiden war damals wirklich kein besonders spektakulärer Ort. Natürlich gab es Kaufleute und Lagerhäuser und reiche Bürger, aber viel gab es hier nicht zu holen. Zumindest nicht so große Schätze, dass sie eine lange Belagerung der Stadt gerechtfertigt hätten. Verstehst du, worauf ich hinauswill?«

»Na los, sag schon«, hatte Peter lachend erwidert.

»Es sei denn«, hatte Thomas gedehnt gesagt, »sie wussten, dass es hier etwas zu holen gab. Etwas Großes. Vielleicht etwas, das das Christentum bedrohte, das die Position des Papstes schwächen könnte. Etwas, das diese abtrünnigen protestantischen Ketzer, die vom Teufel verführt worden waren, sich in ihrem Kampf gegen den Papst zunutze machen konnten.«

»Petrus«, hatte Peter gesagt. Thomas hatte ihm einmal im Vertrauen von seiner Vermutung erzählt, dass die Verbindung zwischen Petrus und Leiden stärker sein könnte, als die meisten Leute dachten. Es faszinierte ihn, wie Thomas es immer wieder schaffte, seiner Theorie ein neues spannendes Argument hinzuzufügen.

»Angenommen, jemand in den höchsten Kreisen hätte gewusst, dass Petrus nicht in Rom begraben ist«, war Thomas fortgefahren, »sondern in Leiden oder in der näheren Umgebung. Angenommen …«

Thomas hatte einen Schluck Bier getrunken und seinen Gedankengang fortgesetzt. Ganz offensichtlich hatte er das Gespräch genossen. »Zum Beispiel Philipp II., der Verteidiger des Glaubens. Ein Kreuzfahrer, diesmal nicht gegen die Muslime, sondern gegen Abtrünnige innerhalb der heiligen Mutter Kirche, die er mit Blut, Schweiß und Tränen bis zum bitteren Ende zu verteidigen geschworen hat. Dieser Philip II. …«

»Der König von Spanien!«, hatte ihn Peter unterbrochen und Thomas mit dem Bierglas zugeprostet.

Thomas hatte sich nicht aus dem Konzept bringen lassen. »Dieser Philipp II.«, war er unerschütterlich fortgefahren, »betrachtet sich als König von Gottes Gnaden, geboren, um den einzig wahren Glauben zu verteidigen. Er kämpft an zwei Fronten: gegen die Osmanen, eigentlich eine größere Gefahr für ihn, aber rein geopolitisch, denn dass sie dem selbst ernannten Propheten Mohammed folgen, ist ihm wohl egal. Vor allem aber bekämpft er jene abtrünnigen Protestanten, die die Dreistigkeit besaßen, die Legitimität des Heiligen Vaters, Papst Pius V., infrage zu stellen.«

Peter hatte ihm noch einmal zugeprostet.

»Also, dieser Philipp II. betrachtete sich als Anführer der Gegenreformation, von Gott selbst auf die Erde gesandt. Er sollte all die verlorenen Schafe zurück in die Herde führen und sie vor dem Fegefeuer retten.«

»Sollen wir nachher ein Shoarma-Sandwich essen?«, hatte ihn Peter unterbrochen.

»Shoarma?«, hatte Thomas gefragt. »Ja, gut, machen wir. Die verlorenen Schafe müssen seiner Ansicht nach zum Hirten zurückgebracht werden. Für ihn gibt es keinen Unterschied mehr zwischen seinen Interessen, denen Spaniens, und den Interessen der katholischen Kirche. Das Prinzip seines Vaters, *cuius regio, eius religio*, die Untertanen nehmen den Glauben ihres Herrn an, galt nicht mehr, sondern es hieß jetzt ›tutti catolicci‹ oder wie immer man das auf Lateinisch sagt.«

»Keine Ahnung«, hatte Peter zugegeben.

»Also: alle Katholiken. Und dieser weise König stürzt sich auf alles, was seiner Meinung nach von der wahren Lehre abweicht. Die Bittschrift des Adels für mehr Religionsfreiheit? Weg damit! Alles Weicheier! Los, schickt Alva, der wird den Holländern eine Lektion erteilen! Du weißt ja, wie das abgelaufen ist, aber dieser Philipp II., dessen Imperium bis nach Lateinamerika reicht, dieser König entscheidet, die bescheidene Stadt Leiden zu belagern. Dem Mann gehört die halbe Welt, aber hat er beschlossen, Istanbul für das Christentum zurückzuerobern und es wieder in Konstantinopel zu verwandeln? Marschiert er mit seinen Truppen in die Heilige Stadt Jerusalem ein, um diese muslimischen Hunde zu verjagen? Gibt er seine letzten Dukaten aus, um Söldner anzuheuern und sie zum Sieg gegen die Mauren in Nordafrika zu führen? Nein, dieser Mann beschließt, dass es lohnenswerter ist, Leiden ein Jahr lang zu belagern!«

Thomas hatte wieder einen großen Schluck von seinem Bier genommen und ungläubig den Kopf geschüttelt. »Leiden! Das konnte sich doch nur lohnen, wenn es hier etwas Großes zu holen gab? Jetzt stell dir mal vor, Peter«, hatte er gesagt, seine Hand auf Peters Oberschenkel geklatscht und sie dort liegen gelassen. »Jetzt nehmen wir mal an, dass dieser Philipp II., der mit Papst Pius V. auf gutem Fuß stand, von eben diesem Papst in ein brisantes Geheimnis eingeweiht worden wäre, nämlich dass die ganze Geschichte von Petrus in Rom, der kopfüber gekreuzigt wurde, weil er es für zu viel der Ehre gehalten hätte, auf die gleiche Weise wie sein Herr und Retter Jesus Christus zu sterben, dass diese ganze Geschichte nie mehr als eine fromme Legende war und dass man das in Rom von Anfang an gewusst hatte. Dass sie gewusst hatten, dass er in Richtung Westen verschwunden war. In Wahrheit ist er in der Gegend des heutigen Leiden gestorben und dort begraben worden. Und dass deshalb der ganze Petersdom in Rom nie auf dem Grab des Petri erbaut wurde, er also nie der Fels war, auf dem Christus seine Gemeinde gegründet hat.«

Peter hatte bewundernd genickt. Er hatte nie so recht gewusst, was genau er von Thomas' Theorien halten sollte, aber diese sachliche Argumentation klang durchaus überzeugend.

»Dieser Papst«, war Thomas fortgefahren, »oder vielleicht war es sein Nachfolger Gregor XIII., wer weiß, jedenfalls ein Papst, eröffnet Philipp II., dass die katholische Kirche ein ernsthaftes Problem bekommen wird, wenn andere als die, die zu ihrem heiligen Lager gehören, das Grab Petri entdecken. Denn das würde ja bedeuten, dass Petrus dem zweiten Papst, seinem Nachfolger, keine Schlüssel übergeben haben konnte.«

»Linus!«, hatte Peter ausgerufen, froh, einen Beitrag leisten zu können. »Linus war der Name dieses Papstes. Typische Frage bei Trivial Pursuit.«

»Keine Schlüssel für Linus also – seinen Namen kannte ich übrigens nicht«, hatte Thomas zugegeben, »und das hätte der Legitimität des Sitzes Petri eine wichtige Grundlage entzogen, das kannst du dir ja vorstellen. Der Petersdom steht nicht auf seinem Grab, keine Schlüssel, alles Legende. Wenn das an die Öffentlichkeit gelangt wäre, und vor allem den Protestanten zu Ohren gekommen wäre, die die Hand bissen, die sie fütterte, hätte dies diesen Ketzern nur zusätzliche – und legitime, wenn ich hinzufügen darf – Munition geliefert. Was wäre dann vom Papst und seiner Autorität geblieben?«

»Aber sie haben die Belagerung doch aufgegeben?«

»Die Spanier? Ja, sie haben aufgegeben. Sie wurden eben einfach besiegt. Gott hatte offenbar anders entschieden. Vielleicht hatten sie aber auch festgestellt, dass diese Zerstörer von Heiligenstatuen und Gemälden sich auch nicht des potenziellen Schatzes bewusst waren, auf dem sie mit ihren feigen, blassen, protestantischen Hintern saßen. Anders kann man sich nicht erklären, warum sie so schnell aufgegeben haben. Die Leidener Bevölkerung war am Ende ihrer Kräfte. Für die Spanier war der Sieg zum Greifen nah. Aber nein, die Deiche brachen, sie bekamen nasse Füße und flohen. Glaubst du das wirklich? Ich glaube eher, dass Philipp ihnen die Nachricht schickte: *Jungs, die Luft ist rein, diese Idioten haben keine Ahnung. Vergesst Leiden, wir erobern Istanbul und Jerusalem!*«

»Aber du hast doch etwas entdeckt, hast du gerade gesagt?«, hatte Peter gefragt.

»Habe ich das gesagt?« Thomas dachte einen Moment lang nach. »Ja, natürlich!«, hatte er begeistert ausgerufen und erst dann seine Hand wieder von Peters Oberschenkel genommen. Er stellte sein leeres Bierglas auf den Tisch. »Ich habe neulich über die damaligen Päpste gelesen«, hatte er erzählt. »Auch über Papst Gregor XIII. Er wurde 1572 eingesetzt, ein Jahr vor der Befreiung Leidens also, aber zehn

Jahre später, 1582, hat er einen neuen Kalender eingeführt: den Gregorianischen Kalender, den wir bis heute benutzen. Das System der Schaltjahre wurde eingeführt, und er ließ zehn Tage verschwinden, damit das Jahr dem astronomischen Sonnenjahr entsprach. Und was glaubst du, welchen Tag er verschwinden ließ?«

»Vermutlich den 3. oder 4. Oktober«, hatte Peter lachend gesagt. »Du möchtest am liebsten alles mit Leiden in Verbindung bringen, oder? Wahrscheinlich wollte er den Makel der Niederlage vom 3. Oktober auslöschen, oder besser noch vom 4. Oktober, denn das war der erste Tag, an dem die Belagerung von Leiden aufgehoben wurde.«

Thomas hatte Peter triumphierend angesehen. »Bingo, mein Freund«, hatte er gesagt, als würde er mit einem Schüler sprechen, der eine Frage richtig beantwortet hatte. »Tatsächlich war es der 4. Oktober. Warum wählt dieser Mann von den dreihundertfünfundsechzig Tagen, die ihm zur Verfügung standen, ausgerechnet den 4. Oktober? Das kann doch nur ein Zeichen für das Leidener Pack gewesen sein, das der Hölle geweiht war. Er wollte damit signalisieren: Wir sind hier der Boss, wir bestimmen, in welcher Zeit wir leben. Wenn wir sagen, der 4. Oktober hat nie existiert, dann hat der 4. Oktober nie existiert.«

Peter lächelte, als er langsam die Rapenburg entlangpaddelte, unter der Doezastraat-Brücke hindurch und vorbei an dem Park mit der großen Statue von Bürgermeister van der Werff, der dem Park seinen Namen gegeben hatte. Jener Mann, der der Überlieferung zufolge bereit gewesen war, seinen Körper, sein Leben zu opfern, um die Bevölkerung zu retten.

Ein Mensch stirbt, überlegte Peter. *Ein Mensch opfert sich und ermöglicht dadurch anderen das Überleben. Das ist ein altes Thema, das wahrscheinlich bis in die Zeit der Jäger und Sammler zurückreicht, die erkannt hatten, dass sie töten mussten, um zu leben. All diese Erkenntnisse sind einfach in die heutige Zeit transportiert worden. Wir sehen anders aus, tragen andere Kleidung und essen mit Messer und Gabel, aber sonst hat sich nicht viel verändert. Wir verehren immer noch ein unschuldiges Opfer, das sein Leben für uns gab. Aber dennoch, dennoch … Selbst wenn nichts davon zutrifft, wenn alles, was wir gelernt haben, falsch ist … Wenn Jesus nicht der versprochene Messias war, wenn er nicht der Auferstandene war … Diese Briefe von Petrus und Judas … Wenn sie echt sind … Woher kam dann dieses Gefühl von tiefem Frieden und Akzeptanz in diesem Schrank?*

In der Zwischenzeit war Peter am Van der Werff-Park vorbeigepaddelt und hatte den langen dunklen Tunnel erreicht, der unter der Breestraat und dem Gangetje verlief und die Rapenburg mit dem Nieuwe Rijn verband. Am Ende des Tunnels paddelte er nur noch mit dem linken Blatt seines Paddels, sodass er eine Rechtskurve beschrieb, den Nieuwe Rijn hinauf.

Peter begriff, dass er einen ziemlich seltsamen Eindruck auf die Passanten machen musste. Schaut euch das an, ein adretter vierzigjähriger Mann in einem schicken Hemd und braunem Filzhut paddelt in den frühen Morgenstunden des 3. Oktober über die Grachten!

Er fuhr unter der Brücke hindurch über die Hooigracht in Richtung des Utrechtse Veer. Hier würde niemand nach ihm suchen. Zuerst würden sie im und um den Hortus herum suchen, bevor sie entdeckten, dass er auf dem Wasser war – der Besitzer des Kajaks musste wahrscheinlich erst seine Verlegenheit überwinden, bevor er der Polizei erklärte, warum sein Kajak gestohlen werden konnte.

Das verschaffte ihm zumindest einen kleinen Vorsprung.

Wird es einen Unterschied für meine erneute Bekanntschaft mit Gott machen, fragte sich Peter – denn so hatte er diesen Moment im Schrank in seinem tiefsten Inneren erlebt –, ob das, was Judith und ich gefunden haben, der Wahrheit entsprach? *Haben diese Fakten Einfluss auf meinen Glauben? Stehen sie meinem Glauben im Weg? Was ist Wahrheit?* Am Ende des Utrechter Veers fuhr er unter der Brücke des Zijlsingels hindurch. Er hatte das Zentrum jetzt hinter sich gelassen, was ihn ein wenig beruhigte.

Judith und er hätten schon längst bei der Ausgrabung sein können, wenn sie nicht auf Luuks seltsame Geschichte hereingefallen wären, dachte er. Im Nachhinein war es schwer zu glauben, dass sie da mitgemacht hatten. Aber Luuk und er waren schon so lange befreundet, so oft hatten sie zusammen philosophiert ... Und das Angebot, sich umzuziehen, war so vertrauenerweckend. Andere Kleidung war der geringste Grund gewesen, zu Luuk zu gehen, nachdem sie das Haus der Witwe Eco verlassen hatten.

Dass sie mit offenen Augen darauf hereingefallen waren, dass sie in der Sakristei eingesperrt worden waren und auf Kosten dieses armen Priesters entkommen konnten ... Aber dann hatte das Glück sie verlassen; es konnte ja nicht ewig anhalten.

Oh, Gott, wo Judith nun wohl war?

Um seine Ängste zu beschwichtigen, sang Peter seinen Lieblingspsalm, in der alten Reimform: »Der HERR ist mein Hirte, mir wird nichts mangeln. Er weidet mich auf einer grünen Aue und führet mich zum frischen Wasser.«

Inzwischen hatte er fast das Ende des Utrechtse Jaagpad erreicht. Er bog nach rechts ab, in den breiten Rhein-Schie-Kanal, wo er plötzlich mit starkem Gegenwind kämpfen musste. Das Kajak schaukelte gefährlich hin und her. Wasser spritzte über den Rand auf seinen Schoß.

»Und ob ich schon wanderte im finstern Tal«, summte er, »fürchte ich kein Unglück; denn du bist bei mir, dein Stecken und Stab trösten mich.«

Jetzt musste sich Peter stark konzentrieren. Kleine Wellen überspülten den Bug des Kajaks, das dadurch zeitweise abzutauchen schien.

»Du salbst mein Haupt mit Öl und schenkst mir voll ein. Gutes und Barmherzigkeit werden mir folgen mein Leben lang, und ich werde bleiben im Hause des Herrn immerdar.«

Der Gesang half ihm. Peter erkannte, dass seine Gebete und Lieder alle aus dem Alten Testament stammten. War es möglich, dass der Gott, den er spürte, der Gott des Alten Bundes war?

Der Gott von Judiths Volk, nicht derjenige, der von Jesu Anhängern als ihr eigener beansprucht wurde? Wenn Jesus nicht der Messias gewesen wäre, bedeutete das dann nicht, dass der Messias noch nicht gekommen war und die Juden recht hatten? Bin ich einfach mein ganzes Leben lang ein Jude gewesen?

In seiner überreizten Fantasie sah er Judith und sich, der inzwischen zum Judentum konvertiert war, unter einer Chuppah stehen, während sie gemeinsam ein Glas zertraten.

Nun musste er an Land gehen. Peter paddelte auf die andere Seite des Kanals und suchte einen Ort, an dem er das Kajak festmachen und aussteigen konnte. Wenn ich nur über das Wasser laufen könnte, dachte er. *Das würde alles sehr viel einfacher machen.* Endlich fand er eine geeignete Stelle, wo das Ufer nicht zu steil war.

Er hielt sich mit einer Hand im langen Gras am schrägen Ufer fest, während er versuchte, das Kajak zu stabilisieren.

Er ging in die Hocke, und als das Kajak fast ganz still lag, trat er beherzt ans Ufer. Mit dem Seil, das auf dem Boden des Kajaks lag, befestigte er es an einem robusten Grasbüschel. Hoffentlich hielt es.

Vorsichtig kroch Peter nach oben, bis er freie Sicht auf das Feld hatte. Er entdeckte das große Zelt, in dem er und Judith tags zuvor Thomas gefunden hatten.

Es gab keine Anzeichen dafür, dass jemand dort war, und nirgendwo standen Fahrzeuge; sogar sein Auto war verschwunden. Das Gelände schien völlig verlassen zu sein, wie er es so oft erlebt hatte, wenn er letzten Sommer an den Wochenenden vorbeigefahren war. Die Kriminalpolizei hatte offenbar ihre Untersuchungen abgeschlossen. Ihre Ermittlungen hatten sich zweifelsohne auf die nachfolgenden Ereignisse konzentriert: den Angriff auf ihren Kollegen im Krankenhaus, Thomas' Tod, die ständigen Houdini-mäßigen Fluchten von Judith und ihm und nun endlich die Verhaftung einer der beiden verdächtigen Personen. Wo wohl ihr Verfolger war? Hatte er aufgegeben? Oder war er inzwischen selbst verhaftet worden?

Um das Zelt zu erreichen, musste er zu Fuß hinübergehen. Flach über den Boden zu kriechen wäre lächerlich gewesen; alles, was höher als ein Grashalm war, fiel sofort auf.

Peter holte ein paarmal tief Luft, richtete sich auf und lief los. Die Entfernung betrug weniger als fünfhundert Meter, aber ihm erschien der Weg unendlich weit. Peter sprintete direkt auf das Zelt zu.

»Der Herr ist mein Fels, meine Burg und mein Erretter, mein Gott ist mein Hort, bei dem ich Zuflucht suche, mein Schild und das Horn meines Heils, meine Feste«, flüsterte er sich mantraartig zu. Mittlerweile war er überzeugt, dass das Terrain tatsächlich menschenleer war. Nur eins musste er jetzt unbedingt noch wissen: Gab es hier irgendetwas, das die Schatulle mit dem Apostel Petrus verband? Wenn er die Antwort darauf finden würde, wäre alles andere egal. Er würde sich der Polizei stellen, Judith und er würden wieder vereint sein, und sie würden bald von jeglicher Schuld oder Mitschuld an dem Angriff auf den Polizisten und Thomas' Tod entlastet werden. Sie könnten zu Mark zurückkehren, der wahrscheinlich mit der Arbeit an der Übersetzung begonnen hatte, die den möglichen Verlust von Ecos Übersetzung mehr als wettmachen würde. Jetzt war Peter am Eingang des Zeltes angekommen. Er schlug die vordere Klappe beiseite und ging hinein. Nichts schien sich verändert zu haben, seit er Thomas blutüberströmt gefunden hatte.

Rasch durchquerte er den Raum, und sofort fiel sein Blick auf ein Tuch, unter dem unverkennbar ein sargförmiger Gegenstand verborgen war.

Peter zögerte einen Augenblick, ging dann aber mit schnellen Schritten darauf zu und hockte sich daneben. Er schlug das Tuch beiseite, und da war er, ein steinerner Sarg, unverkennbar ein Knochenkasten. Auf der Seite standen deutlich lesbare Buchstaben:

πετρος κεφας

Mein Gott, dachte Peter. *Das ist es! Aber ist es wirklich so einfach?* Er war fast enttäuscht, dass seine Suche so schnell zu Ende war. Irgendwie hatte er sich diesen Moment beeindruckender vorgestellt – aber das war es.

Mit einiger Mühe schob er den leicht schräg aufliegenden Deckel beiseite und blickte hinein. Es lagen unverkennbare Überreste eines menschlichen Skeletts darin, und in einer

Ecke des Sarges war eine leere Stelle, die genau die Größe der Schatulle hatte, die Judith mitgebracht hatte.

Hinter dem Schädel schimmerte etwas gold- oder bronzefarben. Als er genauer hinschaute, erkannte er, dass es eindeutig zwei großen Schlüsseln ähnelte.

Peter streckte gerade die Hand aus, als ein Geräusch ihn aufschreckte. Er hob den Kopf und blickte direkt in das Gesicht von Pieter Hoogers, der hinter dem langen Tisch hervorgetreten war.

Hoogers' Grinsen war das eines Wahnsinnigen.

Peter sah ihn an, zu überrascht, um erschrocken zu sein. Er spürte einen harten Schlag auf dem Hinterkopf, und alles wurde schwarz.

23

Aufzeichnungen von Judith Cherev während ihrer Gefangenschaft

Wahrscheinlich ist es ihre Absicht, dass ich hier zu schreiben anfange. Aber habe ich denn eine Wahl? Ich kann sowieso nichts anderes tun, ich würde verrückt werden.

Ich habe meine Schuhe ausgezogen, den kneifenden Gürtel und meinen Mantel abgelegt. Hier drinnen ist es weder kalt noch feucht. Es ist ein relativ heller, sauberer Raum von etwa drei mal vier Metern.

Alles ist aus Beton, wie ein Bunker. An der Küste gibt es heute noch viele. Welch scheußliche Ironie des Schicksals, die Vorstellung, in einem deutschen Bunker eingesperrt zu sein …

Es gibt nur einen Tisch, einen Stuhl, Papier und Bleistift. Auf dem Schreibtisch steht eine Anderthalbliterflasche Wasser. Kein Bett, kein Schrank, keine Matratze. Nur ein großer Eimer in einer Ecke mit einem Deckel. Falls ich mal muss.

Die Tür sieht neu aus. Es gibt eine vergitterte Öffnung in der Tür, aber die Luke auf der anderen Seite ist geschlossen.

Als ich mit dem Auto hierhergebracht wurde, hatte ich einen Sack über dem Kopf. Ein Mann setzte sich neben mich auf den Rücksitz und zwang mich, mich hinzulegen. Der Sack war unnötig; ich hatte sowieso keine Ahnung, wo wir hinwollten, aber vielleicht sollte ich beim Aussteigen nichts sehen. Ich konnte also nichts von meiner Umgebung wahrnehmen, aber während des kurzen Fußwegs hierher war mir, als hörte ich das Rauschen des Meeres und kreischende Möwen. Der Untergrund war weich, wie ein Waldweg. Die Fahrt hatte nicht lange gedauert – etwa zwanzig Minuten, es könnte also ein Ort an der Küste sein. Katwijk oder Noordwijk wären die nächsten Städte, oder Wassenaar, der Strand am Wassenaarse Slag.

Nachdem Peter gegangen war, um etwas Klarheit zu gewinnen – im Nachhinein war es wohl nicht der beste Moment dafür –, bin ich eingeschlafen. Die Müdigkeit und die Aufregung waren nicht spurlos an mir vorübergegangen, und ich wurde vom Schlaf übermannt.

Als ich aufwachte und die beiden Polizisten mit Peters ehemaligem Mentor sah, wusste ich, dass ich ihnen diesmal nicht entkommen konnte. Vielleicht hätte ich sie wegstoßen und weglaufen können, aber es war, als wäre etwas in mir zerbrochen. Ich hatte kaum noch die Kraft, aufrecht zu sitzen, und hätte bei zwei durchtrainierten Polizisten sowieso keine Chance gehabt.

Von wegen Polizisten ... Dummerweise dämmerte mir erst, als ich in ihrer Mitte den Hortus verließ und wir auf ein Auto zugingen – ich hatte einen Streifenwagen erwartet –, dass das gar keine echten Polizisten waren. Pieter Hoogers ging zu einem anderen Auto mit laufendem Motor, in dem jemand am Steuer saß.

Voller Panik fiel mir ein, dass wir Luuk von unserem Plan, nach Matilo zu fahren, um nach der Verbindung zwischen der Truhe und dem Apostel Petrus zu suchen, erzählt hatten.

Hoogers wusste, dass Peter diesen Plan auf jeden Fall ausführen würde. Und egal, wie Peter dorthin käme, Hoogers würde immer vor ihm da sein und auf ihn warten. Wie eine Maus würde Peter in seine Falle tappen.

Ich glaube, Peter hatte nur noch ein Ziel: Er wollte um jeden Preis zu der Ausgrabungsstätte, und wenn es das Letzte war, was er tat. Es war auch seine letzte Chance, denn wenn sie ihn auch erwischten, würden sie sämtliche Beweise vernichten.

Er war sich der Gefahr dort bewusst, denn er hatte Luuk den Zweck unserer Unternehmung verraten.

Nachdem ich im Hortus die falschen Polizisten in die falsche Richtung geschickt hatte, wurde Hoogers zunehmend unruhiger. »Ihr habt ja keine Ahnung!«, wiederholte er. »Ihr wisst nichts! Wenn ihr wüsstet, was auf dem Spiel steht!«, schnauzte er mich an, kurz bevor seine Gefolgsleute merkten, dass ich sie getäuscht hatte, und unverrichteter Dinge zurückkehrten. Ich hoffte, dass ich Peter Zeit genug verschafft hatte.

In diesem Moment wurde mir auch endgültig klar, dass Hoogers nicht hier war, weil er als Professor wegen der Mordvorwürfe gegenüber seinem Untergebenen besorgt war. Er hatte ganz andere Beweggründe. Was vorher nur ein Verdacht gewesen war, erhärtete sich nun zur festen Überzeugung.

Jetzt passte endlich alles zusammen.

Seine Anwesenheit gestern Abend in der Universität; die Tatsache, dass er wusste, dass Thomas bestohlen worden war; sein Erscheinen im Hortus – Luuk musste ihm Bescheid gesagt haben, daran gab es jetzt keinen Zweifel mehr. Bestimmt hat er gesehen, wie Peter und ich aus der Kirche geflüchtet sind, nachdem ich den armen Priester mit der Tür erwischt hatte. Hoogers und die beiden falschen Polizisten sind uns in den Hortus gefolgt.

Auf ein Nicken von Hoogers befahlen sie mir aufzustehen. Sie packten meine Ellbogen und zwangen mich, sie zu begleiten. Hoogers folgte wortlos.

Die Besucher gafften uns an, und ich hätte ihnen am liebsten zugerufen, dass es nicht so war, wie es aussah. Und ich keine Kriminelle war, sondern der wahre Bösewicht hinter mir herging. Aber wer hätte mir schon geglaubt? Verschlafen und mit zerzausten Haaren sah ich wie eine Obdachlose aus, die von zwei Polizisten abgeführt wurde.

Dass etwas nicht stimmte, habe ich erst begriffen, als wir uns dem Zivilfahrzeug näherten. Es war vielleicht naiv von mir, aber ich hatte bislang noch nie mit der Polizei zu tun gehabt. Ich wollte mich wehren, aber einer der Männer drohte mir: »Wenn du mitspielst, passiert dir nichts, das versichere ich dir. Aber wenn du Zicken machst, bringe ich dich um. Es wird kein Schuss zu hören sein. Die Leute werden glauben, du wärst in Ohnmacht gefallen.«

Er schob seine Jacke beiseite, sodass ich ein Holster sehen konnte, in dem eine kleine Pistole mit Schalldämpfer steckte. Ich hatte große Angst, aber seltsamerweise hielt sie nicht lange an, als hätte ich da schon gewusst, dass es nicht so weit kommen würde. Plötzlich wurde ich ganz ruhig, vielleicht war es die gleiche Ruhe, von der Peter gesprochen hat. Diesen Frieden empfand ich nun ebenfalls. Meine Angst war verflogen.

Immer wieder kommt mir Moshe Levi in den Sinn, der sein Leben der Ankunft des Messias gewidmet hat, so sehr, dass er sich in den Wahnsinn um Schabtai Tsvi mitreißen ließ. War Tsvi nicht an einem Sabbat geboren worden, am neunten Tag des Monats Av, dem Tag, an dem nach rabbinischer Tradition nicht nur der Erste und Zweite Tempel zerstört wurden, sondern auch der Messias geboren werden sollte? Und war er nicht genau vierzig Jahre alt, was dem biblischen Zeitraum der Prüfung entspricht, als sein Messiastum schließlich offenbart wurde?

Womöglich befanden sich die Jünger Jesu in einer ähnlichen Situation. Auch sie hatten alles aufgegeben und erwarteten, dass die Endzeit jeden Moment kommen würde.

Wonach sehne ich mich? Wofür lebe ich? Würde ich für meinen Glauben alles aufgeben? Heim und Herd verlassen und alle Brücken hinter mir abbrechen?

Wenn Tsvi der Messias gewesen wäre und ich an ihm gezweifelt hätte, weil mein Glaube nicht stark genug war. Wie hätte ich mich damals gefühlt?

Ich bedaure, nicht zu wissen, wie es Moshe Levi und seiner Familie ergangen ist. Sind sie mittellos nach Leiden zurückgekehrt? Das ist eher unwahrscheinlich. Haben sie in Israel oder der Türkei, oder wo auch immer sie gelandet sind, von vorne angefangen? Vielleicht hatten Moshes Frau und seine Kinder bereits den Glauben an den Rabbi verloren; oder Moshe hielt noch an seinem Glauben fest, nachdem Tsvi zum Islam konvertiert war.

Allmählich sehe ich klarer. Zuerst dachte ich, Moshe sei auf den Betrüger Tsvi und seinen Entdecker Nathan hereingefallen, aber jetzt verstehe ich, aus welchem Wunsch heraus dieser Glaube entstehen konnte. Das Leben in einer feindlichen Umgebung, in der die Stimmung jederzeit umschlagen konnte, wie die Geschichte der Juden mehrmals gezeigt hatte, wo von Akzeptanz und Toleranz der Nichtjuden nichts mehr zu spüren war, sobald es zu einer Krise kam, einer schlechten Ernte, einer Krankheit, dem unerwarteten Tod eines Kindes … Der Wunsch, von dem ewigen Verdacht erlöst zu werden, nicht länger als Außenseiter angesehen zu werden und stattdessen im Gelobten Land in Freiheit zu leben, wo die zwölf Stämme unter der Herrschaft des Messias auf dem Thron Davids wieder zusammengeführt wurden, war nur allzu verständlich.

Ich kannte dieses Gefühl nicht, immer auf einem gepackten Koffer zu sitzen, aber durch das Schicksal meiner Großeltern, meiner Eltern, meiner Onkel, Tanten, Cousins und Cousinen, die Hass und Angst am eigenen Leib erfahren haben, war mir dieser Gedanke durchaus vertraut.

Was hatte es mit dem Glauben an die Ankunft des Messias auf sich? Ich finde diese ganze Messiasgeschichte historisch und theologisch faszinierend. Die Gründe, mit denen sein Ausbleiben gerechtfertigt wird. Gläubige aller Weltreligionen warten auf einen Erlöser: Hindus auf die letzte Inkarnation von Vishnu, die Buddhisten auf den Weltlehrer Maitreya, Christen auf die Rückkehr Jesu und die Muslime auf einen Imam.

Wie es Peter wohl geht? Natürlich denke ich an ihn, aber es tut mir nicht gut. Diese Menschen haben Thomas ohne Skrupel getötet, Menschenleben bedeuten ihnen nichts.

Unvorstellbar, dass ich vor weniger als vierundzwanzig Stunden noch gelernt und mich auf die Arbeitsgruppe am Nachmittag vorbereitet habe, die Peter, zu dem Zeitpunkt noch Meneer de Haan für mich, leitete.

Er hat sich von Anfang an zu mir hingezogen gefühlt, ich habe das gemerkt, als er mich auf mein Parfüm ansprach, das ihn wahrscheinlich an jemanden erinnerte. Natürlich kenne ich meine Wirkung auf Männer.

Den Kuss im Botanischen Garten bereue ich nicht. Zu dem Zeitpunkt fühlte es sich einfach richtig an. Was hatten wir nicht alles erlebt, und wieder einmal konnten wir entkommen; der Kuss stand für die Erleichterung, die wir empfanden. Was mich betrifft, war es eine einmalige Sache, und es wird ihm nicht das Herz brechen, wenn ich ihm das sage. Wahrscheinlich ist es gar nicht nötig. Es war sehr schön, so umarmt zu werden und ihn zu küssen.

Bei der Erinnerung muss ich unwillkürlich lächeln. Ich würde ihn gern mehr kennenlernen. Vielleicht ist mit ihm eine Freundschaft wie zwischen Mark und mir möglich. Gemeinsame Interessen haben wir genug, und der Altersunterschied spielt keine Rolle.

Heute Morgen war ich nicht in der Stimmung dazu, aber ich freue mich auf ein Abendessen im La Bota oder im Praethuys, nachdem wir einen Film im Kijkhuis gesehen haben. Dann können wir über alles Mögliche reden, und er kann mir auch in Ruhe von dieser spirituellen Erfahrung im Schrank berichten.

Hier unterbreche ich. Ich höre, wie die Außentür geöffnet wird und mindestens zwei, vielleicht auch drei Menschen die Treppe herunterkommen.

24

Peter hatte das Bewusstsein wiedererlangt, war aber noch so benommen, dass er kaum wusste, wie ihm geschah. Er stöhnte, während zwei Männer ihn über einen sandigen Waldweg zerrten.

Er hörte Schlüssel klappern, und eine Tür wurde geöffnet. Da in dem Raum dahinter offenbar nicht genug Platz für drei Personen nebeneinander war, wechselten sie die Positionen. Einer der Männer packte ihn unter den Achseln und der andere an den Füßen. Sie trugen ihn eine Treppe hinunter, wobei sein Rücken mehrmals schmerzhaft auf die Stufen schlug.

Unten wurde er auf den nackten Boden gelegt, und wieder klapperten Schlüssel. Eine weitere Tür wurde geöffnet, und er hörte Judiths Stimme. Sie schimpfte und verlangte, sofort freigelassen zu werden, aber die Männer ignorierten sie.

Peter versuchte, die Augen zu öffnen, aber sein Kopf schmerzte so stark, dass er sie gleich wieder schloss. Die Männer ließen ihn grob fallen, und er hörte, wie sich ihre Schritte entfernten.

Sein Kopf wurde vorsichtig angehoben und auf etwas Weiches gelegt. Vermutlich hatte Judith ihn auf ihren Oberschenkel gelegt. Vor nicht einmal vierundzwanzig Stunden hatte er Thomas' blutigen Kopf auf ihrem Schoß gebettet gesehen … wie sich die Bilder glichen. Die Tür schloss sich laut, und eine Luke wurde geöffnet.

»Wir kommen später wieder«, sagte eine laute Stimme. Peter erkannte sie als die seines alten Dozenten Hoogers.

Judith sprach beruhigend auf ihn ein und flüsterte liebe Worte in sein Ohr, während sie ihm sanft übers Haar strich.

Seine Schmerzen ließen nach, und er versank wieder in Dunkelheit.

Als er erwachte, wusste er nicht, wie viel Zeit inzwischen vergangen war. Er öffnete vorsichtig die Augen, und als er merkte, dass ihm das keine allzu großen Kopfschmerzen mehr bereitete, wagte er es, sie ganz aufzumachen. Judith saß mit dem Rücken an einer Wand und schlief.

Der Raum schien auf den ersten Blick völlig leer zu sein. Er wusste, dass er im Keller liegen musste, weil er sich an die Treppe erinnerte, über die man ihn so brutal nach unten geschleppt hatte, und weil man nichts von außen hörte.

Peter versuchte, Judiths Namen zu sagen, brachte aber nicht viel mehr als ein Krächzen heraus. Trotzdem öffnete sie sofort die Augen und stand ein wenig mühsam auf. Vorsichtig ging sie auf ihn zu, als ob schnelle Schritte seine Schmerzen verschlimmern könnten, und sagte leise seinen Namen.

Sein Hals war wie ausgetrocknet, und er konnte kaum schlucken. Als er sich aufrichten wollte, überkamen ihn eine Welle von Übelkeit und heftige Kopfschmerzen.

Judith hatte sich neben ihn gesetzt und hob ihn ein wenig an. Schließlich gelang es ihm, sich halb aufgerichtet an sie zu lehnen. Sie goss ihm vorsichtig Wasser in den Mund. Etwas lief über sein Kinn und auf seine Brust. Beim nächsten Versuch klappte es besser, und er konnte ein paar große Schlucke trinken. Nun konnte er sich sogar aus eigener Kraft aufsetzen, und mit leichtem Bedauern löste er sich von Judith.

Jetzt sah er wieder einigermaßen klar. Judiths Gesicht war ganz dicht vor seinem.

»Es tut mir leid«, war das Erste, was er sagte.

»Schon gut«, beruhigte sie ihn. »Mach dir keine Sorgen.«

»Ich habe mich schrecklich gefühlt, als hätte ich dich im Stich gelassen. Aber es war …«

»Ich weiß«, sagte sie versöhnlich. »Deshalb habe ich die Typen ja auch in die falsche Richtung geschickt. Ich dachte, wenn wir noch eine Chance haben, dann diese. Hast du etwas gefunden?«

»Judith«, sagte er mit neuer Energie und setzte sich ganz auf. »Ich habe den Knochenkasten von Petrus gefunden! Sein Name stand darauf. Ich habe ihn aufgemacht und Skelettreste und einen Schädel gesehen, aber vor allem lagen zwei Schlüssel darin! Die Schlüssel, die Petrus bei sich trug, als Symbol für die Schlüssel, die Jesus ihm als Wächter der Himmelspforte überreicht haben soll.«

»Was?«, rief Judith aus. »Hast du die wirklich gesehen? Es ist also wahr!«

»Es ist wahr«, sagte Peter und nahm ihre Hände. »Es ist wahr«, wiederholte er und stieß einen Seufzer der Erleichterung aus. Als ob ihm eine schwere Last von seinen Schultern genommen war.

»Es war fast zu einfach«, fuhr er fort. »Das hätte mir eine Warnung sein sollen.« Peter erzählte, was passiert war, seitdem sie sich im Hortus aus den Augen verloren hatten.

Judith hörte fasziniert zu. Sie unterbrach ihn kaum, stellte nur ab und zu eine Frage.

»In dem Moment, in dem ich das Tuch abnahm und Petrus' Namen auf der Seite der Kiste las, wusste ich, dass wir am Ziel waren. Ich wusste, dass das Kästchen echt war und die Briefe wirklich Petrus gehört hatten. Er und Judas haben sie geschrieben. Ich blickte also auf die sterblichen Überreste von Petrus, dem Mann, zu dem Jesus gesagt hatte, dass er seine Gemeinschaft auf ihm aufbauen wolle, dem Mann, der ihm so nahegestanden hatte. Wenn ich diese Knochen berührt hätte, hätte ich irgendwie in direktem Kontakt mit Jesus gestanden.«

»Und du hast die Schlüssel gesehen?«

»Ja, ich habe sie gesehen. Stell dir nur vor, was die Leute im Mittelalter dafür gegeben hätten, Judith! Für die sterblichen Überreste dieses Apostels, die Schlüssel, die ihm Jesus vielleicht persönlich übergeben hat, und natürlich besonders für das Kästchen. Ein König hätte ohne zu zögern sein Königreich dafür gegeben. Kriege wurden schon um weniger geführt.«

»Das stellt alles auf den Kopf, Peter.«

»Ja. Es ist das Ende der Welt, wie wir sie kennen. Wenn das bekannt wird, muss die ganze Geschichte neu geschrieben werden! Wer weiß, wie viele historische Ereignisse wir mit diesem Wissen besser einordnen können? Und wer hat alles davon gewusst? Diese brisanten Informationen über das Christentum? Rembrandt, vermutlich, und Philipp II. Und natürlich der Vatikan.«

Einen Moment lang sagten sie nichts.

Judith brach das Schweigen: »Kein Wunder, dass es Menschen gibt, die das lieber nicht an die Öffentlichkeit dringen lassen wollen.«

»Einerseits«, pflichtete Peter ihr bei. »Angenommen, ein Orden wie der von Luuk, der Deutsche Orden, hätte von Anfang an gewusst, was wir jetzt wissen. Und stell dir vor, der Vatikan hätte immer schon gewusst, dass sein Anspruch auf päpstliche Autorität auf wackligen Füßen steht. Dann hätten sie sicher kein Interesse daran, dass dies öffentlich bekannt wird. Ihre ganze Welt bräche zusammen. Aber …«, er suchte einen Moment lang nach Worten, »… ich habe das Gefühl, dass ich durch diesen Briefwechsel zwischen Petrus und Judas, zwei Jüngern, die Jesus täglich gesehen haben … dass ich durch sie Jesus näher bin als je zuvor. Er ist für mich ein Mensch aus Fleisch und Blut geworden, und seine Jünger auch, mit all ihren Zweifeln und Ängsten, ihrer Feigheit und Wut.«

»Ich verstehe, was du meinst.«

»Ich finde es manchmal seltsam, wenn ich bedenke …«

»Was findest du seltsam?«

»Ich finde es seltsam«, fuhr Peter fort, »dass der Jesus, von dem ich in meiner Jugend so viel gehört und gelesen habe und der eine so große Rolle in meinem Leben gespielt hat, wenn auch oft im Hintergrund, dass dieser Jesus ein Mensch wie du und ich war. Er war bestimmt sehr charismatisch, eine Art Nelson Mandela seiner Zeit, aber er war ein menschliches Wesen. Und auf dem Weg nach Jerusalem glaubte er vielleicht mehr und mehr an die Prophezeiungen über den Messias und dass er selbst dieser Messias sein könnte. Daher auch seine Entscheidung, auf einem Esel in Jerusalem einzureiten, was von den Menschen damals kaum wahrgenommen wurde, und auch dass er die Tische auf dem Tempelplatz umgeworfen hat, wäre in Vergessenheit geraten, wenn die Evangelisten sie nicht in ihre Heilsgeschichte aufgenommen hätten.«

»Und jetzt …«

»Und jetzt«, sagte Peter, »jetzt ist er näher als je zuvor. Ich verstehe ihn besser denn je. Ein Mann mit einer Mission, der gegen die wörtliche Auslegung der vielen Vorschriften innerhalb des Judentums zu Felde zog. Warum sollte es ihm nicht erlaubt sein, einen Blinden am Sabbat zu heilen? ›Der Sabbat ist für den Menschen da und nicht der Mensch für den Sabbat.‹ Es ging darum, nach dem Geist dieses Gesetzes zu leben und zu handeln und ihm nicht gedankenlos und sklavisch zu folgen. Diene dem Herrn von ganzem Herzen und von ganzer Seele, so steht es nicht ohne Grund geschrieben.«

»Mir geht es genauso. Natürlich habe ich nie an Jesus als den Messias geglaubt, aber ich glaube, jetzt besser zu verstehen, was damals passiert ist. Ein charismatischer junger Mann, der Geschichten von Liebe und Vergebung erzählt und den Menschen einen Einblick in eine Welt gibt, die möglich wäre, wenn wir alle nach seinem Vorbild leben würden. Für mich ist er ebenfalls menschlicher geworden und damit glaubwürdiger denn je.«

»Und er selbst muss in der Euphorie des Augenblicks, bei der Prozession nach Jerusalem und der nervösen Aufregung der Pilger auf dem Weg zum Tempel auf diesen Gedanken gekommen sein: Vielleicht bin ich es … Vielleicht bin ich dieser Befreier des jüdischen Volkes, der vom Ewigen versprochen wurde, der seinen rechtmäßigen Thron beanspruchen und alle Stämme wieder vereinen wird. Und natürlich war die Aktion auf dem Tempelplatz ein Fehlschlag, aber das war nur der Anfang, müssen sie gedacht haben.«

»Genau.«

»Und diese Geschichten kursierten jahrzehntelang, bevor sie zu Papier gebracht wurden. Wie viele Mythen in der Zwischenzeit entstanden sind! Aber jetzt haben wir, auch wenn wir nicht die Worte Jesu selbst lesen, durch diesen Briefwechsel zwischen Judas und Petrus Zugang zu der damaligen Lebenswelt. Ich glaube nicht, dass wir den Ereignissen von damals noch näher kommen können.«

»Und deshalb ist der Gedanke so furchtbar«, sagte Judith, »dass all dies für die Welt verloren geht. Wir sitzen hier fest, und unsere Situation ist im Moment ziemlich hoffnungslos. Und wenn man sich anschaut, wozu sie in der Lage sind … Diese Leute geben nicht auf, bis sie das Kästchen in den Händen halten.«

Peter schien plötzlich doch wieder etwas Hoffnung zu schöpfen. »Aber sie wissen nichts von den Fotos!«, unterbrach er sie. »Und nichts von der Übersetzung. Und sie wissen auch nicht, wo das Kästchen ist.«

»Aber gerade deswegen habe ich solche Angst, Peter!«, stieß Judith hervor. In ihrer Stimme schwang nun wieder Panik mit. »Sie haben keine Ahnung und werden daher alles tun, um diese Information aus uns herauszubekommen. Und dass ich …«

Judith stieß einen Schrei aus und schlug eine Hand vor den Mund. Sie stand auf und begann, auf und ab zu gehen. Von ihrer Gelassenheit war nichts mehr übrig.

»Beruhige dich, Judith«, sagte Peter. Er wollte aufstehen, doch das rächte sich sofort – sein Kopf hämmerte schmerzhaft. Ihm wurde schwindlig, und er ließ sich wieder zu Boden sinken. Er streckte einen Arm nach ihr aus, aber sie schien es nicht zu bemerken.

Judith ging zur Tür ihrer Zelle und hämmerte ein paarmal dagegen. Durch die vergitterte Luke rief sie laut um Hilfe.

Peter lief es eiskalt den Rücken herunter.

Mit einiger Anstrengung schaffte er es, in die Hocke zu gehen, und vorsichtig richtete er sich auf. Der pochende Kopfschmerz machte es ihm schwer, sich zu konzentrieren, und immer wieder verschwamm Judith vor seinen Augen.

»Judith«, sagte er zärtlich. »Judith.«

Sie drehte sich um, und sein Anblick schien sie zu beruhigen.

Judith ging auf ihn zu und nahm seine Hände. Sofort ließ sich Peter wieder auf den Boden sinken, schloss die Augen und wartete darauf, dass der Schmerz nachließ.

Judith ging neben ihm in die Hocke.

»Weißt du«, sagte er, »ich glaube, wir müssen uns damit abfinden, dass wir das Kästchen verloren haben. Sie werden immer gewinnen. Aber vielleicht haben wir ja noch die Bilder und auf jeden Fall die Übersetzung. Und niemand weiß davon, außer Mark.«

Obwohl Peter Judith mit seinen Worten nur beruhigen wollte, glaubte er allmählich selbst daran. Er setzte sich aufrecht hin. »Gehen wir davon aus«, sagte er, »dass sie nachher zurückkommen und uns befragen. Ich schlage vor, wir sagen ihnen, wo das Kästchen ist. Vielleicht haben wir Glück und sie entdecken die Fotos nicht. Sie wissen nichts davon, also werden sie auch nicht danach suchen. Und wenn sie sie finden und auch herausbekommen, dass Mark den Text übersetzt – dann werden sie glauben, sie hätten die Beute in der Tasche. Aber sie wissen nicht, dass es bereits eine vollständige Übersetzung gibt.«

»Die wir aber auch nicht haben«, wandte Judith ein.

»Nein«, gab Peter zu. »Wir haben sie im Moment auch nicht, aber es besteht immer noch die Möglichkeit, dass sie sie übersehen.«

»Dann wollen wir das mal hoffen«, sagte Judith ohne allzu große Überzeugung.

»Wir haben eine Schlacht verloren, aber nicht den Krieg. Wir kommen hier raus, wenn sie das Kästchen haben. Sie denken, dass sie gewonnen haben, aber wir haben ein Ass im Ärmel. Sie wissen nicht alles, Judith. Pass auf: Wenn wir heute Nachmittag wieder auf freiem Fuß sind, hole ich meine Kleidung ab, und wir gehen …«

»Du holst deine Kleidung ab?«, rief Judith überrascht aus. »Wie kommst du denn auf die Idee? Wie stellst du dir das vor? Du klingelst einfach an der Tür deines guten Freundes Luuk und sagst: ›Hey Kumpel, lass uns eine gute Zigarre zusammen rauchen, und was heute Morgen passiert ist, das vergessen wir. Kann ja passieren. Aber sag mal, Alter, was hältst du eigentlich von diesem Kluivert, hätte der nach diesem Prozess mit nach England fahren dürfen?‹«

Sichtlich verärgert stand sie auf.

»Judith«, flehte Peter, der merkte, dass sein Versuch, sie zu beruhigen, gescheitert war. »Lass uns nicht streiten. Du hast recht, die Freundschaft zwischen mir und Luuk ist vorbei, das ist ja klar. Ich wollte nur … Ich hatte mir ausgemalt, wie ich draußen wieder frei herumlaufe und dass … dass das alles vorbei ist.«

»Ist schon gut«, sagte Judith jetzt wieder ruhiger. »Aber sag, Peter, hast du diesem Hoogers denn nie etwas angemerkt? Ich meine, der Mann ist wahrscheinlich die Spinne in einem uralten weltweiten Netz. Vielleicht war seine ganze Karriere als Professor für Archäologie tatsächlich der Suche nach dem Grab des Petrus gewidmet.«

»Wer weiß? Ich kann es immer noch kaum glauben. Mir ist nie aufgefallen, dass er ein besonderes Interesse an Religion gezeigt hat, geschweige denn am christlichen Glauben. Und diese Ausgrabung in Matilo … Natürlich interessierte sie ihn, aber nicht übermäßig. Er geht morgen in den Ruhestand und …«

»Er? Morgen?«

»Ja. Er war also involviert, aber nicht allzu sehr, weil er emeritiert wird. Aber seine Rolle war wahrscheinlich viel wichtiger, als mir bewusst war. Und jetzt, wo ich darüber nachdenke, glaube ich, dass dieser Deutsche, der in letzter Minute zu Thomas' Ausgrabungsteam stieß, auf Hoogers' Empfehlung kam.«

»Unser Angreifer also.«

»Unser Angreifer, ja. Wieso habe ich nicht schon früher daran gedacht? Der Typ kam plötzlich aus dem Nichts, das weiß ich noch, und seine Anwesenheit hat Thomas von Anfang an gestört. Thomas traute ihm nicht über den Weg. Er arbeitete viel mehr, als von ihm erwartet wurde, war oft an den Wochenenden da, wenn Thomas alleine herumstöbern wollte. Zumindest hat er mir das gesagt. Jetzt verstehe ich natürlich, dass Thomas an diesen Tagen einfach mit seinem Projekt beschäftigt war. Seiner Suche nach Petrus. Und das war der Deutsche auch. Es ist natürlich denkbar, dass er für Hoogers spionierte, und Thomas wollte wohl einem angesehenen Professor der Archäologie schmeicheln. Man weiß nie, wann man jemanden wie ihn um einen Gefallen bitten muss. Aber da ist noch etwas anderes. Etwas, was mich von Anfang an gestört hat. Vielleicht hast du es nicht gehört, aber als du und ich auf dem Weg zur Ausgrabung waren und ich Hoogers' Tür öffnete …«

»Da hat er mit jemandem telefoniert, richtig?«

»Genau, er hat telefoniert. Ich habe so etwas gesagt wie: ›Ich fahre raus nach Matilo, es wurde eine Visiermaske gefunden‹, und er antwortete: ›Ja, ich weiß‹, als wüsste er im Grunde schon, was ich ihm sagen wollte. Er hat sich zusammengerissen, den Satz nicht beendet und so etwas gesagt wie: ›Schon gut, schon gut, ich erfahre es schon noch‹, aber jetzt, im Nachhinein, denke ich, dass er es durchaus schon gewusst haben kann. Vielleicht hat der Deutsche kurz vor Thomas mit dem Feldtelefon angerufen.«

»Oder Thomas hat ihm selbst Bescheid gesagt.«

»Ja, das könnte natürlich auch sein. Und Hoogers hat dann sofort den Deutschen angerufen, um ihn zu bitten, das zu überprüfen. Und damit hat er dieses ganze unsichtbare Netzwerk in Bewegung gesetzt, dessen Kopf er wahrscheinlich ist.«

»Oder von dem er nur ein weiteres unscheinbares Rädchen ist. Vielleicht ist er in einer ähnlichen Lage wie Luuk.«

Peter dachte einen Moment lang nach. »Nein, das glaube ich nicht«, sagte er, »denn dass Luuk zum Orden gehört, ist bekannt. Diese Namen sind öffentlich, da ist nichts Geheimnisvolles dran. Aber dass Hoogers beteiligt ist, weiß Luuk vielleicht gar nicht. Er hat einfach jemanden aus dieser Organisation wissen lassen, dass es ihm gelungen war, uns einzusperren, und vielleicht hat diese Person wiederum Hoogers informiert. Und selbst wenn Luuk Hoogers in die Pieterskerk gehen sah, glaubte er womöglich immer noch, dass er dort in seiner Funktion als Professor war, der sich um das Schicksal seines Untergebenen sorgte.«

Judith wollte etwas erwidern, aber dann horchten beide auf. Über ihren Köpfen wurde eine Tür geöffnet und wieder geschlossen, und sie hörten Schritte, die die Treppe hinunterkamen.

Judith war wieder in Panik geraten. Sie ging zum Schreibtisch hinüber, faltete die Blätter, die sie beschrieben hatte, zusammen und verstaute sie unter ihrem Rockbund.

»Bleib jetzt ganz ruhig«, sagte er besänftigend zu ihr. »Wir sind zusammen und bleiben zusammen. Alles wird gut.« Sie umarmten sich und blieben so stehen, als die Luke geöffnet wurde.

»Oh, wie romantisch«, ertönte die höhnische Stimme von Hoogers. »Küss mich, Liebling, küss mich! Schämen Sie sich nicht, Judith, mit einem so viel älteren Mann herumzuknutschen? Und du, Peter? Aber ich kann dich ja verstehen.« Er stieß ein freudloses Lachen aus. »Genug geplaudert, es wird Zeit, an die Arbeit zu gehen.«

Peter und Judith hörten, wie er den Schlüssel im Schloss drehte, und dann öffnete er die Tür. Hoogers trat ein, gefolgt von dem Mann, der sie zuvor gejagt hatte. In seiner rechten Hand hatte er eine Pistole mit einem Schalldämpfer, in der anderen Hand hielt er Handschellen und etwas, das wie ein Eisenhandschuh aussah.

Hoogers trug eine Leinentasche um die Schultern; er schloss die Tür hinter sich und drehte sich zu Judith um. »Sag mal, Judith«, sagte er, »ich darf doch Judith sagen, oder? Du kennst sicher den Ausdruck ›jemandem die Daumenschrauben anlegen‹?«

25

Peter sprang auf und stürmte auf die beiden Männer zu, doch noch bevor er sie erreicht hatte, schoss ihm ein so schneidender Schmerz durch den Kopf, dass er das Gefühl hatte, sein Schädel würde zerbersten. Kurz bevor er durch einen Schlag mit dem Gewehrkolben auf den Kopf ausgeknockt und alles wieder schwarz wurde, hörte er Judith schreien.

Als er wieder zu sich kam, lag er extrem unbequem auf dem Bauch. Sein linker Arm war auf den Rücken gedreht, und sein Handgelenk war mit einer der Handschellen am Knöchel seines gebeugten rechten Beins befestigt.

Peter schaute zur Seite und entdeckte Judith in einer ähnlichen Position. Hilflos sah sie ihn an; ihre Augen waren rot gerändert.

»Dreckiger Mistkerl!«, schrie Peter. »Binde uns los, du …«

Amüsiert schaute Hoogers Peter an.

Ist das wirklich derselbe Mann?, dachte Peter. *Der Mann, mit dem ich so viele gute Gespräche über unsere Arbeit, die Geschichte von Leiden, Archäologie, meine Karriere geführt habe? Dem ich so viel Persönliches anvertraut habe? War das alles nur Fassade?*

»Aha«, sagte Hoogers einfach, »unser Held ist wieder wach. Clevere Aktion von dir, gerade eben. Ich war beeindruckt von deiner Leistung. Was für ein Mann!«

Sein Gefolgsmann kicherte kriecherisch, wie ein Untergebener, der über einen Witz seines Chefs lacht.

Hoogers nickte ihm zu, und als hätte er darauf gewartet, setzte er sich auf Judiths Rücken.

Peter versuchte, mit ihm Kontakt aufzunehmen. »Du heißt Hermann, oder?«, fragte er. »Thomas hat mir von dir erzählt.«

»Er heißt nicht Hermann. Mach dir keine Illusionen«, antwortete Hoogers an seiner Stelle. »Unser Mann hat viele Namen. Er ist nur einer unserer anonymen Soldaten, der zur Stelle ist, wenn der Einsatz des eigenen Lebens gefordert ist.«

»Aber Pieter«, sagte Peter. »Jetzt benimm dich doch für einen Augenblick normal. Was machst du denn da? Das ist wirklich lächerlich. Ich weiß nicht, was du vorhast.«

»Halt die Klappe!«, rief Hoogers völlig unerwartet und mit einer solchen Wut, dass Peter das Herz gefror.

»Halt die Klappe!«, wiederholte Hoogers diesmal ruhiger, aber immer noch wütend.

Er ging auf Peter zu und stellte einen Fuß auf seinen Rücken, wie ein Jäger, der für ein Foto mit seiner frisch erlegten Beute posiert. Peter stöhnte leise auf.

»Ach, Junge«, sagte Hoogers wie ein Vater, der seinen Sohn milde strafend ermahnt. »Du bist ein Paradebeispiel dafür, wie man es anstellt, zur falschen Zeit am falschen Ort zu sein. Wenn du Hermann – wir nennen ihn jetzt einfach mal weiter so« – er verzog den Mund zu einem ironischen Lächeln – »wenn du ihm fünf Minuten mehr gegeben hättest, wäre das alles nicht passiert. Das war alles so unnötig! Und dabei hast du ihm sogar ungewollt geholfen. Dass er zu dir nach Hause gegangen ist, war nur ein Schuss ins Blaue. Er wusste, dass das Kästchen weg war. Die leere Stelle im

Knochenkasten ließ keinen Schluss zu, aber Thomas weigerte sich, ihm zu sagen, wo es war. Nachdem du seine Suche im Zelt gestört hattest, fiel ihm nichts anderes ein, als zu dir zu gehen und zu bluffen. Als du geflohen bist, wurde ihm klar, dass er recht gehabt hatte. Und dann hat er wieder richtig geraten, als er zum Krankenhaus ging. So was von vorhersehbar … Dort hätte das Abenteuer enden können, bevor es überhaupt angefangen hatte, aber …«

Er nahm seinen Fuß von Peters Rücken, und Peter stieß einen Seufzer der Erleichterung aus.

Hoogers begann, auf und ab zu gehen, soweit es der begrenzte Platz in der Zelle zuließ. Diese Haltung, diese Art, laut nachzudenken, während er auf und ab ging, hatte Peter oft während der Vorlesungen erlebt. Die Studierenden bewunderten Hoogers. Bei ihm hatten sie wenigstens einmal den Eindruck, dass jemand nicht nur zum x-ten Mal in Folge die gleiche Lektion wiederkäute. Nein, er war ein inspirierender Professor, der die jungen Leute für sein Fach zu begeistern wusste.

»Aber du hast dich hartnäckig geweigert«, fuhr Hoogers fort, »das zurückzugeben, was uns seit Jahrhunderten gehört. Hermann hat mich angerufen und mir Bescheid gesagt, und ich bin zur Fakultät gegangen. Irgendetwas musste ich unternehmen. Auch diese Vermutung erwies sich als richtig. Wie gesagt, deine Handlungen sind extrem vorhersehbar. Und was für eine Aufregung um nichts am Ende, Peter. Denn hier bist du.« Er hielt inne und sah Judith an. »Wissen Sie, junge Dame, für mich ist heute ein Freudentag …«

»Können Sie mir den Kerl vom Hals schaffen?«, unterbrach ihn Judith. »Bitte.«

Hoogers sprach weiter, als hätte er sie gar nicht gehört. »Ein Freudentag, wie ich schon sagte. Es ist kaum zu glauben! Einen Tag vor meiner Pensionierung erhalte ich die Chance, mein Werk zu krönen. Der Herr ist gnädig. Eine anonyme Krone zugegebenermaßen, denn die Außenwelt wird nie erfahren, mit welchem Paukenschlag ich meine Karriere beende, aber dennoch außerordentlich befriedigend.« Er hielt einen Moment inne. »Ich habe nie nach Ruhm gestrebt«, fuhr er theatralisch fort.

Peter stieß ein zynisches Lachen aus. Hoogers war weithin bekannt für seine außerordentliche Eitelkeit. Auf Gruppenfotos stand er immer vorne, er unterschrieb Leserbriefe an Zeitungen grundsätzlich mit »Prof. Dr.«, besuchte Konferenzen nur, wenn er der Hauptredner war, und er machte einen Riesenwirbel, wenn er nicht als Erstautor eines Artikels aufgeführt war, zu dem er nur indirekt beigetragen hatte.

»Was wollen Sie denn von uns?«, rief Judith aus. »Tun Sie, was Sie tun müssen, aber verschonen Sie uns mit Ihren Predigten.«

»Ach, meine liebe Judith«, sagte Hoogers freundlich. »Ihr habt ein Recht auf eine Erklärung. Hinter euch liegt ein ziemliches Abenteuer, nicht wahr? Aber keine Sorge, es ist fast vorbei.«

»Danke, wie beruhigend«, sagte Judith.

»Wie auch immer«, fuhr Hoogers gespielt zerstreut fort, als hätte ihn ein Studierender mit einer unwichtigen Frage unterbrochen. »Wo waren wir? Ach ja, natürlich. Ein denkwürdiger Tag. Und nicht nur für mich, sondern für unseren ganzen Orden, auch wenn die meisten Mitglieder es nicht einmal merken werden. Auch sie sind unwissend. Wir, eine ausgewählte Gruppe von Eingeweihten – aber das wisst ihr wohl inzwischen –, wussten die ganze Zeit, dass sich das Grab, zusammen mit den Briefen von Petrus und Judas, in der Nähe von Leiden befand.«

»Was?«, riefen Peter und Judith gleichzeitig aus.

»Ihr wusstet es?«, fragte Peter.

»Ja, wir wussten von dem Grab und von den Briefen«, antwortete Hoogers.

»Aber wie ...«, begann Judith.

»Zerbrich dir darüber mal nicht dein hübsches Köpfchen«, sagte Hoogers, ohne sie überhaupt anzusehen. »Also, seit fast tausend Jahren ist dieses Wissen in unserem Besitz, weitergegeben von Generation zu Generation. Unser Orden verließ Akkon im Jahr 1291, verjagt von den Truppen des Sultans, ihr kennt die Geschichte. So fiel die letzte Hochburg des Christentums in die Hände der Mohammedaner, und all die jahrhundertelangen Bemühungen und Opfer der Kreuzfahrer, frommer Männer – und Frauen – hatten sich als vergeblich erwiesen.«

Meine Güte, dachte Peter, der meint wohl, er steht vor einem Hörsaal mit Erstsemestern.

»Zumindest«, fuhr Hoogers fort, »ist es das, was die meisten Menschen glauben; das ist die offizielle Geschichte, und dabei möchten wir es auch gerne belassen. Doch als wir im Gefolge unserer Brüder, der Templer, aufbrachen, geschah das nicht mit leeren Händen. Daher fühlte es sich auch gar nicht wie eine Niederlage an. Wie du weißt, sind die Templer mit geheimen Schätzen nach Zypern aufgebrochen, von denen selbst ich nichts weiß, die ihnen aber sagenhaften Reichtum und eine privilegierte Stellung innerhalb der katholischen Kirche bescherten.«

»Bis ...«, sagte Peter.

»Bis sie übermütig wurden und es übertrieben. Sie wurden mit Stumpf und Stiel ausgerottet – zumindest will die Welt das glauben, und auch ich möchte es dabei belassen. Wir waren schon immer eher bescheiden. Politischer, wenn ich so sagen darf. Wir besaßen zudem einen großen Schatz. Vielleicht war er nicht so spektakulär wie die Reichtümer der Templer, aber womöglich war gerade das unsere Rettung. Die Aufmerksamkeit war immer auf sie gerichtet, was uns erlaubte, in relativer Ungestörtheit zu operieren. Ich meine, wer hat schon von unserem Orden gehört? Die Templer haben immer die Fantasie angeregt, natürlich auch wegen ihres dramatischen Endes, jedenfalls für Uneingeweihte, und deswegen hat niemand auf uns geachtet, die wir im Verborgenen gute Werke taten. Das machte und macht bis heute unseren Ruf aus. Aber auch wir waren im Besitz von Informationen, die die Kirche in ihren Grundfesten hätten erschüttern können, die den Lauf der Geschichte hätten verändern können – bis heute.«

»Willst du damit sagen, dass ihr …« Peter konnte seinen Satz vor Verblüffung nicht beenden.

»Ja, genau das will ich sagen«, antwortete Hoogers. »Nicht nur die Briefe von Judas und Petrus waren uns schon lange bekannt, sondern auch ihr Inhalt. Wir haben sie schon seit jeher besessen, und sie waren bei uns in guten Händen. Wir fanden die Originalbriefe, sowohl die beiden von Petrus an Judas als auch den von Judas an Petrus, in einer Elfenbeinschatulle, hermetisch von Außenluft und Feuchtigkeit abgeschlossen. Aber das wird dir bekannt vorkommen. Gefunden von den Templern und einigen meiner illustren Vorgängern während der geheimen Ausgrabungen auf dem Tempelberg. Du hast vielleicht schon davon gehört.«

»Ich habe das immer für Legenden gehalten, für Verschwörungstheorien.« Peter musste zugeben, dass er trotz seiner misslichen Lage von Hoogers' Geschichte fasziniert war. Auf einmal passte alles zusammen.

Hoogers lachte sichtlich zufrieden. »Und wir haben eifrig dazu beigetragen, diesen Mythos zu verbreiten. Einige meiner Brüder haben sogar mehrere Bücher darüber veröffentlicht, die sehr beliebt waren. Vieles davon war tatsächlich richtig, aber es klang so unglaublich, dass die offizielle Wissenschaft es nie akzeptiert hat. Wir haben auch mehrmals Informationen an diese beiden Autoren, wie heißen sie, Michael Baignet und dieser andere, ›geleakt‹, wie es so schön heißt. *Der Heilige Gral und seine Erben*. Gut zu lesen. Die Menschen lieben solche Geschichten!«

Hermann saß immer noch auf Judith, die versuchte, sich zu bewegen, aber die Augen schloss, als sie merkte, dass es sinnlos war.

»Da war noch eine Kleinigkeit«, setzte Hoogers seinen Vortrag fort. »Ein loses Ende sozusagen. Obwohl ... eigentlich war es eine ziemlich große Sache. Wir wissen, dass Petrus, als er um das Jahr 70 Jerusalem in Richtung Westen verließ, in Richtung des heutigen Englands, die drei Briefe abschreiben ließ, um sie mitzunehmen. Von der Quelle gab es nur ein Exemplar.«

»Die Quelle ...«, sagte Peter.

»Petrus schrieb seine Version der Ereignisse aus dem Leben Jesu auf und hinterließ diese Schrift, damit die Menschen nach ihm sie nutzen konnten, um ihre Version der Lebensgeschichte Jesu darauf zu gründen.«

»Die Quelle! Aber das ist ja ...«, flüsterte Peter.

»Richtig, das Dokument, über das Historiker zwei Jahrhunderte lang spekuliert und auf das sich Lukas und Matthäus berufen haben. Aber leider haben wir das nicht. Dies ist ein Schatz, von dem ich überzeugt bin, dass er in den Händen der Templer war und nach dem verhängnisvollen Freitag, dem Dreizehnten, im Jahr 1307 verloren ging.

Schließlich wurde dieses Dokument in den Katakomben der Vatikanischen Bibliothek aufbewahrt; aber das ist jetzt nicht der Punkt. In dieser Quelle bezieht sich Petrus eindeutig auf seine Korrespondenz mit Judas – die Templer haben dieses Wissen mit uns geteilt – und auf die Tatsache, dass er eine getreue Kopie anfertigen ließ, die er auf seine Reise nach England mitnehmen wollte.«

»Aber woher wusstest du, dass er nach Leiden gekommen war?« Peter war so auf Hoogers' Geschichte konzentriert gewesen, dass er nicht bemerkt hatte, dass Judith schon eine Zeit lang nichts gesagt hatte.

Sie lag regungslos da, wie im Tiefschlaf. Er rief nach ihr, aber sie reagierte nicht.

Hermann erkannte, dass es nicht mehr nötig war, sie zu bändigen, und stand auf.

Als Peter versuchte, sich zu bewegen, merkte er, wie verkrampft er war. Er drehte sich so weit wie möglich auf die Seite, um das Blut wieder durch die Adern fließen zu lassen.

»Es war offensichtlich«, antwortete Hoogers ruhig. »Die logischste Route, die er und sein Begleiter nehmen konnten – wir wissen nicht, mit wem er reiste, aber er war nicht allein –, verlief über das europäische Festland, ungefähr entlang der Grenze zwischen dem heutigen Frankreich und Deutschland, nach Norden. Zu dieser Zeit herrschten in den Gebieten, durch die sie reisten, die wenigsten Spannungen. Und wer wollte zwei alten, harmlosen Männern zu Pferde etwas antun? Die Küsten Frankreichs und Belgiens waren unruhig, deshalb zogen sie in Richtung Brittenburg, dem äußersten nordwestlichen Zipfel des Römischen Reiches. Dort mündet der Rhein ins Meer, und von dort aus gab es einen regen Seehandel mit Britannia, England. Es herrschte reger Schiffsverkehr, und gegen entsprechende Bezahlung konnten sie leicht anonym einschiffen. Sie wollten einfach so weit wie möglich von Jerusalem entfernt sein, der Stadt, die zwei Jahre zuvor von den Römern in Schutt und Asche gelegt worden war.«

»Aber sie sind also nicht übergesetzt, oder?«

»Sehr scharfsinnig von dir. Nein, sie sind nicht übergesetzt. Nach jahrhundertelanger vergeblicher Suche an vielen Orten Europas – was glaubst du, worum es in den Legenden von König Artus und seinen Rittern ging; nicht um den Kelch, den Jesus beim letzten Abendmahl benutzt hat, das kann ich dir sagen! – kam jemand auf die simple, aber geniale Idee, dass Petrus möglicherweise in oder um Brittenburg Halt gemacht hatte und dortgeblieben war. Hinzu kommt, dass zu dieser Zeit die Schifffahrt und der Handel wegen der Aufstände der Bataver und Cananefaten zum Erliegen gekommen waren, also könnte es auch daran gelegen haben. Aber vielleicht hat Petrus, der inzwischen ein alter Mann war, gespürt, dass sein Ende nahte, und beschlossen, die Überfahrt, die nicht ganz ungefährlich war, nicht zu riskieren und hierzubleiben. Es liegt also auf der Hand, dass sie in Matilo herausgekommen sind.«

»Bei den Römern? Die gerade ihre heilige Stadt zerstört hatten?«

»Nun, natürlich nicht im Militärlager, aber wie du weißt, war außerhalb der Mauern Matilos ein ziviles Dorf voller Handwerker und so weiter entstanden. Da werden sie herausgekommen sein.«

»Alles Spekulation.«

»Ja, aber begründete Spekulation. Also, wenn wir ganz sicher gewesen wären, hätten wir gegraben, wo wir konnten, aber das wäre zu auffällig gewesen. Wir waren uns nicht hundertprozentig sicher, aber wir hatten einen extrem starken Verdacht. Übrigens, die Suche in England ging dennoch weiter, aber seit heute ist sie zu Ende. Auch an vielen anderen Orten wurde gesucht. Zuerst dachten wir, dass der Dorfpfarrer Bérenger Saunière das Kästchen in Rennes-le-Château gefunden hätte, aber sein Fund stellte sich als etwas anderes heraus, mindestens genauso spektakulär, aber darauf kann ich jetzt nicht näher eingehen. Doch mit Thomas' Fund hat eine fast achthundertjährige Suche ein Ende. Und du Leiden, Land von *Germania Inferior*, bist keineswegs das Geringste dabei ... Als hier im zwölften Jahrhundert die erste Siedlung entstand, war es naheliegend, die Kapelle Petrus zu widmen. Unser Bischof Godebald und ein weiterer heimlicher Führer unseres Ordens haben sich darum gekümmert. Dieser hat auch dafür gesorgt, dass wir als Orden das Recht bekamen, Priester in der Pieterskerk zu ernennen; es war der Beginn einer jahrhundertelangen Verbindung zwischen dem Orden und Leiden.«

»Und wie bist du da hineingeraten?«

»Ich zähle zu einem Kreis angesehener Männer, von denen viele prominenter sind als ich. Es ist eine große Ehre, eingeladen zu werden. Ich kenne nur unseren obersten Vorsitzenden, so ist es üblich, und nur er kennt alle Mitglieder. Wir sind eine große internationale Gruppe, aber genaue Zahlen kennt nur er. Ich stehe nicht besonders weit oben in der Hierarchie. Noch nicht.« Seine Augen leuchteten. »Doch das wird sich nach dem heutigen Tag ändern.« Er ging zu Judith hinüber. »Nun denn, lasst uns zur Sache kommen.«

Er nickte Hermann zu, der den Eisenhandschuh aufklappte. Die beiden Hälften wurden durch ein Scharnier am Ring- und Mittelfinger zusammengehalten.

»Hermann!«, rief Peter in dem Versuch, Zeit zu schinden. »Welche Rolle spielst du denn eigentlich?«

Hermann sah zu Hoogers, der kurz nickte. Mit einem unverkennbar deutschen Akzent erzählte er seine Geschichte, als wäre er froh, endlich zu Wort zu kommen. »Es war eigentlich ganz einfach. Durch den Professor bin ich zum Ausgrabungsteam gestoßen und hatte dadurch die Möglichkeit, so viel Zeit auf der Ausgrabungsstätte zu verbringen, wie ich wollte. Ich habe schnell gemerkt, dass Thomas eigene Pläne hatte. Ich hatte ein Auge auf ihn. Nach der Entdeckung der Visiermaske rief Thomas dich an und auch den Professor, der wiederum mich sofort zurückrief und mich bat, einen Blick darauf zu werfen. Da ich in der Nähe der Ausgrabung wohne, war ich in kürzester Zeit dort. Über dem Graben liegt ein breites Brett, das ich als Brücke benutze. Als ich angerannt kam, stand Thomas vor dem Zelt und hielt Ausschau. Er hielt einen Gegenstand in der Hand. Er verschwand sofort im Inneren, als er mich kommen sah. Kurz darauf stürmte ich ins Zelt, und er stand mit leeren Händen in der Mitte.

›Was hast du gefunden? Gib auf! Das gehört nicht dir!‹, rief ich ihm zu. Aber er sagte nichts. Ich sah den Knochenkasten, dessen Deckel halb weggeschoben war. Er versuchte, sich zwischen mich und den Kasten zu stellen, und ich griff zum Telefon und schlug ihn damit nieder. Ich schaute in den Kasten und sah, dass etwas herausgenommen worden war. Ich geriet in Panik und bereute, dass ich Thomas niedergeschlagen hatte, denn jetzt konnte ich ihn nichts mehr fragen.«

Er hielt inne, als ob er tatsächlich Beifall von Peter erwartete.

»Ich habe überall gesucht, und dann hörte ich ein Auto kommen. Dein Auto. Die Zeit lief mir davon. Ich warf ein Tuch über den Sarg, ging nach draußen und entschied mich in dem Moment, in dem ich dich sah, zu fliehen. Nach einer Weile bin ich zurückgekommen, um die Autoschlüssel wegzunehmen, damit du nicht zurückfahren konntest. Wenn ich gewusst hätte, dass Judith zu dem Zeitpunkt mit Thomas allein im Zelt war …«, sagte er mit Bedauern in der Stimme. »Wie auch immer, bald darauf kam der Krankenwagen, und ich ging ungesehen nach Hause. Ich holte meine Waffe, rief Hoogers an, der mir deine Adresse gab, und – den Rest der Geschichte kennst du.«

Peter wurde kalt ums Herz, und das lag nicht nur daran, dass er sich kurz in Thomas' Lage versetzte, der erkannt haben musste, in welch einer gefährlichen Situation er sich befand. Doch es kam noch etwas hinzu. Hoogers und dieser Hermann hatten offensichtlich keine Hemmungen, ihnen freimütig alles zu erzählen. Natürlich spielten Eitelkeit und Arroganz dabei eine Rolle – beide waren Aufschneider –, aber vor allem bewies es, dass sie wussten, dass ihre Geschichte niemals aus dieser Zelle hinausdringen würde. Keiner ihrer Gefangenen würde darüber reden. Im besten Fall war es egal, was sie erzählten; niemand würde ihnen glauben, und Hoogers und Hermann kämen ungeschoren davon.

Hoogers schien Peters Gedanken erraten zu haben. »Gut«, sagte er. »Jetzt weißt du alles. Nicht, dass es einen Unterschied machen würde. Selbst wenn du hier rauskommst – wohlgemerkt, ich sage ›wenn‹ –, du würdest immer noch mit leeren Händen dastehen. Unseren Hermann hat niemand auf dem Radar, und ich bin im System der Uni eingeloggt. Jemand arbeitet gerade an meinem Computer und sendet gelegentlich Nachrichten per E-Mail. Das letzte Mal, dass ich in der Öffentlichkeit gesehen wurde, war im Hortus. Und danach noch ein zweites Mal, aber dazu komme ich gleich noch. Meine Geschichte ist wasserdicht, selbst wenn ich unter Eid aussagen muss. Ich bin davon ausgegangen, dass die beiden als Polizisten verkleideten Männer echte Beamte waren.«

Mit unschuldiger Stimme fuhr er fort: »Ich habe nur meine Bürgerpflicht getan, Euer Ehren. Ich habe mir Sorgen um meinen Mitarbeiter gemacht, Meneer de Haan, dem so schreckliche Dinge vorgeworfen wurden. Und das einen Tag vor meiner Pensionierung – ich befand mich im Ausnahmezustand, Euer Ehren! Ich war froh, dass ich wenigstens seine Partnerin, Judith Cherev, ausfindig machen konnte. Nachdem ich sie den zuständigen Behörden übergeben hatte, so dachte ich zumindest, kehrte ich nichts ahnend zur Universität zurück, um meiner Abschiedsrede den letzten Schliff zu geben.« Er lachte. »Ziemlich überzeugend, nicht wahr?« Er lachte wieder. »Du kommst hier nicht raus, aber selbst wenn, hättest du nichts gegen mich in der Hand.«

Er setzte ein unschuldiges Gesicht auf und lachte noch einmal, extrem zufrieden mit sich selbst. »So, aber jetzt genug geplaudert. Komm, Hermann, lass uns weitermachen.«

Hermann nahm Judiths freie Hand und steckte sie in den Handschuh, den er schloss und mit zwei Klammern sicherte.

»Dies ist ein Erbstück des Ordens«, sagte Hoogers mit einem freundlichen Lächeln. »Sollte jemals ein Museum für ihn eingerichtet werden, wäre das der Publikumsmagnet. Früher wurde die Hand des Angeklagten über ein schwelendes Feuer gehalten, aber das machen wir nicht. Wir sind moderne und humane Menschen. Hermann, du kannst anfangen.«

Entsetzt sah Peter, dass sich auf beiden Seiten der Finger des Handschuhs Schrauben befanden, die anscheinend angezogen werden konnten, wodurch die Fingerspitzen mehr und mehr zusammengedrückt wurden.

Hermann begann zu drehen, ohne jede Emotion, als würde er eine Schraube in eine Wand drehen. Judith erwachte plötzlich aus ihrer Lethargie. Sie öffnete ihre Augen und begann, mit hoher Stimme zu schreien, wie ein Schwein, das geschlachtet werden soll.

Peter drehte sich um, wollte näher herankommen, aber nach einem wohlgezielten Tritt von Hoogers gegen seinen Kopf verlor er wieder das Bewusstsein.

26

Judith schrie immer noch. Peter öffnete ein wenig die Augen und sah, dass Hermann nicht mehr auf Judiths Rücken, sondern rittlings auf dem Schreibtisch saß, während Hoogers neben Judiths Kopf hockte.

»Sag es ihm, Judith«, sagte Peter. »Das hat doch keinen Sinn.«

»Aha«, sagte Hoogers. »Da meldet sich jemand von den billigen Plätzen. Vielleicht kannst du uns ja helfen, denn die hier redet nicht. Wenn wir die Schrauben noch mehr anziehen, brechen wir ihr die Finger, und das wäre doch schade. Und vor allem unnötig. Ich will also mal nett sein und gebe euch eine letzte Chance.«

»Das Kästchen ist bei Mark!«, rief Peter. »Er ist ein Freund von ihr und wohnt im selben Hofje. Geht und holt es euch, aber lasst uns gehen, verdammt noch mal! Du hast gewonnen, okay? Hör auf, ihr wehzutun!«

Hoogers schien von dieser Offenbarung unbeeindruckt, und auch Hermann rührte sich nicht. Das überraschte Peter, denn er hatte angenommen, dass sie auf diese Information gewartet hatten.

»Ehrlich«, wiederholte er. »Ich schwöre es! Nachdem wir Hermann auf der Kirmes abgehängt hatten, sind wir zu Judith nach Hause gegangen. Sie hat sich rasch umgezogen, und dann sind wir rüber zu Mark. Er wohnt genau gegenüber. Du kannst hinfahren, oder schicke Hermann. Mark wird dir alles geben, was du haben willst. Dann kannst du uns gehen lassen, wir versprechen auch, nichts zu verraten. Ich bitte dich, Pieter!«

Hoogers stand auf und ging zu der Wand, an der er seinen Leinenbeutel abgestellt hatte. Quälend langsam hob er die Tasche auf, während er Peter unverwandt anstarrte. Judith stöhnte leise auf. Ihre Tränen hatten einen nassen Fleck auf dem Boden hinterlassen.

Hoogers steckte seine Hand in die Tasche, wartete einen Moment wie ein Zauberer bei einem magischen Trick und holte dann das Elfenbeinkästchen heraus. »Meinst du vielleicht dieses hier?«, fragte er übertrieben freundlich, als erwarte er tatsächlich eine Antwort darauf. »Das haben wir deinem lieben Freund Luuk zu verdanken, der uns erzählt hat, dass ihr bei Mark wart.«

Peter war fassungslos. Auch Judith hörte für einen Moment auf zu stöhnen.

Hoogers stellte das Kästchen auf den Boden und griff dann erneut in die Tasche. Er holte den Stapel Polaroidfotos heraus, die er wie Konfetti auf dem Boden verstreute. »Sehr klug von dir, Peter«, sagte er, und in seiner Stimme lag tatsächlich ein Hauch von Bewunderung. »Als ich sie gesehen habe, wurde mir plötzlich klar, was du im Büro gemacht hast und warum ich nicht direkt reinkommen durfte. Wirklich clever.«

Judith ließ den Kopf sinken und sah Peter mit gerunzelter Stirn an.

Hoogers griff ein drittes Mal in die Tasche und zog ein DIN-A4-Blatt heraus, das er ebenfalls zu Boden flattern ließ. »Kluges Kerlchen, dieser Mark«, sagte er. »Er hatte schon zwei, drei Sätze übersetzt, und ich muss sagen, ich bin beeindruckt. Der Mann ist ein Genie. Dieses Altgriechisch so schnell in lesbares, modernes Niederländisch zu übersetzen ... Ich muss sagen, Chapeau!«

»Aber wie ...«, begann Peter.

»Jetzt hör mir mal gut zu, Meneer de Haan. Du hast von Anfang an unterschätzt, mit wem du es zu tun hattest. Du hattest keine Ahnung. Und du hattest nie den Hauch einer Chance, möchte ich hinzufügen. Hast du geglaubt, wir wären dumm? Und dass wir uns etwas, dem wir seit Jahrhunderten hinterherjagen, so einfach entgehen lassen würden? Also wirklich!« Er lachte laut auf und warf den Kopf in den Nacken. »Dann bist du wirklich noch dümmer, als ich dachte! Wir haben unsere Augen und Ohren überall. Überall! Und Mark ist kein Unbekannter für uns, weißt du. Zum Beispiel sitze ich in dem Komitee, das sich demnächst mit seinem Promotionsantrag befassen muss.«

»Was habt ihr mit Mark gemacht?«, platzte Judith heraus. »Wir haben dir alles erzählt, oder? Du hast doch jetzt, was du willst? Was habt ihr getan? Ihr Mistkerle!«

»Oh, meine liebe Judith«, sagte Hoogers sanft. »Mach dir keine Sorgen um deinen Freund. Er erhält die beste Behandlung, die er sich nur wünschen kann.«

»Die beste Behandlung?«, fragte Judith verzweifelt. »Was soll das denn nun wieder heißen?«

»Wie gesagt, Judith«, antwortete Hoogers, »Mark ist kein Unbekannter an der Universität. Mehr noch, wir setzen hohe Erwartungen in ihn. Überall ist die Rede davon, wie sehr man ihn dafür bewundert, wie er nach seinem ... wie soll ich sagen, kleinen Zusammenbruch zurückgekehrt ist. Und wie es der Zufall will, Judith, habe ich einen Freund, einen renommierten Professor der Psychiatrie, der sich mir zuliebe bereit erklärt hat, noch einmal einen Blick auf den

›Fall Labuschagne‹ zu werfen. Als wir den begründeten Verdacht hegten, dass sich die Gegenstände, die wir suchten, höchstwahrscheinlich bei Mark befanden, kontaktierte ich ihn und äußerte meine Besorgnis darüber, dass Mark möglicherweise einen Rückfall hätte. Ich erzählte ihm, Mark habe mich angerufen; er habe einen verwirrten Eindruck gemacht und gedroht, sich etwas anzutun, wenn ich ihm nicht sofortige Gewissheit über seine Promotionsstelle verschaffe. Da mein Psychiater-Freund und ich uns schon so lange kennen – du weißt ja, wie sehr man alten Freunden vertraut, Peter, und was man alles für sie tut –, war er angesichts der beunruhigenden Situation sofort bereit, den Bürgermeister anzurufen, der sogar am 3. Oktober Anrufe seines alten Studienfreundes entgegennimmt. Der Bürgermeister vertraute seinem Urteil und verfügte Kraft seines Amtes, dass Meneer Labuschagne wegen dieses traurigen und möglicherweise für ihn gefährlichen Rückfalls in seine religiöse Wahnwelt zwangseingewiesen wurde.«

»Du … du …!«, war alles, was Judith hervorbringen konnte.

»Amüsant, wie schnell wir miteinander vertraut geworden sind«, bemerkte Hoogers. »Gestern hättest du mich noch gesiezt. Aber du hast Glück, ich bin kein Mann, der großen Wert auf Formalitäten legt. Aber ich war noch nicht ganz fertig. Also, ich als besorgter Professor konnte als Begleitung des renommierten Psychiaters Marks Haus betreten, ohne das Misstrauen der Polizei zu wecken. Und ob du es glaubst oder nicht – Gott steht wirklich auf unserer Seite –, aber der verwirrte Mark öffnete uns die Tür und musste uns einlassen. Während mein Freund die Situation erläuterte, ging ich ungehindert in Marks Wohnzimmer. Ich sah das Kästchen, die Fotos und die Seite mit dem Anfang der Übersetzung auf seinem Schreibtisch. Kaum zu glauben, aber ich war fast enttäuscht, so einfach war es. Ich habe das Kästchen in meine Tasche gesteckt« – und er deutete auf seine Tasche, als ob Peter und Judith sich dafür interessieren würden – »und dazu die Polaroidfotos – gute Qualität übrigens, hochwertiger Apparat, den Kollege Verbeek da hat –, bevor die anderen kamen. Ich zeigte die Übersetzung, an der er gearbeitet hatte, meinem Psychiater-Freund, als Beweis dafür, dass Mark tatsächlich wieder seinen Wahnvorstellungen verfallen war, genau wie damals, als er vor dem Bahnhof sein Evangelium nach Mark predigte. ›Siehst du‹, habe ich gesagt, ›ein Briefwechsel zwischen Judas und Petrus. Brauchst du noch mehr Beweise, dass er wieder rückfällig geworden ist?‹

Mein Freund musste nur einen flüchtigen Blick darauf werfen, um sich überzeugen zu lassen. ›Das sieht nicht gut aus‹, sagte er. ›Aber das kommt öfter vor‹, erklärte er den Polizisten, als müsste er die noch überzeugen. ›Eine Zeit lang geht es gut, aber früher oder später flackert dieser religiöse Wahn wieder auf.‹

Als hätten die Polizisten sich dafür interessiert! Sie wären sicher lieber in der Stadt gewesen, wo die Feierlichkeiten rund um den 3. Oktober gerade auf dem Höhepunkt waren. Stattdessen mussten sie in einem muffigen, bis zum Rand mit Büchern gefüllten Zimmer eines Mannes mit religiösen Wahnvorstellungen herumstehen.«

»Er hat keine Wahnvorstellungen«, entgegnete Judith wütend. »Im Gegenteil, es geht ihm sehr gut! Du bist es nicht mal wert, ihm die Schuhe zu schnüren.«

Hoogers lächelte arrogant. »Sandalen«, korrigierte er sie. »›Sandalen‹ hat Johannes geschrieben, aber du überträgst es in die heutige Zeit, auch gut. Aber so oder so, was wir vorweisen konnten, hat gereicht, um Mark zu seinem eigenen Besten einzuweisen. Und jetzt ist er zurück in einer ihm wohlvertrauten Umgebung. Er war ziemlich überrumpelt, das kann ich dir sagen. Und weißt du, was jetzt das Lustige daran ist, Judith?«

Er schwieg einen Moment, aber dann beantwortete er seine Frage selbst. »Das Lustige ist, dass ich gleich wieder nur einen Anruf tätigen muss und dein Freund wird wieder freigelassen und kann seine akademische Karriere fortsetzen. Und weil ich, ebenso wie meine Nachfolger übrigens, über die richtigen Kontakte verfüge, wird es ihm gar nicht in den Sinn kommen, herumzuerzählen, was wirklich passiert ist. Er weiß, dass es ein One-Way-Ticket nach Endegeest und das Ende seiner akademischen Karriere, ja, im Grunde das Ende seines normalen Lebens bedeuten würde, wenn er auch nur ein Wort ausplaudert.«

Judith und Peter lagen ergeben auf dem Boden, wie zwei Boxer, die erkennen müssen, dass der Kampf vorbei ist.

»Aber dann verstehe ich nicht«, sagte Peter, »warum diese ganze Scharade noch nötig war. Du hast doch alles, was du willst. Lass uns einfach gehen, es ist vorbei.«

»Nicht ganz«, erwiderte Hoogers. »Nachdem Judith von unseren beiden … sagen wir mal Hilfspolizisten hierhergebracht worden war und Hermann und ich dich kurzfristig bei Matilo abholen mussten, wussten wir noch nicht alles. Wir waren heute Nachmittag sehr beschäftigt. Stell dir vor! Nachdem wir dich hier abgeliefert haben, sind wir zurück nach Leiden gerast, um rechtzeitig zu unserer Verabredung im Groot Sions-Hofje zu kommen. Schönes Fleckchen zum Wohnen übrigens, Judith! Dann mussten wir wieder hierher zurück, puh, und das in meinem hohen Alter. Aber jetzt ist es ja fast geschafft.«

Judith stöhnte auf, als schmerzte ihre eingequetschte Hand wieder.

»Nimm ihr wenigstens die Klemmen ab!«, verlangte Peter. »Das ist doch verrückt, Pieter!«

»Oh«, sagte Hoogers gespielt gerührt. »Unser tapferer Ritter. Verliebt?« Hoogers lachte. Er ging zu Judith, aber anstatt ihre Schmerzen zu lindern, zog er eine der anderen Schrauben fester an, worauf Judith sich vor Schmerzen krümmte.

Peter schossen Tränen in die Augen. »Warum tust du das, du Mistkerl?«, rief er. »Du hast doch jetzt alles! Das Kästchen, die Bilder – was willst du noch mehr? Das ist doch reiner Sadismus!«

»Was ich noch mehr will, werter Kollege? Ich will, dass du mir endlich die ganze Wahrheit sagst! Ich habe nämlich das Gefühl, dass du mir etwas verheimlichst. Und du weißt, Peter, dass ich viel auf Gefühle gebe.«

»Du hast doch schon alles«, stöhnte Judith.

»Was hattet ihr bei Mevrouw Eco zu suchen?«, fragte Hoogers honigsüß. »Wie nett von euch, die alte Dame zu besuchen. Furchtbar, was mit ihrem Mann passiert ist. So plötzlich aus dem Leben gerissen …« Er verzog das Gesicht zu einem Lächeln, das sofort wieder verschwand.

»Hast du …«, rief Peter.

Nun wurde Hoogers plötzlich wieder wütend. »Halt die Klappe!«, rief er und näherte sein Gesicht dem von Peter, sodass ein paar Speicheltröpfchen auf dessen Wange landeten. Doch Hoogers' Wut legte sich genauso plötzlich, wie sie aufgeflammt war. Als er fortfuhr, sprach er leise, als wäre nichts geschehen. »All diese Dinge gehen über euren Horizont, sehr weit über euren Horizont. Ich war von Anfang an dagegen, eine neue Übersetzung anfertigen zu lassen, aber meine Vorgesetzten bestanden darauf. Die andere Übersetzung war so alt, dass sie teilweise unverständlich war, und das Aramäische beherrschen nur wenige von uns. Also habe ich mich überreden lassen. Und natürlich war Eco der richtige Mann dafür, ich kannte ihn und wusste, dass er das schon mal gemacht hatte. Ich dachte, wir könnten ihm vertrauen, aber ich war mir nie wirklich sicher. Obwohl wir in jener Nacht weder etwas in seinem Büro in der Bibliothek fanden und auch nichts zwischen dem Krempel entdeckten, den wir aus seinem Arbeitszimmer zu Hause holten, habe ich ihm nicht getraut. Als Luuk mir dann erzählte, dass er dich am Morgen aus Ecos Haus hatte kommen sehen, war ich mir schließlich ganz sicher, dass wir noch nicht alles hatten. Eco hat uns etwas vorenthalten. Warum sonst hätten Judith und du von Mark aus, der mit Eco befreundet war, auf direktem Weg zu ihm nach Hause gehen sollen? Man belästigt nicht zu so später Stunde eine alte Dame, es sei denn, es wäre sehr, sehr dringend, oder?«

Luuk sollte es bloß nie wieder wagen, ihm unter die Augen zu treten, dachte Peter. Er würde ihn grün und blau prügeln.

»Es ist ganz einfach, Peter«, fuhr Hoogers fort. »Entweder du sagst mir jetzt, was du dort gemacht hast – ich glaube, du hast dich an Mevrouw Eco gewandt, weil Mark wusste oder glaubte, dass Eco seine eigene Version der Übersetzung zurückgehalten hatte –, oder wir holen jetzt Mevrouw Eco ab. Sie ist eine alte Dame, Peter. Vielleicht hat sie genauso ein schwaches Herz wie ihr verstorbener Ehemann. Also, es ist deine Entscheidung.«

»Befreie Judith von den Daumenschrauben, und ich verrate dir, wo ich die Papiere gelassen habe«, sagte Peter.

»Denkst du«, fragte Hoogers, »du bist in der Position zu verhandeln?« Er klang aufrichtig überrascht. Hoogers packte Peter mit beiden Händen am Kragen und riss sein Hemd auf. »Du beleidigst mich! Du bist mein Zeuge, Hermann. Hier! Ich werd dir zeigen, wie du verhandeln kannst!«

Er trat zu Judith, beugte sich zu ihr und zog erneut eine Daumenschraube an.

Judith konnte nur noch schluchzen.

»Los, Peter, raus mit der Sprache!«, rief er.

Ein Verdacht, der Peter schon vorher gekommen war, wurde nun zur Gewissheit für ihn: Sein alter Professor verfiel langsam, aber sicher dem Wahnsinn.

»Verhandeln?«, brüllte Hoogers. »Wenn ich noch einmal drehe, breche ich ihr die erste Fingerspitze. Und dann bleiben mir noch vier zum Zerquetschen. Die anderen erledige ich mit meinem Absatz, wenn es sein muss!«

Wieder beugte er sich hinunter. Judith versuchte, sich wegzurollen, aber Hermann sprang auf und zwang sie mit einem Knie auf dem Rücken, still liegen zu bleiben.

Peter sah Judith an, die ihre Augen geöffnet hatte. Sie nickte einmal und gab ihm damit die Erlaubnis, die Wahrheit zu sagen.

»Eco hatte tatsächlich ein Exemplar der Übersetzung für sich behalten«, gab Peter zu und erkannte, dass nun alles verloren war. »Es war hinter der Holzvertäfelung in seinem Arbeitszimmer versteckt. Wir fanden es und haben sie gelesen. Ich habe die Übersetzung mitgenommen, mit Mevrouw Ecos Erlaubnis.«

Hoogers' Gesicht hellte sich auf.

»Na also«, sagte er erfreut, »siehst du, wie einfach das war?« Er ging wieder auf Peter zu, der schon Angst hatte, Hoogers wolle ihn küssen, so erleichtert sah er aus.

»Und wo ist diese Übersetzung jetzt?«, fragte Hoogers.

»Wie mein lieber Freund Luuk dir vielleicht schon erzählt hat, haben wir uns bei ihm umgezogen. In der Aufregung habe ich den Text vergessen. Er steckt in der Innentasche der Jacke, die ich bei ihm gelassen habe.«

Hoogers sah ihn ungläubig an. »Das klingt wirklich sehr unwahrscheinlich. Endlich hast du den Text gefunden, ein Kollege von dir hat sein Leben dafür verloren, und du vergisst ihn in der Innentasche deiner Jacke?«

Peter ließ niedergeschlagen den Kopf zu Boden sinken und schloss die Augen. Es schien, als ließe sich Hoogers erst durch diese Geste davon überzeugen, dass Peter ihm die Wahrheit gesagt hatte.

»Na schön«, sagte er triumphierend, »warum auch nicht. Manchmal ist es ganz einfach. Außerdem lässt es sich leicht überprüfen, stimmt's, Hermann?«

Hermann lächelte nur.

Hoogers nickte seinem Helfer zu, der sich über den Eisenhandschuh beugte und begann, die Schrauben zu lösen.

Judith seufzte erleichtert.

»So«, sagte Hoogers zu ihr. »Da hast du aber noch mal Glück gehabt, was?«

»Glück gehabt?« Wieder begann Judith zu schluchzen.

»Also«, sagte Hoogers gedehnt. »Wir gehen dann jetzt.«

»Und was ist mit uns?«, rief Peter wütend. »Du kannst uns doch nicht einfach so hier zurücklassen. Wir haben nichts gegen euch in der Hand, das hast du selbst gesagt. Wir haben nichts, womit wir unsere Geschichte beweisen könnten, und unser einziger Zeuge ist in der Psychiatrie und wird nur entlassen, wenn wir alle schweigen. Was willst du noch?«

»Darüber werde ich mir mal Gedanken machen«, sagte Hoogers versonnen. »Sagen wir mal, ich werde mir meine nächsten Schritte überlegen, wenn ich diese andere Übersetzung in der Innentasche deiner Jacke finde.«

Bei ihm klang es so, als wäre das ein guter Vorschlag, dem jeder vernünftig denkende Mensch nur zustimmen konnte.

Peter schüttelte den Kopf. »Das kannst du nicht ernst meinen, Pieter«, sagte er.

»Die Zeit wird es erweisen«, sagte Pieter und wandte sich an Hermann. »Schreibst du jetzt deinen Brief?«

Hermann nickte und setzte sich an den Schreibtisch. Er nahm den Stift in die Hand und einen Moment lang war nur das Kratzen der Mine über das Papier zu hören. Als er fertig war, übergab er den Brief Hoogers zum Lesen.

»Ausgezeichnet«, sagte dieser und nickte zustimmend. »Du bist ein guter Soldat.«

Er reichte das Blatt Papier zurück an Hermann. Dieser faltete es zusammen und steckte es in seine Innentasche.

Wie auf Kommando knieten sich beide Männer auf den Boden, wobei Hermann den Kopf zu Hoogers neigte und etwas murmelte, als würde er beichten. Hoogers legte seine rechte Hand auf Hermanns Schulter und schien eine Art Gebet zu sprechen. Beide hielten die Augen geschlossen, und Hermann hatte die Hände gefaltet. Es war eine absurde Szene unter ebenso absurden Umständen.

Hoogers wandte sich an Judith und Peter. »Unser Bruder Hermann wird zur Polizei gehen und den Angriff auf den Polizisten und den Mord an Thomas gestehen. Er opfert sich, um unseren Orden zu schützen.«

»Dann wird die Polizei alles aufdecken«, sagte Peter verblüfft.

»Nicht, wenn sie ihn tot in seiner Zelle finden«, erwiderte Hoogers, wie um Peter zu beruhigen.

»Und welches Motiv hätte er haben sollen?«

»Das steht in dem Brief, den man bei seiner Leiche finden wird. Ein Verbrechen aus Leidenschaft. Ein verschmähter Liebhaber, verrückt vor Eifersucht, der über Leichen gegangen ist, um das Objekt seiner Liebe ganz für sich zu beanspruchen, und dann durch seinen Selbstmord mit ihm im Tod vereint ist.«

»Das ist zu absurd«, entgegnete Peter fassungslos. »Niemand …«

»Glaub mir, je absurder das Szenario, desto mehr Leute werden es glauben. Wir sind Meister im Vernebeln.«

Hermann stand daneben, als ging ihn das alles nichts an.

»Und übrigens lassen wir uns nicht lumpen. Sowohl die Familie des Polizisten als auch die von Thomas werden finanziell entschädigt werden. Sie werden nicht erfahren, woher das Geld kommt. Ein Stipendium wird unerwartet vergeben, sie gewinnen ein Preisausschreiben, an dem sie teilgenommen haben, ohne es zu wissen … Überlass das uns; unsere Ressourcen sind beinahe unerschöpflich.«

»Ihr seid verrückt. Komplett wahnsinnig.«

Hoogers lächelte überlegen. »Komm, Hermann«, sagte er. »Befreie diese Dame und diesen Herrn. Wir haben, was wir wollen, und werden sie nicht länger quälen.«

Hermann löste auch die Handschellen an Judiths Arm. Sofort rieb sich die junge Frau die schmerzenden Finger.

Sie streckte ihr Bein aus, aber Hermann packte es und schloss die gelöste Handschelle um ihren anderen Fußknöchel.

Dann fesselte er Peters Knöchel.

Peter blieb nichts anderes übrig, als sich zu fügen. Er streckte sofort das Bein aus, das ganz taub geworden war. Dann legte er sich auf den Rücken und streckte die Beine so weit wie möglich aus.

Hermann ging zum Tisch, nahm den Stift und das restliche Papier, ging zur Tür und öffnete sie. Ohne sich umzusehen, verschwand er im Gang. Hoogers hockte sich auf die Kiste, raffte die Bilder und die Papiere auf dem Boden zusammen und steckte sie wieder in seine Tasche. Kurz bevor er hinausging, rief Peter ihm nach.

»Eine Frage noch.«

»Was willst du?«, fragte Hoogers.

»Wenn du den Inhalt dieser Briefe kennst und weißt, dass Jesus nicht auferstanden ist und dass sogar seine Anhänger wussten, dass er nicht der Messias war, dass Judas kein Verräter war, sondern in Wirklichkeit einen von Jesus gebilligten Plan ausführte, dass Petrus sich von Paulus dazu überreden ließ, sozusagen einen multinationalen Konzern aus ihrer Bewegung zu machen, während Jesus seine Lehre nur für die Juden bestimmt hatte, also, wenn du das alles weißt ... Ich habe das Gefühl, dass Jesus mir nähergekommen ist, nachdem ich diese Briefe gelesen habe, näher als durch die neutestamentarischen Geschichten, die ich mein Leben lang gehört habe. Warum haltet ihr diese Informationen zurück? So predigt ihr doch eine falsche Lehre? Warum sagt ihr nicht die Wahrheit?«

Hoogers setzte ein nachdenkliches Gesicht auf. »Was ist Wahrheit?«, fragte er. »Was ist Wahrheit, Peter?«

»Ich verstehe es einfach nicht.«

»Ehrlich gesagt, Peter, bin ich ein wenig enttäuscht von dir«, sagte Hoogers und blieb in der Tür stehen, die Hand auf der Türklinke. »Du kennst doch die Macht der Geschichten, oder? Du bist Historiker, Himmel noch mal! Hör mal, mein Junge, diese Geschichte, und ich meine die offizielle Geschichte des Christentums, hat in den letzten zweitausend Jahren Milliarden von Menschen zu einem besseren

Leben inspiriert. Milliarden! Menschen haben sich füreinander aufgeopfert, haben auf alles verzichtet, sind auf dem rechten Weg geblieben, sind bessere Menschen geworden, sind über sich selbst hinausgewachsen. Sie haben die Hungrigen gespeist, die Nackten bekleidet, Fremde aufgenommen und so weiter, alle inspiriert von den Lehren und dem Leben unseres jüdischen Rabbis. Jeder kann sein Elend in die Hände dessen legen, der für uns gestorben ist und durch seine Auferstehung gezeigt hat, dass Er stärker ist als Sünde und Tod. Was für eine Hoffnung hat das den Menschen gegeben! Bis jetzt! Heutzutage rufen zwei Milliarden Menschen Seinen Namen an. Er tröstet dich, stellt dir ein besseres Leben in Aussicht, ist immer für dich da, versteht dich vollkommen, verzeiht dir deine Unzulänglichkeiten und Fehler und bietet dir immer wieder eine neue Chance. Überleg dir mal, wie es sonst bei den Menschen zugeht! Er richtet dich nicht, aber er ist dir in deinen dunkelsten Momenten nahe, in deinen tiefsten Zweifeln, Er nimmt dir deine Ängste, und das alles umsonst. Gratis! Du brauchst nichts weiter zu tun, als zu glauben. Dies ist die eine Botschaft, Peter. Wer sind wir, dass wir das den Menschen wegnehmen wollten? Es funktioniert, und das ist das Einzige, was zählt. Außerdem schmälert nichts von alledem die Macht Gottes. Gott ist da, und er ist größer, als wir es uns mit unserem einfachen Verstand vorstellen können. Wenn Jesus die Menschen zu Gott führt, egal, wie sie sich Gott vorstellen, wenn Jesus nur eine Möglichkeit ist, mit dieser unendlichen Quelle in Kontakt zu kommen, dann kann das doch nicht schaden, oder? Dann spielt es keine Rolle, was auf historischen Ereignissen beruht und was nicht. Und selbst wenn wir das bekannt machen würden, Peter … würde es für die meisten Menschen keinen Unterschied ausmachen. Die gute Nachricht, die Geschichten von Jesus, seinem Tod und seiner Auferstehung sind quasi in der DNA der Menschheit eingespeichert. Außerdem habe ich festgestellt, dass Fakten dem Glauben nicht im Weg stehen. Im Gegenteil, viele Menschen erleben das, was ihrem Glauben widerspricht, lediglich als eine Art Prüfung des wahren Gläubigen. Fünfundsiebzig Millionen Jahre alte Dinosaurierknochen? Von Gott in die Erde gelegt, um den Glauben der Menschen zu versuchen, weil die Bibel sagt, dass die Erde sechstausend Jahre alt sei – und ist die Bibel nicht das Wort Gottes? Selbst wenn wir diese Briefe öffentlich machen würden und Experten das Alter der Briefe durch eine Kohlenstoffdatierung bestätigen würden, wenn Handschriftenexperten und Linguisten ihre Echtheit feststellen würden, wird es für den Glauben der meisten Menschen keinen Unterschied ausmachen. Warum also diese einfachen Seelen verwirren? Lass uns das Joch weich und die Last leicht halten.«

»Das ist …«, begann Peter.

»Das ist nicht richtig?«, beendete Hoogers Peters Satz. »Das entspricht nicht der Wahrheit? Das ist nicht so, wie es wirklich passiert ist und wie Jesus es beabsichtigt hat? Hör zu, Paulus ist der große Retter gewesen. Er ist der eigentliche Begründer des Christentums. Er war ein brillanter Prophet. Was, glaubst du, wäre aus der Gruppe der Jünger nach Jesu Tod geworden? Nach der Zerstörung von Jerusalem? Die wenigen Tausend Anhänger wären über das ganze Römische Reich verstreut worden, und Jesu Lehren hätten sich im Nebel der Geschichte aufgelöst. Wir würden jetzt wahrscheinlich Mithras anbeten, auch im Rahmen eines Gottesdienstes mit Brot und Wein, aber auf jeden Fall nicht Jesus. Paulus hat als Erster erkannt, dass die Erweiterung der Gruppe der einzige Weg war, um als Bewegung zu überleben, und zwar indem sie auch Nichtjuden aufnahmen und ihnen keine zusätzlichen Hürden wie Beschneidung und Speisegebote in den Weg stellten. Und es stimmt, dass Petrus sich von ihm überreden ließ. Sie sind die Gewinner, Peter. Nicht umsonst ging Judas als der größte Verräter in die Geschichte ein, der je gelebt hat. Die Geschichte wird von den Gewinnern geschrieben. Das weißt du mittlerweile, nicht wahr? Und ich würde gerne glauben, dass sich Jesus, wenn er jetzt irgendwie zusehen und erfahren könnte, was aus seiner Botschaft geworden ist, sich sehr freuen würde – denn seine Botschaft der Liebe und Vergebung hat sich nicht auf diese kleine auserwählte Gruppe in einem Winkel des Römischen Reiches beschränkt, sondern sich in eine Botschaft verwandelt, die Milliarden von Menschen Trost und Hoffnung spendet. Seine gescheiterte Mission und seine Kreuzigung, die zu seiner Zeit ein Nicht-Ereignis war – weshalb wir außerhalb der Bibel nichts darüber finden –, haben dadurch eine Bedeutung gewonnen, die er sich niemals hätte vorstellen können. Als hättest du in einen Fonds investiert, der pleite gegangen ist, und du denkst, du hättest dein ganzes Geld verloren, aber plötzlich kommt ein Wohltäter mit einer Vision, die neue Perspektiven eröffnet, steckt sein Geld hinein, und siehe da, du bekommst deine Investition zurück. Es ist so, als ob du in ein unfruchtbares Feld gesät hast, aber ein Teil der Saat ist zufällig auf dem fruchtbaren Feld deines Nachbarn gelandet und bringt Frucht, manchmal das Dreißigfache, Sechzigfache oder Hundertfache … So musst du es mal betrachten, Peter.«

»Das Bizarrste ist«, knurrte Peter, »dass du wahrscheinlich keine Ahnung hast, wie zynisch das alles aus deinem Mund klingt.«

Hoogers sagte nichts. Er nickte zum Abschied und schloss die Tür hinter sich. Sie hörten, wie er einen Schlüssel ins Schloss steckte und ihn umdrehte. Dann schloss er die kleine Klappe an der Außenseite der Tür.

Es war ruhig in der Zelle.

Judith hatte sich wie ein Baby zusammengerollt und wiegte sich sanft hin und her.

Peter robbte über den Boden auf sie zu. Sie konnten im Moment sowieso nicht von hier weg, daher war es ihm wichtig, Judith zunächst mal zu beruhigen. Er legte seinen rechten Arm unter ihren Kopf und legte sich neben sie.

Judiths Schaukeln ließ nach, und ihre Atmung wurde ruhig und regelmäßig.

Nicht lange danach döste auch Peter ein.

27

Peter schlug die Augen auf und starrte die vier Leuchtstoffröhren an der Decke an, die gleichzeitig zu flackern begannen, als würden sie jeden Moment den Geist aufgeben. Es verlieh den Schatten, die Judith, er und die wenigen Gegenstände im Raum warfen, einen gespenstischen Effekt.

Judith lag neben ihm und schlief, den Kopf auf seinem Arm. Sie war vollkommen erschöpft. Die verletzte Hand lag in der unversehrten.

Peter musste sich eingestehen, dass alle Mühe umsonst gewesen war. Hätte Thomas diesem Hermann einfach das Kästchen übergeben, wären sie jetzt an demselben Punkt – nur wäre Thomas noch am Leben, und er, Peter, würde jetzt mit einem Bier in der Hand über das Stadtfest schlendern. Er hätte Judith wahrscheinlich nicht so kennengelernt, wie er sie jetzt kannte – das war wirklich das einzig Positive an dieser miserablen Lage. Aber das hatte Thomas nicht voraussehen können, und Judith und er ebenfalls nicht. Und jetzt standen sie mit leeren Händen da. Wer würde ihnen glauben? Die Entscheidungen, die sie getroffen hatten, würden in den Ohren anderer vollkommen unglaubwürdig klingen.

»Wir haben ein Kästchen von der Ausgrabungsstätte mitgenommen und nach Thomas' Ermordung alles getan, damit es nicht der Polizei in die Hände fiel.«

»Welches Kästchen? Welche Bilder? Welche Übersetzung? Oh, die Übersetzung, an der Meneer Labuschagne gearbeitet hat! Er ist mittlerweile wieder aus der Psychiatrie entlassen worden, oder?«

Peter betrachtete Judiths Gesicht, das so verletzlich aussah. Er konnte in aller Ruhe ihre zarten Züge studieren, ihre akkurat gezupften Augenbrauen, die ausgeprägten Wangenknochen, die perfekte Einbuchtung in der Mitte ihrer Oberlippe, die weichen Flaumhaare auf ihrer Haut. Gott, wie schön sie war! Er musste sich beherrschen, um ihr nicht übers Haar zu streichen. Wie absurd die Situation doch war! In Peters Hinterkopf rumorte etwas, irgendetwas, was Hoogers gesagt hatte, aber er kam im Augenblick nicht darauf. Wobei Hoogers' Erklärung natürlich unvorstellbar zynisch war. Vielleicht erging es einem so, wenn man in den Dunstkreis der Macht geriet, aber es war ein zu starker Kontrast zu seinen eigenen Empfindungen, als er die Briefe gelesen hatte. Für ihn war Jesus dadurch zu einem Wesen aus Fleisch und Blut geworden, und auch die Apostel Judas und Petrus mit ihren allzu menschlichen Zweifeln waren zum Leben erwacht. Das alles war so leicht nachvollziehbar: Judas wollte in sein Heimatdorf zurückkehren, sah sich aber gezwungen, nach Damaskus zu gehen, wo er Jahre später Paulus empfing. Judas prophezeit, dass Paulus die Führung der neuen Gemeinschaft übernehmen und dafür sorgen wird, dass ein anderer Kurs eingeschlagen wird als geplant. Petrus hingegen weiß, dass Jesus sich zu Lebzeiten nur an die Juden gewandt und zu keiner Zeit auch nur das geringste Interesse an den Gojim gehabt hatte, jenen, die nicht zum auserwählten Volk gehörten. Und doch lässt er sich von dem listigen Paulus, dem eloquenten Redner, überzeugen. Der einfache Fischer war dem Gebildeten nicht gewachsen gewesen. Auf einmal fiel es Peter wieder ein: Hoogers hatte etwas in der Richtung gesagt, dass all dies nichts daran ändere, wer Gott sei. Dass Gott seiner Meinung nach größer sei, als wir es uns mit unserem begrenzten Verstand vorstellen könnten, und dass Jesus nur einen der Wege zurück zu Gott darstelle, der unerschöpflichen Quelle von allem, was existiere. Das Seltsame war, dass das genau Peters Gefühlen bei der Lektüre der Briefe von Petrus und Judas entsprach und vor allem während jenes seltsamen Moments, als er und Judith sich im Schrank versteckt hatten. Er hatte etwas von dem Frieden gespürt, vielleicht sogar von jener Liebe, die er nicht anders beschreiben konnte als die Verbindung zu Gott oder einer göttlichen Quelle. Er nahm sich vor, sich, sobald sie hier herauskämen, wieder mehr auf seine Spiritualität zu konzentrieren, die in den letzten Jahren verschüttet worden war. Falls sie hier rauskämen …

Peter beschloss zu beten und schloss die Augen. »Herr«, murmelte er zögernd, »ich bin mir nicht ganz sicher, zu wem ich jetzt bete, aber ich wende mich an den, dessen Nähe ich letzte Nacht so deutlich gespürt habe. Ich weiß jetzt …« – er suchte nach Worten, um seine Gefühle auszudrücken – »ich glaube, ich verstehe jetzt mehr von vielen Dingen, die ich früher für selbstverständlich hielt, von den Texten, denen ich so gedankenlos zuhörte, ohne wirklich zu begreifen, worum es ging; von den Gebeten, die ich Wort für Wort wiederholte, die aber nicht aus meinem Herzen kamen, als wäre ich ein Kind, das ein für den Unterricht auswendig gelerntes Gedicht aufsagt. Ich habe deine Gegenwart gespürt, und jetzt hätte ich gerne mehr davon. Bitte, Herr, erlöse uns, befreie Judith und mich aus unserer Notlage. Bitte, Herr, sei uns gnädig.«

Mehr fiel Peter nicht ein. Er hatte Tränen in den Augen und wischte sie mit der freien Hand weg. Dann schlief er ein.

Ein strahlendes Licht erfüllte den ganzen Raum. Peter wachte auf, die Augen noch geschlossen, aber das Licht war so hell, dass es durch seine Augenlider schien. Vorsichtig schlug er sie auf und bemerkte, dass die vier Leuchtstoffröhren aufgehört hatten zu flackern und wieder gleichmäßig leuchteten. Sie schienen heller als zuvor, aber das konnte eine optische Täuschung sein und an dem Kontrast zum vorherigen schwachen Flackern liegen.

Auch Judiths Augenlider bewegten sich jetzt. Sie stöhnte ein paarmal leise.

Peter winkelte seine Beine an, die sich steif anfühlten, und bemerkte, dass die Handschellen nicht mehr an seinen Knöcheln befestigt waren. Er streckte beide Beine in die Luft. Vorsichtig zog er den taub gewordenen Arm unter Judiths Kopf hervor und setzte sich aufrecht hin.

Tatsächlich lagen die Handschellen offen neben seinen Füßen auf dem Boden. Auch Judiths Beine waren von den Fesseln befreit.

Peter legte eine Hand auf Judiths Hüfte und wiegte sie sanft hin und her. Nun riss sie ihre Augen weit auf; einen Moment lang blinzelte sie gegen das helle Licht. Sie sah benommen und schläfrig aus. Eine Druckstelle war in ihrem Gesicht, dort, wo sie auf Peters Arm gelegen hatte.

»Wir sind frei«, sagte Peter zu ihr. »Während wir geschlafen haben, müssen sie zurückgekommen sein, um uns loszumachen.«

Müde richtete sich Judith auf. Sofort nahm sie ihre wunde Hand in die andere, um sie zu reiben. »War denn jemand da? Ich habe nichts bemerkt.«

»Ich auch nicht. Wer weiß, wie tief wir geschlafen haben. Wir waren fix und fertig.«

Judith hob ihre Beine in die Luft, winkelte sie an und bewegte sich. »Und die Tür?«, fragte sie, nachdem sie sich noch ein wenig gedehnt hatte.

Peter stand auf, ging aber sofort wieder in die Hocke. Ihm war vom schnellen Hochkommen schwindelig geworden. Er unternahm einen zweiten Versuch und ging zur Tür, die abgeschlossen schien. Unschlüssig stand er davor, als ob er schon aufgegeben hätte, ohne es überhaupt zu versuchen. Wenn die Tür geschlossen war, waren sie genauso verloren, als hätten sie noch Handschellen um die Knöchel.

Peter stieß gegen die Tür. Quietschend öffnete sie sich.

Nun sprang auch Judith auf. »Was?«, rief sie. »Ist die Tür offen?«

»Anscheinend«, sagte Peter. »Jemand hat sie aufgemacht. Oder sie ist von selbst aufgesprungen, aber das ist fast unmöglich.«

Judith stand nun hinter ihm.

»Komm«, sagte Peter. »Zieh Schuhe und Mantel an und komm mit mir.«

Judith zog sich an und folgte Peter in den schmalen Gang, von wo aus eine Steintreppe nach oben führte. Gemeinsam stiegen sie die Stufen hinauf. Auch die obere Tür stand offen.

Sie gingen hinaus. Der Wind blies ihnen ins Gesicht, und sie atmeten die frische Luft tief ein. Sie hörten das Rauschen des Meeres. Eine Spur aus flachen Abdrücken bildete einen kaum wahrnehmbaren Pfad.

»Ich möchte mal kurz runter ans Meer«, sagte Peter. »Und wenn wir am Strand sind, sehen wir wahrscheinlich auch, wo wir sind.«

Judith nickte, und gemeinsam stapften sie durch den losen Sand die Düne hinauf.

Auf dem Dünenkamm hielten sie einen Moment inne, um sich zu orientieren. Ganz links, vage durch den Dunst erkennbar, sahen sie in der Ferne den Pier von Scheveningen und auf der rechten Seite, wesentlich näher, einen weißen Leuchtturm und eine kleine Kirche.

»Wir sind in Katwijk«, stellte Peter fest und lachte erleichtert auf.

Er ging hinunter und erreichte bald den Teil des Strandes, an dem der Sand kompakter war. Er schaute zurück und sah, dass Judith zurückgeblieben war. Peter setzte sich hin, zog seine Schuhe und Socken aus und stand wieder auf. Der kalte, feuchte Sand an seinen Füßen verursachte ihm ein angenehmes Prickeln.

Er ging bis zur Wasserlinie und blieb stehen. Das Wasser spülte in kleinen Wellen über seine nackten Füße und benetzte seine Hosenbeine. Er wackelte mit den Zehen, und an der Oberfläche erschienen Luftblasen, die bald wieder von den zurückweichenden Wellen mitgenommen wurden. Er starrte in die Ferne, über die endlose Weite des Wassers vor ihm, während der Wind mit seinem Haar spielte.

Da ist das Meer, so groß und weit nach allen Seiten: Drin wimmelt es ohne Zahl von Tieren klein und groß, dachte er.

Er begriff, dass sie jetzt nicht mehr verfolgt wurden. Als er sich umblickte, sah er, dass Judith bei seinen Schuhen saß. Sie hatte die Beine angezogen, die Arme darum geschlungen und die Stirn auf die Knie gelegt.

Der Herr, der da stillt das Brausen der Meere, das Brausen ihrer Wogen und das Toben der Völker, kam es ihm in den Sinn.

Seltsam, dachte er. *Wenn du Menschen bittest, einige ihrer glücklichsten Momente zu nennen, fallen ihnen meist solche ein, in denen sie alleine waren, und das oft in der Natur. Rekreation, neu erschaffen werden, eine neue Schöpfung.* Und immer beschrieben sie dieses Gefühl der Glückseligkeit als einen unteilbaren Moment, in dem die Zeit stehen blieb. So fühlte sich auch Peter jetzt, zutiefst friedlich.

»Tu mir kund, o HERR, deine Wege, deine Pfade lehre mich!«, sang er leise vor sich hin.

»Peter!«, rief Judith. Er schrak aus seiner Träumerei auf und blickte sich um. Sie war aufgestanden und winkte ihm zu. Er hob die Hand zum Zeichen, dass er zu ihr käme.

Es musste spät am Nachmittag sein; die Sonne stand schon tief am Horizont. Peter ging zu Judith und nahm seine Schuhe. Sie ergriff seine Hand, und gemeinsam gingen sie schweigend am Wasser entlang, das mit seinem ewigen Rhythmus den Sand umspülte, wie es das schon lange vor ihrer Existenz getan hatte und es noch lange tun würde, nachdem sie fort waren.

Als sie die breite Treppe sahen, die zum Boulevard führte, ließ Judith Peters Hand los, sah ihn lächelnd an und sagte: »Komm, wer zuerst an der Treppe ist!«

Sie rannte los und Peter hinterher. Beim Anblick ihres langen Haares, das im Wind wehte, wäre er am liebsten ewig so weitergelaufen.

28

Matilo, 73 A. D.

Archippus setzte sich aufrecht im Bett hin und sah sich in seinem kleinen Zimmer um. Außer dem Bett gab es nur einen Stuhl und einen Tisch mit einer Öllampe und Schreibutensilien darauf. Er war froh, diesen unglücklichen Ort, an dem es immer feucht war, nach dem heutigen Tag verlassen zu können. Sogar im Sommer war es oft kühl; man konnte sich nie am herrlichen Sonnenschein laben wie zu Hause. Zu dieser Jahreszeit wurde auch das Tageslicht von Tag zu Tag weniger. Doch heute würde er die Aufgabe zu Ende bringen, die der Herr ihm aufgetragen hatte.

Es war nun ein Jahr und einen Tag her, dass Kephas entschlafen war, nicht lange nachdem sie hier im Dorf beim Lager Matilo angekommen waren. Die Anweisungen, die Kephas ihm vorher gegeben hatte, waren unmissverständlich gewesen: Er solle ihn in der Erde begraben und nach einem Jahr die Knochen einsammeln, sie sauber spülen und in den Steinsarg legen. Archippus hatte den Knochenkasten von einem der hiesigen Handwerker anfertigen lassen; die Inschrift an der Seite hatte er selbst eingemeißelt.

Das war ein Vorteil dieses feuchten Klimas: Kephas' Leiche musste nun größtenteils verwest sein. Zu Hause dauerte es viel länger, da die Leichen wegen der Trockenheit fast mumifizierten und oft noch lange nach ihrem Tod erkennbar waren. Doch das würde hier und heute nicht der Fall sein.

Zwei Männer, denen er eine hohe Belohnung versprochen hatte, würden ihm helfen. Sie hatten ihm unmissverständlich zu verstehen gegeben, dass sie es für einen seltsamen Brauch hielten, aber das versprochene Geld machte vieles wieder wett.

Archippus zog sich an und ging hinaus, wo die beiden Männer zu seiner Überraschung bereits auf ihn warteten. Es war immer noch ein bisschen schummrig, aber er hatte die Gegend im letzten Jahr wie seine Westentasche kennengelernt, und daher gingen sie ohne zu zögern in Richtung des Friedhofs, wo sie den Sarg in der Nacht zuvor abgestellt hatten.

Als sie zu der Stelle kamen, an der sie Kephas' Leiche beerdigt hatten, stachen die Männer kurzerhand einen Spaten in den Boden und begannen zu graben. Bald stießen sie auf die Leiche, die tatsächlich weitgehend verwest war.

Die Männer legten die Stelle frei, sodass sie einen guten Blick darauf hatten.

Archippus hätte am liebsten den Blick abgewandt, zwang sich aber dazu, genau darauf zu achten, dass die Arbeit richtig ausgeführt wurde. Das Abschaben der Knochen, um die letzten Reste des Fleisches zu entfernen, ging ihm durch Mark und Bein. Er sah weiter zu, obwohl die Tränen in seinen Augen seine Sicht trübten.

Letztendlich nahm die Aufgabe weniger Zeit in Anspruch, als er erwartet hatte. Sie spülten die Knochen und den Schädel mit dem Wasser sauber, das sie in Krügen mitgebracht hatten, und stellten den Sarg in das nun leere Grab, nach Osten ausgerichtet, dorthin, wo einst der Tempel in Jerusalem gestanden hatte.

Archippus bedankte sich bei seinen Helfern, gab ihnen sogar noch etwas mehr Münzen, als er versprochen hatte, und schickte sie weg, wobei er so tat, als würde er den Rest gerne allein erledigen. Die Männer hatten bereits das Interesse verloren, so schien es, und verschwanden nach einem kurzen, gemurmelten Gruß.

Archippus kniete sich hin und legte die Knochen, die nun auf der Erde lagen, vorsichtig in den Sarg. »Gerecht bist du, o HERR, und richtig sind deine Verordnungen«, murmelte er vor sich hin. »Gering bin ich und verachtet, doch deine Befehle vergesse ich nicht. Deine Gerechtigkeit ist ewige Gerechtigkeit, und dein Gesetz ist Wahrheit.«

Er schaute sich um; die Männer waren bereits verschwunden. Unter seinem Mantel holte er zwei große Schlüssel hervor, von denen Kephas sagte, er habe sie vom Meister erhalten; Archippus hatte nie herausfinden können, ob dies wirklich stimmte oder nicht. Kephas hatte oft die Tendenz gehabt zu übertreiben, Ereignisse zu beschönigen und Geschichten Dramatik zu verleihen. Archippus legte die Schlüssel neben den Schädel.

»Und es ruhe auf uns die Huld des Allherrn, unsres Gottes«, sang er leise. »Und das Werk unsrer Hände segne bei uns! Ja, das Werk unsrer Hände wollest du segnen!«

Noch einmal blickte er zurück. Als er sicher war, dass wirklich niemand da war, griff er noch einmal unter seinen Mantel und holte das Kästchen hervor, das Kephas immer so ängstlich bewacht und stets bei sich getragen hatte. Archippus legte es in die Ecke des Kastens.

Bevor er den Deckel aufsetzte, um den Sarg damit zu verschließen, sang er: »Wer da wohnt im Schirm des Höchsten und im Schatten des Allmächtigen weilt, der spricht zum HERRN: ›Meine Zuflucht und meine Burg, mein Gott, auf den ich vertraue!‹« Erst als er den ganzen Psalm gesungen hatte, schob er den Deckel an seinen Platz.

Egal, wie oft er diese Worte schon gesungen hatte, sie bewegten ihn jedes Mal aufs Neue. »Ruft er mich an, so will ich ihn erhören; ich steh' ihm bei in der Not, will frei ihn machen und geehrt. Mit langem Leben will ich ihn sättigen und lasse ihn schauen mein Heil.«

Die Männer, die ihm geholfen hatten, hatten Geheimhaltung versprochen. Archippus hatte ihnen vorsichtshalber gedroht, ein schrecklicher Fluch seines Gottes würde denjenigen treffen, der versuchte, die Truhe zu öffnen, bis in die dritte Generation.

Er stand auf, verneigte sich und flüsterte: »Gehe nun an deinen endgültigen Bestimmungsort und ruhe dich aus, um am Ende der Zeiten gemäß deinem Schicksal wiederaufzuerstehen.«

Archippus nahm die Schaufel, die einer der Männer hinterlassen hatte, und ließ drei Schaufeln Sand auf den Sarg fallen.

»Aus der Erde wurdest du genommen, in die Erde kehrst du zurück«, sagte er, »die Seele aber kehrt zu G'tt zurück, der sie uns gegeben hat.«

Das Grab war sehr tief ausgehoben, und es dauerte einige Zeit, bis er das Loch wieder vollständig gefüllt hatte. Archippus stampfte die Erde zuerst gut fest und lockerte dann die oberste Schicht wieder ein wenig auf, damit sich die Stelle nicht von der übrigen Umgebung unterschied.

»Möge es Dein Wunsch sein«, sagte er, »Ewiger, G'tt der Seelen, dass die Seele von Kephas bei Dir in Liebe und Zuneigung aufgenommen wird. Sende Deine guten Engel, um diese Person vor jeglichem Leid im Grab zu bewahren und schicke diese Person in den Garten Eden.«

Archippus seufzte tief. Es war vollbracht. Schließlich sang er: »Der Herr ist mein Hirte, mir wird nichts mangeln.«

Er hob die Schaufel und einen Krug auf, der noch halb voll mit Wasser war. Als er vom Grab wegging, betete er still: »Werden wohl deine Toten wieder aufleben? Auch meine Leichen? Ja, sie werden auferstehen! Wacht auf und jubelt, die ihr im Staube ruht! Denn ein Tau der Himmelslichter ist dein Tau, und so wird die Erde die Schatten wieder ans Tageslicht bringen.«

Am Rande des Friedhofs wusch er sich die Hände, während er die Worte sprach: »Den Tod wird er auf ewig verschwinden lassen.«

Er blickte noch einmal zurück zu dem Ort, an dem Kephas seine letzte irdische Ruhestätte gefunden hatte, bis zu dem Tag, an dem G'tt die Toten auferwecken würde, um sie zu richten.

Vor dem Haus, in dem er ein Jahr und einen Tag verbracht hatte, stellte er den Krug und die Schaufel ab. Drinnen nahm er die Tasche mit seinen wenigen Habseligkeiten, die er schon gepackt hatte.

Archippus schloss die Tür hinter sich und ging zum Stall, wo sein Pferd stand. Er sattelte das Tier und bestieg es.

Dann ritt er los, ohne sich von jemandem zu verabschieden.

Eine fahle Sonne war im Osten aufgegangen, jene Richtung, in die er reiten würde.

Und genau wie er und Kephas es damals getan hatten, als sie sich am Strand auf die Reise hierherbegeben hatten, sang er den beliebten Psalm: »Bei dir, HERR, suche ich Zuflucht: Lass mich nimmer enttäuscht werden! Nach deiner Gerechtigkeit errette mich! Neige dein Ohr mir zu, eile zu meiner Rettung herbei, sei mir ein schützender Fels, eine feste Burg, mir zu helfen! Du bist ja doch mein Fels und meine Burg, um deines Namens willen wirst du mich führen und leiten.«

EPILOG

Als Peter sich am nächsten Tag – es war inzwischen Freitag, der 4. Oktober – nachmittags um fünf der Fakultät näherte, sah er einen kleinen Umzugstransporter neben dem Haupteingang stehen. Zwei Männer verluden Umzugskartons, während zwei andere das Gebäude betraten und mit neuen Kartons herauskamen.

Peter ging durch den Flur und sah, dass es Pieter Hoogers' Büro war, das in aller Eile geräumt wurde.

Überrascht sprach er einen der Möbelpacker an. »Der Umzug war doch erst zum Ende des Jahres geplant?«

»Stimmt«, antwortete ihm der Mann, »aber heute früh kam ein Anruf mit der dringenden Bitte, den Umzug noch heute über die Bühne zu bringen. Für uns spielt das keine große Rolle. Aber wenn Sie mich jetzt entschuldigen würden – wir haben viel zu tun.«

Peter ging zum Zimmer von Verbeek und klopfte an die Tür. »Herein!«, rief Verbeek.

Peter öffnete die Tür einen Spalt. »Hallo, ich wollte dir nur eben deinen Apparat zurückgeben«, sagte er. »Ich habe ihn mir gestern für einen Eilauftrag ausgeliehen. Du bekommst dann noch einen neuen Film von mir.«

Verbeek sah erst jetzt auf, vertieft in ein Buch, das vor ihm auf dem Schreibtisch lag. »Schon in Ordnung, Peter. Kein Problem.« Er lehnte sich zurück, nahm seine Brille ab und steckte einen Bügel in den Mund. »Schlimm, oder, was vorgestern mit Thomas passiert ist? Schrecklich! Aber ich habe gerade im Radio gehört, dass der Mörder gefasst wurde. Er hat sich gestellt. Hast du es auch schon gehört?«

Ja, Peter hatte es gehört. Judith und er hatten sich in Leiden zunächst getrennt und sich heute Nachmittag auf der Polizeiwache gemeldet. Obwohl der Inspektor, der mit ihnen gesprochen hatte, verärgert war, weil sie sich am Tag zuvor so hartnäckig dem Zugriff der Polizei entzogen hatten, wurde keine Anzeige gegen sie erstattet. Der Mörder hatte sich am Abend zuvor gestellt und dann völlig unerwartet Selbstmord begangen. Er hatte einen Brief bei sich gehabt, der aber aus Rücksicht auf die Familie nicht veröffentlicht werden sollte. Soweit es ihn betreffe, sagte der Inspektor, war der Fall abgeschlossen, doch sie sollten sich verfügbar halten, sollte es neue Entwicklungen geben. Ach, und Meneer de Haan könne übrigens sein Auto abholen. Sie hätten es von der Ausgrabungsstätte abgeschleppt und seien mit der Untersuchung fertig. Es stehe auf dem Parkplatz im Innenhof der Wache.

Mark war an diesem Morgen aus der Psychiatrie entlassen worden, und der behandelnde Psychiater hatte sich zuversichtlich geäußert, dass mit einer adäquaten Medikation die Wahrscheinlichkeit eines Rückfalls minimal wäre. Nach ihrem Besuch bei der Polizei hatte Judith den Rest des Nachmittags bei Mark verbracht, der natürlich sehr mitgenommen von seiner vorübergehenden Einweisung war. Er hatte nicht vor, die Tabletten zu nehmen, die man ihm verschrieben hatte. Er habe noch nie Medikamente genommen, hatte er Judith gestanden, denn er wüsste, dass er nicht verrückt sei, und es sei kein religiöser Wahn, der ihn dazu bewogen habe, ein alternatives Evangelium zu verfassen.

Peter hatte Suus besucht, die Frau – jetzt Witwe – von Thomas. Sie war untröstlich. Er hatte einige Zeit bei ihr verbracht, mehr schweigend als redend, während der Kaffee in den Tassen erkaltete. Suus hatte einen Anruf von einer Versicherungsgesellschaft erhalten, von der sie zuvor noch nie gehört hatte. Man eröffnete ihr, dass Thomas erst vor einer Woche eine Lebensversicherung abgeschlossen habe, die im Falle seines Todes zwei Millionen Gulden an seine Angehörigen auszahlen würde. Benommen, wie sie war, war sie nicht einmal überrascht, dass sie so schnell über seinen Tod informiert worden waren.

»Ja, ich habe es gehört«, sagte Peter zu Verbeek. »Eine schlimme Sache. Ich ... Wir reden später darüber, okay?« Er schwieg einen Moment lang; dann fragte er: »Und Hoogers, warum geht er heute schon?«

Verbeek zuckte mit den Schultern. »Keine Ahnung. Heute Nachmittag hat er seine Abschiedsrede gehalten. Die Stimmung war natürlich gedrückt wegen Thomas' Tod, aber Pieter wollte seinen Abschied partout nicht verschieben. Gleich zu Beginn seiner Rede hat er ausführlich über das Leben und Wirken von Thomas gesprochen. Er hat das sehr gut gemacht; es war wirklich bewegend. Ihm sind sogar ein paarmal die Tränen gekommen. Es war eine würdige und denkwürdige Hommage an Thomas. Du wurdest natürlich vermisst, aber jeder wusste, dass du im Moment anderes im Kopf hast. Und wenn du mich fragst, hat das Pieter dazu gebracht, sich früher zu verabschieden und eine neue Phase in seinem Leben einzuleiten. Er wirkte sehr gerührt und sah furchtbar müde aus. Aber er wird viel Zeit für sich haben, da er sich in eine klösterliche Gemeinschaft in der Nähe von Utrecht zurückziehen wird.«

Peter lächelte ein wenig schief. »Darüber müssen wir noch mal reden, aber nicht jetzt. So, und jetzt bringe ich dir deinen Apparat.«

»Ach, das eilt doch nicht«, sagte Verbeek freundschaftlich, hob grüßend die Hand und vertiefte sich wieder in sein Buch.

Peter schloss die Tür hinter sich und ging in sein Zimmer, wo alles noch genauso war, wie sie es am Abend zuvor zurückgelassen hatten. Jemand von der Security musste das Fenster geschlossen haben.

Peter ließ sich auf das Sofa fallen, nahm einen Zigarillo aus der Kiste und zündete ihn an. Gerade als er das Fenster einen Spalt öffnen wollte, klopfte es an seiner Tür.

»Herein!«, rief er.

Die Tür ging auf, und da stand Judith. Sie lächelte ihn reizend an.

»Guten Tag, Meneer de Haan«, sagte sie übertrieben förmlich. »Ich würde mich gerne mit Ihnen über das Thema meiner Abschlussarbeit unterhalten. Passt es Ihnen gerade?«

»Natürlich, bitte nehmen Sie Platz«, sagte er im gleichen förmlichen Tonfall. »Judith Cherev, nicht wahr? Worüber möchten Sie Ihre Abschlussarbeit schreiben?«

Judith setzte sich, während Peter mit einer Hand den Rauch wegwedelte.

»Ich dachte«, sagte sie, »vielleicht über die jahrhundertealte Verbindung zwischen dem Apostel Petrus und unserer schönen Schlüsselstadt.«

Peter nickte zustimmend. »Ein schönes Thema«, sagte er. »Bitte erzählen Sie mir mehr darüber.«

Auszüge aus Judith Cherevs Entwurf ihrer Abschlussarbeit:

Entwurf Abschlussarbeit J. Cherev
Universität Leiden
Historisches Institut
Matrikelnummer 9087467
September 1996

GEGENSTAND

Der Kaufmann Moshe Levi und Rabbi Tsvi: eine kurze Geschichte der Juden in Leiden

THEMA

Kurze Beschreibung des Themas

In meiner Abschlussarbeit möchte ich eine Studie über das Judentum in Leiden durchführen. Die Leidener Archive enthalten ab dem sechzehnten Jahrhundert sporadische Hinweise auf Juden in der Bevölkerung, doch erst ab dem achtzehnten Jahrhundert entstand eine jüdische Gemeinde. Im Jahr 1791 wurde den Juden ein Friedhof und einige Jahre später eine Haussynagoge zugestanden. Ich möchte die Geschichte des Judentums von seiner frühesten Erwähnung in den Archiven bis zu seiner heutigen Situation beschreiben.

Als Fallbeispiel möchte ich dem Kaufmann Moshe Levi, der im siebzehnten Jahrhundert lebte, ein eigenes Kapitel widmen. Er geriet in den Bann des türkischen Juden Shabtai Tsvi, oder Rabbi Tsvi, den viele Juden in Europa eine Zeit lang für den Messias hielten.

RELEVANZ 1

Wissenschaftliche Relevanz

Die Geschichte des Judentums in Leiden wurde bisher noch nicht gründlich erforscht. Die jüdische Gemeinde in Leiden war noch nie sehr groß. Die Volkszählung von 1815 ergab, dass nur ein Prozent der Bevölkerung jüdisch war (270 von 28 528 Einwohnern). Die Archive der jüdischen Gemeinde gingen bei der Schießpulver-Explosion von 1807 verloren, als die Synagoge und die Schule nebenan schwer beschädigt wurden. Genau aus diesem Grund halte ich es für wichtig, über dieses Thema zu schreiben und gleichzeitig eine Bestandsaufnahme aller Quellen zu machen, die uns beim Studium des jüdischen Leiden helfen können.

Darüber hinaus hoffe ich, durch die Darstellung einer jüdischen Kaufmannsfamilie im siebzehnten Jahrhundert mehr Einblick in die Situation der Juden in Europa und den Niederlanden zu dieser Zeit geben zu können.

Schließlich möchte ich durch die Einbeziehung der Gestalt des Shabtai Tsvi zeigen, wie lebendig die messianische Erwartung unter den Juden war und wie sehr die Juden noch miteinander verbunden waren, auch wenn sie über viele Länder verstreut lebten.

RELEVANZ 2

Soziale Relevanz

Die Niederlande und das Judentum verbindet eine lange und enge Beziehung. Als am Ende des fünfzehnten Jahrhunderts die Juden auf der iberischen Halbinsel und später in Osteuropa zur Flucht gezwungen wurden, fanden viele eine neue Heimat in den Niederlanden. Gleichzeitig hatten viele Niederländer, oft aus religiösen Gründen, eine ambivalente Haltung gegenüber den Juden. Dieses Gefühl, nie ganz akzeptiert worden zu sein, war in der jüdischen Gemeinschaft immer latent vorhanden, mal mehr, mal weniger stark.

Die Geschichte der Juden in Leiden ist dabei exemplarisch; man bedenke zum Beispiel die restriktiven Maßnahmen, die für Juden galten, wenn sie sich in Leiden niederlassen wollten.

Bis heute fühlen sich viele Juden nicht sicher in unserer Gesellschaft. Vor noch nicht allzu langer Zeit wurden zum Beispiel die Fenster des jüdischen Studierendenwohnheims im Levendaal durch kugelsichere Scheiben ersetzt und innen und außen Überwachungskameras angebracht. Mehrere jüdische Studierende haben mir erzählt, dass sie in bestimmten Leidener Vierteln ihre Kippa ablegen, weil sie mit Drohungen, Beschimpfungen und manchmal sogar körperlicher Gewalt konfrontiert wurden.

In meiner Arbeit möchte ich zeigen, dass Juden schon seit langer Zeit einen Platz in Leiden haben. Ich hoffe, dass ich nicht nur dazu beitragen kann, das Wissen über die Geschichte der Juden in der Stadt zu erweitern, sondern auch dazu, dass Juden in Leiden auf mehr Akzeptanz stoßen.

MOTIVATION

Persönliche Motivation

Ich, Judith Cherev, geboren 1970, bin selbst Jüdin. Meine Eltern sind beide jüdischen Glaubens und gehören der liberalen Bewegung an. Der Sabbat wird bei uns zu Hause beachtet, und wir essen so weit wie möglich koscher, aber vor allem außerhalb (etwa bei Einladungen) machen meine Eltern Ausnahmen, sind also nicht sehr streng. Auch wird bei uns in der Küche nicht zwischen Milch- und Fleischgerätschaften unterschieden.

Mein Vater wurde 1937 geboren und überlebte den Zweiten Weltkrieg, weil er und sein älterer Bruder als Kinder rechtzeitig zu einem kommunistischen Paar in Ost-Groningen gebracht wurden, welches dafür – posthum – die Auszeichnung »Gerechte unter den Völkern« von Yad Vashem erhielt. Alle anderen Verwandten meines Vaters sind in Konzentrationslagern umgekommen.

Die Familienmitglieder meiner Mutter erlitten, bis auf einige wenige, weitgehend das gleiche Schicksal. Meine Großeltern flohen 1935 als Einzige nach England, wo meine Mutter 1940 geboren wurde. Unmittelbar nach Kriegsende kehrten sie in die Niederlande zurück, wo sie ihr Haus in Amsterdam nach einem kurzen Rechtsstreit mit den Leuten, die es ihnen weggenommen hatten, wieder in Besitz nahmen.

Obwohl ich nie wirklich das Gefühl hatte, Gast in einem fremden Land zu sein, haben mich die Geschichte und das Schicksal des jüdischen Volkes seit meiner Kindheit über die Maßen interessiert. Der Holocaust ist ein untrennbarer Teil meiner persönlichen Geschichte; als Jüdin kann man sich ihm nicht entziehen.

Ich studiere in Leiden, und als ich feststellte, dass die jüdische Geschichte dieser Stadt nur wenig erforscht ist, entschied ich mich, dieses Thema aufzugreifen. Dabei fand ich es auch interessant, einen besonderen Blick auf die messianischen Erwartungen des Kaufmanns Moshe Levi zu werfen.

Mein Vater studierte als Erwachsener jüdische Religion, und die Geschichte und das Thema des kommenden Messias haben ihn immer sehr beschäftigt. Von ihm hörte ich zum ersten Mal von Shabtai Tsvi, und deshalb weckte es sofort mein Interesse, als ich in den Archiven von Leiden auf die Dokumente von Moshe Levi stieß, der Hab und Gut verkaufte, um wegen dieses angeblichen Messias ins Heilige Land zu ziehen.

[…]

Der jüdische Kaufmann Moshe Levi aus Leiden

Einige vorläufige Daten

Moshe Levi (geboren 1626 in Leiden – gestorben 16?? in ?) war ein jüdischer Kaufmann in Leiden. Er lebte mit seiner Familie in einem großzügigen Gebäude an der heutigen Hoge Woerd, nicht weit von der Stelle im Levendaal, wo sich heute die Synagoge und das jüdische Studierendenwohnheim von Leiden befinden.

Seine Vorfahren waren wahrscheinlich sephardische Juden, die Ende des fünfzehnten Jahrhunderts aus Spanien in die Niederlande flüchteten. Es ist nicht bekannt, ob sie sich von Anfang an in Leiden niederließen. Es gibt Hinweise darauf, dass sie zunächst in Antwerpen lebten, von dort aber nach dem Fall von Antwerpen (17. August 1585) fliehen mussten. Dieser Fall der Stadt folgte auf die vierzehnmonatige Belagerung durch den spanischen Gouverneur Alexander Farnese, Gouverneur der Niederlande.

Ironischerweise sorgten die Textilarbeiter, die vor den Spaniern flohen, dafür, dass die Stadt Leiden zu großer Blüte gelangte. Sie brachten neues Wissen und neue Produktionsmethoden mit, die schließlich der Leidener Weberei zum Aufschwung verhalfen. Um 1650 war Leiden die bedeutendste Textilstadt Europas, und die Hälfte der 100 000 Einwohner arbeitete in der Textilindustrie.

Moshe Levi war kein Textilfabrikant, sondern ein Textilhändler, und dieser Handel muss profitabel gewesen sein. Der Name Levi deutet übrigens auf eine Verbindung mit dem Stamm Levi hin, einem der zwölf Stämme des Volkes Israel – Levi war der dritte Sohn Jakobs.

Als einziger der Stämme Israels besaß der Stamm Levi kein Land im neu eroberten Gelobten Land (Kanaan). Seine Aufgabe war von Anfang an die Pflege des Heiligtums Jahwes gewesen. Auch während der vierzig Jahre, die das Volk Israel nach dem Auszug aus Ägypten durch die Wüste zog (siehe Buch EXODUS im Alten Testament), kümmerten sich die Leviten um den Transport der »Stiftshütte«, des Zeltes der Begegnung, dem ersten Heiligtum für Jahwe, das an jeder Station komplett neu aufgebaut wurde. Als König Salomo schließlich den Tempel in Jerusalem errichtete, wurde die Stiftshütte nicht mehr benötigt. Die Leviten wurden nun als Priester, Wächter, Schatzmeister und Musiker des Tempels eingesetzt.

Es ist nicht bekannt, ob Moshe Levi eine religiöse Rolle in Leiden gespielt hat, aber das scheint unwahrscheinlich. Es gab keine Synagogen und keine nennenswerte jüdische Gemeinde. Es ist sogar fraglich, ob damals der Minjan in Leiden zusammenkam, das Quorum von zehn oder mehr im religiösen Sinne mündigen Juden, das nötig ist, um einen vollständigen jüdischen Gottesdienst abzuhalten. Unter den Dokumenten, die ich im Leidener Archiv über Moshe Levi gefunden habe, befinden sich vor allem Rechnungen, Abschriften, Geschäftsbriefe und Bestelllisten, aber auch einige persönliche Briefe, die an einen ansonsten unbekannten

Shmuel gerichtet sind, der sich in der Türkei aufgehalten zu haben scheint. Anscheinend hat Moshe Kopien der Briefe angefertigt, die er geschickt hat, aber es sind keine Antworten von Shmuel erhalten geblieben (im Leidener Archiv).

Es sind diese persönlichen Briefe, auf die ich meine besondere Aufmerksamkeit richten möchte, und auch auf eine letzte Aussage, aus der hervorgeht, dass Moshe 1666 alles, was er und seine Familie besaßen, bis hin zum Haus an der Hoge Woerd, verkaufte, um in die Türkei zu Shabtai Tsvi zu gehen. Moshe war, wie viele andere Juden in der Diaspora, davon überzeugt, dass Tsvi der Messias war, nach dem sich das jüdische Volk seit so vielen Jahrhunderten gesehnt hatte.

Was mit ihm nach seinem Weggang aus Leiden geschah, ist leider nicht bekannt.

Wie gesagt, in den jüdischen Gemeinden Europas herrschte Euphorie wegen dieses Shabtai Tsvi, der von einem jungen Rabbi namens Nathan als Messias entdeckt worden war. Mosche Levi war bei Weitem nicht der einzige Jude in der Diaspora, der all seinen Besitz verkaufte, um dem Messias nahe sein zu können.

Wenn er tatsächlich ein Nachkomme sephardischer Juden war, ist es möglich, dass seine Vorfahren aus Spanien und dann aus Antwerpen geflohen waren. Dies mag zu einem Gefühl der Unsicherheit beigetragen haben, das seine Hoffnung auf die Erlösung durch den Messias verstärkt haben könnte.

Für Moshe Levi selbst scheint es, wie einer seiner Briefe verrät, eine große Rolle gespielt zu haben, dass er genau vierzig Jahre alt war, als sich die Messiasschaft in Shabtai Tsvi im Jahr 1666 offenbarte. Daher wissen wir, dass er im Jahr 1626 geboren sein muss, ebenso wie Tsvi.

In der Bibel ist 40 immer die Zahl der Prüfung, der Bewährung; man denke an die vierzig Jahre in der Wüste, die vierzig Tage, die Jesus weder aß noch trank, und die vierzig Tage, die Mose auf dem Berg fastete, bevor er die Zehn Gebote von Jahwe erhielt. Es war, als ob auch er, Moshe, genau wie sein Namensvetter in den ersten vierzig Jahren seines Lebens in der Wüste geprüft worden war und dass diese Prüfung nun ein Ende haben sollte. Für Christen war 1666 ebenfalls ein besonderes Jahr, da 1666 minus 1000 die Zahl 666 ergibt – nach dem Buch der Offenbarung im Neuen Testament die Zahl des Tieres/des Teufels. Es scheint ein unruhiges Jahr gewesen zu sein; viele bezeichneten es als Schicksalsjahr.

Wie bereits erwähnt, können wir aus den Leidener Quellen nicht schließen, was mit Moshe Levi und seiner Familie geschah. Sind sie tatsächlich in die Türkei gegangen, um sich dem Rabbi anzuschließen, der vom türkischen Sultan inhaftiert wurde? Hat Moshe Levi wirklich mit Tsvi gesprochen? Was ist schließlich aus der Familie geworden? Auf all diese und ähnliche Fragen können wir (bisher?) leider keine Antwort geben.

Dennoch bietet diese kleine Geschichte von Moshe Levi aus Leiden einen faszinierenden Einblick in die große Geschichte des Judentums.

[…]

DER RABBI

<u>Shabtai Tsvi – Rabbi Tsvi</u>

Shabtai Tsvi wurde 1626 in Smyrna (heute Izmir, Türkei) geboren. Laut Überlieferung fiel seine Geburt auf den

Neunten des Monats Av, das jüdische Mittsommerfest, das an die Zerstörung des Tempels von Jerusalem erinnert.

Tsvi war der Sohn eines einfachen Geflügelzüchters, der es später im Leben als Vermittler für holländische und englische Handelsgesellschaften zu Wohlstand brachte. Der kleine Tsvi erwies sich schon in jungen Jahren als in der Thora bewandert, doch sein besonderes Interesse schien der Kabbala, den jüdischen mystischen Lehren, zu gelten.

Ab seinem zwanzigsten Lebensjahr war er hin- und hergerissen zwischen Euphorie und Depression – heute würde man ihn als »manisch-depressiv« bezeichnen –, doch in seinen ruhigeren Phasen machte er durch sein großes Wissen, sein gelassenes Auftreten und, wie man sagt, seine schöne Gesangsstimme großen Eindruck.

Er heiratete zweimal, aber in beiden Fällen kam es zur Scheidung, noch bevor die Ehe vollzogen werden konnte. Sein bizarres Verhalten, einschließlich seiner eigenen Heirat mit einer Thora-Rolle, führte dazu, dass er aus Thessaloniki verbannt wurde.

Danach zog er eine Weile umher, und seine Wanderschaft führte ihn nach Saloniki, Istanbul und Kairo, wo er an einem kabbalistischen Kreis teilnahm. Dort heiratete er eine Prostituierte, ganz nach dem Vorbild des biblischen Propheten Hosea.

Im April 1665 kam er im heutigen Gaza an, wo er den zwanzigjährigen Rabbiner Nathan traf, bei dem er Hilfe wegen seiner Stimmungsschwankungen suchte. Dieser Rabbi, halb so alt wie Tsvi, war bekannt für seine Gabe, Dämonen zu exorzieren. In Tsvis Fall waren es jedoch nicht die Dämonen, die ihm zu schaffen machten, wie

Nathan bald herausfand. Er war kein Geringerer als der Messias, der vom Ewigen versprochene Erlöser, der die davidische Krone zu ihrer früheren Herrlichkeit führen und das Gelobte Land wieder rein jüdisch machen würde.

Alles fügte sich für Tsvi zusammen, die Euphorie, die Gespräche mit Gott, die er in seinem Kopf geführt hatte, die fehlende Anerkennung, das Umherschweifen. Die Füchse haben ihre Höhlen ... (wie es in Matthäus heißt).

Am 31. Mai wurde die Anwesenheit des Messias in Gaza verkündet, wo es in der Synagoge große Aufregung gab. Briefe wurden an die jüdischen Gemeinden in der Diaspora verteilt, in denen zur Umkehr und zum Glauben an Tsvi aufgerufen wurde. Die Briefe versprachen, dass der Messias in naher Zukunft den osmanischen Sultan friedlich seiner Krone berauben und die zehn verlorenen biblischen Stämme nach Israel zurückgeleiten würde.

Viele Leute fasteten, um sich auf diese Zeit vorzubereiten, und Nathan warnte die Menschen, dass selbst die Rechtschaffensten bestraft werden würden, wenn sie auch nur den geringsten Zweifel an der guten Nachricht (»eu-angelos«) hätten.

Shabtai ging nach Jerusalem, wo er auf Unterstützung stieß, doch die führenden Rabbiner lehnten ihn ab, wenn auch mit einiger Zurückhaltung. Er reiste nach Norden und hielt sich in Aleppo auf, wo er eine große Anzahl von Anhängern um sich scharte. Kurz vor Rosch Haschana reiste er weiter in seine Heimatstadt Izmir/Smyrna, und im Dezember betrat er während Chanukka als König verkleidet die Synagoge.

Bald kam es zu einer Spaltung innerhalb der Gemeinde zwischen denen, die glaubten, dass Tsvi der Messias war, und denen, die das bezweifelten. An einem Sabbat unterbrach Tsvi den Gottesdienst seiner Gegner, um zu verkünden, dass er der Gesalbte Gottes sei. Er geißelte Ungläubige und verteilte Königreiche unter seinen Anhängern.

Eine Massenhysterie war die Folge.

Zahlreiche Menschen, Männer und Frauen, Alte und Kinder, fielen in Trance und hatten Visionen von Tsvi, der auf einem königlichen Thron saß, gekrönt als König von Israel.

Shabtai, gestärkt durch die Unterstützung des Volkes, setzte seine Reise nach Istanbul fort, doch im Februar 1666 wurde er verhaftet und ins Gefängnis geworfen. Da der Sultan in einen Krieg mit Venedig verwickelt war, wurde Tsvi in ein Gefängnis in Galipoli auf der europäischen Seite der Dardanellen gebracht.

Durch Bestechung der richtigen Leute wurde das Gefängnis zu einem Wohnsitz, an dem der Rabbi Hof hielt und seine Gäste empfing. Pilger aus ganz Europa machten sich auf den Weg zu seiner Zelle, hielten messianische Rituale ab und erschöpften sich in Buße und Fasten. Die Nachricht verbreitete sich wie ein Lauffeuer durch die jüdischen Gemeinden in Europa und dem Nahen Osten. Tsvi zu Ehren wurden Hymnen komponiert und neue Festtage ausgerufen, die in der Feier seines Geburtstages am Neunten des Monats Av gipfelten.

Dem Sultan ging das alles schließlich zu weit, und im September desselben Jahres wurde Shabtai nach Adrianopolis (heute Edirne) verlegt und dem Richter vorgeführt, der ihn vor die Wahl stellte, entweder zum Islam zu konvertieren oder enthauptet zu werden. Shabtai entschied sich, Muslim zu werden, erhielt einen türkischen Namen, einen Ehrentitel und eine staatliche Rente.

Für die meisten Anhänger bedeutete der Schock über seine Bekehrung ein abruptes Ende ihrer messianischen Erwartungen. Andere hingegen zitierten aus der Bibel, dem Talmud, dem Midrasch und kabbalistischen Texten, um zu zeigen, dass diese scheinbare Bekehrung bereits vorhergesagt worden sei. Hatte nicht auch Königin Esther ihre wahre jüdische Identität verborgen, um König Ahasver zu heiraten und später das jüdische Volk vor den bösen Plänen Hamans zu retten? Genau wie Esther verberge auch Shabtai Tsvi sicher nur sein wahres Wesen, um den Gegner zu täuschen – als Spion im feindlichen Lager – und auf Umwegen einen glänzenden Sieg zu erringen.

Der Rabbiner wohnte abwechselnd in Adrianopolis/Edirne und Istanbul und führte ein Doppelleben, indem er sich nach außen hin wie ein Muslim verhielt, während er gleichzeitig jüdische Gesetze beachtete. Die Türken waren des falschen Konvertiten irgendwann so überdrüssig, dass sie ihn nach Dulcigno in Albanien (dem heutigen Ulcinj) verlegten. Dennoch hatte Tsvi noch immer Anhänger, die ihn dort besuchten und denen er seine komplizierten kabbalistischen Theorien erläuterte.

Er starb im Jahr 1676, am Zehnten des Monats Tischri, also genau an Jom Kippur, dem Großen Versöhnungstag. An diesem Tag bekennen Juden ihre Sünden gegenüber anderen Menschen und Gott, und der Priester opfert einen Sündenbock, der alle Sünden des jüdischen Volkes auf sich nimmt. Dieser Sündenbock wurde ohne Nahrung und Wasser in die Wüste geschickt, wo er starb und die Sünden des Volkes mit in den Tod nahm.

Für die Anhänger war die Symbolik von Tsvis Tod ganz offensichtlich: Hatte nicht auch er, als leidender Diener des Herrn, die Sünden aller auf sich genommen, und war er nicht für ihre Sünden gestorben? Sein Entdecker Nathan erklärte, dass Shabtai in die übernatürliche Welt aufgestiegen sei.

Nach seinem Tod gab es nicht mehr viele, die glaubten, dass Shabtai Tsvi der Gesalbte des Herrn gewesen sei. Doch die kurze, heftige Wiederbelebung der Hoffnung unter den jüdischen Gemeinden in der Diaspora war beispiellos gewesen, und dasselbe gilt für die intensive Enttäuschung, die darauf folgte, besonders nach Tsvis Konversion zum Islam.

Dennoch gab es bis ins neunzehnte Jahrhundert hinein Gruppen von Anhängern des Shabtai Tsvi, unter anderem in Polen, Deutschland und Italien.

Die Hoffnung auf die Ankunft des Messias blieb ein wichtiges Thema im Leben vieler Juden. Daran änderte auch ein Mann nichts, von dem viele glaubten, er sei der Messias, der sich jedoch nicht als solcher erwies.

[Quelle: Robert M. Seltzer – Jewish People,
Jewish Thought: The Jewish Experience in History.
Prentice Hall: New Jersey, 1980, S. 467–474]

DANKSAGUNG

Zuallererst möchte ich mich bei Evelyn de Regt von Primavera Pers bedanken, denn sie hat das Potenzial des Romans schon in der ersten Fassung des Manuskripts gesehen. Obwohl diese erste Version in einem kurzen Zeitraum von nur wenigen Monaten geschrieben wurde, spiegelte sie in gewisser Weise die Bücher wider, die ich in den letzten Jahren gelesen habe. Im Literaturverzeichnis habe ich eine Auswahl der Titel getroffen, die ich während der Arbeit an diesem Buch erneut gelesen habe.

Dank Evelyns Vorschlägen hat die Geschichte wesentlich an Schwung und Kraft gewonnen. Mit viel Humor und Geduld hat sie mich bei der Veröffentlichung meines ersten Romans begleitet. Ich möchte mich auch bei Femke Foppema bedanken, die dem Manuskript den letzten, aber entscheidenden Schliff gegeben hat. Auch die Vorschläge von Godelief Mallee, der fleißig mitgelesen hat, habe ich mir zu Herzen genommen. Die Rolle von Theo Veenhof als Cheflektor war vielleicht wichtiger, als mir bewusst war. Er ging mit einem groben und mit einem feinen Kamm durch den Text und machte ihn leichter lesbar. Seine Begeisterung für das Buch hat mir großen Auftrieb gegeben.

Ich möchte André van Dokkum danken, denn er hat mich ermutigt, mich zu fokussieren und den Roman zu Papier zu bringen. Mit seinem profunden Wissen über die

Bibel brachte er mich auf die richtige Spur, und so habe ich mich auf den Konflikt zwischen Paulus und Petrus konzentriert, der in dem Buch eine so wichtige Rolle spielt. Ich danke Rinus Vermeulen dafür, dass er die ersten Kapitel mit mir gelesen und gemeinsam mit mir über einen guten Titel für das Buch nachgedacht hat. Ich möchte mich bei meiner Frau Hamide bedanken, die immer an mich und meine Unternehmungen glaubt, wohin sie mich auch führen mögen. Jeden Freitag wartete sie neugierig auf das neue Kapitel, das sie dann kritisch las. Durch ihren Enthusiasmus vermittelte sie mir immer wieder die Energie und die Überzeugung, die ich brauchte, um weiterzuschreiben zu können. Zum Schluss möchte ich mich bei Dünya bedanken, unserer wunderschönen Tochter, der dieses Buch gewidmet ist, dem kleinen Sonnenschein, um den sich meine Welt dreht. *Canim benim.*

QUELLENVERZEICHNIS

Bücher

Aalbers, B. – *De Ware Judas: Nieuw Licht op een Duister Figuur.* Kok, Kampen, 2006

Armstrong, K. – *De Bijbel: De Biografie.* Mets & Schilt, Amsterdam, 2007

Aslan, R. – *De Zeloot: Het Leven van Jezus van Nazaret en de Geboorte van een Religie.* Balans, Amsterdam, 2014

Chatelion Counet, P. – *Paulus bij Berendse en Van der Stadt. Romeinse Meesterspion of Joodse Mysticus?* Meinema, Zoetermeer, 2004

Chumaceiro, J. H. M. – *Verdediging is geen aanval. Briefwisscheling tusschen … een Hervormden Predikant en een Joodschen Rabbijn over Jezus als den Messias.* Uitgeverij Gebrs. Haagens, Rotterdam, 1902

Crossan, J. D. – *Jezus: een Revolutionaire Biografie.* Prometheus, Amsterdam, 1994

Ehrman, B. D. – *The Lost Gospel of Judas Iscariot: A New Look at Betrayer and Betrayed.* Oxford University Press, Oxford, 2006

Enter, E. M. van – *Joden en Leiden.* Gemeentelijke Archiefdienst Leiden, 1980

Flusser, David – *Jezus.* Kwadraat Utrecht, 1991

Freke, T., P. Gandy – *The Jesus Mysteries: Was the ›Original Jesus‹ a Pagan God?* Three Rivers Press, New York, 2001

Fricke, W. – *Standrechtelijk Gekruisigd: Het Proces van Jezus.* Uitgeverij C. de Vries-Brouwers B.V.B.A., Antwerpen/Rotterdam, 1987

Giebels, L. – *Jezus: Een Biografie*. Bert Bakker, Amsterdam, 2004

Goudoever, J. van (red.) – *Zoals er gezegd is over: Het Komen van de Messias.* H. Veenman en Zonen N.V., Wageningen, 1966

Hart, M. 't – *Wie God Verlaat Heeft Niets te Vrezen. De Schrift Betwist.* De Arbeiderspers, Amsterdam, 1997

Hart, M. 't – *De Bril van God. De Schrift Betwist II.* De Arbeiderspers, Amsterdam, 2002

Kok, J. L. – *De Geschiedenis van de Laatste Eer in Nederland.* Uitgeverij Tijdstroom, Lochem, 1970

Kovacs, J. – *Shocked by the Bible: The Most Astonishing Facts You've Never Been Told.* Thomas Nelson, Nashville, 2008

Krijbolder, P. – *Jezus de Nazoreeër: Over de Historiciteit van Jezus en de Oorsprong van het Christendom.* Annex, Amsterdam, 1989

Lapide, P. – *Wie Waren er Schuldig aan de Dood van Jezus?* Kok, Kampen, 1988

Lehmann, J. – *Het Jezus Rapport: Opheldering van een Misvatting.* Ankh Hermes, Deventer, 1973

Lehmann, J. – *Het Jezus Concern: Wat Jezus Werkelijk Wilde en Hoe Paulus Christus Voorstelde.* Ankh-Hermes, Deventer, 1973

Leupen, P. – *De Vergissing van Jezus: Het Uitblijven van Zijn Koninkrijk en de Gevolgen.* Bert Bakker, Amsterdam, 2012

MacCullough, D. – *De Geschiedenis van het Christendom.* Het Spectrum, Houten, 2009

Meijering, E. – *Geschiedenis van het Vroege Christendom: van de Jood Jezus van Nazareth tot de romeinse Keizer Constantijn.* Balans, Amsterdam, 2004

Oort, J. van – *Het Evangelie van Judas: Inleiding, Vertaling, Toelichting.* Ten Have, Kampen, 2007

Seltzer, Robert M. – *Jewish People, Jewish Thought: The Jewish Experience in History.* Prentice Hall, Inc: New Jersey, 1980

Stichting Vrienden van de Pieterskerk – *Graven in de Pieterskerk.* Herausgabe im Eigenverlag, Leiden, 1981. Sammlung von Vorträgen während des Mikrosymposiums *Graven in de Pieterskerk* (Gräber in der Pieterskerk) im Laboratorium voor Anatomie zu Leiden, unter der Leitung der Historischen Abteilung der Medizinischen Fakultät. Redaktion: Prof. Dr. A. M. Luyendijk-Elshout

Vergeer, Ch. – *Een Naamloze: Jezus de Nazarener.* Sun, Nijmegen, 1997

Vergeer, Ch. – ›Kamelen in de mist. Open brief aan de schrijver van Alias Paulus, Thijs Voskuijlen.‹ Zie: http://www.onvoltooidverleden.nl/index.php?id=62

Verhoeven, P. – *Jezus van Nazaret.* J.M. Meulenhoff bbv, Amsterdam, 2008

Vermes, G. – *The Authentic Gospel of Jesus.* Penguin Books, London, 2004

Voskuilen, Th. – *Alias Paulus: De Grondlegger van het Christendom als Geheim Agent van Rome.* Veen, Bosch en Keuning Uitgevers N.V., Wommelgem, 2002

Weibenga, D. – *De Romeinen aan de Rijnmond.* A.W. Sijthoff N.V., Leiden, 1951.

Websites/Zeitungsartikel

http://mens-en-samenleving.infonu.nl/religie, zoektermen: Messias, Jezus, Masjiach, Bloedoffer, Erfzonde, Noachidische Geboden www.wikipedia.nl, zoektermen: Limes, Romeinen in Nederland, Bataafse Opstand, Matilo, Brittenburg, Tempeliers, Kruistochten, Paus, Leiden, Evangelie van Petrus

›De weg van de mens naar zijn eeuwig huis.‹ – drs. C.J. van den Boogert, http://www.kerkenIsraël.nl/vrede-over-Israël/voi53-4b.php?sw=1280&sh=933

www.debijbel.nl. Met name de vier evangeliën en het boek Handelingen ›Masker van Matilo was mogelijk offer in rivier‹, *Trouw* 01/11/96 ›Na de Kruistochten de Goede Doelen: Geschiedenis van de Duitsche Orde Balije van Utrecht‹, Enzo van Steenbergen, *nrc Handelsblad* 07/08/13

Entdecke alle mysteriösen Orte aus *Die Petrus-Verschwörung* in Leiden

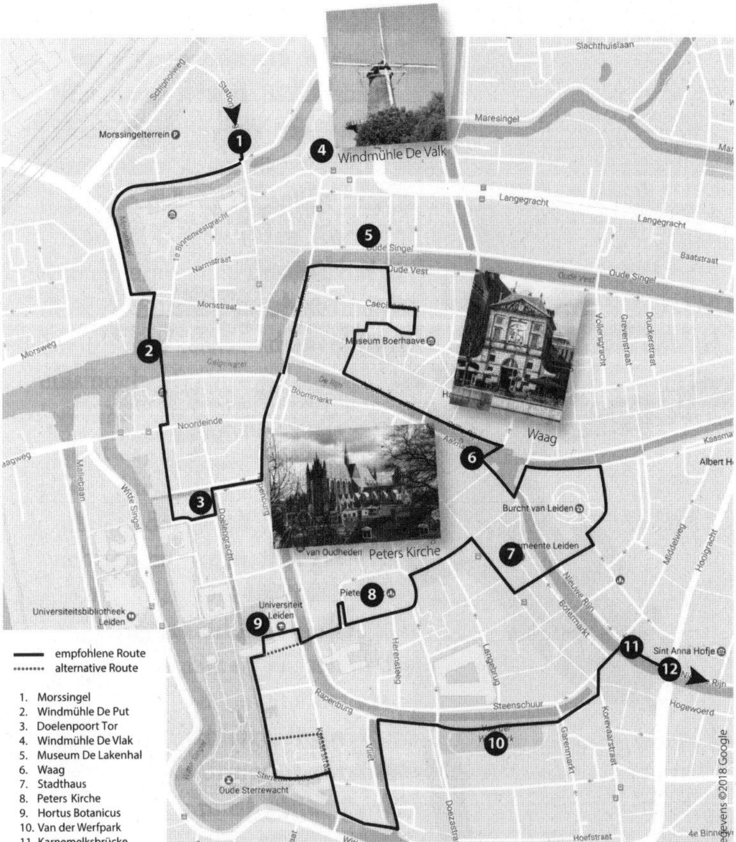

Eine ausführliche Wegbeschreibung und Erklärung finden Sie unter:

https://jeroenwindmeijer.nl/wandel-mee/